TRPGプレイヤーが異世界で
最強ビルドを目指す
ヘンダーソン氏の福音を
8
Mr. Henderson Preach the Gospel
ヘンダーソン
スケール
【Henderson Scale】
タイトルのヘンダーソン氏とは、海外のTRPGプレイヤー、オールドマン・ヘンダーソンに因む。
殺意マシマシのGMの卓に参加しつつも、奇跡的に物語を綺麗なオチにしたことで有名。
それにあやかって、物語がどの程度本筋から逸脱したかを測る指針をヘンダーソンスケールと呼ぶ。
Author
Schuld
Illustrator
ランサネ
JN105982

「随分と殺気立ってますわね？」

「バルドゥル氏族からの手紙でね。しかも幹部のお遣い付き」

「あらあら、随分と重く見られたもので」

マルギット
Margit

エーリヒ
Erich

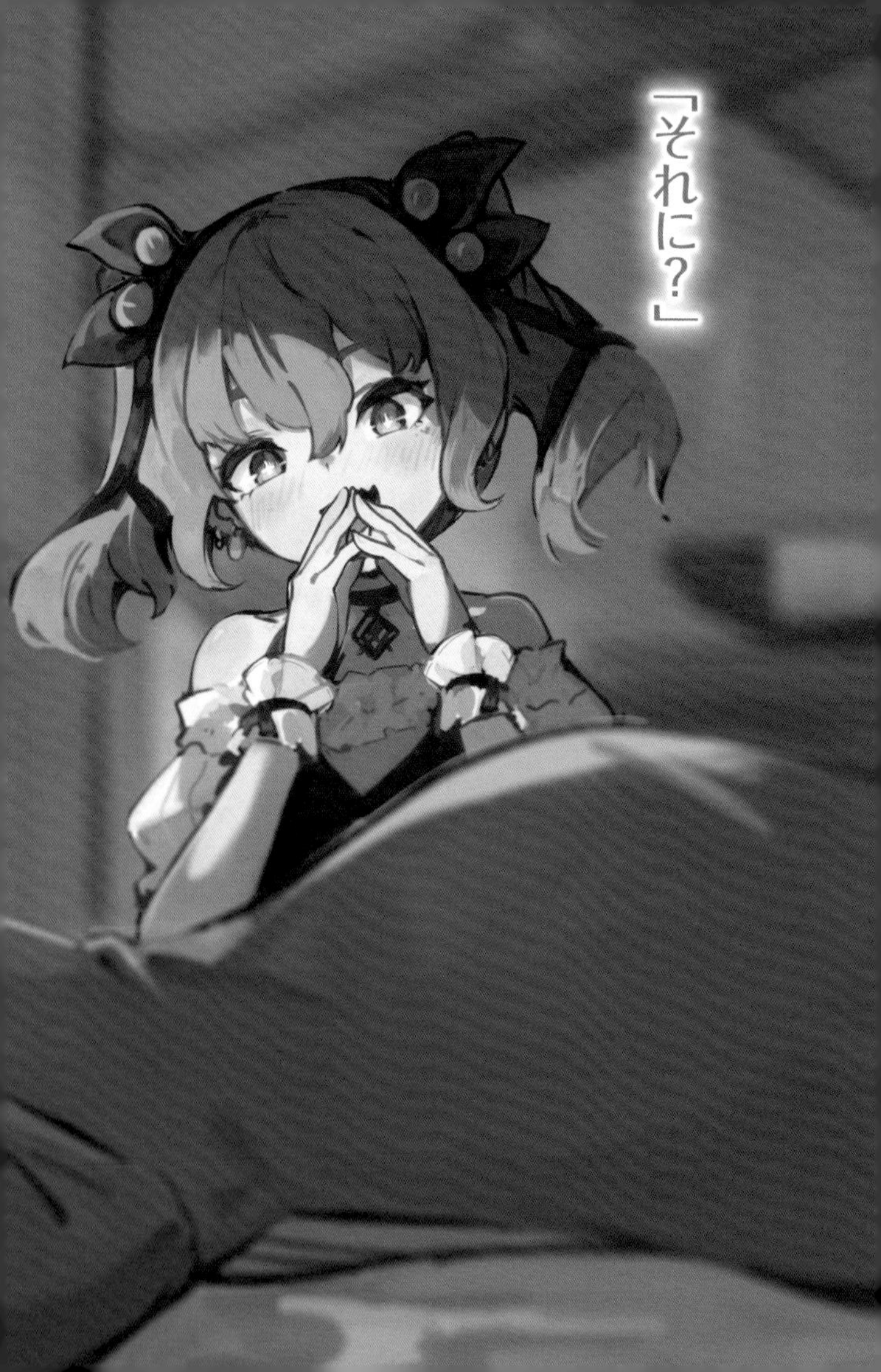
「それに？」

言い淀む魔法使いに先を促した狩人は、
二度目の嬌声を上げることとなる。
「私に本当に笑うってことを
教えてくれたのは……
ジークフリートじゃなくて、
イルフュートの
ディルクだから……」
カーヤ
Kaya

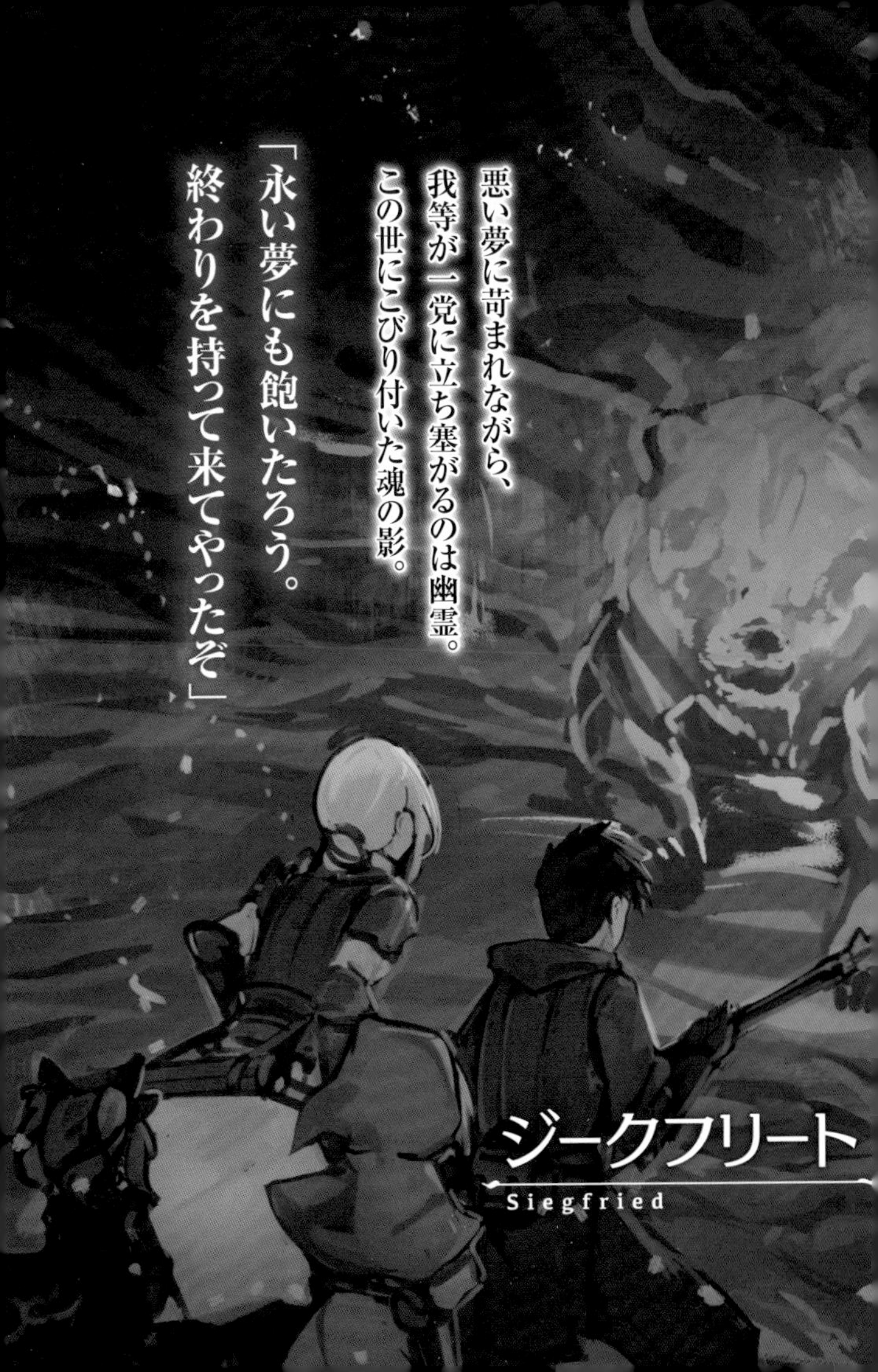
悪い夢に苛まれながら、
我等が一党に立ち塞がるのは幽霊。
この世にこびり付いた魂の影。
「永い夢にも飽いたろう。
終わりを持って来てやったぞ」
ジークフリート
Siegfried

ヘンダーソンスケール
【 Henderson Scale 】

◆ -9 ： 全てプロット通りに物語が運び、更に究極のハッピーエンドを迎える。

◆ -1 ： 竜は倒れ、姫は国元に帰り、冒険者は酒場でエールを打ち合わし称え合う。

◆ 0 ： 良かれ悪かれGMとPLの想像通り。

◆ 0.5 ： 本筋に影響が残る脱線。
EX）……え？　死んだ？　まだミドルだけど!?
ファンブルはどうしようもないぞ!?

◆ 0.75 ： 本筋がサブと入れ替わる脱線。
EX）い、命が安い世界（システム）だから仕方ないけど、選りに選ってリーダーか……。じゃあ、繰り下がりでPC2がリーダーやって、君は（元PC1）新キャラで合流してくれ。

◆ 1.0 ： 致命的な脱線によりエンディングに到達不可能になる。
EX）えー……全五回予定のキャンペーンなんだけど、リーダーになった者が順繰りに死んで、まだ三回目なのに初期面子消えたんだけど。どうすんだよ、コレ。

◆ 1.25 ： 新しいセッション方針を探すも、GMが打ち切りを宣告する。
EX）八人目のPCなんて、もう初期のハンドアウトとの整合性取れないよぉ……。アイツ（最初のリーダー）弟何人いることになってんだ!!

◆ 1.5 ： PCの意図による全滅。
EX）え？　ランダムで出自振ったら相容れない奴がいた？　知らんよ、もう……。

◆ 1.75 ： 大勢が意図して全滅、或いはシナリオの崩壊に向かう。GMは静かにスクリーンを畳んだ。
EX）ちょっと、ちょっとまってね、来週はお休みにさせてくれ。即興はもう無理。

◆ 2.0 ： メインシナリオの崩壊。キャンペーンの終了。
EX）GMは無言でシナリオを鞄へとしまった。

◆ 2.0以上 ： 神話の領域。0.5～1.75を経験しつつも何故かゲームが続行され、どういうわけか話が進み、理解不能な過程を経て新たな目的を建て、あまつさえ完遂された。
EX）はい、みんなで総勢九名の死人と、初期ハンドアウトを整理しきった結果、協力の甲斐あって、何故か一周して初期の目的に回帰し、貴方達は大阪のヤクザの中で一目置かれるようになりました。逆に何で終われたのか私が知りたいわ。

Aims for the Strongest
Build Up Character
The TRPG Player Develop Himself
in Different World
Mr. Henderson
Preach the Gospel

CONTENTS

It is the Story,
Data Munchkin
Who Reincarnated
in Different World
PLAY REAL
TRPG

TRPGプレイヤーが異世界で最強ビルドを目指す 8

ヘンダーソン氏の福音を

Mr. Henderson Preach the Gospel

Aims for the Strongest Build Up Character The TRPG Player Develop Himself in Different World

Author
Schuld

Illustrator
ランサネ

マンチキン

【 Munchkin 】

①自分のPCが有利になるように周囲にワガママをがなりたてる、聞き分けのない子供のようなプレイヤー。

②物語を楽しむことよりも自分のキャラクターのルール上での強さを追求する、ルール至上主義者なプレイヤー。和マンチとも。

序章

TRPG《テーブルトーク ロール プレイング ゲーム》

【 Tabletalk role-playing game 】

いわゆるRPGを紙のルールブックとサイコロなどを使ってアナログで行う遊び。

GM（ゲームマスター）と呼ばれる主催者とPL（プレイヤー）が共同で行う、筋書きは決まっているがエンディングと中身は決まっていない演劇とでも言うべきもの。

PLはPC（プレイヤーキャラクター）をシートの上で作り、それになりきってGMが用意した課題をクリアしつつエンディングを目指す。

現在多数のTRPGが発行されており、ファンタジー、SF、モダンホラー、現代伝奇風、ガンアクション、ポストアポカリプス、果てはアイドルとかメイドになるイロモノまで多種多様。

小振りな部屋があった。

簡素ながら綺麗《きれい》に掃除された四人部屋は、子猫の転《うた》た寝《ね》亭の一角にある客室の一つであるが、今やそこは寝台も机も片付けられて宴《うたげ》の場となっている。

高ささえあっていれば良いと適当な机を並べて大きな卓とし、周りにはめいめい自分の背丈に合った椅子を並べて腰掛けている。

参加者は聞く者が聞けば、涎《よだれ》を垂らして同席を望むであろう顔ぶれ。

上座に座るのは一党の主宰者。〝無肢竜退治の聖者〟として名高いフィデリオと、狭いであろうに無理して椅子を並べてくっついている細君のシャイマー。

左右に並ぶのは聖者の仲間達《たち》だ。

嫌がらせなのか仲間達から矢鱈《やたら》と差し入れられる乾酪《チーズ》の群れを追い払おうと必死になっている鼠人《スチュアーツ》、風読みのロタル。

持ち込んだ大量の酒の栓を抜くのが待ちきれぬとばかりに酒杯を離そうとしない、禿頭《とくとう》の巨漢、梵鐘《ぼんしよう》砕きのヘンゼル。

中央にデンと置かれた主菜の肉塊が気になって仕方ないのか、卓の上で手をそわそわさせている黒褐色の肌も艶《なま》めかしい魔法使いは寄食のザイナブ。

そして、下座にて蒼々《そうそう》たる冒険者達の宴にておこぼれを与《あずか》る栄誉に浴したのが、近頃では〝触れ得ざる者〟として一部の界隈《かいわい》で恐れられ始めた〝金の髪〟と〝音なし〟の二人組。

椅子に座ったエーリヒの膝にマルギットが陣取るといういつも通りの有り様ながら、二人ともどこか落ち着きを欠いていた。

それもそうだろう。季節を一つ跨《また》ぐ大冒険を終えた勇者の宴席に招かれたのだ。内輪として見て貰《もら》えている光栄、何よりも詩人より先に冒険者の最高峰が大怪我《おおけが》をして帰ってくるような冒険の顛末《てんまつ》を知ることができるのだ。興奮しないでいられる道理がなかった。

ヘンゼルがフィデリオに冒険話を聞くのも教育の一環として誘ってはどうかと提案して訪れた好機なのだが……若き冒険者達は、最新の英雄譚《えいゆうたん》への期待から勉強よりも最早《もはや》観客の気分であった。

「さぁて、お酒は行き渡ったかな？」

各々がフィデリオに促されて手元の酒杯に好いた酒を注いでいった。相当な実入りがあったのか、並んでいるのは酒精神の聖堂から直接購入された銘酒揃《ぞろ》いだ。軽く呑《の》むための安酒もあるにはあるが、こんな時ばかりはと大盤振る舞いがされている。

「では、無事に我が家へ導いてくれた我が神の厚き恩寵《おんちょう》……」

「説教が長ぇぞ！　聖堂の坊主じゃあるめぇに！」

音頭を取ろうとした一党の長へ茶々を入れるヘンゼルの野次に一党の者達が揃って笑った。在俗僧相手とはいえ、抹香臭い説教は止《や》めろと堂々と言って空気が悪くならないのは彼個人の資質か、あるいはそれ程に一党の仲が良いのか。

「ああ、分かった分かった。じゃあ、僕らの冒険に！」

「「「冒険に!!」」」

乾杯《プロージット》の唱和に自称新人冒険者二人が遅れて続き、正しく杯を乾《ほ》す勢いで最初の一杯を空けた。

冒険者の打ち上げとは、こうでなくてはと見る者に思わせる勢いのある光景。一度で満ち足りる訳もなかろうと、それぞれ酒を追加して口を湿らせ、滑らかになった舌で語らいが始まった。

「いやぁ、しかし大変だったなぁ、遺構の深部がよもや魔宮化してるたぁ」

「俺ぁもう暫《しばら》く狭い場所は勘弁だよ……鼠人《スチュアーツ》は鼠《ねずみ》とは違うんだ。ったく、もう配管に潜るのは勘弁だぜマジで」

早くもキツい蒸留酒を碌《ろく》に割もせず三杯目に取りかかったヘンゼルの顔には、治りきらない生傷が幾つもあった。同様に酷《ひど》い目に遭ってきたのか、早速愚痴をこぼしているロタルに至っては自慢の髭《ひげ》の先が熱気を浴びたらしくチリチリと丸まっているではないか。

「妾《わらわ》、使いすぎ。暫時《ざんじ》、街を離れねば」

唯一の後衛であるからかザイナブだけは目立った怪我はないが、どうやら激戦の果てに触媒の殆《ほとん》どを使い果たしてしまったようだ。ただでさえ魔法使いとしての適性が飛び抜けている長命種《メトシエラ》、それも一級の冒険者ともあれば要求される触媒も並の物ではないのだろう。

「白狐《しらぎつね》の頭蓋……砕いた、惜しかりし」

「秘蔵の逸品なんだっけな、アレ。普通の狐《きつね》じゃダメなのか？　狩りならロタルに付き合わせりゃいいだろ」

「ざけんなヘンゼル。俺ぁもう一月は働く気はねぇぞ。あんまり家空けるとかみさんがうるせぇんだ。狐狩りなんざ御免被るぜ。そこいらの猟師に小銭握らしゃいいだろ」

「ただの狐、頭蓋ならず。霊験高き、白変の狐、そうおらぬ」

ザイナブは魔法使いの中でも帝国では馴染《なじ》みが薄い〝呪詛《じゅそ》〟を扱う術者だ。呪いを掛けるには何かしらの形代《かたしろ》や反動を避けるための身代わりが欠かせず、今回は滅多に手に入らない、高い魔力を秘め、同時に神秘に近い白変種《アルビノ》の狐の頭蓋を使わねばならなかったようだ。

つまるところ、今回の冒険はそれだけの難敵が相手であったということ。

「で、どんな敵だったんですか？」

ついに興奮を抑えきれなかったエーリヒが問えば、フィデリオは苦笑と共に冒険のあらましを語り始める。

さて、帝国の西方、最辺境たる西部には戦乱が絶えなかったこともあって多くの遺構や遺跡が遺《のこ》されている。その中には、ただ古いだけの打ち捨てられた都市の亡骸《なきがら》もあれば、放っておくのは後々良くないことを引き起こすだろう零落した神の神殿もある。

ライン三重帝国の神群が寛容策を採り、征服地の神群を遠くへ弾《はじ》かれた故に出自を忘れた自分達の同胞だとして取り込んでいても、断固として否を突きつけ滅びの道を選ぶ神も少なくないのだ。

神群へ呑み込まれることは、不可逆の変質に繋《つな》がる。帝国風の神の名に改め、儀式の祝《のり》詞《と》の帝国語版を作ればお終《しま》いとはならない。

神は所謂《いわゆる》上位存在。この三次元を基本とする基底現実より上位の階層に存在する、概念的な存在であるがために〝信徒からの影響〟を強く受けるのだ。

すると元々あった神の性質は変わる。人間で言うなれば環境に馴染むため、好まざる人物を無理矢理に演じさせられるようなものか。

最初は演じているつもりでも、長くやり過ぎれば精神もそれに合わせて捻《ねじ》れていくように神の有り様も変わる。自身の変容を厭《いと》うて勝てない戦いに挑み、邪教として焼かれた古い聖堂が各地に幾つもあった。

これが辺境ではなく、中核行政区であれば跡形もなく破壊し、名残すら感じられぬよう整備する余裕もあるのだが……残念ながら、ほんのちょっと前まで土豪と戦争を繰り返していたマルスハイムでは、そうもいかぬ。

取りあえずといった適当さで聖堂を破壊し、神象を砕くなりのおざなりな対応だけで済ませた場所もあった。酷い時には近隣の民衆を宥《なだ》めるため、立ち入り禁止にするだけで終わることもあったという。

となると必然的に霊地は澱《よど》んでいき、膿《うみ》の如《ごと》く溜《た》まった怨念が神性を貶《おとし》めることに繋がる。

今回フィデリオ達が赴いた冒険は、斯様《かよう》な人手と予算、そして妥協の末に生み出された恨みの澱《おり》を掃除するような冒険だった。

「元々は蛇体人《ラミアー》の集落だったんだろうね……遺構の地下に這《は》い入るような狭い入り口で隠し神殿が残っていたんだ」

「ありゃ三百年は前のモンだろうな。信徒が減って神の加護が薄まり、そんで信徒も弱まって余所《よそ》に移るか、細々と数を減らし続けて最後は神像の前で老いて死ぬ。そりゃ恨みの一つ二つも溜まろうってもんよ」

上等な牛の肉――帝国では肥育した牛を食べる習慣は貴族しか持たない――を切り分けるヘンゼルがしみじみと漏らした感想に、皆が一瞬の黙禱《もくとう》を捧《ささ》げた。

悲劇は世界中に有り触れているものの、だからといって直面した悲劇に嘆きを抱かず無感情でいられはしない。少しずつ信徒が減っていき恨みを重ねる神も、庇護《ひご》を失って死んでいった大昔の人々もあまりに哀れだった。

「都市遺構に胴の太さがヒト種《メンシュ》ほどもある大蛇が出たと近隣の人々が脅《おび》えているというから行ってみたら、よもや〝墜《お》ちた神〟を核にした魔宮に当たるとはね。十分に準備はしていたが、もう大変だったよ」

「そっ、そんなに大きかったんですか!?」

「いんや、話は盛られるもんだぜ〝金の髪〟。精々半分くらいだったよ」

だとしても直径が一m近い計算になる。長さなど想像が付かず、人を軽く丸吞みにしても体が異様に膨れないなど、正しく怪物としか呼び様があるまい。

斯様な巨体の神が旧都市の下水管を這い回り、それが魔宮によって拡張され、かつて果てた信徒の木乃伊《ミイラ》が跋扈《ばっこ》する中で何度も伏撃を仕掛けてくる冒険譚を聞けば聞くほど、詩人の先達への尊敬が募ってゆく。

少なくとも今の二人だけで潜ったならば、どうにもならなんだろう。痩せても果てても神格は神格だ。信徒を失い神でなくなった残骸であったとして、残った残滓《ざんし》だけでも十分過ぎる。

そんな化物を相手にしながら季節一つ分も魔宮を探索し、有象無象を蹴散らして本体を討ち果たすなど並大抵の冒険ではない。

これは観客に「話盛り過ぎ」と冷められないよう話を組み立てる詩人が大変そうだと、この場に何とか参加しようとフィデリオに交渉していたものの、素気なく断られた〝三流物書き《ヘボ詩人》〟こと高名な詩人の苦労が今から忍ばれた。

「とはいえ、まだ君達には早い話かもしれないけどね。如何《いか》にここが〝エンデエルデ《地の果て》〟であっても、墜ちた神格とぶつかるなんて滅多にないさ」

周りの勢いに乗せられて、常の調子より早く酒を呷《あお》って脳味噌《のうみそ》が微《かす》かに濁ったエーリヒは――酔っても良い場所、というのは酒精の回りを滑らかにするものだ――冒険譚に浸ってフラグという単語を思い浮かべなかった。

事実、この地にライン三重帝国の神群は着実に根付いているのだ。表立って人に害を為《な》す神格は併呑《へいどん》後に殆どが征伐されたこともあって、心配する方が行き過ぎでもあるのだから。

「強い敵ほど得られる物も多いから、目標にするのはいいけどね」

「そーだな。特に今回の蛇の革はよかったぜ。仕立てるのに並みの腕じゃ物足りねぇだろうけど、これで衣擦《きぬず》れがしねぇ帷子《かたびら》が作れるってもんよ」

「クソッ、俺も欲しかったんだがなぁ、あの綺麗に残ってた部分の革。鎧《よろい》の裏打ちに使や、もっと前衛として頼り甲斐《がい》のある存在になれたってのによ」

「斥候が阿呆《あほう》みてえな偶然で事故死しない防具を得たことを喜びな、ヘンゼル。第一、テメェはとっくに十分過ぎるくれえ頑丈だろうよ」

「戦利品、皆、得た。頭蓋、妾、欲した、が……」

　ザイナブが懐から取りだした袋からバラバラと撒《ま》かれたのは、一本一本がヒト種《メンシュ》向けの短刀と見紛《みまが》う大きさの〝大蛇の牙〟であった。毒腺から離れて尚《なお》も強烈な呪いを宿した牙は、呪詛の触媒として最高の品なのだろう。

　だが、そんな戦利品を得て尚も呪詛魔法使いは不満げである。最も力を宿していた毒腺は無害な状態で持ち帰ることができず、呪詛術式の礎石として強力な頭蓋骨も諦めざるを得なかったのだから。

「あんなデケぇもん持って帰れるか！　頭だけで俺一人よりあんだぞ！」

　彼女は牙だけではなく、頭蓋全てが欲しかった。だがロタルが叫ぶように鼠人《スチユアーツ》の成人より大きな頭蓋など、聖堂の成れの果てから得た他の金銀財宝を諦めても持って帰ることなど不可能だ。多くの荷駄隊を引き連れた軍隊ならまだしも、たった四人では他の全てを断念しようと回収することは能《あた》わない。

「欲を掻《か》きすぎた冒険者は復路で死ぬのが相場だからな。だけどお前がどうしてもっつうから、貴重な〝腐敗避《よ》け〟の薬まで使って、コイツを持って帰ってきたんだろうがよ」

その代わりが卓の中央、主菜の位置に納まる巨大な肋《あばら》の肉だった。

あまりの大きさに「いや、これ何の肉？」と手を付けるのを躊躇《ためら》った新人二人に凄《すさ》まじいネタばらしが襲いかかる。

蛇の胴体、首に近い辺りの大きな肉が牙以外でザイナブが得た戦利品であった。普段は子猫の転《うた》た寝《ね》亭を打ち上げの会場に選ぶのを嫌うフィデリオが、仕方なく自分の塒《ねぐら》を提供した最大の理由である。

それはもう事情をよく知った身内の店でなければ、真面《まとも》に調理などしてくれまい。蛇なんて帝国では一般的な食べ物ではないし、そもそも普通の神経をしていれば墜ちたる神の亡骸を食おうなんて思いつきもしない。

ザイナブが現地で毒味をしたから――そして、尚も無事だから――こそ、こうやって饗《きよう》されているが、本当ならば持って帰るのも御免被りたいような代物である。

しかし、冒険者は迷信深く、更に信仰に明るい者がいたので呪詛使いの説得が刺さってしまう。

曰《いわ》く、感謝して食べ、身にするのが一番の供養ではないかと。

一応の道理が通った提案に他の三人が折れた結果、墜ちたる神の肉は丁寧に香草や塩、酒を使ったタレで臭みを抜いた上でじっくり炙《あぶ》られ皿の上に載る次第となる。

「……これ、蛇の神の肉なんですよね？　巨大な蛇体人《ラミアー》に似た神格じゃないですよね？」

「無礼。妾、美食を求むる。されど、人、食わぬ」

「それと、僕らも流石《さすが》に人類だったら、何があっても止めてるさ」

心底から心外だと言いたげな顔をする長命種《メトシエラ》に対し、金髪はそれでも大概だぞと思った。人類じゃないなら良いという訳でもないのだ。たしかに野営の最中に真面な獲物に出会えず、蛇を食ったことはあったけれど、零落すれど神の肉を食うことになると誰が考えよう。

いいや、むしろザイナブにしては、これこそが冒険に付き合う本来の目的なればこそ、譲りようがなかった。少なくとも彼女が今回の一件に乗り気となったのは、こんな冬は寒くなる西方に存在しない筈《はず》の大蛇がいると聞いて味蕾《みらい》が疼《うず》いたからなのだから。

強く強く推されて、宿の若旦那であり一党の頭目であるフィデリオが大きな短刀で肉を切り分けにかかった。

それにしても、如何に旦那が狩ってきた成果とはいえ、よくぞ妻も自分の台所で〝こんなもの〟を調理したものだ。また、自分が加護を与えた調理台に異教の神の成れの果てが載せられ、終いには美味《おい》しそうに料理されてしまった炉守神もどのような心境で下界を眺めているのか。

冥福を祈りつつ各々蛇神の香草焼きに口を付けたが、奇食の冒険者を除いた全員が何とも言えない顔をした。

とても畏れ多い物を食った割には、普通に美味《うま》かったのである。

肋の周りの肉は牛や豚、魚とも違って弾力に富んでいるものの水気が強い。それが何度も調理釜の中で濃い味の香草を使ったタレをかけ直して焼いたことで味を吸い、淡泊ながら濃厚で上品な味わいを舌に残していくのだ。

なのに脂っこくないのは、かつて一地域を治めた神格だからか、調理したシャイマーの腕前かは甲乙付けがたいものの、言い出しっぺが責任を取って全部食べるということにはならなかった。

酒の瓶やタルが幾つも空き、しゃぶられた骨を残して主菜が平らげられた頃、会話は冒険の苛烈さから新人達《たち》への教訓話へと移ろってゆく。

「まー、今回も荘民《しょうみん》が大げさに話をしたか、ビビってデカく見えただけかと思ったが、本物のヤベーのに当たるなんてのは間々あることでよ」

蛇ではない真っ当な豚の肉を囓《かじ》るヘンゼルは、酒が回って良い具合にできあがっているのか惜しげもなく新人に教訓を与えた。

簡単に見える仕事でも絶対に油断はするなと。

これに関してはエーリヒも言われずとも分かっている。既に十分経験済みだ。主人からのお遣いで古書を買い取りに行っただけで死にかけているし、新しい領地を得た主の護衛道中でも割と散々な目に遭った上、実家に帰るだけで一体何人斬ったのやら。

況《ま》してや新人冒険者生活を満喫しようとしただけなのにVシネみたいな展開に巻き込ま

れるのだ。和として挑める冒険などないのだと、骨身に染みていた。

　それでも活動地域が違う冒険者の苦労話は、とても身になる。

「ありゃあキツかったよな。ほら、一昨年のよ、野盗狩りの帰りに土豪が勝手に置いた関にぶつかっちまったヤツ」

「あー、あったあった。俺ぁアイツら嫌ぇなんだよな。鼠人《スチユアーツ》だからつって見下しやがって」

「それって物理的な意味でなら仕方ねぇだろ」

「分かって言ってんなら寝る時も鎧を着とけよヘンゼル、テメェコノヤロ」

「妾《わらわ》、昔、彼奴《あやつ》らより、詐話《さわ》にあえり。今より、帝国語、知らぬ時分……関の正否……正しさ？　公正？　とまれ、分からぬ。銭、多く、取られり」

「たしか君、僕がそれを教えた後で呪ってなかったっけ？　貨幣を媒介とした呪いとか何とか言って」

「銭、金、全て恨みの澱。呪うこと容易《たやす》き。金の髪よ、努々《ゆめゆめ》、気を付けるよかろ。拾えし小銭、時に命をとる」

　やはり西方は都市の中に限らず、外でも治安がよろしくないらしい。

　特に帝国に表向きは従っている古い勢力もいる上、彼等《かれら》は辺境伯の目が届かないところで悪さをするのに何の躊躇いも覚えない。

　苦労話の中では荘民が小銭をかき集めて、廃城を根城にした野盗――そんなものが堂々

と存在していることにも驚いたが——を成敗した後に無許可で立てられた関所に引っか
かって、要らぬ大立ち回りをさせられたことを教えられた。

曰く、ここらの騎士や貴族は帝国本土からの派遣組じゃないと相当に性質《たち》が悪いから気を付けろだそうだ。よもや他人が取った手柄首を召し上げて懸賞金を行政府からせしめようと目論《もくろ》むなど、それは最早《もはや》土豪を通り越して蛮族ではないか。

下り首、そして騙《かた》り首《くび》は恥だという常識すら通用しないとは。

バレなきゃ犯罪じゃないんですよ、と指を立てる邪神の言葉を己の都合の良いよう使ったことがあるエーリヒだったが、使われるとなると腹が立つので現金なものだ。

「一昨年だっけ？　おら、あの……絨毯商《じゆうたんしよう》だったかな？　ほら、ロタル、オメェん何人めかんガキの奉公先の……」

「ああ！　ありゃ忘れらんねぇよ！　行政府が仲良くしてる商人の隊商だったら、騎士の癖して襲う不届き者がいやがってよぉ!!」

憤慨のあまり、鼠人《スチュアーツ》の髭《ひげ》がピクピクと戦慄《わなな》いた。

ロタルは冒険者としては珍しく、きちんとした所帯を持った男で、家族を真っ当に食わせてやるために危険な冒険に身を投じている。なにせ鼠人《スチュアーツ》は性質上多産なのだ。十二人の息子や娘を全員私塾に通わせて、良い生活をさせてやろうとしたら金なんぞ幾らあっても足りない。

その点、ちゃんと末の子まで私塾にやって——自分は宮廷語も喋《しゃべ》れないが——大店《おおだな》での勤め先を見つけられるようなしっかりした大人に育てた辺り、彼の方が種族的に見れば異端なのであろうが。

　何よりも聖者の一党で先導役を務める父を持ちながらにして、誰一人として同じ道を辿《たど》ろうとしないとは、一体どんな教育を施したのかとエーリヒは大変気になった。

　しかし、まだ個人的な家族構成を詳しく聞いて勘気を買わぬ間柄でもないので、黙って聞き役に徹する新米冒険者。彼も前世では三十路《みそじ》を過ぎていたので、思い出話の腰を折ると本題から遠く逸《そ》れていくことは分かっているのだ。

　酒が入っているなら特に。

「マジで土豪にゃ気を付けろよぉ、金の髪と音なしよぉ。連中の家名の前に付いてる〝高貴な《フォン》〟なんて前置詞は飾りだ飾り。俺もガキにはキツく躾《しつ》けたもんだぜ。娘共も、あっちの血筋に関わるところにゃ嫁入りさせなんだしな」

「ま、実際に僕らも関わって良い思いをしたことはないからね。燻《くすぶ》っている代官なんて酷《ひど》いものさ」

「あれ？　ということは無肢竜退治の舞台になった荘は……」

「ああ。土豪家系の騎士でね。子爵様が話の分かる人じゃなければ、僕はマルスハイム伯の城館まで押しかけることになったろう」

　マルスハイム伯も辺境の治安を放置しているのではなく、どうにかこうにか遺恨の深い土豪達の胸襟を開かせようと努力している。だが、余所《よそ》の領地から移ってきた貴族の下で人事を再編し、土豪同士の連携を切ろうとしても上手《うま》くはいっていない。

然《さ》もありなん。日本では手練手管で金を搾られながらも二五〇年以上かけて幕府を滅ぼした、なんか南の方に住んでる怖い人達がいたのだ。旧王の首を戦で取ってしまった上、その男の首を掲げた銅像なんてブツを恩賜浴場の前にぶっ立てていては治まる者も治まるまいに。

恨みは骨の髄にまで宿る。帝国に嫌がらせをするためなら、土豪は何でもするぞという先達からの教えをエーリヒは深く胸に刻んだ。

「妾ら、数が外。依頼、使い捨て、そう心得よ」

「認めたかぁねぇが、ゼーナブの言うとおりだわな。俺なんざ元は人別帳にすら名前が載ってねぇ、生地すら定かじゃねぇ男だ。手勢の駒を減らすよっか、まー死んでも惜しかねぇなって気軽さでえれぇ所にぶち込まれるぜ」

蛇神の肋の骨を割って髄まで啜《すす》るザイナブに同意するヘンゼルは、その気がよさそうな凶相の裏に割と難儀な出自を抱えている。

元より冒険者は、そういった者達の受け皿としても機能している節がある。誰だって身元がはっきりしない人間を雇いたくはない。となると後は食い詰めて犯罪に手を出すか、これ凄まじい幸運を祈ってそれでも人柄を認めてくれる雇用主を探し回ることになるが、これだと行政上問題が多すぎる。

なればこそ冒険者同業者組合が銅貨を何枚か投げて、日銭を稼げるような下らない仕事を斡旋《あっせん》することもあるのだ。世知辛さの中では、神代に培われた国境に囚われぬ英雄達の塒もカビ臭くなっていくことを避けられなかったらしい。

「依頼主は選べよ、特にマルスハイムの外に出るような依頼を受けるようになったらな。お前も直《じき》だぜエーリヒ」

「ご忠言、感謝しますヘンゼルさん」

「街ん中は風聞やら気にして、まだ真っ当な仕事が多いからな。ああ、音なしは特に気ぃつけろ？　ただの素行調査だと思ったら、タタキ《強盗》に入る下調べで共犯の疑いを掛けられたなんてこともあったんだぜ。身の潔白を証明することほど難しいこたぁねぇわ」

「罠《わな》を報《しら》せてくれる先達ほど有り難いものはないですわね。気を付けますわロタルさん」

「ロタルでいいぜ。べっぴんの嬢ちゃんに〝さん《Herr》〟なんて付けられちゃ、髭の根っこがざわつかぁな」

　話題の本質は剣呑《けんのん》なれど、和やかに冒険者達の宴《うたげ》は続いた。

　オチにベロンベロンになった男衆をシャイマーが怒鳴りつけ、ふらつく足で反吐《へど》の掃除をさせるという醜態が付かなければ、大変な冒険の幕引きとしては詩人も調理しがいがある題材だったろう。

　ただ、女将《おかみ》さんと一緒に痛飲した面々の後始末を手伝った金髪も〈うわばみ〉の特性を超えた酔いで気付かなかったのだろう。

　ＴＲＰＧの界隈《かいわい》において、気を付けろ、と前置きされたことは大体がＰＣ《プレイヤーキャラクター》達の身に降り注ぐことになるという不文律《おやくそく》の存在に…………。

【Tips】マルスハイムの人事は行政管区の上に帝国本土出身の貴族が就き、土豪を抑えようとしているが、未《いま》だに上手く行く兆しは見えていない。

青年期

十六歳の秋

一党《パーティー》の合流

各々(卓面子)の事情によって一党が離散することもあれば、途中から合流することもある。少数(参加者二から三)で動くことを旨とした一党が、大規模な仕事(ロングキャンペーン)に向けて、丁度良いからと合流することもある。

時と巡り合わせによって、編成は移り変わる。一人が抜けたり、今までの編成で動くのが難しくなったとしても、英雄志願(PC)個々人の物語が終わりはしない。

天高く馬肥ゆる秋という言葉が相応《ふさわ》しい中、私は十六歳になった。そして、時を同じくして……。

「はい、おめでとうね」

「ありがとうございます！」

首元を飾る冒険者証から煤《すす》が落ちて紅玉になった。紅玉《ルビー》とは名ばかりで、識別票の鉄板に淡い塗料が一部に塗られただけだけど、私には本物に劣らない輝きだ。

卵から漸《ようや》く雛《ひな》になったというところで、世間的にはまだまだ尻に殻の欠片《かけら》をひっつけた半人前に近い。Lv2になったと驕《おご》ることはできそうにないな。

「しかし、これほど早いのは珍しいわねぇ」

すっかり顔なじみになった受付のタイス女史――酒場の働き口を紹介しようとしてくれた女性で、息子が七人いるらしい――が私の評価が書いてあるらしい帳面を捲《めく》りつつ感想を溢《こぼ》した。

確かに順当に進めば昇格には半年ほどかかると聞いたので、季節一つ分で昇進となればかなり早いといえよう。前世でいえば上場企業で二年目の新人が主任とか係長補佐になるようなもんかな。

「まぁ、アタシが知ってる中じゃ数えるほどよ。これだけ評判がいいにしても中々早い方かしらね」

「書類の回りも嫌に早かったものねぇ」

タイス女史の呟《つぶや》きに答えたのは、隣で書類を見ながら算盤《そろばん》を弾《はじ》いているエーヴ女史だった。彼女は受付を拒否するため丸に斜線を入れた札を前に置いて――何処《どこ》の世界でも絵文字《ピクトグラム》は大して変わらないらしい――経理の仕事をしているようで、会話に加わりつつも算盤の玉を弾く手が一切止まらないのが流石《さすが》といった感じで風格がある。

「新入りの子のは大体後回しで、貴族様に関わるかもしれない上級の扱いばかりが優先されるってのに」

「ま、この子は大成するって最初から分かってたけどね」

奥から附票を括《くく》り付けた小銭入れを担いでやって来たコラリー女史は、二人の同僚に鼻で笑われながらも堂々と持ち場に座る。後から幾らでも言えるとばかりに扱われているが、見込まれた側からすると嬉《うれ》しいものだ。

「評判が良いと査定の回りが早くなると知れ渡りゃ、素行の悪い連中も大人しくなるってもんさ。アタシ、ちょっと宣伝してやろうかしら」

「だとしても嫌に早かったけどね。ほら、前にいたじゃない、あの子。昇格が決まってたのに識別札の発注を忘れられて、後回しになったのに怒って暴れた……」

「ありゃちょっと可哀想《かわいそう》だったね。広場で殴り合いやったのは褒められたもんじゃないけど」

同業者組合は厳密に言うとお役所ではないが、何処も似たようなものなのだな。どうでもいい処理は後回しにして、酷いと発行を忘れられる。前世の私は行って並びさえすれば、ちゃんと書類が出てくる日本のお役所で贅沢《ぜいたく》を覚えてしまっているが、酷い所は酷いもんだ。

それに同業者組合からすると都市内の雑事を片付けるのに必死になってくれる下級の冒険者を減らしたくない、という考えもあるだろうからな。役職持ちばかりが増えても人件費が嵩《かさ》んでしょうがなかろう。

「でもさ、煤黒《すすぐろ》の審査は人事だけで済む話だったろう？　組合長印が捺《お》してあったのは不思議だわねぇ」

私の書類を処理してくれたタイス女史が不思議そうに書類をひらつかせると、たしかに下の方に並ぶ印章に一つ巨大なのが交じっていた。

貴族の花押みたいに盾や冠飾りの付いた大仰さはないけど、認印と呼ぶには立派過ぎるそれこそが組合長印なのだろう。貴族にのみ赦《ゆる》された意匠こそ使っていないものの、白詰草《クローバー》を配《あしら》った洒落《しゃれ》た判は安物の印ではない。

あっ、たしか今の組合長は貴族の庶子だったっけか。

「さぁね。組合長様がたまたまお手隙だっただけじゃないの？」

「それであのお方まで雑紙《ざつがみ》の書類が渡るかねぇ……」

「薬湯届けたついでに判子貰《もら》ったことあるから、別におかしなこたないと思うけどもね」

何となくだが、この女史勢が異常を察知している事態の裏側が透けて見えてきた。

家紋は主家に肖《あやか》った物を主題として分けて貰うことが多く、三皇統家のバーデン家は概《おおむ》ね馬で統一されている。ご多分に洩れずマルス＝バーデン家の辺境伯が掲げる家紋は身を捻《ひね》りながら跳ねる馬であることからして、飼料として多用されるマメ科の白詰草に関連があると推察できる。

そして、組合長は貴族の庶子であるが、誰の子とは明白にされていないものの〝先代マルスハイム辺境伯〟その人の子供という話も漏れ聞こえる。

つまりは現マルスハイム辺境伯の腹違いの姉ってわけだ。

都市の管理者たる貴族、彼を扶《たす》けるべく市井で働く庶子。斯様《かよう》な立場の人物が都市内の騒ぎに鈍感である方が不自然。

一般の冒険者すら大氏族同士が小競り合いをしたことを縄張りの変化で察しているとなれば、組合長のマクシーネ・ミア・レーマン殿は全てを知っていると考えた方がよかろう。

今や形骸化した冒険者という立場なれど、神代の協定によって王や貴族などの支配階級が長となってはならぬという条文をおざなりに守っている彼女は地下と貴族の継手。抱えている駒も握っている札《情報》もさぞや多かろう。

となると、この早い昇進は私に対する飴《あめ》でもあるって訳か。

不逞《ふてい》氏族を殴ってくれた良い子だからおやつをあげよう。だからこれからも良い子にしててねってヤツだ。

まったく、これだから社会ってのは大変だ。何処に行って何をしてても裏に潜む意図が見えてしまうのだから。

とはいえ昇格は昇格。冒険者としての栄達を志す私には嬉しいことだし、多少は大いなる意志が見えようと有り難く頂戴しますとも。

むしろお墨付きとも言えるからね。ご褒美で暴れないよう御することを試みられるなら、私達《たち》の組合長への印象は決して悪くない筈《はず》だから。

厄介だと思われてたら、逆にさっさと暗殺なりを試みられてるだろうよ。それか延々と塩対応を繰り返して、早々に河岸《かし》を変えろと促してくるかだ。

「それに煤黒なのに野盗相手に大捕物だってしたんだ。使える若手を可愛《かわい》がるのも当然だろう？」

ねぇ？　と語りかけてくるタイス女史に気付いた〝裏の意図〟をおくびにも出さず、私は笑顔で謙遜した。

「野盗を追い払っただけで捕り物とは大げさですよ。ねぇ、マルギット」

インフラレッドもとい煤黒は護衛仕事も回って来ないので外に出ることは希《まれ》だが、ロランス組に誘われて参加した護衛仕事で〝ちょっとした襲撃〟を受けたことがあった。その時は普通にロランス組の面々が優秀すぎて、マルギットとの共同戦果でも五人しか捕まえられなかったのだが、書面上はそっちを評価したことになっているらしい。

せっかく好《よ》くしてくれている女史達に悪い印象を敢《あ》えて抱かせることもあるまい。私は努めて善良な冒険者として振る舞うし、装うも何も本質は真っ当な英雄志願の一匹なのだから。

「そうですわね、五人程度、ではね。勲《いさお》しと呼ぶには軽すぎますわ」

「そうそう。せめて憧れる先達に倣って竜や墜《お》ちた神の一つも狩ってやっとこ偉業っても
んです」

「は、はは、金の髪の一党は豪儀なものね……」

「も、もうちょっと誇ってやんな。ここまで扱いが軽いと狩られた方が可哀想だわ」

「憐《あわ》れまれる当人達は、どっかで良い眺めを見てるだろうからね……」

なのに何だろう、この頂戴してしまった乾いた笑いは。

いやいや、受付さん達の顔が引きつっているような気がするが、きっと気のせいだろう。

TRPGプレイヤー的に、野盗なんてのは割るのがちょっと面倒臭い豚の貯金箱みたいな
ものだし。

「まぁ……うん、今日から紅玉の依頼も受け付けるからね。煤黒よりかはちょっと歯ごた
えがあると思うから、油断せず頑張ってちょうだいな」

「アンタ達のことだから、調子乗ってしくじるってことはないだろうけど、頑張りなね」

「応援してるよ」

「ありがとうございます、お姉様方。これからも何卒《なにとぞ》よしなに」

宮廷仕込みの慇懃《いんぎん》な礼を送ってみれば、お姉様だってさ、と黄色い声援をいただいた。

おや、もしかして私、先輩に好かれる才能でもあるのかな?

「今日はお祝いにするので仕事はお休みですけど……」

「少し冷やかしていきましょうか?」

「そうだね」

手続きしてくれたタイス女史に重ねてお礼を言い、依頼を受けぬまでも内容を見て行くことにした。傾向を調査して前準備しておけば、明日からの仕事にも役立つだろうから。

組合の広間、その左側にはずらりと依頼を貼り付けた衝立《ついたて》が並んでいる。縁がそれぞれどの階級の冒険者に向けた物か一目で分かるよう、黒、赤、黄色に塗られており、割合で言えば五：三：一って具合か。

それ以上の依頼は貼り付けるよりも、依頼を求めて来た冒険者に直接受付から斡旋《あっせん》するか、希望を聞いた方が早いので掲載されていない。

難易度が上がるに連れて、依頼する側も秘匿したい情報も増えるから当然だろう。高貴なお方が何かを求めているなんて噂《うわさ》が流れただけでも、暴騰や値崩れが起こることがあるのだから。

依頼の群れに近づけば、既に私が読み書きができると分かっている、衝立の隣で獲物を狙う狼《おおかみ》のように屯《たむろ》っていた代書人達――あるいは字が読めるので小遣い稼ぎをしている同業者――が唾でも吐きかねない勢いで捌《は》けていった。

当たり前のようにやっていることだが、実際は読文というのは結構な高等技能なのだ。だから今まで見ていた依頼の大半は、学がない連中でも大雑把な内容と報酬が分かるように版画や、これだけは覚えておけと言われるような簡単な単語だけで描かれていた物ばかり。

　正しく駄賃と呼ぶのが妥当の金額で依頼するような、内容そのものが単純な仕事ばかりだから、それで十分過ぎるんだけどね。

　それでも依頼を吟味したいなら——費用対効果を高めれば塵《ちり》だって早く積もる——彼等《かれら》のように読み書きができる人に頼るか、できる面子《メンツ》を工面しなければならない。

　そう思うと共通語を最初から会話・読文どっちも覚えさせてくれた自作自演剣《マッチポンプブレード》の世界は有情だったんだなぁ。

「ようやく冒険者らしい内容になってきましたわね」

「そうだね。まだまだお遣いばかりだけど」

　縁を赤く塗った依頼の衝立をざっと見て回ったが、その難易度や報酬は煤黒と大差のないものであった。市壁の外、マルスハイム周辺の荘《しょう》からもたらされた依頼が増えた程度であり、子供の小遣い稼ぎに毛が生えたみたいな内容ばかりだけど、少しずつ冒険者らしい話も増えてくる。

　たとえば煤黒よりは信頼がおける人間でなければ任せたくない、市壁外へ手紙や物を運ぶ依頼や頭数を稼ぎたいだけの格安護衛依頼。他には怪しい集団が近くを彷徨《うろつ》いていたので、荘に駐屯して威嚇要員になってほしいなどの急場を凌《しの》ぐための増援みたいなものばかり。

　それでも煤黒の雑役人夫めいた内容から多少は冒険者業といえる内容だし、背伸びすれば銀貨にも手が届くのだから大したものか。運が悪ければ危険が伴うような内容だし、一層気を引き締めて真っ当にやらねば。

「おい」

冒険者証の色も変わったのだから、褌《ふんどし》を締め直すつもりで挑もうと意気を高めていると不意に声が掛けられた。まだ若い少年と言っていい声に振り返れば、そこには声から連想したままの姿があった。

「お前が金の髪のエーリヒか」

黒いざんばら頭と頬に走る傷が目を惹《ひ》く、同年代か少し年下と思《おぼ》しき少年。つり目がちの勝ち気に溢《あふ》れた鋭い目には、若く稚気に溢れたやる気が溢れていて、なんだか主人公という肩書きが似合いそうだと思った。

仕事に出るつもりなのか動きやすそうな旅装を着込んだ彼の後ろには、困ったような笑みを浮かべた少女がいる。長いローブを着て杖《つえ》を携えた姿、そして〝乳棒とすり鉢〟を意匠とした飾りを見るに魔法使いに相違ない。木を削って作った簡素な飾りからして魔女医者系《ヘクセンドクトル》の魔法使いか。

実にレアだな。名の売れた冒険者の一党には魔法使いが定番なれど、見るからに若くて駆け出しの魔法使いというのは数えるほどしかいない。冒険者になって季節を一つ跨《また》いでいるけど、同年代の魔法使いと会うのは初めてだった。

割合でいえば非魔法使いとで二〇対一くらいじゃなかろうか。魔導の巣窟である魔導院

に長くいたので感覚が完全に麻痺《まひ》しきっているが、市井ではそれくらい魔法を使える存在は珍しい。

沢《ま》してや冒険者となると尚更《なおさら》だ。何と言っても山師なんぞやらなくても、豊かに食っていけるのが魔法という技術なのだから。

地方で医者をやれば名主と変わらぬ尊敬を浴び、騎士への側仕《そばづか》えも引く手数多《あまた》だし、何なら私塾で代官に見初められて魔導院へ行く栄誉を賜った我が友のような例もある。

魔法が使えるのに敢えて冒険者になるのは、基本ヤベー奴《やつ》だと思った方がよかろう。魔法を使えることを隠して冒険者をやっている私が言うのもなんだけどね。

どうあれ、珍しいことだけは分かって欲しい。

実際、怖い物見たさで覗《のぞ》いたことのある〝一党募集〟の張り紙は、殆《ほとん》どが剣士や戦士を自称する者達からの物だったからな。

あれだよ、バンドと一緒だ。どこの学校にもいたろ？　ボーカル、俺、以上！って感じで、誰か組んでくんねぇかなって言ってたヤツ。人様に聞かせられる領域に至れる練習に没頭できる才能と同程度に、魔法と呼んで恥じない実戦運用可能な技術を習得するのは大変だから当然だが。

最初はマルギットと二人でと決めていたし、二人ともそのつもりで新婚カップルならぬ新生パーティー生活を楽しんでいたので、最初に覗いた時は気にもしなかったが、そう考えると魔法使いと戦士の二人組はとても珍しい。

とはいえ、彼女から感じられるのは初々しさだ。杖の質も焦点具として可もなく不可もなくといった品質で、目に見えてヤバい性質の魔力も感じない。

敢えて術式を使って秘匿しているでもないなら伸び盛りの駆け出し魔法使いであり、聴講生と同等か少し下といった腕前とみた。

妙に挑戦的な目で見てくる彼と、そんな相方を制御しきれぬ少女に対し、私はこれといった敵意を感じなかったのと、とても心に染みる懐かしさを感じたので真っ当に応じてみることにした。

だってさ、実に王道の駆け出し冒険者じゃないか。田舎から出て来たっぽい垢抜《あかぬ》けない少年と少女の二人組。こんなの初めて触るシステムのＰＣ《プレイヤーキャラクター》１と２がぴったりじゃないか。それだけで私は彼をコネクション欄に書き入れたくなったよ。

「自分で名乗った覚えはありませんが、エーリヒかと言われれば私のことですね。それで、貴方《あなた》は？」

「うっ、都会言葉……き、気取ったしゃべり方しやがって……おっ、俺はイルフュートのジークフリート！　いずれ名だたる英雄譚《えいゆうたん》の英傑に並ぶ剣士になる男だ!!」

一瞬、俗な名前だな、と言いそうになったが、それは前世でしか通じない冗談なので心の中にしまっておこう。

問えば威勢良く名乗る少年であるが、イルフュートと言えばマルスハイムからそう遠くない田舎荘ではないか。それにジークフリートと言えば、奇遇なことに此方《こちら》の世でも〝悪竜殺し〟として名高い神代の英雄だ。貴種が勇名に肖《あやか》って名付ける名前であり、平民が子供につける名前ではないのだが……。

「そうですか、ジークフリート。改めて、ケーニヒスシュトゥールのエーリヒです。隣のは相方で……」

「同じくケーニヒスシュトゥールのマルギットですわ。以後お見知りおきを」

揃《そろ》って何時《いつ》もの調子で名乗ってみれば、何やら気圧《けお》されたように半歩退《ひ》かれてしまった。

あれだろうか、耳慣れぬ宮廷語に引いてしまったのかもしれない。一瞬、名前の傾向が貴種っぽいので代官の御落胤《ごらくいん》かと想像したけども、その線は薄そうだな。事実として彼が使っている下町のべらんめぇ口調は、とても舌に馴染《なじ》んでいて、お家を飛び出した庶子が地下に馴染もうとして演じているのとは年季が違う。

「ね、ねぇ、ディーくん、ちゃんと本名で名乗らないと……」

「うるさいなカーヤ、ちゃんとジークって呼べよ！」

そして、引いてしまったジークフリートに声を掛ける魔法使いの少女。カーヤという名らしい彼女の言を聞くに、ははぁ、なるほどと察してしまった。

うん、まぁよくあることだとも。田舎っぽい名前が嫌で、都会に出るにあたって改名するというのは。私は割と垢抜けた響きの名前だし、何より親から貰《もら》った大事な名前なので気にしたことはないのだけど、気になる人は気になるのだろう。

荘の聖堂が管理する人別帳はあれど、都会に出てきて名乗る分には自由だからな。格好《かっこう》好《い》い名前に改めたいと思って、一念発起し改めるのはよくあること。戦国時代の武将だってやってたもの。

　中学二年生の時分、有り触れた名前に嫌気が差して真の名を考えたことのない者だけが彼に石を投げるといい。


「なっ、なんだぁ！　その目は！」

「おっと、失礼」

　つい若人を見守るオッサンの目になってしまった。だってねぇ、微笑《ほほえ》ましいじゃない。冒険者として幼馴染みと一旗揚げるために都会にやってきて、そのついでに田舎っぽい名前から憧れの英雄の名前に改名する。うんうん、実にLv1仲間っぽくていいぞ。

　密《ひそ》かに彼とは仲良くしようと決めつつ、声を掛けてきた理由を問えば、ジークフリートは私にびしっと指を向け――ついつい初対面相手には無礼だよと叱りそうになった――次は負けねぇからなと宣《のたま》った。

「……次も何も、初対面なのですが。仕事でご一緒したことはないかと」

「俺より先に昇格したろう！　俺も夏に冒険者になったんだ！」

　ほほう、正に同期の冒険者だったとは。同時期に冒険者証を受け取った彼は、氏族があーだこーだでウジウジしている先達を見て、俺はああはならないと同期最短での紅玉昇進を狙っていたそうなのだ。

　そして以前より名を囁《ささや》かれるようになった私に対抗心を抱いてはいたが、登場判定《巡り合わせ》の問題か中々話をする機会を得られず、遂《つい》に一歩先を行かれた今日この日に漸《ようや》く対面することができたそうな。

くっそ、もっと早く会ってれば色々面白い経験を一緒にできたのに。

「あっという間に追い抜いて、俺が新人で一番の冒険者になる！　そんで、直《す》ぐにエンデエルデ一の冒険者になるから見てろよ!!……って、だから何だよその目！　やめろ！　じいちゃんを思い出すだろ!!」

やっと出会えた好敵手に挑戦状を叩《たた》き付けるべく声を掛けてみたと。初々しさ倍付けじゃねぇかよと益々《ますます》目が優しくなってしまった。

「いえ、すみません、他意はないのです、もとからこういう顔でして」

「だったらいいけどよ……」

「ええ、ご不快にさせたのなら申し訳ない。ただ、我々は同期ということにもなりますし、お互いに切磋《せっさ》琢磨《たくま》すると共に冒険者として仲良くしましょう」

「せっ……せ、なんて？」

提案を訝《いぶか》られて眇《すが》めに見られてしまったが、こんな可愛《かわい》がり甲斐《がい》のありそうな同期をどうして放っておけようか。体つきから察するに同じく軽装で動き回る剣士みたいだし、同類として仲良くやろうじゃないの。

「今度、よければ仕事を一緒にしましょう」

私は笑みと共に手を出し出す。思い返せば今まで先輩とか格上の冒険者とは付き合いがあったが、しばらくは二人で頑張ろうという方針もあって同期とは没交渉だったのだ。

なにより真っ当に冒険者らしいやりとりをするのは久しぶりである。どいつもこいつも敵対するか煽《あお》ってくるか、もしくは自陣に取り込んで便利に使おうとするかのいずれかだったからな。

こう、あれだ、夏の日に飲み干す炭酸飲料並のすがすがしさがあるね。

かっとなった少年に手を弾《はじ》き飛ばされるのも楽しく感じるほど、私はさっぱりとした心地よい出会いに舞い上がっていた………。


【Tips】昇格。冒険者の位階は実力もさることながら、組合が依頼人に保証する信頼にも関わるため仕事の成果のみならず人品も評価される。下級の内は仕事さえ熟《こな》していれば淡々と階級は上がるが、中位に上りたければ誠実な仕事ぶり、ないしは人間性を差し置いても評価される能力が求められる。


新人冒険者、イルフュートのジークフリートにとって彼は正しく異質であった。

いや、界隈《かいわい》の新人達《たち》誰にとってもケーニヒスシュトゥールのエーリヒは異様だ。

棹《さお》に芯金が入った本身槍《ほんみやり》のような、実用本位の抜き身の剣のような筋が通った立ち姿。

洒落《しやれ》っ気《け》のある娘っ子でもここまでやるまいと思わせる手入れの行き届いた、異名にもなる程に綺麗《きれい》で長い金の髪に、妙に気取った〝都会言葉《宮廷語》〟の響き。

青い目は顔役の娘が大事にしていたとかいう、荘祭《しょうまつ》りの時にだけ持ち出す宝石よりも煌《きら》めき、己と然《さ》して変わらぬ小兵であるのに弱々しさが全くない。

むしろ、装飾だけはしてあるが何度も人を斬り殺した名剣。そんな初見の印象ばかりが強まる奇妙な同期。

何もかもが自分と違うことに彼は些細《ささい》な、しかし自分でも愚かだと思う憤りを抱く。きっと良いお家の生まれなのだろう。水飲みと言って良い小作農の箸にも棒にもかからない三男で、とっくに隠居していい歳《とし》の祖父まで畑仕事や木こりをやって生計を立てる貧乏な実家とは違う。

それが嫌で、自分が何処《どこ》の誰でもない、英雄詩の端役にもなれないであろう人生が嫌でジークフリートは〝自分から煤《すす》を被《かぶ》る〟ことを選んだ。

田舎では冒険者になることを最下級の煤黒に倣って、そう呼ぶのだ。

そして、文字通り生活は煤を被ったようにキツかった。

元々貧乏な家から蓄えを持っていくことは憚《はばか》られ、見習いとして加わっていた自警団の倉庫からも盗《と》られようと「仕方ねぇクソガキだ」で済まされ、家の名が更に墜《お》ちぬような廃棄寸前の〝員数外〟に近い装備をちょろまかすのが精々だった彼には、準備も装備も満足とは言い難い。

それがどうだ。泥と汚れ、浴場代もケチる垢まみれの姿が似合いの筈《はず》の冒険者には有り得ない姿。服は綺麗に洗濯され、頬には仕事前だのを加味しても汚れもなく、香袋まで懐に呑《の》んでいるときた。

背嚢《はいのう》の如《ごと》く張り付いた相方の蜘蛛人《アラクネ》も揃って上等ではないが、襤褸《ぼろ》とは呼べぬ洗濯された服を着て小綺麗だ。話に聞く限り得物も数打ち《量産品》ではない綺麗な剣だと聞くので、研いでも研いでも鋸歯《きよし》のような見窄《みすぼ》らしさが抜けぬ剣を下げている自分と比べて嫉妬が募る。

しかも、真正面から喧嘩《けんか》を売っても涼やかに受け止められてしまったとくれば、感情のやり場が見当たらなくて困ってしまう。

「くそ……止《や》めろ、んなもん、何にもならねぇだろ」

組合会館から軽い足取りで去って行く、一足《ひとあし》、いや何歩も先に出世していった同期の背中を見送って少年は小さく呟《つぶや》いた。自分の口の中、歯で潰すような小ささで。

嫉妬は彼が最も憎む感情だ。荘園の中で常に満ちあふれ、渦巻いていた薄汚い性質。英雄の対極ではないか。

妬んで何になるか。砂利を噛《か》むようなものだ。腹が満ちもせず、痩せた畑が肥えるでもない。嫉妬で腹の奥に暗い熱を燃《も》してくだを巻くくらいなら、同じ時間を使って剣の腕を磨くか、内職の一つでもすればいいのだ。

アガリの一つ一つは小さかろうと、世代を一つも重ねれば小作から抜けるか、土地を持つのが無理でも、せめてもっといい鍬《くわ》の刃くらいは手に入ったはずなのに。

ジークフリートは、その末が己の出自だと理解していた。長子すら名主主宰の私塾に通えず、結婚も覚束《おぼつか》ないときた。なのに父親が精を出すのは内職ではなく、地主の取り分がどうのこうのと一文にもならぬ文句を吐いて酒を呷《あお》ること。

ああだけはなるまい。そう思って荘園を飛び出してきたのだから、嫉妬なんて感情を一瞬でも抱いたジークフリートは自分が憎くて仕方がなかった。

第一、己は恵まれている方であろうに。

「ディーくん？」

「何でもねぇよ、カーヤ。あと、ジークフリートと呼べ。せめてジークにしてくれ」

あれだけ言っても名前を間違える相方という最大の幸運があるのだから。

隣に立つ乙女、若き魔女医の芽、イルフュートのカーヤがいてくれる。

本来なら、彼女はこんな所にいていい身分ではなかった。

周辺数ヶ荘から頼られる立派な魔女医の一粒種。周囲から名主よりも、ともすれば代官よりも尊敬を受ける魔法使いの娘が、将来を蹴ってまで自分を助けようと付いてきてくれたという幸運に恵まれているというのに、一体どうして嫉妬など抱く権利があろう。

仮令《たとえ》、カーヤ自身が付いてくることを選び、ジークフリートが声を掛けた訳でなかろうと。

「仕事、選んでくれ」

「あ、うん。じゃあ読むね？」

仲間に苦労している冒険者がどれだけいるか。ちらと目をやれば、頼めば貼り出させてくれる要員募集の報《しら》せが並ぶ掲示板の悲惨さが思い出される。

カーヤに読んでもらったが、まぁ酷《ひど》いものだ。

ジークフリートのように田舎から出てくる時、踏ん切りを付けて一緒に煤を被ってくれるような相手がいる者ばかりではない。

だから固定の一党を組めるのは恵まれた者だけなのだ。人の縁に、何より赤の他人から仲間にしてもいいと判断される自分の腕前に。

そこで冒険者の中では貴重な魔法使いを相方にしている自分が嫉妬など、何様という話だ。

「ね、ディーくん、これどうかな。薬草問屋からの依頼なんだけどね、棚卸しに人が欲しいって。でも、字が読めて薬草もある程度触れないとだめだって」

「ならいいな。でも荷下ろしか、キツそうなのに安いな」

それでも二人で丸一日働けば銀貨二枚――三分の二はカーヤの稼ぎだが――にはなる。もしジークフリートが一人だったなら、この仕事も受けられず半値……いや更にその半分で糊口《ここう》を凌《しの》がねばならなかったろう。

だから氏族なんてものがあるのだ。上の冒険者の威を借りる代わりにシノギのアガリを一部渡して、少しでも割の良い仕事を取り、同時に氏族という鎖で繋《つな》いでくれる同僚を得る。

たった半刻、ジークフリートが荘を出るのが遅いか早いかしただけで、逃していただろう幸運。これに甘えて、人より幾らかマシな麦粥《むぎがゆ》を啜《すす》り、たまには肉が浮かぶ汁物も食えているのだから。

妬むのではなく上を見るのだ。羨ましいな、墜ちてこないかな、と相手の凋落《ちょうらく》を願うのではなく自ら上る。

そのためにジークフリートは故郷に、実家に不義理まで働いて出てきたのだから。

依頼の紙を取ろうと頑張って背伸びしている幼馴染《おさななじ》みの代わりに手を伸ばしていると、ふと視線を感じて振り返る。

すると、壁際で何人かの冒険者が何をするでもなく屯《たむろ》っていた。

あれは小遣い稼ぎで代読する相手を待っている態度ではない。値踏みする目で二人を見ていた。

嫌な目だ。人間を見ているというより、物の価値を測るジトッとした目つき。幾らになるだろうな、なんて実ろうとしている畑の青い麦穂を見ているような目だった。

「くそ……また氏族連中か」

苛立《いらだ》ちが少しでも晴れればと依頼文を強引に破り取り、少年は相方を庇《かば》うようにして足早に会館を立ち去った。

彼は田舎者だし都会の常識は知らないが、地元で有名なお嬢様だった以上の理由でカーヤが目立っていることも、〝狙われて〟いることも分かっていた。

なにせ氏族だかいう胡散臭《うさんくさ》い連中からのお誘いは、引っ切りなしに来ているのだ。時には半ば力尽くで行おうとするそれを退けるのも大変で、二度ほど歯が欠けるような羽目になったこともある。

前歯はカーヤのおかげで繋がりはしたが、今でも安い堅パンを囓《かじ》る時には慎重にならねばならない痛みの記憶が薄れない。

彼等《かれら》も彼等で必死だということだけは肌で感じた。氏族に魔法使いがいるかいないかで格が全く違う。カーヤ自身の実力もさることながら、魔法使いの有無だけで依頼主からの印象や受けられる依頼の幅が増えるから当然であろう。

だが、氏族では駄目だ。目立つのは頭目だけで、氏族の一員として立場が上がろうと、英雄詩に上るのは長《おさ》ばかり。

やはり一党でなければならないのだ。冒険者の一党で頭目。詩に詠《うた》われるのは、いつだってより抜かれた少数の英雄だけが為《な》す偉業なのだから。

近頃、最新の英雄譚《えいゆうたん》としてマルスハイムで一番有名な詩人が歌い出した〝蛇の牙を抜いた者達〟という詩だって、墜ちたる神格をたった四人で討ち果たしたからこそ讃《たた》えられ、憧れるのだ。

これが軍を率いた貴族や多数の氏族を束ねる頭目の偉業なら、持ち上げられるのは首魁《しゅかい》だけだろう。激戦の中、盾役や囮役《おとり》として死んでいった者達《端役》など名前すら残らない。

何年もすれば、その詩を聞いた子供達が俺達も英雄になるんだと、きっと幾人も立ち上がる。

自分も子供達が心を燃やす薪《まき》の一つになるのだ。だから氏族は駄目だ。

それにどうせ、連中の目的はカーヤだけ。ジークフリートとは必ずといっていい確率で引き剝がされて、大変な仕事ばかりが彼女に押しつけられるに決まっている。そして、己は片隅でどうでもいい雑用をあてがわれ、冒険者として練り上げる時間を奪われる。

なら決まった宿や寄せ集めの仲間が何になるというのか。

あんなヤツらに自分の運命どころか、カーヤは絶対に任せられないと英雄志願の新人は決意を込めて拳を固める。

せめて真面《まとも》な一党を結成できるならいい。前を護《まも》れる人間が、あと一人か二人、道行きを助ける斥候も欲しい。欲を言えば魔法使いか僧侶も一人ずつ確保できれば最高だ。

そうすれば、昨日聞いた〝聖者フィデリオ〟のように戦えるかもしれない。一番尊敬し、名前も借りた〝悪竜狩りのジークフリート〟は単身で戦い抜いた英雄だから、ちょっと違うけれど、凪湖《なぎこ》神《しん》の加護を得た男と同じことをしようなんていうのは高望みも甚だしい。

それに、周囲と隔絶した力量故に単身にならざるを得なかった英雄《ジークフリート》と違って、少年《ジークフリート》には最初から付いてきてくれる乙女がいるのだから。

彼は歯の間で怯懦《きょうだ》を粉砕するべく奥歯をキツく噛み締めて、幼馴染みの手を引き会館を飛び出した。

邪悪な誘いからは自分が守る。彼女は昔から人が笑うためなら自分も笑っていなければならない、なんて考えてしまう損な気質。一人で池の水面に顔を映して、ちゃんと笑えているか練習するような優しい彼女を連れ出してしまった以上、余計な関わりからは何があろうと守り抜く。

その分、冒険者として至らない部分は助けて貰《もら》うし、いつか絶対に偉大な冒険へと一緒に挑む。それと、できれば飾り気のない指に綺麗《きれい》な指輪の一つも嵌《は》めさせてやりたかった。

ただ守るのではなく、共にある。荘の名を書いた小汚い立て札を蹴り飛ばして故郷を飛び出した夜に誓ったように。

「よし、やるぞ」

「うん、頑張ろうね、ディーくん」

「だからジークフリートって呼べよ!!」

余談であるが、この日の仕事もやはり地味なのにキツかった。マルスハイムの薬草医へ薬草を卸す問屋の倉庫は無駄に広い上、乾燥させるためなのかやたらめったらと棚が高いせいで、何度も梯子《はしご》を上り下りしないといけないのだ。

普段あまり動かさない筋肉を酷使したせいで苦情の軋《きし》みを上げる体を抱えながら、永く語られる冒険譚の礎石となるならと若き新人冒険者は痛みに耐える。

そのおかげであろうか。本来なら紅玉になってからでなければ依頼が来ない、栽培が難しい薬草の採取という割の良い依頼を問屋から直接受けられたのは。

ジークフリートの真面目な働きぶりとカーヤの薬草知識。二人の力が認められたことが嬉《うれ》しかったからか、その日は体が痛んだものの彼はとてもよい気分で眠りにつくことができた…………。

【Tips】煤《すす》を被《かぶ》る。辺境で冒険者になるという慣用句。英雄に憧れてなってみたはいいものの、心折れた者達《たち》が最初の階級に準《なぞら》えて愚痴を言い始めたのが起源。

酒房の店員が板に付いてきたからか、この間常連さんに「養子にでも入んの？」と聞かれてしまった。

熱々の夫婦なのに聖者夫妻に子供がいないからか、どっか余所《よそ》から出来の良い息子さんを嫁と抱き合わせで拾ってきたと思われたらしい。

実は冒険者なんです、と識別票を見せると酷く驚かれた。

まぁ、界隈《かいわい》では〝金の髪〟なんて通り名が通じるようになってきても、まだ一般の知名度としてはそんなもんってことだろう。

いや、それか私が腕っ節が立たねば成り行かない、冒険者になんて職業にはそぐわぬ見た目と思われでもしたのかね。

ああ、背丈《タッパ》が欲しい。体の分厚さも欲しい。予定なら今頃、成長期なのもあって一八〇は近かったはずなのに。

私は細マッチョも嫌いじゃないけれど、どちらかというと剣の師たるランベルトさんみたいな分厚い肉体に憧れるんだよな。見ているだけで頼り甲斐《がい》があって、誰の目からみても、ああ、この背中に庇われるなら安心だ、と思えるような力強さの権化。

彼に率いられるなら、槍衾《やりぶすま》の間にでも特大両手剣《ツヴァイヘンダー》で斬り込んでいくのに躊躇《ためら》いも覚えなくなるだろうよ。代官から直々に誘われるのも納得の力強さ。少しでも肖《あやか》れるならと、肉を沢山食って体も鍛えたのだけど、もう既に伸び悩んでいるのがな。

ハリウッド俳優でいうならドウェイン・ジョンソンが理想だ。クリス・エヴァンスじゃちょっと物足りない。

なりてぇなぁ、身長一九〇㎝、体重一二〇kg、筋力ボーナスが六くらいある頼り甲斐のある前衛。

熟練度を魔法に割いている分際で何を言ってんだって話でもあるが。

「かわいくないこと考えてる?」

ふわっと頭の上に降り立つ気配。余人の目には見えぬ長い付き合いとなった妖精《アールヴ》、ロロットが気紛《きまぐ》れに遊びに来てくれたようだ。

客が捌《は》けて酒房に私一人となったので姿を現したのだろう。

「もっと背が欲しいなって思ってたのさ。あと、この間会った同期君、彼みたいにカッコイイ傷痕もあれば様になるのになって」

「えぇ～?　にあわないぃ」

率直な感想を言われてガックリと来てしまった。

そっか、似合わないのか、傷。APPをちょっと削ってでもSIZに振れないもんだろうか。

「それより、お客様かなぁ。嫌いな臭いがする〜」

「嫌いな臭い？」

扉が開くのと疑問が形を結ぶのは同時で、オマケに一緒に回答も出た。

「失礼します……」

現れたのは深々と外套《がいとう》を被った魔法使いと、その供回りが二人。一人は鼻が酷く曲がったままになっており、まぁ、三人とも覚えがある面だった。

先頭に立つ女の魔法使いはマルギットが地面に叩《たた》き落として、顔面を軽く擂《す》り下ろされた哀れな女だ。こちらはちゃんと治療を受けたのか、瘡蓋《かさぶた》一つ残らない綺麗な顔のままだった。

後ろの一人は催涙術式を私にカマそうとしたところに先手を打たれ、掌底で後頭部を壁に叩き付けられた魔法使い。鼻がひん曲がっているのは掌《てのひら》が顔の中心へ良い感じで突き刺さったからだろう。自己治癒が苦手か、そっちに回す魔力が足りないのか、伊達《だて》な顔して歩き回らねばならないとは可哀想《かわいそう》に。

最後の一人は催涙術式に巻き込まれた普通の護衛。市中であるにも拘《かか》わらず、堂々と剣をぶら下げていても衛兵に止められずここまでやって来られたのは、流石《さすが》は悪名高き〝バルドゥル氏族〟の所属って感じだ。

「何か。ここは旅人や商人向けの酒保ですが。一杯引っ掛けたいなら余所へどうぞ」

若旦那様の御意向で冒険者はお断りですよ、と先輩《おっかない聖者》の威厳を借りて威圧してみると、魔法使いは慌てて懐へ手を突っ込んだ。

一瞬、指が得物を求めて机に転がっていた肉叉《フォーク》を取ったが――やろうと思えば、粗末な木製肉叉でも人は殺せる――殺気は感じていないだろうと本能に鞭《むち》を振るって制御をかける。

あのさぁ、魔法使いなんだから杖《つえ》を手にしていないからって不用意な行為をしないでくれよ。思わずブン投げそうになったぞ。

魔法を薬や札に込めて発動するのは有り触れたことで、空を飛ぶような魔導院でも希少な術式が扱える使い手なら警戒されないよう動くのが礼儀だろ。一言断って、ゆっくりやってくれないと殺《や》られる前に殺れ精神が鎌首を擡《もた》げちゃうじゃないの。

「お手紙を預かって来ただけだからぁ!!」

妙にオドオドした――一回殺されかけてるから当然か――女魔法使いが懐から取りだしたのは、小型の杖でも術式札でもなく蠟印《ろういん》を捺《お》した手紙だった。

眼球を咥《くわ》えた鴉《からす》の紋章はバルドゥル氏族の長、ナンナ・バルドゥル・スノッリソンの印章。氏族全体で掲げる象徴であると同時、彼女が直接認めたという証明の一種でもある。

しかし、聴講生崩れが印章を仕立てて蠟印に使うとか、前職の価値観が残っている私の感性からすると「舐《な》めてんのか」と怒鳴りたくなるな。

長ったらしい名前をしているが貴族でもないし、魔導師《マギア》でもないのに公然と家紋を掲げて手紙にも使うのって、相当不遜な行為だぞ。

とはいえ、ここは宮廷語さえあまり聞かない辺境だ。価値観が違う。ここで伝書鳩《でんしょばと》に過ぎない魔法使い相手に苦言を呈したって時間の浪費なので、黙って受け取ってやろう。

本心で言えば不逞《ふてい》氏族となんて関わり合いになりたくないし、黒山羊さんよろしく読まずに処分したいところだけど、放っておいたら放っておいただけ面倒になりそうだからちゃんと読むことにした。

手紙を引き渡しても帰ろうとしないあたり、返事も受け取ってこいと言われてるってことか。

ただねお三方、こかぁ真っ当な宿屋で酒房なのだよ。妖しい風体をした不良冒険者が表に屯《たむろ》してたら看板に傷が付くんだ。

読んだら呼びに行くから、その辺で目立たないようにしとけと蹴り出し――勿論《もちろん》、比喩表現さ――私は手紙の封を解いた。

覗《のぞ》き見を防止し、開いた人間如何《いかん》によっては手紙を焼却する術式が霧散する。払暁派では有り触れた形式で、礼儀の一つとして習うやつだ。より強力になると手紙だけではなく、無許可で開いた人間が死んだり、いっそ死んだ方がマシって有様になったりするものもあるが、普段使いするには物騒過ぎるので妥当な選択だろう。

アグリッピナ氏のそれ？　さぁ、複雑過ぎて分からんけど、そもそも対象以外が読めなくするべく因果とかを弄《いじ》くるやら、最悪二度と帰還の敵《かな》わない十一次元の彼方《かなた》にぶっ飛ばされたりするから調べたくもねぇよ。

過去は兎《と》も角《かく》、ナンナの薬品狂いなのを隠そうともしない姿からして、殺意を込めて寄《よ》越《こ》した物なら炭疽《たんそ》菌《きん》めいた毒物が噴出してもおかしくないが、中にあるのは本当にただのお手紙だけだった。

「剣呑《けんのん》な気配を感じて来てみましたけれど、お遣い相手にしては随分と殺気立ってますわね？」

やれやれ面倒臭ぇと椅子に座って手紙を読もうとしていると、首筋の辺りから声がする。

中庭から気配を察してやって来た、我が相方が毎度の如《ごと》く飛びついてきたのだ。

黒星がまた一つ。彼女、ここ最近は熟練度を稼ぐ機会に事欠かなかったからか、元々玉のように輝いていた隠行の磨きが更に掛かって来た。元々は山野に潜んで獣を欺く技術を人にも援用していたのが、対人の隠密《おんみつ》がめきめきと上達しているのだ。

気合いを入れていないと気付けない回数が増えたので、その内本当に勝率《レート》が大きく負けに傾ききりかねんな。剣士として敏感になりきれていない以上、私もそろそろ恒常系の術式でも張るか。

「バルドゥル氏族からの手紙でね。しかも幹部のお遣い付き」

「あらあら、随分と重く見られたもので。漸《よう》く煤《や》が落ちたばかりの冒険者如きに大層なこと」

相方とくすくす笑いつつ、妙に癖のある文字列を追う。

「でも、随分とお耳が早いのね。昇格からまだ二日と経《た》ってないのに」

「年季が違うんでしょ。地元だけあって諜報網《ちょうほうもう》も段違いだ。私達のは仲のいい人達からの噂話《うわさばなし》頼りなんだし」

「その〝仲のいい人達〟が英雄詩級だらけなのが救いね」

手紙の内容は至極当たり障りのない昇格を言祝《ことほ》ぐもので、何を思ったかお祝いの宴会を開きたいとあった。

本朝式ではないものの、字は元聴講生らしく綺麗だ。それでも撥《は》ねや弧に癖が強く、悪筆半歩手前といったところは薬で手が震えるせいとかじゃないよな？

しかし、まだちぃと〝甘く〟見られている気がしてならなかった。

怒らせない範囲であれば上手《うま》く使えるとか考えてそうだな。

お祝いは社交辞令ともとれるが、お前の情報は常に摑《つか》んでいるという脅しにも繫《つな》がる。漂流者協定団を黙らせて以降、ロランス組以外からは腫れ物を扱うようにされ、喧嘩《けんか》も売られなくなったが、古巣の残り香を嗅いだヤクの元締めは、まだ私を利用しようと考えている節がある。

「ま、無難にお断りの手紙でも……」

「あら、受けては如何《いかが》？」

マジで？　と思って相方を見れば、彼女は悪戯《いたずら》っぽい笑顔で、腸《はらわた》の構造が分かっている方が獣は解体しやすいものよと言った。

かなり物騒な物言いだが、狩人《かりゅうど》風の言い回しを穏当に変換すれば、腹が読めてる相手の方が御しやすいって感じか。

ふむ……でも言われてみればそうだな。裏で何をしているか分からない相手より、実際に面を合わせて空気を察しておいて悪いこともなし。

それと、連《つる》む気はないけれど、冒険者として全く繋がりがないのも不健全か。

「じゃあ、受けるのは良いけど……私は飲み食いは絶対しないから」

「そこまで胸襟を開け、とは言いませんわよ。私だって、毒なんて軽い〝慣らし〟でしか嗜《たしな》んでいないから、あんなところではとてもとても」

なら、返事をするオマケで意趣返しでもしてやるか。

私は誰の気配もないので、ぱちんと指を一つ鳴らした。

〈空間遷移〉の術式で装備品入れを開いたのだ。

手元に現れるのは、いつか必要になった時のために元職場からギッってきた備品の一式。

貴族に差し向けても無礼に当たらぬ上質な羊皮紙の束と劣化せぬ術式をかけた筆墨《インク》、使い込んだせいですっかり手に馴染《なじ》んだ鷲幻馬《グリフォン》の羽根を用いた筆記具《ペン》。

どれも大事だが、割と初心者だと「あっ、やっべ、買い忘れた」と初期作のキャラ紙でシナリオが始まってから気付いたりするものだ。私はポーションを優先して買いそびれた上に手持ちがなく、仕方なく仲間の手帳を破いた物を貰《もら》ってしのいだことがある。

現実で気軽に手に入るものだからといって、油断してはならぬのだよ。

さぁ、甘く見るなよ聴講生崩れ。こちとら立派な伯爵家の家宰候補補様に講釈を垂れられる程度にゃ扱《しご》かれてるんだ。上等な手紙やら貴族式のやりとりで度肝を抜こうといったって、そうはいかんよ。

「お高そうな手紙道具《レターセット》だこと。幾らしたのかしら」

「経費だからロハ。その辺は家の雇用主、ザルだったから」

金持ちなのに金に無頓着なのだ、あの人は。だから本当に必要な物は青天井で何だって買えたし、持ち出しても文句は言われなかった。この手紙用具一式も、自分に手紙を送る時に最低限の礼儀くらいは守れという言葉を含めて黙認されたに違いない。

何はともあれ、伯爵様が皇帝陛下に差し寄越しても不足のない紙と墨だ。精々驚いておくれよ。

返事を手早く認《したた》めて、封をする――魔法使いだと知られたくないので、覗き見防止術式は省略――段階で気付く。

あ、そういや私、蠟印持ってねぇや。

手紙なんて専らアグリッピナ氏の代筆だったから封蠟は預かっていた印章指輪で捺していたし、実家に送る物は気兼ねなんて要らないので普通に糊《のり》で留めていたので、すっかり考えてなかった。

しもうた、ここがキッチリしてないと格好がつききらない。

「……マルギット、何かカッコイイ紋章の印章指輪持ってたりとかしない？」

「狩人が指に装身具をするとお思いで？　作りたいなら装飾用に取っておいた牙か何か融

通いたしますけど？」

ひらひらと揺らされる指には、お言葉の通り一切の飾り気がなかった。弓に短刀、どちらも指輪を着けていると握り心地が変わって扱いづらくなるので、彼女はその手の装身具を好まない。代わりに他の場所にはジャラジャラと――実際には音が鳴らないよう気を付けているが――着けているのにね。

即興で作るか？　五分もあれば消しゴム判子くらいの出来映え《クオリティ》でいいなら、私の〈木工細工〉と〈器用〉があれば一応の形にはなる。

けれど駄目かな、私には絵心がない。技術的に模写をしたり書き写したりはできるが、一から見栄えがする意匠を思いつく才能には恵まれなかった。これは産まれ直してからもあまり変わらず、魂に左右される感性だからか、これといってお得な技能もない。

推察に過ぎないが、魂の有り様に触れる技能なので一際《ひときわ》高価に設定されたのだと思う。顔付きや声のように成長に合わせて変わる物は、自然に育つついでに弄るなら若い内だと安価にしてくれていたが、今や上背の設定は触れなくなったのと同じ。

品性は金で買えない、なんて上手いことを言ったのは誰だっただろうか。

「あっ、そうだ」

品性、つまり矜持《きょうじ》、そいつで驚かせてやろう……。

【Tips】血よりも家の概念が重いこともあるこの時代において、養子を取ることは極めて一般的である。才能によっては異種族であろうと受け入れる度量が帝国には必要だ。

尚《なお》、長命種《メトシエラ》が始めた人間の博物誌化であるが、前提概念の一つに〝繁殖が可能〟か否かが人間と非人間の要訣《ようけつ》の一つとされている。とはいえ、竜と子を生《な》したヒト種《メンシュ》の逸話もあるため、例外など幾らでもあるのだが。


お祝いという名目であるが、専ら互いの口から溢《あふ》れるのは煙ばかりだった。

バルドゥル氏族の廃墟《はいきょ》かお化け屋敷一歩手前といった拠点の中、私とマルギットはマルスハイムの不逞氏族頭目と三人きりになっている。

向こうが敵意はない、と示すため前回と違って護衛を排した面会の場を整えてくれていたからだ。

アグリッピナ氏の側仕《そばづか》え期間に嫌々覚えた――教えられれども、とんでもないお値段《熟練度》だった――〈本朝式宮廷語筆記〉が相当に効果的だったのだろう。

彼女は魔導院で研鑽《けんさん》していた時期がある。つまり、将来的に官僚として貴族に仕えるか、自分自身が貴族になることを前提とした教育を受けている。

教授や研究員の個人的な弟子ではなく、聴講生であったのなら貴族教育は前提みたいなものだ。匙《さじ》の持ち方から歩き方まで五月蠅《うるさ》く指導されている姿は、エリザがアグリッピナ氏から受けている様を見て可哀想《かわいそう》だったので忘れられない。

なにせアイツら《貴族》、汁物《スープ》の掬《すく》い方どころか釦《ボタン》の留め方一つに至るまで五月蠅いんだよ。

ミカだって私とは平易で気安い言葉を喋《しゃべ》ってくれるが、宮廷語は上手い。むしろ、男女両方使い分けていて、それがどちらかの性別でポロッと出たりしない分、師匠から想像を絶する指導を受けているのだろう。

だから分かるのだ。本朝式宮廷語筆記の面倒くささと、それを扱う必要がある立場だったという生い立ち《経験表》が。

馴染んだシステムに喩《たと》えるなら、私の場合だと過去に仕えた主がいる、家族に異種族がいる、両親に愛されて育ったことがある、って具合か。

……いや、まてよ、流石《さすが》にもうちょっと振ってるな。でも枠三つなんだよな、アレ。

郷愁はさておくとして、またもう一つ彼女の矜恃に触れる意趣返しもしてやった。

剝がした蠟印《ろういん》をそっくりそのまま模倣《コピペ》してやったのだ。

蠟印は保護術式の礎石であると同時、家紋の意匠そのものが悪用されないよう概念的な保護術式が込められるものだ。

当然、彼女の眼球を咥《くわ》えた鴉《からす》の家紋も再利用できない策が打たれていたものの、こちとら伯爵様の元側仕えだ。小狡《こずる》いやり方は両手の指で溢れるくらい知っている。

こういった悪用法があるから気を付けろよ、と代筆の仕事を承った時に仕込まれたのである。

高度な欺瞞《ぎまん》術式を扱える仲間がいる、もしくはヤサ《住処》にしている〝子猫の転《うた》た寝《ね》亭〟の縁故でザイナブ氏に助けて貰える身分だと勘違いして貰えたことだろう。

何はともあれ、本文以外に二つの意趣返しを同封した手紙でナンナは理解しただろう。この冷めていくばかりの料理と手を付けられない酒杯が寒々しい祝いの卓を挟んでいるのが、古巣に関わっていて、尚且《なおか》つ面倒臭い相手だということを。

過去を知ることができる人間は、下手な敵より始末が悪い。ついでに現在の醜聞を用いて色々悪さができるとなれば。

札を持っているだけでも抑止力としては十分。誰だって島が二枚立っててハンドが潤沢な相手にデカいアクションは起こしたくないものなのだ。

嘘偽《うそいつわ》りなく、私はかなり強力な打ち消し呪文《カウンタースペル》を握っているから。

元雇用主、そして他ならぬ払暁派最大派閥の頭首たる変態《ライゼニッツ卿》という強力な札を。

さて、元払暁派の聴講生が地方で違法薬物を売り捌《さば》いて一財産作ってますよ、と告げ口したら、どうなるでしょうか。

まぁ、どっちもかなりの代価を要求されるので、犠牲呪文《ピッチスペル》といった方が正確かもしれんが。

ただ、それが分かって尚、〝急な予定〟とかで宴会を中止してこなかった胆力は認める。

やはり崩れとはいえ、魔導師《マギア》を目指した者。しかも実力不足や心折れて逐電したのではなく、禁忌に触れても足を止めようとしなかったがために追放された人間だ。

自分を殺そうと思えば気紛《きまぐ》れや癇癪《かんしやく》で殺せる人間の応対には慣れきっている。

同時に、そんな相手から利益を得ることも。

心の中で少し評価を改めた。酒も呑《の》まず飯も食わず、私だと一息で昏倒《こんとう》しそうな濃度の由来も知らぬ麻薬をただただ水煙草《みずたばこ》で呷《あお》っている魔法使いは、魔法が珍しい環境だからこそ大成しただけの雑魚ではないと。

「しかしぃ……早いわねぇ……」

煙と共に吐き出されたのは、卓を挟んでから随分と久し振りの言葉だった。料理が冷めるくらいの時間、お互いを値踏みしていたのは何とも貴族の文化を嚙《かじ》った者同士らしいやりとりだが、隣のマルギットには居心地が悪かったろう。あとでお詫《わ》びに何か装身具でも贈ろう。

「この昇格速度はぁ……私が冒険者になってからぁ……四人しかいないわぁ……」

「でしたら別に多いとも言えないのでは？」

「あらぁ……若く見てくれるのはぁ……嬉《うれ》しいわねぇ……不朽にもぉ……不屈にも手が届かなかった身だけどぉ……」

薬品の煙を吐き出している、骨と皮ばかりが目立つ魔法使いに私の言葉は社交辞令に聞こえたらしい。お若く見えますね、ってやつだ。

「私もぉ……月が四回満ちるまでで昇格したけどぉ……それはぁ……薬品を卸したからぁ……というのもあるからなのよねぇ……」

「薬品、ですか」

「うふふ、勿論《もちろん》……合法なヤツよぉ……？」

同業先輩の成功談は酒の席で聞かされると鼻につくこともあるが、この場合は聞いておいて損はない。ただの先輩ではなく、曲がりなりに地方で寡占事業を取り纏《まと》めている社長の言葉なのだから。

それに、これは自慢ではない。誘った彼女が率先して私に情報という〝利益〟を与えようとしての語りだ。

殺すのが難しいなら気に入られる。理に適《かな》った動きだ。

ナンナは最初から違法薬物の売買で成り上がったのではなく、一角《ひとかど》の冒険者になるまでは〝ごく普通の魔法薬〟を作って卸すことで生計を立てていたそうだ。

それって冒険者でやる必要あるんですかね、とは思ったが、税制やら初期投資やらの都合で冒険者から始めるのが彼女の境遇には最適だったらしい。

魔法使いという立場を活用して薬草問屋や薬師の依頼を率先して受けて縁故《パイプ》を作り、コネで安く仕入れて上質な魔法薬を作り販売。得た財貨で更なる設備と材料を購入して規模を拡大……何か色んな世界でやった覚えあるぞこれ。

シロディールや核戦争後のワシントンD.C.めいた方法で稼いだ彼女が作った薬品、それは……。

「ふふ、水虫の薬よぉ……」

凄《すご》いでしょ、とでも言いたげに胸を張られたが、一瞬きょとんとしてしまった。

「え……？　分かんないぃ……？」

「……なったことがないので」

「縁があるようにお見えで？」

水虫の単語を別綴《べつつづ》りの同発音単語と間違えて覚えてるかなと首を傾《かし》げる私と、細菌が繁殖する余地のない甲殻の足をわきわきと動かしてみせるマルギットにナンナは水煙草の煙に混ぜて溜息《ためいき》を吐《つ》いた。

「水虫はねぇ……冒険者のぉ……というかぁ、野を征《い》く者のぉ……あと、貴族の職業病なのよぉ……」

呆《あき》れたように教えてくれたが、水虫、つまるところの白癬菌《はくせんきん》が足に繁殖するのに最適な環境をしているのが冒険者や隊商、そして貴族のような長期間靴を履きっぱなしになるようなご身分だそうで、とてもよく売れるらしい。

古着屋で買ったりお下がりを貰《もら》ったり、時には死体から剝いだりした靴を履く地下の人々は余所《よそ》から感染する経路に事欠かず、貴族の間では革のどっしりした構造が好まれているため通気性が悪いので、余程貧乏でない限り靴を履く帝国人の風土病の一つだそうだ。

といっても、私にはピンとこない。

いや、待てよ、親父《おやじ》殿は傭兵《ようへい》だったからな。だからか、私達《たち》子供にも複数の靴を与えて、小まめに使い回させていたのは。

自分が悩まされたから、対処法を先輩辺りから聞いて、子供にも習慣付けさせていたと。肌を綺麗《きれい》にして通気性を保つのが水虫の対処法。前世で営業だった同期から、夏は特にヤバいぞ、と居酒屋で愚痴られた記憶が俄《にわか》に思い出された。

何はともあれ、風土病の一つを治せるような薬を作れたなら、そりゃあ売れたろうよ。

「ただねぇ……普通の商いじゃ……どうしても限界がでるのよねぇ……」

「何故《なぜ》です？　完全な毛生え薬や痩せ薬程とは言えずとも、かなりの儲《もう》けになったでしょう」

「認めるのは癪《しゃく》だけどぉ……やっぱりぃ……魔導を極めたいならぁ……魔導院以上の場所はないのよぉ……」

設備と器具が如何《いか》に高額で、入手が手間かという愚痴にはナンナが麻薬に逃げたのとは別の疲れが在り在りと滲《にじ》んでいた。

そういえばそうだ。当たり前のように使っていた錬金術の機材も実験室も、関係者だから貸して貰えていたけど、どれも自費で揃《そろ》えるとなれば一財産どころの話ではない。

特に長期間、多くの献体を確保して薬効を確認せねばならぬ創薬ともなれば、途方もない予算が必要となるだろう。

思いつく限りでも蒸留器、攪拌機《かくはんき》、遠心分離機に顕微鏡、幾つも並べる大鍋、そして半ば消耗品のように大量に必要となる硝子《ガラス》製品。鼠《ねずみ》を一匹一匹捕まえるのも手間なので、下級の冒険者に捕まえさせるとなれば代価も安くない。

魔導院でならば、関係者価格、そして需要に応じて製造されることもあって現実的なお値段になるが、仮にも聴講生として学んで〝禁忌に触れる〟領域まで研鑽した人間が満足する機器となれば、並の利益では試験管一本も手に入るまい。

何せ全部お取り寄せか、一品物《カスタムメイド》での特注品。御用聞きの外商が足繁《あししげ》く通ってくる帝都魔導院の工房とは元値が数倍、下手すれば十数倍は変わってくる。

こっちに透鏡《レンズ》の研磨ができる職人がいるかも微妙となれば、領邦を跨《また》いでの発注となり、辺境《》宝石や邸宅と変わらない値段を要求されることとなろう。

うわぁ、こわ。高校の実験室と同程度の環境を揃えるだけでも、魔法の装備が買えるような金がぶっ飛んでいくとか、研究者が成功した人以外が貧乏なのも頷《うなず》けるな。

「今でも研鑽は続けている、と」

「勿論よぉ……昔はねぇ……無邪気にぃ、飲むだけで健康にぃ……そしてぇ、誰でも長命種《メトシェラ》のようにぃ……朽ちぬ体を得られる薬なんて追い求めていたけどねぇ……」

譫言《うわごと》のような不確かな声音で紡がれる言葉と共に手が食卓に伸び、彼女は飲まれもせず放置されていた葡萄酒《ぶどうしゅ》の杯を手に取った。

「これぇ……何色に見えるぅ……？」

「……濃い赤。匂いからして南方産。良い物かと」

「そぉう……でもぉ……貴方《あなた》の言う赤ってぇ……本当に私の言う赤なのぉ……？」

煙だけが吐かれていた唇が触れた酒杯、それが湛《たた》える赤とはなにか。

光の反射によって、ヒト種《メンシュ》の眼球構造では赤に見えているだけ。

世界の有り様とは、正しく〝接続される感覚器〟によって異なる。

「同期にねぇ……色盲の子がいたのよぉ……ほらぁ、あれぇ、色が違って見える先天性疾患……」

「知ってます。赤や緑が見えづらいことが多いとか」

「そー、それぇ……良い子でねぇ……仲良かったしぃ……薬とか薬草ってぇ……色での識別も大事でしょぉ……？　だからぁ、何とかしてあげたくてぇ……治せないか色々試したんだけどぉ……気付いちゃったのよねぇ……」

「……何に？」

「世界ってぇ……結局ぅ……神経が受ける刺激でしかないのよぉ……」

五感全ては脳が処理しているもので、全ては刺激に対応して意識が基底現実上の現象を処理できるようにした物に過ぎない。

魂の実存が確認されている世界であっても、器に空いた穴からしか外界を観測できぬという前提は変わらないのだ。

それが、追われた魔導師《マギア》志願が行き着いてしまった真理。

「これを飲んでぇ……舌に感じる甘みもぉ……渋みもぉ……ぜぇんぶ、魔法で再現できちゃうのよねぇ……葡萄なんてぇ、皮の欠片《かけら》も入ってなくてもぉ……」

「それはたしかに技術的に可能でしょうが」

「つまりはぁ、全部ぅ……この薄っぺらぁい、骨の内側で見ているぅ……夢みたいなものなのよぉ……」

またシノギの話から随分と哲学的な内容に飛んだなぁ、おい。

不死も不朽の体も、全ては老いや病が痛く苦しいから欲しいのだ。

ならば、完全な幸福を得られる薬があれば。

魂そのものが幸福しか得られなくなる薬を生み出せれば。

一欠片飲めば死ぬまで、いやさ、死すらも喩《たと》えようのない法悦に感じられる、全ての刺激を幸福に変換する薬があれば。

人間は、それだけでいいのではないかと彼女は思い至ってしまった。

そして墜《お》ちた。

「まぁねぇ……今の薬もぉ……不完全なんだけどねぇ……だってぇ、夢から覚めるだけでぇ……なぁんでもしたくなる辛《つら》さに駆られるなんてぇ……辛いじゃなぁい……？」

彼女は今も悪夢を見続けているのだ。虚となった頭蓋の内側に狂気を飼って、極論に染まったまま。

感情を克服する術《すべ》を、幻想に過ぎぬ外界からの刺激を変換する薬を追い求めて今も研究を続ける魔法使い。

これは正しく、悪い魔法使いとしか言い様がない。

彼女が街の外で塔に住み、捕まえた無辜《むこ》の民を何人も実験に蕩尽《とうじん》していたなら、即刻狩られるような悪行。

この世と己という存在に倦《う》むことは同情するが、決して同意はできぬ。

しかし、彼女は看過されている。

「だからぁ……そういぅ……〝失敗作〟に興味がない子こそぉ……今はちょっと欲しいのよねぇ……」

違法な薬を作る隠《かく》れ蓑《みの》として、マルスハイムに必要な薬を供給しているからだ。

「実験体になれ、なんて言われたら流石《さすが》に看過できませんが？」

「違うわぁ……第一ぃ……術式に慣れた人間だとダメよぉ……使いづらいものぉ……」

いつか人類全てに尽きぬ幸福を与えたいなら、まずは最も数が多い〝普通の人類〟に使える品でなければ意味がないでしょうと魔法使いは嗤《わら》った。

商売の話から精神論に翔《と》んだと思えば、これまた商売に戻る。この話の波の落差は、果たして彼女が吸引している魔法薬から来る物なのか、生来の気質なのかは分からないが……まぁ、深入りしないのが一番だ。

狂気は伝染する。彼女が大勢の信奉者を抱えて氏族を構築しているように、思想《ミーム》は伝播《でんぱ》するのだ。

ただ、あまり触れないでいるのも怖い。

本当に恐ろしい策謀というのは、自分の与《あずか》り知らぬ場所で進むもの。痛みと同じで来ると分かっていれば耐えられるが、不意に小指を打てば歴戦の兵士でも悶《もだ》えるように、警戒してない夜闇から這《は》い寄る策謀への対策は難しい。

付かず離れず。言うは易しなれど、一番難しいのだけどな。

「で、何をお求めで？　ま、煤《すす》が落ちたばかりの紅玉二人組にしてはお買い得なのは確約いたしましょう」

「流石ぁ……話が分かるぅ……安心してぇ……ちゃぁんと綺麗な仕事よぉ……行政府のお墨付きぃ……」

　単なるお祝いの誘いでないことは分かっていたが、想像よりもかなり単純な仕事のお願いだった。

　さて、バルドゥル氏族はお上からお目こぼしを貰える程度には社会貢献をしており、その中には普通の医薬品の売買がある。

　辺境は揉《も》め事《ごと》に事欠かないし、普通にしていても人間は怪我《けが》も病気もする。だから荘付《しょうづ》きの医者や近所に魔法使いの庵《いおり》がない荘からは、名主から請われて代官が定期的に薬を用意する。

　簡単な傷薬の軟膏《なんこう》、葛根湯めいた風邪の引き始めに効く飲み薬なんかでも、あるとないとでは大違い。だから非常時に備えて、幾らかは在庫を確保するために流通を促さねばならない。

　ただ、バルドゥル氏族は武闘派ではなく、真正面からの殴り合いに向いた構成員は少ない上、傘下の別氏族にも取り立てて目立った英傑がいない。薬品で強化された者が最初に訪ねた時にいたものの、本気で肉体を改造している落日派からは鼻で嗤われる強化具合だったので頼りにはなるまい。

さりとて魔法使いは切り札を通り越して、この氏族の屋台骨だ。軽々に都市外には出したくないし、そもそも護衛に使うと薬品の製造効率が落ちる。

どちらかを我慢するくらいなら、金を出して使える人間を雇った方が危険も少ないし、費用対効果はいい。

ハイルブロン一家が〝舌抜きのマンフレート〟を食客として抱えているように、私を荒事に使える要員として雇いたいと言う寸法である。

依頼は大規模な医療品を商う、彼女が出資している隊商の護衛に加わること。

日当は紅玉の相場の三倍以上、一日で一人二リブラ《銀貨二枚》も出してくれるという。ついでに面倒な見張りや雑用はナシで飲食費も向こう持ち。

「腕利きを組み込みたい理由がおありで？」

「そのねぇ……近頃ねぇ……土豪のお行儀がぁ、かなり悪いのよぉ……」

土豪、またか。良い話は一切聞かないが、更に上積みされるともっと印象が悪くなるじゃないか。

ナンナ曰《いわ》く、前は鼻薬を嗅がせていた土豪や衛兵のおかげで損害を被ることはなかったが、近頃矢《や》鱈《たら》と被害が出るようになったという。

薬品そのものが高価なのもあるが、バルドゥル氏族の息が掛かった隊商なら〝非合法な方〟のお薬も積んでいるのではないかと考える悪党が出始めたからだ。

私といった一度諍《いさか》い合った相手であっても力を借りたいくらいには損害を被っており、

末端の氏族員が何人か斬り死にしたと、意外と配下に甘い頭目は嘆く。

元々巡察吏が定期的に行き交っている都市部と違って辺境は治安が緩いものの、近頃になっては殊更に酷《ひど》く、土豪の勢力圏は半ば無法地帯と化している。

それどころか本来は治安を司《つかさど》る行政側に膝を屈した筈《はず》の土豪達《たち》までもが、勝手に関を置いて利得を貪らんと蠢動《しゅんどう》する始末。

これでは商売が成り立たない。売上げの大半は違法薬物の売買とはいえ——単価がかなり違うからな——地方の貴族から特注された水虫の薬や、ただの睡眠薬が届かなくなるのは非常に拙《まず》い。

だから今回は確実に届けるため、何があろうと打ち破れる剣が欲しいと彼女は言った。

「石塔をぉ……一刀で斬り伏せぇ……あの倦《う》んだ巨鬼が気に入るのですものぉ……野盗や土豪の二〇や三〇……余裕でしょぉ……?」

嘘《うそ》を吐《つ》いている気配はない。外連《けれん》が強く、厭世的《えんせいてき》で浮世離れした気配に混ぜて不利益に繋《つな》がる情報を隠している色はなかった。

経営者として純粋な利益を見込んでの依頼。

幾つかの裏付けとして荷を確認してよいかと頼めば、快諾が返ってきた。

先の一件で私が魔法薬への知識があることも分かっているだろうから、確認を許すのならヤバい薬を運ばせて、知らぬ内に犯罪に加担させようという魂胆でもなさそうだ。

「正直ねぇ……数を集めてもいいんだけどぉ……土豪の私兵が出張るとぉ……」

「役者の格が足りませんか」

「そりゃそうよぉ……伊達《だて》にぃ……帝国に刃向かおうとしてないわぁ……騎兵に突っ込まれるとぉ、賑《にぎ》やかしの冒険者や傭兵《ようへい》なんてぇ……全然ダメねぇ……」

ま、たかが一日大判銅貨二枚《五〇アス》かそこらで命を懸ける酔狂な冒険者は少ない。専業軍人と殴り合って追い返すより、当座の命が大切だ。

命あっての物種とばかりに勝ち目のない戦ならば逃げ出す。武勲に繋がると頑張る者もいなくもないにせよ、割合は低かろう。

なら、職業意識を持って、単身である程度は戦ってくれる冒険者は絶対に欲しい。

何度も仕事を受けて貰《もら》うためなら胸襟の一つも開こうか。

「いいですよ、乗っても。外の仕事の経験も積んでおきたかった」

護衛依頼は冒険者のお約束だ。早い内に手が読める人間相手にやって、慣らしておいた方が良い。

それに依頼の結末如何《いかん》によっては、マジでもう一回くらいは都市の影を走った《シャドウ・ラン》方が世のためになると判断し、帝都に手紙を送ることは躊躇《ためら》わない。

自分の塒《ねぐら》が綺麗《きれい》であるのに越したことはないからな。

「助かるわぁ……最近の新人はぁ……イキが良いのが多くてぇ……」

「他にも勧誘をしているのですか？」

「勿論《もちろん》よぉ……若い血が多い方がぁ……新しい見地も得られるものぉ……。魔法使いの子がねぇ……一人いるのぉ……その子もぉ、薬への知識があるっぽいから誘っていてぇ……」

「ちょっと詳しく」

「えぇ……？」

唐突に前のめりになった私に引きながらも、ナンナから聞き出した魔法使いの新人は、つい先日私に絡んでくれた微笑《ほほえ》ましい同期の相方だった。

名前はたしか、イルフュートのカーヤ。

これはいけない。折角のLv１仲間を悪の道に引きずり込まれては敵《かな》わん。

「彼女の勧誘は止《や》めていただけますか」

「えぇ……？　なんでぇ……？　お友達ぃ……？」

「そんなところです」

正確にはお友達候補止まりだけどね、まだ。

私は正直に言うと、あの少年、ジークフリートと名乗った同期に好感を覚えているのだ。

何でお前が、なんて恨み言ではなく、直《す》ぐに追いつくと彼は宣言した。

気持ちいいくらいの熱血少年。こんなの精神年齢がいい歳《とし》になった私には清々《すがすが》しすぎて、思わず目が優しくなっちゃうもの。

私は彼のような〝正統派〟なロールはあまりしてこなかったが、友人に熱血主人公を演《や》るのが上手《うま》い男がいて、彼がＰＣ《プレイヤーキャラクター》１をやっていると話が清々しくなって楽しかった。

何か足りないなぁって気がしてたんだ、人生で。

無二の友を得て、世界で一番可愛《かわい》い妹もおり、隣にいてくれるだけで安心して眠りこけられる相方もいる。

けれど、同じ目線で憧れを追う友人、あるいは〝好敵手《ライバル》〟と呼べる存在はいなかった。

私の相手って、大抵が一回限りのボスだったからな。何度も戦っているナケイシャ嬢は好敵手に近いと言えるが、彼女の場合は〝目的〟によっては勝利ではなく時間稼ぎや逃亡を前提としての戦闘も多かったので、好敵手と呼ぶのはちょっと違う。

だけど、一緒に冒険者として錬磨できる同世代がいたら、それはそれは楽しいと思う。

だから彼とは、ちょっと仲良くしてみたいと思っていた。

「ねぇ、マルギット……二人だけでやるのも楽しいけどさ」

「手を広げるなら、あと少し、ですわね。ま、実家でも巻き狩りのために人を頼ることはありましたし、別に構わなくってよ」

お願いしてくれたら甘えさせてくれる相方に無上の感謝を。

暫《しばら》く二人っきりで戦《イチャイチャしてたい》いたいと言い出したのは私なのにね。

「ナンナさん、その依頼、定期的に受ける感じですよね？」

「そうねぇ……そうしてくれたらぁ……とても助かるわぁ……最辺境へは行かないからぁ……まぁ、往復二〇日掛からないのが何度もぉ……ってところだけどぉ？」

「なら、誘ってみたい新人がいるのですが、構いませんか？　頭数が多いのが一番安全に繋がると思うのですが」
それにほら、実にそれっぽいじゃない。
Lv1冒険者達が知り合う最初の冒険が、ただの隊商護衛なんてのはさ…………。

【Tips】ナンナ・バルドゥル・スノッリソン。北方出身の元払暁派〝ライゼニッツ閥〟聴講生。その追放理由は基底現実を軽んじ、禁忌に触れて精神の深みへ踏み込み、師からの制止を振り切って行った実験により魂の深奥に絶望したことに因《よ》る。
本来は生産している薬物の社会的に重篤な影響力から密殺が妥当とされたが、彼女は君主制が齎《もたら》す個人の権力によって、今も呼吸することを許されていた。

青年期

十六歳の晩秋

地域固有の強敵《ネームドエネミー》

地域によって出現する怪物が違うように、地域に根ざした強大な敵が跋扈していることもある。時には、ただ単に強力で無慈悲というだけでなく、その背景（設定）までがしっかり固められ、独自の物語を持つ敵とかち合うこともあるだろう。

そして、彼等は往々にして同格の敵より一回りも二回りも強かったりする。斯様な傑物に挑むのも、強さを追い求める冒険者（データマンチ）の夢と言えよう。

ざっと見ただけで、煤黒《すすぐろ》から紅玉に上がって変わったと実感する仕事の質は、多少の信頼がないと任せられない物なのだなと感じた。

お祝いされているというのに何故《なぜ》かお腹《なか》が空《す》いたまま帰るという微妙な宴席の後、日銭を稼ぐべく、ナンナの依頼が始まる前に幾つか受けてみたのだ。

都市内でのちょっとした輸送でも、個人宛で中を見られたくないような手紙の配送から、家屋の中に入ってやるような修繕やお手伝い。手癖が悪い人間は使いたくない商家からのお遣いなんぞがある。

そして、皿洗いや掃除夫として使う名目上の用心棒ではなく、本当の用心棒の仕事も見られるようになった。

然《さ》れども立派なお店に立つような用心棒ではなく、冒険者や傭兵も立ち寄るような飯場や宿屋、酒房で諍いが起こったら最悪拳で止めることを期待して雇われるものだ。威圧目的で立ってれば良い警備員のおじさんみたいなものなので、一日やって銀貨に届かない微妙なお仕事である。

あと、ついでにナリが厳《いか》つくないとお断りされるし、言うまでもなく私は審査で撥《は》ねられた。

悲しいことに、積み上げた実績は〝誠実さ〟に拠るもので、大抵の人達は氏族相手に暴れた先の陰謀劇《シャドウ・ラン》を知らないからね。

それにしても、店主体で用心棒を雇わないのは、何かあった時に解雇しやすいようにする保険かね。組合はいわば日雇いの労働派遣会社。長く勤めて文句を言うようになった古株を抱える心配やら、賃上げ交渉が五月蠅い《うるさ》正社員を雇わず済むので、組合に投げるようになったと思われる。

そして、煤黒と紅玉にて最も大きな差異は、今正に出立せんと荷物の確認をしている隊商の護衛依頼を受けられるようになったことか。

「きょ、今日からよろしくお願いします。力の及ぶ限り、荷と人を守りましょう」

「此方《こちら》こそよろしくお願いします……」

オドオドビクビクした空気が抜けぬ挨拶は、隊商の責任者である魔法使いが発したものだった。

私へのお遣いにも差し向けられた彼女の名はウズ。故地の名は明かさず、そう呼べとだけ言った。

舌に馴染《なじ》まぬ発音なので、ナンナと同じく北方の生まれなのだろう。故地を語ろうとしなかったのは、嫌な思い出があるか、札付きで故郷と繋がる情報を秘したいかのどちらかだろうから、触れずにおいた。

仕事仲間になるのだし、波風を立てない紳士的な気遣いくらいはするさ。

「先生からは、ご無礼のないようにと仰せつかっておりますので、何か入り用でしたらお気軽にど、どうぞ……」

「お気遣い痛み入ります。ですが、余程でなければ自分で何とかしますので。どうかごゆるりとお構えください」

いざとなれば、この剣にお任せあれと腰にぶら下げた〝送り狼《シュッツヴォルフ》〟をポンと叩《たた》けば、彼女の口から「ぴぃっ!?」と妙な悲鳴が響いた。

……そんなにビビらなくていいじゃないか。顔面を紅葉下ろしにしたのは私じゃなくてマルギットだぞ。しかも、鼻が欠けてなくなるような酷《ひど》さだった訳でもなし、ちゃんとナンナに治してもらったんだからさ。

ともあれ、この馬車八台、商人が人足含めて二〇と余人、護衛一九人というボチボチな規模の隊商の責任者なのだ。できるだけ脅かさないよう、ひっそりしておこう。

しかし、最初に待ち合わせ場所で会った時は驚いたね。大事な基幹要員を外に出さないために私を雇ったと思っていたから。

なんでも彼女は魔法使いだが、専らお外に出るのが仕事で、こういった外向けの商売や伝言役として方々を走り回っているらしい。魔法薬を作るのに彼女の魔力が向いておらず、製造の方では貢献できないので適材適所となったそうだ。

空を飛べるという利点は凄《すさ》まじいから、さにあらん。仮に私の配下だったとしても、そう使うだろう。無理に下手な魔法薬を作らせるより、魔導院でも珍しい飛行術式の使い手なら速度が大事な仕事の方が適している。

それに、いざ隊商が全滅しても一人で逃げ帰り、顚末《てんまつ》を報《しら》せることのできる人員と考えれば、今回の任命にも納得がいった。

「あ、あれが、せ、石塔を切り捨てたという剣……なのに魔力波長もない……こ、怖いよう、先生ぇ……」

去り際に耳に届いた独り言は聞こえなかったことにしておこう。ハイルブロン一家が広めた〝石塔斬り〟の名前が怖かったのか。

別にそれくらい、探せばできる者もいるだろうに過剰に脅《おび》えられるとやりづらいんだがなぁ……。

「うっ、馬ぁ!?」

素っ頓狂な悲鳴が響いたのは、私が今回は荷馬ではなく純粋に自分の足に使うため連れてきたカストルに跨《また》がろうとしていた時のことだった。

「ああ、ジークフリート！　来てくれましたか！」

愕然《がくぜん》とした様子を隠せずに口をあんぐりと開いて此方を見ているのは、鎧《よろい》……と呼べなくもない革の胸当てだけを着け、他は旅装に剣と槍《やり》という軽装のジークフリートだった。

誘ってみたら快く受けてくれたのだ。煤黒なのに――流石《さすが》に私と同額で雇えとは言えなかった――雑用なし食費抜きで日当五〇アス、紅玉の相場《》入出市税も依頼主持ちという依頼は破格だったようで、首を縦に振ってくれたよ。

好敵手に据えた同期からの誘いとあっても、赤貧冒険者に日当五〇アスはデカいものな。本来ならば昇格してからの金額だし、嫌らしい左《ジャブ》みたいに財布を削ってくる経費を削れるのもかなり魅力的だ。

無事に行って帰って来られるだけで一〇リブラも稼げたなら、貯蓄にもなって生活にゆとりもできるのではなかろうか。

「よ、鎧まで一式揃《そろ》ってやがる……お、お前、騎乗の身分《貴族関係者》だったのか!?」

「私は地下の生まれですよ、貴族の落胤《らくいん》なんぞでもありません」

挨拶よりも驚きが勝ってしまった同期へ丁寧に説明した。

誰に恥じることもない農家の倅《せがれ》で、人別帳にもそう書いてある。縁あって昔お貴族様に仕えたことがあり、お暇を貰《もら》う際に老馬を下げ渡されただけ。

何も嘘《うそ》は言っていない。イイネ?

事実として、私はただのケーニヒスシュトゥール荘《しょう》、ヨハネスの子エーリヒ。一匹の功名に駆られた冒険者なのだから。

「鎧は幼い頃からお金をコツコツ貯《た》めて仕立てたんですよ。この剣は父親のお古です」

「だ、だけど、それ普通に良い品じゃねぇか……ガキの小遣いじゃどうにもなんねぇだろ……」

「手先が器用なので、色々作って売ったんですよ」

馬上から挨拶するのも失礼なので、乗ったばかりなのに降りるのかよと不満げな愛馬を宥《なだ》めてから、長旅を共にする同期へと引き合わせる。

「この子はカストル。あっちのがポリュデウケス。私共々よろしくしてやってください」

「でっけー……すげー……かっけぇ……故郷で馬鋤牽《うますきひ》いてたのとぜんぜん違ぇ……倍はデ

ケぇんじゃねぇか……？」

　少年らしく馬の格好好さに見惚《みと》れている相方の代わりとばかりに、後ろで控えていた魔法使いの少女が丁寧に腰を折った。

「ディーくんがごめんなさい……挨拶もしてないのに」

「いえいえ、お気になさらず。挨拶も忘れるほど愛馬を褒められて嬉《うれ》しくない男などいませんから」

　礼儀作法の教育が行き届いた、きちんとした礼だ。私もそれに応えつつ、やっぱりお身分が違う二人だなと感じ入る。

　故郷で見た農耕馬が軍馬種である愛馬達《たち》と体格が違うことに驚いているジークフリートは、やっぱり発言からして田舎から出て来た良い意味で普通の少年だと分かる。出自は私と同じで農家かな。

　対して相方の少女は言葉遣《こと》い《ば》も熟《こな》れているし、立ち姿や杖《つえ》の持ち方などに熱心な教育の色が残る。

　少年は宮廷語を〝都会言葉〟と言っていたが、辺境の私塾でも教えることは然《さ》して変わらないようだ。

「よろしければ、乗り方を指南しましょうか？」

「えっ!?　マジで!?　いいのか!?　俺が馬になんて乗って!!」

　こっちの方は高貴な身分でなければ馬に乗っちゃならんなんて文化でもあったか？　い

や、荘内限定の常識《ローカルルール》なんてのは何処《どこ》にでもあるから、彼の所ではそうだっただけかもしれないな。

今まで一度も、馬に乗っていることを〝不遜だ〟なんて怒られたことはないし。

「貴族の従兵として車列を守るのでもなし、時間はありますよ」

何かを一緒にやるのが仲良くなる第一歩だ。それに英雄に憧れる男の子なら、立派な馬に跨がってみたい気持ちも分かるさ。

私だって、初めて見事な軍馬たる兄弟馬達に跨がった時は、実家のホルター《農耕馬》には悪いけれど、戦う為《ため》に生まれた馬って違うんだなと感動したから。

いいかい？　と愛馬達に顔を寄せて聞いてみれば、二頭は仕方ねぇなとばかりに小さく嘶《いなな》いた。

馬に不慣れだったミカが馴《な》れるまで〝合わせてやってくれた〟のだ。きっと優しく乗り手を導いてくれるだろう。

それに、何かあった時のため馬に乗れて損はないからな。誰かが足止めしてでも後方に急いで報せを届けに行かねばならぬ場面で、乗り方が分かりません《操縦技能持ってない》となっては困る。

実際、卓であったんだよ。探索者達が這々《ほうほう》の体《てい》で恐怖の館から逃げ出し、車を見つけて生還の目がでてきた！　と思ったら「……あれ？　みんな運転が初期値じゃね？」なんて具合に困ったことが。

結局、一番マシそうなＰＣ《プレイヤーキャラクター》が振って大失敗《ファンブル》。車が崖から落ちて全滅と相成りましたという苦い思い出だ。ＧＭ《ゲームマスター》に推奨技能として前書き《ハンドアウト》に書いとけ！　とキレ散らかしたが、現代物なんだから誰か一人くらい運転できるようにしとくのが普通だろうが！　とキレ返されたのも良い思い出である。

「あっ、ただ注意が一つ」

「おっ、な、何だ。嚙《か》むのか……？」

「酷く扱わなければ嚙まれも振り落とされもしませんよ」

急に脅えて一歩距離を取る少年。家の子達は賢いから、余程の無礼を働かねば蹴りも嚙みもしないよ。昔、心的外傷《トラウマ》となるような出来事でもあったのかね。

ただ慣れない内は死ぬほど腰が痛いのと、ケツの皮が剝《む》けるくらい擦《こす》れるだけだ。

尻の皮が……？　と顔を青くしている同期へと改めて手を差し出す。

「後先が逆になりましたが、護衛道中仲良くやりましょう」

「お、おう……」

意外と悪い奴《やつ》じゃないのかも、という顔をしてくれた彼を隊商に紹介するべく、私は手を取ってそのまま彼を連れて行った………。


【Tips】馬はただ座っていればいいだけの生き物ではない。速度を出そうとすれば、馬の動きに合わせて体を動かさねば跳ねる馬上の鞍《くら》で腰や尻を何度も殴打され、下手をすると座骨を痛める。

〝金の髪のエーリヒ〟というと業界内でチラホラと名を聞くようになった人物であったが、ジークフリートとしては全く全容が分からない人物であった。

勇名は聞く。何かやったらしいとか、何処かの誰かが喧嘩《けんか》を売ってボコボコにされたらしいとか、そんな曖昧な内容ばかり。結局のところ、肝心の具体的に何をしたかや誰を倒したかが分からない噂《うわさ》だ。

彼自身が噂の詳細を調べて教えてくれる伝手《つて》を持っていないのもあるが、何をしたかをされた側が知られたくなくて隠すからである。

たとえば酒保女に乱暴しようとして視線一つで追い返されたハイルブロン一家の若衆にとっては、そんな出来事など醜聞以外の何物でもない。だから噂が出ようとすれば潰すし、たかが噂話を囁《ささや》いただけで報復されては話す側も洒落《しゃれ》にならないので、そこは噂する側も酒の席のアテとして軽く暈《ぼ》かす。

斯様《かよう》に薄められた噂くらいしか、諜報網《ちょうほうもう》や情報網を持たない下級の冒険者には届かないので、同時期に冒険者となった者達と没交渉な新人の金髪は――単に先に知り合った氏族との付き合いが忙しかっただけでもあるが――新人達の中で謎の人物扱いされていた。

その印象が今日の出来事で益々《ますます》強まっていくばかり。

「馬は上下だけでなく前後にも左右にも揺れます。体幹をしっかり意識して、馬が動く衝撃に合わせて体を揺すって」

「むっ、無理言うな！　高ぇ！　ゆれっ……いだっ⁉」

意地で〝怖い〟という本心だけは噛み殺したが、歯が挟んだのは言葉だけではなく不用意に動いた舌もだった。

「慣れない内に喋《しゃべ》ると舌を噛みますよ」

警告が遅かったようですが、と辺境では耳慣れない都会言葉を喋る金髪と接触しても尚《なお》、謎は何一つ解決しない。

自称農家の四男坊であるが、持っている物が豪華すぎる。

ちゃんとした拵《こしら》えと専用の鞘《さや》がある剣、胸当てに鋼板を用いた革鎧、そして何より立派な軍馬が二頭も。

どれも自作農、土地持ちのちゃんとした家だったとして子供の手には余る代物だ。

それを家長の継承など望むべくもない四男の小倅が持っているのは、地元のことしか知らないジークフリートの目線から見ても異様だった。

ポリュデウケスに跨がった自分の隣でカストルに乗り、轡《くつわ》を取って乗馬体験と呼ぶには早い速度で隊商の横を走る姿は、自警団訓練に加わって多少の武を身に付けた少年の目には金髪を靡《なび》かせる様も相まって同じ生き物として映らない。

どこか異様な、もっと上等な生き物が人間の皮を被《かぶ》って人間のフリをしているかのようだ……。

だが、そんな相手にでも英雄になる志を持つなら引くことはできない。

薄皮一枚の下には、人間以上の格が詰まっているとしか思えない存在が英雄なのだ。

彼は一度、同じ気配を纏《まと》った生物と遭遇している。

聖者フィデリオ。冒険者同業者組合に仕事を漁《あさ》りに行った時、何かの手続きで訪れたであろう彼を見て、少年は稲妻に撃たれたかのような衝撃を受けた。直《す》ぐに奥の応接間に行ってしまったので会話こそできなかったが、あの強烈な印象だけは忘れない。

見上げるような長身、恐ろしく分厚い体、何よりも静かなのに体中から発せられる威圧感。細やかなりし武人の感性が囁くのだ。絶対に勝てないから下手な事をするなと。

一体どうして他人が彼と普通に会話でき、あまつさえ喧嘩を売れるのかジークフリートには欠片《かけら》も理解できなかった。

フィデリオが今より幾分若かったとして、有り得ないだろう。あんなのが激怒してカチ込んでくるような愚行に手を染めるなんて。

ジークフリートとしては、まだ生き残る目がある分、どれだけ高い木から飛び降りられるかなんて、地元で馬鹿な子供達がやっていた度胸試しの方がマシに見えた。

彼は人間の領域、尋常という概念から完全にはみ出している。隣の金髪はギリギリ啖呵《たんか》を切ろうという気が湧いたが、アレは駄目だ。出てくるまで待って、握手を求めることもできなかった。

生ける伝説にいつかアンタより強くなると言ってやろうと思っていたのに、体が動かないのは天与の感覚が為《な》したものか。

ともあれ、養った武と天性のカンが告げている。隣で轡を取って乗馬を教えてくれている同年代を自称する金髪は、普通ではないと。

それを押して依頼の誘いに乗る勇気と、乗らねばならない事情が彼にはあった。

金がない。偏《ひとえ》にそれが大変だ。

余人より幾らかいい仕事を受けられていても二人には金が足りなかった。ジークフリートは大部屋の片隅で風呂も我慢して生活費を削っているが、カーヤはそうもいかない。年若い魔法使いの乙女など、荒くれ者が集まる金の牡鹿《おじか》亭の大部屋で無防備に寝かせられる訳もなし。

一番安い個室を彼女のために用立てているので、人よりマシな収入があっても貯蓄は捗《はかど》らなかった。

頼まれればちょっと足を伸ばして取りに行けるような薬草が、街中なら高価だなんて少年も少女も知らなかったのである。

カーヤは魔法使いだが、杖と術式だけを頼みとする、基底現実へ直接魔法を引き起こすのが苦手だった。

その分、魔法を薬に込める才能に満ちあふれており、同じ材料で同じ研鑽《けんさん》を積んだ魔法使いが作った魔法薬より格段に強力な魔法薬が作れる……のだが、残念ながら魔法薬を作るのには触媒が欠かせない。

ジークフリートが日々の労働に耐えるため調合してもらっている〝賦活薬〟一つとって

も、虫の入っていない橡《とち》の木の実や根ごと摘んで丁寧に乾燥させた加密列《カモミール》など、自然溢《あふ》れる荘園なら簡単に手に入った物が、マルスハイムの街中には生えていないため人の手を介さないと入手できぬ。

いずれ冒険に出るため怪我《けが》を癒やす軟膏《なんこう》や飲み薬を作って貰《もら》うとなれば、毎夜月の光が遮られず浴びせられた池の水など、高度にして専門的な触媒が必要になるため、下準備するだけで硬貨に翼が生えたかのように飛ぶ。

だから割の良い話となると一も二もなく飛びつくしかなかった。

いつまでも湿気《しけ》た暮らしをして、大部屋で外套《がいとう》を被って寝るのはご免だ。遠慮して自分も大部屋でいいなんて言う相方でさえ、碌《ろく》すっぽ洗濯されていない虱《しらみ》や蚤《のみ》の多い――自分で何とかしていたが――狭苦しい腐りかけの寝台で眠らせるのは忍びない。

だから勇躍するための土台を得られるとあれば、ジークフリートは躊躇《ちゅうちょ》しなかった。

得体が知れないからなんだ。言葉が通じるなら上等ではないか。

英雄になるならいずれ交渉の余地がない、全くの悪としか言い様がない怪物を討伐することもある。友好的に振る舞う相手にさえ怖《お》じ気《け》づいていたら話にもならぬ。

自分は英雄になるのだ。一歩踏み出しもせず、酒を飲んでくだを巻く、心折れた残骸になどなって溜《た》まるかと、彼は痛む尻を我慢して馬の御し方を必死で覚えた。

今はまだ、優しい馬《ポリュデウケス》が不慣れなジークフリートに合わせ、乗り手への負担が少ない走り方をしてくれているからいい。

だが、いつか来る。あの金髪が実演して見せたような、馬が全力を振り絞る全力疾走に人間が付いてゆかねばならないような時が。

だって、英雄譚《えいゆうたん》に乗騎は付き物だから。

肖《あやか》った悪竜狩のジークフリートの愛馬グラニ、聖従者ループレヒトの空翔る馴鹿《そらかけトナカイ》、あり得ざる混血の半長命種《ハゲネ》が引き連れた戦車。心沸いた英雄譚の誰もが愛騎を引き連れていた。

東方征伐戦争から帰ってきた武勲持ちの自警団員も——酔う度に語って鬱陶しかったが——竜騎帝の駆る騎竜、デュリンダナの雄々しさと頼もしさを讃《たた》えていたように現代でも名馬、名騎は英雄の前提条件みたいなものだ。

自分もいつか、借り物ではない愛馬と呼べる名馬を手に入れることに想《おも》いを馳《は》せつつ、ジークフリートの騎乗技術では予測不能に近い不規則さで跳ね上がる鞍が尻を打擲《ちょうちゃく》するのに耐えた。

「エーリヒ、ちょっとお話が」

「っ!?」

並足からちょっと速いくらいの速度で走っていた馬上では有り得ないはずの声が聞こえる。

いけ好かない金髪の相方、老いが始まるまで幼い姿で成熟する蠅捕蜘蛛種《はえとりぐも》の蜘蛛人《アラクネ》の声なんてするはずがない。馬蹄《ばてい》の音にかき消されないくらいの至近でなければ。

だが、いないはずの人物がいないはずの場所にいた。

背嚢《はいのう》のようにエーリヒの背中に引っ付いているのだ。

ジークフリートがいつの間に!?　と困惑しているのを余所《よそ》にマルギットが彼に耳打ちすると、エーリヒは上品な振る舞いに似合わぬ舌打ちを一つして馬首を巡らせた。

「ちょっ、おい!?」

「そのまま手綱だけは握っておいてください。その子は賢いから、勝手に隊商にくっついて歩いてくれます。ちょっと物見に行く必要がでました」

「はっ、はぁ!?」

「斥候として先行していたマルギットが関らしきものを見つけたんですよ」

「関ぃ!?　まだマルスハイムを出てすぐだぞ!?　んなもん……」

「相方の目が映した物を私は全部信じますよ。それに、最近は無許可の関も多いようで」

軽く腰を上げる妙な姿勢で走り去っていく同期を少年は呆然《ぼうぜん》と見送った。

多分、隊商の指揮を執っている魔法使いに報告し、自ら斥候として抜け道を探しに行くのだろう。

やはり先を行かれている。斥候は隊商の身を守る一番最初の盾だ。賑《にぎ》やかしで雇われる冒険者には任されない。信頼できる琥珀《こはく》以上の冒険者か、隊商専属の護衛が就く任務。

「上等ぉ……」

無様に尻を痛めて乗っている自分とは対照的に、人馬一体の見事な機動で去って行く背は、まるで追ってこいよと挑発しているかの如《ごと》く。

追いつく、ではなく追い抜くのだ。

マルスハイムだけではなく、西の辺境《エンデエルデ》で冒険者といえばイルフュートのジークフリートという名が上がるように。

「ぜってぇ追い抜いてやる」

奇妙な同期を見送った少年の独白は、乗っている馬にしか届かなかった。

そう、馬には届いた。

おっしゃ、じゃあ走り足りないからちょっと本気出してええんやな、とばかりに駆け出したポリュデウケスから振り落とされかけた少年が悲鳴を上げるまで、あと数秒…………。


【Tips】英雄とは大抵が騎乗している。その愛馬の血を引く名馬ですという売り文句に手垢《てあか》がこびり付いて久しいが、実態は怪しいものなのでちゃんと自らの目で選ぶことが重要である。


街道から離れた丘の上から遠眼鏡で眺めれば、道の脇に粗末な掘っ立て小屋が建てられていた。

ただの小屋ではない。柄の悪そうなのが屯《たむろ》しており、馬も繋《つな》いであることからして無許可で置かれた関所だ。

帝国の関所といえば領邦や行政管区を隔てるものであり、主に税関や防疫、そして治安維持のために機能している。通行料は取られるが高いものではないし、関税も国内流通に関しては極めて安価であり経済活動を妨げぬよう気を付けられている。

そして、冒険者が仕事を介して通る場合は、所属している同業者組合の管轄内であれば通行料は更に割引が利く。負担は組合が諸経費として依頼料からさっ引いているので、通るだけなら大した経費でもないのだ。

が、適当な柵を広げて街道を封鎖するあれは、三重帝国公式の関所ではない。マルスハイム行政管区に編入されながら、未《いま》だ高い独立性を持つ土豪――いわゆる国人衆や地侍的な連中――が勝手に作った関であろう。

公的な物であれば街道の安全を担保すると共に巡察吏の活動拠点や補給地となり、怪しい者達《たち》が都市圏に近づかぬよう見張る物だが、あんな都市から微妙に離れた変な所へ関所が置かれているとは聞いたことがない。

つまり通行料をせしめるか、難癖付けて積み荷を奪おうとする悪漢共が作った治安良化の砦《とりで》とは真逆の存在である。

無論、行政の手が行き届いた地域であれば斯様《かよう》な無体は絶対に赦《ゆる》されないが、ここは文字通りの地の果て。辺境伯も全てを制御下におけている訳ではないので、ああいった〝やんちゃ〟をしでかす者は後を絶たない。

まぁね、領主のお膝元である州都にも拘《かか》わらず、犯罪組織スレスレの氏族が大手を振って活動している時点でお察しだわな。あの手の土豪も締め付けすぎると集まって決起し始めるから、多少勝手をやる分には目こぼししてガスを抜いてやっているのだろう。

とはいえ、こんな州都と目と鼻の先でやるのは行き過ぎだし、マルスハイム伯の怠慢では？　小遣い稼ぎで迷惑を被るのは我々なので、そこら辺はちゃんと手綱を締めておいてくれよ。

「どうしよっか、アレ」

「面倒ですわねぇ」

そんなのを隊商からかなり先行して道の安全を確認していたマルギットが見つけてしまったので、こうやって確認に来た。

相方の目を信用しているので、本当にあるのかを見に来たというより、自分で対処できるかの確認だ。

「馬三頭、痩せ馬じゃないな。ちゃんとした馬だ」

「人数は見える限りで一五。すり抜けられないよう物見も出てましたわ」

「そいつらは？」

「気絶させてふん縛ってあります」

流石《さすが》はマルギット、仕事が早くて助かる。

納税者としては冒険者が懲らしめるのではなく、政府に頑張っていただきたいものであるが、やはり中世に近い政治観と倫理観、そして隙をうかがって蠢動《しゅんどう》する諸外国との玄関口とあって色々と難しいようだ。治安一つ引き締めるのでさえ、様々な方面に生じるしわ寄せを考えると徹底しきれないほどに。

統治に難があるが重要な地を任ぜられるバーデンの連枝《れんし》に若白髪や若ハゲが多いという噂《うわさ》の理由がよく分かるね。

「武装はしっかりしてるなぁ。長槍《ながやり》、弓、具足も着てるか。私兵かな」

「物の数ではないんじゃなくって？」

「いやぁ、でもさぁ」

「割に合わない、ですわね」

源平の軍記物もかくやの騎乗突撃で敵を追い散らしてもいいのだが、土豪といえど有力者は有力者。一介の冒険者など比べものにならぬ財力と権力を持っているのだから、正直敵に回して得することは全くない。

むしろ、適当な名目をでっち上げて懸賞金なんぞかけられた日にゃ同業者から狙われて洒落《しやれ》にならんことになるからな。

帝都で貴族稼業に追われている外道の手を患わせるのもなんだし――癒やしが少ないので稀覯書《きこうしよ》が手に入ったら寄越《よこ》せと時候の挨拶が来た――穏当にすり抜けるとしよう。

バルドゥル氏族は土豪と繋がりがあるとはいうけど、末端がそんなもん知らんと暴れられても困るからな。

労力より得られる物が少ないなら、態々《わざわざ》道中表を振って出てきたモブまで相手にするのも手間だし。

隊商の物資輸送も前世の配送業ほど日時指定に厳しい訳でもなし、冒険者らしくこそこそ権力者の目をかいくぐって無料で通ることにしよう。それに、連中が屯していることで、更に非合法な連中が動きにくくなる利点がないとも言わんしね。

あちらを建てればこちらが傾く、そして全てを無くすわけにはいかないので、正しく清《せい》濁混淆《だくこんこう》の世は不合理を受け入れつつ成立するほかないのだ。

「遠回りしようか。マルギット、進言するために切れ目を探して貰えるかな？」

「ええ、お任せくださいなエーリヒ。それにしても……」

鞍《くら》に相乗りし、膝の間に収まるマルギットが楽しそうな声を出すので見下ろしてみれば、彼女はいつもの「仕方ないですわね」とでも言いたげな顔をして私を見ていた。

「厄介事なのに楽しそうですわね」

「……そうかな？」

「ええ、いつだって貴方《あなた》はそうですわよ」

歌うような軽やかさの言葉に負けぬほどの身軽さで鞍上《あんじょう》から飛び降り、マルギットは笑う。

「厄介であればあるほど楽しそうにしていますもの」

「……ごめん、不愉快だった？」

不安に思って謝ってみれば、更に強まった笑みと共に否定の言葉が投げかけられる。

「いいえ、貴方らしいわねって思うだけですわ」

なんともご機嫌そうな鼻歌を引き連れ、偵察のため去って行く幼馴染《おさななじ》みの背を見て私は思わず拝んでしまった。

理解ある幼馴染みほどありがたい物はないと実感して…………。

【Tips】土豪。その地方において力を持つ有力民。マルスハイムにおいては代官や騎士に任じられているものの、元々地方に力があった者を追認しているだけに過ぎない。そのため、名目以上の権力や発言権を持つ者は珍しくなく、日々正式な貴族や騎士と水面下で勢力争いを繰り広げている。

土豪の無許可関を抜けた後は、目的地の荘《しょう》まで何事もなく辿《たど》り着くことができた。

普通と言えば普通なのだが、あまりに何もないと神《GM》が本気出す機会はちゃんと用意しておくから期待しといてね、と素振りをしているように思えて却《かえ》って不安だ。

辿り着いたのは辺境中の辺境に踏み入る半歩前、もう一月も行けば国境に触れるような開拓荘。

地の果ての縁に引っかかるような辺鄙《へんぴ》な場所にあるのは、帝国が希望者を募って新たに建てた荘なので当然か。建物の数は少なく、農地よりも切り開いて今から畑にしようとしている場所の方が多い辺鄙な場所。

街道からも離れたこの場所に荘園を新たに作っているのは、政治的な意図が窺《うかが》えた。

土豪が蠢動していることは先輩からの警告や周囲の噂、実際に迷惑を被ったことで分かっているが、帝国も活動拠点を増やすことで対抗している。

ここも貴族出資の新規開拓荘で、荘園で家を継げなかった次男以降が新たな家を興すべく出てきたり、出資目的で土地を買った富農が送り込んだりした小作農の活動が主だが、いざという時は男衆や自警団を駆りだして戦力化できるので馬鹿にしたものでもない。

数は力だが、遠くからえっちらおっちら歩いてきていては間に合わない。数合わせの雑兵を短期間で集められるよう、土地の魅力よりも必要性に応じて開拓される荘園が辺境には間々ある。

ただ、ここは出資した貴族の格が悪くないのだろう。少なくとも、先手を打って医薬品をバルドゥル氏族へ発注できるくらいには。

怪我人《けがにん》や病人が出るのは、多くが作業に追われて手が雑になりがちな繁忙期と冷え込む秋の中頃から冬にかけて。いざ必要になってから調達しては間に合わないので、先に用意しておいてやろうと考えるここの代官は、かなり有情な方だな。

むしろ、いざとなれば土豪とやり合う最前線に近いので、ご恩の前借りをさせてやっているとも見えるが。

「なぁ、俺らは積み下ろし作業手伝わなくて良いのか？」

「いいのさ。疲れる仕事は人足と荘の人々に任せておくといいよ。武装して立っているのが仕事だからね」

都会言葉で畏《かしこ》まられると気持ち悪い、と言われたので少し砕けた口調で話すようになったジークフリートが隣で居心地が悪そうに身動《みじろ》ぎした。

田舎出身故の苦労性が抜けきっていないのか、隊商の人足や賑《にぎ》やかしの護衛が荘民に交じって荷運びをしているのに加わらぬのが落ち着かないのだろう。

分かるよ、その気持ち。アグリッピナ氏の側仕《そばづか》えをやっていた時、荷運びの人に手伝おうかと言ってはならないのに言いたかったもの。

彼も私も武装を整え、得物を抜ける状態に保って隊商が運んできた荷物のやりとりを見守っているだけ。

「賑やかしの仕事なら積み下ろしの人足役も賃金の内だけど、私達に期待されているのはもっと別のことだからね」

「別のこと？」

「そう、たとえば……こら、そこ!!」

疑問を抱いている彼に例示するように、私は声を上げた。

怒鳴られてビクッと動きを止めたのは、荘園の農民。名主から命令されて荷下ろしを手伝っているのだが、蔵に運ぶのに〝箱を開けようとする〟必要はないだろう。

「蓋に触れるな！　盗人《ぬすびと》と勘違いされたいか！」

「と、とんでもねぇ！　俺ぁただ……」

「疑われるようなことをするなと言いたいだけだ！　気を付けろ!!」

煎じ薬――風邪の引き始めに飲む物――が詰まった木箱に手を付けようとしていた男は、叱られてオドオドしながら箱を持ち上げて蔵の方へ運んでいった。

「運ぶ時に駄賃とばかりに、中身をちょろまかそうとする不届き者への警戒もしなきゃならないからね」

「な、なるほど……」

まぁ、あんまり嫌な気配を感じなかったので、本当に中身を確認しようとしただけかもしれないが、それは農民の仕事ではなく蔵に運んだ後で名主の家人や従者なりがするものだ。先んじて咎《とが》めておけば、邪心が育ちかけた者の種火にも水をぶっ掛けることに繋《つな》がるので、彼には悪いが怒鳴らせてもらった。

名主に金を払わないでも、家族が体調を崩した時のために一回分くらい……と魔が差すことだってあろう。

「それに、今回は組合を通しての仕事だから、もう手形で金のやりとりは済ませているだろうけど、補給でたまたま立ち寄った荘園での商売となったら、荷物の引き渡しの後でやっぱり値段や数が気に食わないと文句を付けられることもある。そうなった時……」

「やり手が側にいれば、ケチも付けづらいってことか……」

「そういうこと」

護衛の仕事は抑止力だ。コイツらに逆らっても悪いことにしかならないな、という武威を前もって見せ付けておけば相手も大人しくなる。ただただ道中の危険から荷主を守るだけが存在意義ではない。

「蓋に手を掛けようとする者、蔵とは違う方向に運ぼうとしている者には気を付けた方が良いよ。商人達《たち》も気を張っているだろうけど、見張る目は多い方がいい。蔵で数を再確認した後に数字が合わないと、こっちが悪いことにして値引きを迫ろうとする小狡《こずる》い名主もいるから。予《あらかじ》め荘民に幾つかくすねるよう命じておいてね」

「あ、あぁー、たまに顔役が商人と揉《も》めてたのって、それかぁ……。畜生、何処《どこ》にでも湧くんだな、小汚ぇことを考える野郎ってのは」

「契約の数に足りてない、ってのは難癖として一番単純だし、商人も犯人捜しで余計な時間を食うより在庫を出した方が話が早いかと折れることもある。特にこんな秋の忙しい時期なら」

　寒さが厳しくなる前が一番忙しいのは農民も商人も同じだ。冷え込みによって野宿が難しくなると――夏と違って外套被《がいとうかぶ》って寝転がるだけでは下手しないでも死ぬ――十分な天幕を用意していない隊商なら立ち往生してしまうので、時間を買おうと妥協することもある。

　その弱みにつけ込まれないよう、我々はちゃんと目を光らせねばならない。

　これはヘンゼルさんからの受け売りだ。私の荘園内の知識や常識は、曲がりなりにも近場に都市がある、ここら辺と比べると都会に当たる場所の物なので、最初に聞いた時は驚かされた。

そんな信頼に土を付けるようなことをしてまで小銭を稼ごうとする馬鹿がいるのかと。ただ、辺境は荘園の勃興が激しいことと情報網の貧弱さもあって噂が回るのが遅い。ケチを付けても大事にならない小規模な商人相手なら、幾らでも悪さをしようと考える者はいると脅されたものだ。

実家だったらとても考えられないが。大事な補給の機会であり、同時に乏しい娯楽の種を供給してくれる隊商に不義理を働くなんてね。避けられて隊商が来づらくなったら、荘園だって困るだろうに。

「冒険者って意外と覚えることが多いんだな……」

偉ぶらず、先輩からの受け売りだよと教えてあげると、ジークフリートは眉を歪《ゆが》めて顎に手をやった。

英雄に憧れて冒険者を選んだ彼からすると、半ば商人の仕事に近い泥臭さが気に食わないのだろう。

とはいえ、神から神託を授かった英雄でもない我々に下積みは欠かせない。実績がない人間には、誰も大きな仕事など任せてはくれないのだから。

突っ立っているのが仕事とはいえ、ただ箱が運ばれていくだけの光景を見ていても暇なので、注意すべき点――妙に袖が広い服を着てるヤツは要注意とか――を話している間に、仕事の話ばかりでも気疲れするだろうと幾つか話題を振ってみた。

「そういえば、私はここから東の方、帝国南方の暖かい地域の生まれだから詳しくないいんだけど、この辺って寒さはどんなものなのかな」

「あぁ？　まぁ、刈り取りが終わる頃にはかなり厳しくなるな。ドカ雪になるのは何年かに一回くれぇだけど、馬車が往生するくらいには積もるのも珍しくねぇよ」

　桶《おけ》の水が凍るとキチィんだ、というぼやきは言葉が更に砕けてきていて、気安い関係を構築できていると実感できて嬉《うれ》しかった。

　初めての冒険者仲間だからな。情報の共有だってさせてもらいたい。

「じゃあ、そろそろ隊商も休業かな。農荘も一休みで内職の時期か」

「いや、雪を避けて動くヤツらも多いし、冬でも木こりやって稼ぐ連中もいるから、年中暇がねぇんじゃねぇかな。寒かろうと木は切れっから」

　ああ、そうか、開墾作業自体は伐採までなら雪が降っててもできるのか。土が凍ると根を引き摺《ず》り出すのは無理だけど、冬の間に上だけ切っておいて、地面が溶けてから引っこ抜くのだな。

「なるほど、妙に馬車の車輪の幅が広いなと思ったら、雪対策なのか」

「ん？　あんなもんじゃゃねぇの？」

「いや、帝都の轍《わだち》だったら確実にはみ出るよ。屋根の形も石の積み方も違うし、やっぱり同じ国でも地方によってかなり変わるんだねぇ」

「帝都ぉ!?　お前マジで何やってたんだ!?」

「ただの下働きだよ。妹の学費のためにね」

「お前が行かなくて妹が私塾に通う金を稼いでたのか……？　それ変じゃね？」

友交を重ねつつ見守った荷運びは四半刻ほどで恙《つつが》なく終わり、ウズがここで二泊ほどして馬を休めるといったのでお仕事も終《しま》いだ。

我々冒険者と隊商は天幕を張って野宿であるが、幸いにも荘園が善意で風呂を開放してくれるそうなので、旅の垢《あか》を流せそうだ。

いやぁ、助かる。お湯で濡《ぬ》らした布で拭ってはいたが、やっぱり風呂には敵《かな》わない。最低限二日に一回は恩賜浴場に行かねば――遅い時間だと蒸し風呂も湯殿も汚くて行く気も失《う》せるが――落ち着かない体には、長旅は結構しんどいのだ。ちょっと帝都で贅沢《ぜいたく》しすぎたな、私も。

「あ、あのぉ、大事な物の護《まも》りもあるので、エーリヒ殿には扉番をお願いしたいんですが……」

「承知いたしました。隊商の責任者も其方《そちら》に？」

「い、いえ、一人です、はい」

終い仕度を始めて三々五々休みを取ろうとしている人足や冒険者に交ざろうとしていると、ウズから直接の指示が来た。途上の開拓荘だけあって名主の屋敷も貧相……いや細《ささ》やかな佇《たたず》まいだが、魔法使いに貸す客間くらいはあるようだ。

そして、バルドゥル氏族の出資だから名目上の隊商主は天幕で我慢か。下請けはどこも厳しいね。

「お風呂は行かれますか？　男女で分かれて入ることになると思いますが」

「あっ、わ、私は遠慮しておきます……ま、魔法があるので……」

空を飛べるだけの使い手とあれば〈清払〉くらいは覚えていて当然か。私もやれるけど、あんまり身綺麗《みぎれい》すぎると長旅してきた冒険者らしくないなと疑われているから控えているんだよな。ちょっと羨ましい。

「そ、それと、今回はかなり長く眠ると思うので……」

「分かりました。起きるまでは私が直接不寝番をしておきます。ごゆるりとどうぞ」

私相手だと吃音《きつおん》が出るくらいに緊張感は抜けていないものの、それでも不寝番はさせて貰える程度には信用が積めたらしい。

懐に手をやって、薬包の存在を確認して安堵《あんど》している彼女には、墨で塗ったような深い深い隈《くま》があった。

ここ何日も眠れていないのだ。緊急事態が起こった時のため薬を控えていたようで、転《うた》た寝《ね》のような浅い眠りしかとれておらず、馬車が揺れる度にビクッと目覚める姿を何度も見ていた。

今日は仕事も済んだし、宿でガッツリ眠るのだろう。

〝望むままの夢を見せる〟とかいう怪しげな薬を使って。

「……それ、危なくないんですか？」

「は、はい？」

「以前、お話をするために薬を抜いた時、かなり辛《つら》そうにしておいでしたが。常用するには危険なのでは？」

嫌な記憶が甦《よみがえ》ったのだろう。適当な安宿に監禁して、強制的に薬断ちをさせることで情報を抜かれた経験がある彼女は、またも「ぴぃっ!?」と妙な声を出して跳びのいた。

「しっ、しし、身体的な……そ、その、いぞ、依存性とかは、な、ないっ、です。ちょっ、ちょっと、かっ、肝臓っとととか、じん、腎にはお、重っ、重いので、せ、っ先生は、他の薬と、へ、併用するなとはおっ、仰《おつしや》ってましたっ、けど……」

言っても聞かない会員も多くて、と彼女は困ったように呟《つぶや》いた。

バルドゥル氏族が今回のような、貴族から潰されない〝お題目〟として捌《さば》いている真っ当なお薬とは別に売買している違法薬物は三種類ある。

実はちょっと気になって、同じく魔法薬に秀でていそうなカーヤ嬢に聞いてみたのだ。

彼女も噂《うわさ》くらいは摑《つか》んでいたようで、どれも〝阿片《麻薬の代名詞》〟や安価な魔法麻薬よりずっと体にはマシな代物だという。以前出回っていた物は本当に酷《ひど》く、身体的依存性が高くて多幸感が切れると、体中が無数の蟻《あり》に噛《か》み回されるような苦痛に悶《もだ》える物だったらしいので、それと比べると……うん。

一つはウズが常用しており、断つと真面《まとも》に眠れなくなるくらい依存性が強い〝望むままの夢を見せる〟睡眠薬。

これの精神的依存性は凄《すさ》まじく、ただ普通に眠って見るような記憶の整理の断片に過ぎぬ普通の夢でさえ、耐え難く感じるらしい。

もう一つは身体的な刺激を操作して〝苦痛を減らし快楽を増す〟薬で、此方《こちら》は服用してから飯を食えば麦殻が浮くような粥《かゆ》でも美味《うま》く感じ、排尿でさえ絶頂に達する幸福が得られる反面、痛みに鈍くなりすぎて気が付いたら骨折していたことがあるなんてヤバいブツだ。

最後は感情の著しい抑制を齎《もたら》し、悟りに近い〝忘我〟に達する薬。精神的な苦痛は全て感情が波立つことに起因する。それを抑え、飼い慣らすのが仏教徒の理想。ただの一服で、それを現実にする薬は一部の人付き合いに倦《う》んだ貴族の、しかし全てを投げ出すには人間ができ過ぎている人物にとっては救いとなる。

最後の二つは戦闘高揚麻薬《コンバット・ドラッグ》と似ているが、何を目的としているかは一貫していた。活《い》きることの辛さを幸福に変換する物。ナンナが魔導院を追放されてまで追い求めた魔導的な〝理想〟の失敗作。

「ほっ、ほんとにっ、かっ、体への影響はうす、薄いんです……な、なくても眠ろうとおも、思えば眠れる……け、けど……しっ、質の……違いに……たえ、耐えきれない……」

これで身体的な依存性がないというのは驚きだな。ただ、ちょっと常備している薬包を取り上げただけで三日間も眠れなくなるという精神的依存性は、下手な脳細胞の破壊より悪辣といえる。

魔導や奇跡ならば壊れた脳細胞や神経細胞の再生さえ叶《かな》うが……心が覚えた贅沢までは

どうにもならない。それこそ、ごっそり記憶を消して、真《ま》っ新《さら》に初期化しなくては薬によって覚えた飢えと、現世への絶望を殺しきれないだろうよ。

難儀なものだ。それを生み出さねば耐えられなかったナンナの苦悩も、副産物として捨てられた憧れへの残滓《失敗作》も。

「よっ、よろ、よろしければ……たっ、ためされ……ま、ます……？」

へつらうような笑顔と共に差し出された薬包を、私は受け取ることなく突っ返す。

「結構。理想は自分で手に入れます。剣が届く下《もと》で、栄光を手に入れるのが夢なら……ただ寝ている間の仮初めに何の価値がおありで？」

私には必要ないね。斯様《かよう》な物に頼らねば活きていけないほど弱くもないし、落ちぶれたつもりもない。

焦がれた理想は未《いま》だ眼前に広がっている。つまらない雑事を積み上げてできた山の上に、膨大な辛苦の末に登ってこそ、冒険という名の理想は燦然《さんぜん》と輝いて見えるものだ。

だから、寝ていないと得られない夢の夢なんて無用。

「お……お強いのですね……」

ま、これも持てる者の驕《おご》りと詰《なじ》られては、何も言い返せないが。

私は巨大な下駄《げた》を履いているからな。未来仏から授かった権能は、いわば努力に対する〝結果〟の保証。

努力さえしていれば、効率が悪かろうと明後日《あさって》の方向を向いていようと熟練度は溜《た》まる。

そして、ポチッと一つ押せばやっただけの成果が上がる。

人の心が折れる瞬間は、得てして費やした努力が徒労に終わった時に訪れるもの。

私自身への生き方は保証されていないものの、腕前を上げたいと思えば完成だけは担保されているなど、下手な金持ちの子供に産まれるよりずっとずっと恵まれた奇跡だ。

なればこそ、世界という構造《レイヤー》の更に上、上位の神が授ける〝祝福にして権能〟なのだけど。

「止めはしませんよ。暫《しばら》くぶりの快眠、ご堪能あれ」

部屋にウズを押し込め、私は壁に背を預けて体を楽にしながらも警戒の姿勢に入った。

……必要悪ね。嫌いな言葉だが、飲めば体が溶け、狂い死にするようなヤバいブツを流されるよりかは幾分マシか。ナンナは領分を弁《わきま》えている分、彼女が台頭する前に跋扈《ばっこ》していたという不逞《ふてい》氏族よりはお行儀もいいしな。

だからこそ、煙たがりながらもフィデリオ氏のような正義の人達《たち》が潰しに掛かっていないのだし。

後先の面倒を見られないことはするな。これは冒険者に限らず人間の鉄則。正義の冒険者が悪党を倒して、街は平和になりましたとはいかぬ。

余った扶持《パイ》に引き寄せられる悪党が、今より悪辣だとは限らぬし、人の身でそれを根っこから打ち払うことなど不可能だ。

だから、今を悪くないと諦めるしかない。

精神的な依存性ってのも馬鹿にならないけどね。甘い物が欠乏すると気が狂うような人もいるし、良い肉を食ったら焼き肉屋の食べ放題で納得できなくなることもあるから、まっこと現世は活きづらい。

偽物の神が我々を弄んでいる、なんて思考に行き着いた認知主義者達《グノーシスな人達》の気持ちも、分からんでもないか。

めでたしめでたし、で全員が終わることを約束された、優しい世界を紡いだってよかろうに。

この世界を運営している神々、そして前世の世界も同じだったように、それではいけない理由があるのかもしれないけどね。

まぁ、私は精一杯努力するだけさ。

ケーニヒスシュトゥールのエーリヒが、いつかもう自分はできる限りの冒険をし尽くしたと満足するその日まで………。

【Tips】ナンナの魔法麻薬。彼女の理想の途上で生まれた失敗作。肉体的な依存性はないが、精神的依存性が極めて高く、きれると「生きるのがつまらなくなる」とさえ言える悪辣な代物だが、心折れた者達を癒やす最後の慰めとも言える。

冒険者という仕事の泥臭さと、現実の世知辛さに嫌気が差しても、止《や》めようと思わなかった理由は幾つかある。

盛大に啖呵《たんか》を切って家を出て来たこと。自警団の倉庫から槍《やり》と剣をちょろまかして来たこと。荘《しょう》で立派な身分があるはずの幼馴染《おさなじ》みが、心配して付いてきてくれた手前泣き言を言えなかったこと。

要は安っぽい見栄《みえ》に過ぎないことを分かっていながらも、一番尊敬する英雄であるジークフリートに肖《あやか》って改名を決めたイルフュートのディルクはそれを支えに来る日も来る日も粗末な仕事に耐えてきた。

幼馴染みのおかげでドブさらいより幾分いい目を見てはいるものの、英雄とは呼びがたい内容ばかり。詩に仕立てようとしたところで、日々の労苦に喘《あえ》ぐ現状を嘆く日常詩の一つが精々だろう。

助けられているのは自覚している。同時に守っているとも思っていない。近頃は不思議とマシになったものの、未だ絶えないカーヤへ無遠慮に持ちかけられる誘いの断りも頑張った。本当の英雄とは独立独歩たるべきだと信じて。

だからだろうか、同年代で同時期に冒険者になった彼に突っかかってしまったのは。

そして、故にか。

「あああああ!?　掠《かす》った!?　今掠った!?　俺の耳、まだあるか!?」

「耳元で騒がないでくれ、ジーク!!　私の耳が駄目になる!!」

馬のケツに乗っかって、男の背中にみっともなく縋《すが》り付き叫び声を上げているのは。

貧乏小作農の三男坊のまま、自分もまた惨めな小作をやるのが嫌で嫌で、一端《いっぱし》の男にならんと荘を出てきた。冒険者として英雄譚《えいゆうたん》に歌われるような男になり、名誉と金という錦を立てて故郷に凱旋《がいせん》する夢を見た。

広場では詩人が己の名を詩にて高らかに詠《うた》い上げ、季節毎《ごと》に英雄ジークフリートを讃《たた》える祭りが催されて、ひ孫どころか荘が潰《つい》えるまで誉れ高く語られる。そして墓さえも観光名所になるのだ。

それがどうして人数合わせの護衛仕事で野盗に襲われ、馬の尻でみっともなく叫び回るハメになったのだろう。

自分より早く紅玉になり、自分より早く二つ名を手に入れた同期に挑戦を叩《たた》き付けた結果がこれだ。何故《なぜ》か妙に気に入られ、いつぞや向こうが勝手に提案した仕事を共にするという誘いに乗ったのが運の尽き。

隊商の護衛を賑《にぎ》やかし少しでも襲われにくくする、日当五〇アスのつまらない仕事。なんだって、そんな端《はし》仕事で矢を雨霰《あめあられ》と浴びせられねばならぬのか。

「連中、装備がいいなぁ！　土豪かどこかの私兵かな!?　どう思う!?」

「おおっ、俺に聞くなぁ!?　うあっ!?　あぶねっ!?」

さっきまでは退屈な仕事だった。隊商が契約した専属の護衛が五人、後は賑やかしの冒険者が自分達を含めて一〇人ちょっとばかし。これだけの護衛と八台の馬車に騾馬《ラバ》を何頭か引き連れて、相乗りしたい旅人を何人か足せば五〇人規模の隊商となったら、余程のことでもなければ襲われない。

そう、襲われないはず。この人数に抵抗されれば、かなり高度な軍事的教練を受け、上質な武装で身を固めた大規模な軍勢でもなくば痛手は必至。如何《いか》に手慣れた野盗であれど、避けるのが普通のこと。

問題は、その普通ではない相手がやる気満々でカチ込んできた時にどうなるかってことだ。

最初、ジークフリートは見張りとして少し離れた所で野営の準備に入る隊商を見守っていた。幼馴染みは薬草医として旅の途上で腹を下した人足の治療を行っており、声を掛けてきたエーリヒは馬を使って斥候に出ている。あの背負子《しょいこ》みたいに背中にくっついている蜘蛛人《アラクネ》は、夜間見張りに備えて馬車で寝ていたはずだ。

二〇日の旅程を殆《ほとん》ど消化しきった頃合いで、気が弛《たる》んでいなかったと言えば嘘《うそ》になる。

が、よもや奇襲を警告する鏑矢《かぶらや》が唐突に打ち上げられたかと思えば、夜襲を掛けようと忍び寄っていた野盗共が襲いかかってくるなど一体どうして想像できようか。

奇襲が失敗したとしても、こうなりゃ一緒よと言わんばかりに身を伏せて近寄ってきていた野盗は、一番手近であったジークフリートに襲いかかる。こういった時、大抵は目撃者を残さぬため根切りにしてしまうのが定石だからである。

正直に言って彼は死を覚悟した。五本もの槍が壁となって襲いかかってくれば、手槍と剣で武装した煤黒《すすぐろ》の駆け出し冒険者に何ができるのか。

槍衾《やりぶすま》は雑兵が武辺者を狩る最適の手段。荘園を守るため、自警団で最初に仕込まれたのが横列を組んで槍を揃《そろ》えることだったのを彼は思い出した。

夕日にギラつく剣の鈍い光が、己の最期かと下が緩くなる怯《おび》えを抱いた少年は、届くか分からずとも槍を取る。

だが、できて悪あがき程度かなと僅かな冷静な部分が囁《ささや》く恐怖は、風に靡《なび》く薄絹を払うのと同じ気軽さで馬蹄《ばてい》に蹴散らされた。

剣を抜き、とって返してきたエーリヒが一撃で敵陣を踏み砕き、助けに来たのだ。

「乗れっ！」と差し出される手を取って鞍上《あんじょう》に掬《すく》い上げられた――不思議と摑《つか》んだ手以外にも触られた感覚があったが、あれは何だったのか――時は助かったと思った。

だが、ここで二つ目のよもやが彼を襲う。

何だってこのいけ好かない金髪は、隊商が抵抗ではなく逃走を選ぶと同時に進んで殿《しんがり》に就いたのか。

普通任せるだろう、玄人の護衛に、もう少し慣れた冒険者に。

五〇アスのクソ駄賃は、一所にて懸命を張る価値なんてない。

それが何をどうすれば煤も落ちない駆け出しと、それに毛が生えた程度の紅玉だけで立ち向かおうという話になる。

「心配するな、どうあれ向こうも命は惜しい！　ケチな隊商相手に死ぬまで粘らん！　五、六も潰せば四分五裂さ！」

そうじゃねぇよ、と叫ばなかったのは精神力のおかげか、それとも激しく揺れる鞍上にて真面《まとも》に口を開けなかったからか。真実はさておくとして、投げ寄越《よこ》された使い方もよく分からぬ弩弓《クロスボウ》を操りジークフリートは必死に抵抗する。

エーリヒの直撃する軌道の矢を剣で切り払う手腕にも、器用に片手で扱われる二挺《ちょうめ》目の弩弓にも気を払う余裕はなかった。寄せてくる野盗共の攻撃が微妙に届くか届かないかの間合いを煽《あお》るように彷徨《うろつ》き、決して真《ま》っ直《す》ぐは進ませまいとする動きに振り回されるばかり。

「どうしたジーク！　太矢が尽きたか!?　手が止まってるぞ！」

「う、う、うるせぇ！　はっ、初めて使うんだよ、こんなの!!」

「なら今すぐ慣れてくれ！　気合いを入れろ！　殿は護衛の華だ！　生きて帰れば詩は無理でも、武功話の一つにはなるかもな!!」

この時、色々な体液を垂れ流しながらジークフリートは確信した。

目の前で満面に喜色を浮かべながら、歓喜のままに剣を振るう金髪は怪しいだけではなく、どっかがおかしいと。

されど、ちっぽけで安っぽい見栄であろうが、こんな時には縋る物があるだけでも役に立つ。

「おっ、おお、俺に指図すんな！　言われねぇでも、やってやる！　俺は英雄になる男だ!!　テメェなんかより偉大な英雄になるんだよぉ!!」

男が命を張るのに深い理由は要らない。ここで帰るのは格好悪いから、逃げ出したらダサいから、前に座っている男は立派に戦っているから。

そして、内心がどうであろうと、矜恃《きょうじ》のちっぽけさは傍目《はため》には映らない。

この日、この場にあるのは勇敢な新米冒険者二人組が死力を尽くして隊商を守ったという事実のみである…………。


【Tips】バレなければ犯罪にならないという法理は権力側にも適用される。


ちょっと嫌な予感はしていたのだ。

なんか手ぬるいなって。

マルスハイムまで、あと二日。商売に難癖を付けられることもなければ、荘の若い衆と参加者が喧嘩《けんか》をすることもなくここまで来られたので、もう仕事も終わりだなと暢気《のんき》にしていた私が悪いのか。

されど、マジで権力側が非合法な予算調達をかましてくるとは思わないじゃない？

この辺、やっぱり私はまだ前世の感覚を引き摺《ず》っているのだと実感させられた。

だってねぇ、幾ら予算不足だってぴぃぴぃ泣いている軍隊だって、焦土戦でもやらない限り自国内で〝自力調達〟なんてしないでしょ。

マルスハイムは諸外国の物流が入り乱れる地だけあって、時期を問わず隊商が絶えず行き来している。広大なマウザー川も運河として機能しており、東西の物が無秩序に行き交うため商売人の数がとてつもない。

一説では農業従事者よりも往来する商売人の方が多いとも言われるほどだ。

故にきちんと処理してしまえば、一つ二つ帰ってこなかった所で毎度の如《ごと》く運が悪かったと処理される。そして、その下手人は余程でもなければ永遠に闇の中なのだ。

とくれば、不心得者が私腹を肥やすために馬鹿やるのも考えがたいことではない。通り過ぎていくだけの隊商は、地方の土豪に利益をもたらすものではないのだし。

だからって、関を躱《かわ》して通る隊商を襲うんじゃねぇよ。

我がことながら運がない。そして、我が不運に新米仲間を巻き込んでしまったのは、予期せぬことなれど少し心苦しかった。

たしかに私はナンナから、いざとなった時に「先生、お願いします！」と呼ばれたら真っ先に出て行かねばならぬ立場だ。命を懸けて時間を稼げと命じられれば、仰せのままにと殿を進んで買うくらいの賃金は発生している。

だが、誘ったジークフリートは違う。

一方的に気に入った私からの誘いを訝《いぶか》りつつも、現状と仕事の旨味《うまみ》を鑑みた結果、実利を取って参加する姿勢は高く評価する。人間、一部の例外を除けば飯を食わねば生きていけないから。

だとしても、初めて市外に出る仕事でクライマックスまで用意してくるのは、ちょっとやり過ぎじゃないですかね試練神様《クソGM》。

いくら私と同じLv1ファイターといった風情なれど、初めて請け負う護衛賑やかしのオチとしては、ジークフリートにとって刺激的過ぎやしないか？

そりゃ筋が良いとは思ったさ。騎乗にも案外直ぐ慣れたし、元々得物を帯びた状態での立ち姿は、基礎教練を真面目に終えた堅実さが見て取れた。

飛び入りの参加でも旅程をきっちり聞いて荷を準備しようとする姿勢も好感があるし、幼馴染みの体調を気遣って参加するか否かを決めた所も高評価だ。

なんといっても女性はアレだからな、男にはない月に一度のバステがあるからな。

今回の護衛仕事は、そんな同期と初めて同道できる楽しいイベントで終わるはずだったのに。

だのにまぁ、どうして私は野盗の斥候なんぞを見つけてしまったのか。

しかも腕前も悪くないと来た日にゃ賽子《さいころ》の女神に恨みの一つも投げつけたくなる。

先手必殺で潰そうと騎馬突撃をかけて斬りかかれば、なんと初撃を受け止められたのだ。

お話《インタビュー》もしたかったから殺すほど本気の一撃ではなかったし、向こうからすれば不意打ちだからと気軽に振ったのは認める。

驚きながらも左手に持った東方式のクロスボウ――片手でも十分扱えるこれは本当に利便性が高い――を腹にぶち込んで叩き落としてやったが、初撃を凌《しの》がれたのは本当に久しぶりだった。

私だって素人ではない。〈騎乗戦闘〉を持っていないので、〈器用〉頼りの素目でゴリ押す馬上の剣だったとして、ただの野盗なら殺さぬよう綺麗《きれい》に昏倒《こんとう》させられる自信があった。揺れる鞍上という、大いなる負の補正を受ける状態でも。

だが、馬に乗っていて鎧《よろい》を着込み、不意打ちを受け止められるだけ馬上で戦う訓練を積んだ敵とか、完全に専業軍人の玄人《プロ》じゃねぇか。

ふざけんな、Lv1にぶつけていいボスじゃねぇぞＧＭ《ゲームマスター》!!

即座に〝拙《まず》い〟と悟った私は警告の鏑矢を上げた。まだ隊商は野営の準備に入ったばかりだし、直ぐに動けるだろうから逃げろと警告しなければと思ったのだ。

案の定、野営地の近くににじり寄っていた野盗共と交戦するハメになったが、やはり連中装備が良ければ腕も悪くない。最低限でも帷子《かたびら》と布鎧《サーコート》を着込んでいるし、そこいらの野盗のように錆《さび》が浮いた襤褸《ぼろ》の武器を雑多に揃えた訳ではなく、槍《やり》の穂先は夕映えを受けて剣呑《けんのん》に輝き、弓箭兵《きゅうせんへい》の弓も強い複合弓で、小生意気にも鋳鉄の鏃《やじり》を使っている。

こんな装備の整った野盗が、たまたまその辺にいてたまるか、と怒鳴りたくなった。

横列を組んで統率だった襲撃にかかろうとする野盗の先には、初めての襲撃なのか対処が二呼吸ばかり遅れているジークフリートの姿があった。

単身にとって槍衾は鬼門だ。長柄の得物は間合いに入れれば乱戦を得手とする我々にとって御しやすい獲物でしかないが、こうやって徒党を組んで壁を作られると圧倒的に分が悪い。

彼がランベルト氏と同じく、全身を装甲で守って下手な刃は弾《はじ》き飛ばし、特大両手剣で槍の棹《さお》を叩《たた》き斬って戦列をかき乱せる傭兵《ようへい》なら大丈夫だが、真面に鎧《装甲点》もない新人では〝詰み〟の場面だ。

一緒に仕事をしている仲間を見捨てられる訳もなく、私は賭けに打って出た。最悪、魔法を使ってしまっても良いという覚悟を決めて。

騎兵の地位は戦術が発展し密集陣が基本になるにつれて戦場の花形から遠ざかり、その価値を少しずつ落としていったものの衝撃力にケチが付いた訳ではない。

なにせ数百キロの重量を持つ馬体が原付以上の速度で突っ込んでくるのだ。地面を踏み散らす馬蹄にはタイヤより恐ろしい突破力《トランプル》があり、踏み潰されれば並の人類種ならば運が良くても大怪我《おおけが》は免れない。

カストルの腹に拍車をくれて勢いをつけ、剣を片手に敵の横列に後背から突っ込み一息に蹴散らす。排除された野盗がギャグ漫画もかくやの勢いで吹き飛び破滅的な音を立てるが、一顧だにせず敵中に包囲されつつあった同期を救出する。

ある種劇的な救出劇といえるが、ここで終わりはしない。敵も一度襲撃を実行に移したのであれば、多少不測の事態が起ころうが退《ひ》くことはないからだ。

なにより一方向から単純に仕掛けはするまい。最低でも二方向から挟むよう逃げ場を殺して襲いかかるのが襲撃の定石であり、これほど統率だった集団がそんな基本をおろそかにする筈《はず》もなかろう。

そうくれば、脱出する味方は前方、あるいは側方の敵を追い返しながら離脱せねばならない。既に敵の存在は報《しら》せているので、我が相方が仮眠から目覚め、他の護衛も即応すれば対処できよう。

ならば、後方からの圧力を少しでも緩めてやる必要があった。

敵の数は、おっつけやって来る分を含めると、ざっと数えて二〇と少し。二人乗りの騎兵一騎で相手取るには些《いささ》か多いが、なぁに源平の合戦と比べれば軽い軽い。なにも船の上で不安定な扇を撃ち落とせとか、一射で軍船を沈めろなんて無茶を言われてる訳ではないのだ。

パルティアンショット――走りながら後方に射かける騎射――が出来る上質な弩弓があり、更にケツに一人乗せて居るから火力は二倍！　後は「ねぇねぇ、どんな気持ち!?　今どんな気持ち!?」と煽らんばかりに槍が届かぬ間合いで矢を避《よ》けながら的当てをすればいいのだ。徒《かち》で切り込むのに比べたら離脱もできるのだから簡単簡単。

後ろのジークが悲鳴を上げているが、直ぐに慣れるさ。私も初陣の時は普通に怖かったし、死ぬ思いもしたもの。むしろデカいのを最初にきめれば、後の慣れも早い。経験者として約束するよ。

それにこいつらは訓練を積んでいても利益目当ての野盗紛《まが》い。故郷を守るために死兵と化したガンギマリ勢ではない。四人か五人も殺《と》られれば、勘定が合わないからケツをまくるさ。

だが、後席からの攻撃頻度が少ないな。この手の得物に慣れていないのか？

まぁ、無理もないか。一時期は戦士《ファイター》が当然の権利のように投射武器を扱っていたが、私の認識だと弓や弩弓は射手《アーチャー》の得物だ。使えなくもないが、数を熟《こな》さねば上手《うま》くはなれまい。

発破を掛けてみれば返ってくるのは震えながらも威勢の良い声。よし、良く言ったそれでこそ冒険者や。

この後、七人倒されるまで粘った野盗が逃げていくのを見届け、隊商にとって返せば道を塞ぐように移動式の馬防柵を展開されて足止めされていたため、再び敵の横っ腹を突いて八人倒した。

結果的には逃げるのではなく、蹴散らす形になってしまったが、まぁ求めるものが隊商の無事であることは変わらぬのでヨシッ！

それに敗走したのと違って、相手から獲物も剝げる《ドロップアイテムが貰える》と来たなら、当初の予定と違っていいものだ。

無論、ジークフリートにも付き合って貰《もら》ったとも。

此度《こたび》の奮戦によって私達《たち》の名前は妙に売れ――多分、ナンナが何かしらの宣伝工作をしたのだろう――同道した少年は市井で〝幸運のジークフリート〟と〝悲運のジークフリート〟という、何故《なぜ》か相反する通り名が囁《ささや》かれるようになった。

これだけ頑張ったのだし、もう少し格好好い通り名がつけば良かったのになぁ…………。

【Tips】通り名は出来事を聞いた者の印象によりつけられるものであり、物語とは必ずしも一人が見聞きしたものが正しいとは限らないものである。


野にあっても不愉快な臭い。

血と、腸《はらわた》から溢《あふ》れた糞便《ふんべん》の臭い。

これが戦うことなのかと、今更になってジークフリートは震えながら実感した。

戦っている時は遮二無二にやっていたので気にならなかったが、割に合わぬと敵が逃げ出してからやっと分かった。

戦うとは、詩で詠《うた》い上げるような美しいばかりの表現で濁されて終わるものではない。

命が潰《つい》える時には、耐え難い悪臭がするのだ。

「あ……う……あぁ……」

目の前で男が呻《うめ》いていた。腹に太矢を受けて死にかけている。

ヒト種《メンシュ》で年の頃は少年の父親と同じくらいだろうか。

所業は紛れもない悪業なれど、英雄詩に出てくる〝倒されて然《しか》るべき相手〟のようには思えなかった。

仮にもさっきまで戦っていた相手であったのに。

普通の男だ。顔立ちも嫌に恐ろしげに描写される詩のそれと違って、野良着を着てしまえば普通の人と変わらない。口の端から血を流し、腹を押さえてのた打つ姿は哀れみさえ誘う。

全てが瞬く間に濁流もかくやに襲いかかり、過ぎ去ったことなので記憶が曖昧だ。

腹に刺さっている太矢は、自分が撃った物だろうか？　何発、誰に向けて放ったかも曖昧な今、それすら定かではない。

「たす……助けて……」

「なんだ、ジークフリート、まだ生き残りがいたか」

懇願を受けて困惑していると、さっきまで戦場だった場所を歩くには軽やかすぎる足取りでエーリヒがやって来た。

血濡《ちぬ》れた短刀を肘で挟み、使用の痕跡を拭い去りながら。

「どうした？　トドメを刺さないと」

「とっ、トドメ……？」

「ああ、助からんよ、それは」

まるで市場で売りに出される豚を相手にするような自然さで、金髪は怪我の程を語った。

太矢を用いる弩弓《クロスボウ》は〝騎士殺し〟との異名を受ける高火力だ。距離が近ければ着込み《帷子》諸《もろ》共《とも》に鎧を貫き、回転しながら飛翔《ひしょう》する鏃は腸を攪拌《かくはん》し内容物をぶちまける。

そうすると、自らの糞便が臓腑《ぞうふ》を穢《けが》し、高度な魔法の治療を受けねば直《す》ぐに死ななくても二日か三日で死に至る。人間が普段当たり前のように自らの裡《うち》に抱えている汚濁は、腸から漏れるだけで致命の毒となるのだ。

縫えぬ傷口から罹《かか》る感染症、または血が腐って。本人の抵抗力が強くとも、体内で漏出し続ける血によって早晩死ぬ。

　この男は、実質的に死んでいるのだ。

「だからさくっとトドメを刺してやれ。死に損なうのは存外辛《つら》いぞ」

「い、いや、だ、だからって、お、俺……」

「冒険者だろう、君は」

　ポンと投げ寄越《よこ》された物を反射的に受け取ってしまった。

　剣だ。金の髪が慰謝料とばかりに別の死体から剝いできた拵《こしら》えの整った剣で、毀《こぼ》れが目立つジークフリートのそれとは違う良質品。

　無銘の数打《量産品》ちには違いあるまいが、職人の手によって鍛造され、使用に際して研ぎ上げられた刃は結局本意を果たせずとも、振るうならば担い手が誰であろうと、向ける者など気にせず応えるぞとばかりに落日を浴びて物騒に燦《きら》めく。

「使え。鍛錬をしているのを見たが、君のは割と酷《ひど》い。もっと良いのを貰っておくといい」

「で、でも……あっ、か、カーヤなら、治せるかも……」

「治してどうする。もし仮に、凄腕《すごうで》の術者でもお手上げであろう大怪我のソイツを治して生け捕りにしたって、全く帳尻が合わないぞ。それに、ここで殺さず連行しようが扱いは結局〝野盗〟だ。仮に土豪の配下であると知れる物品を持っていようが、行政府も雇用主も脱走兵としてしか扱うまい」

なら、行き着く所は変わらんよと言われてジークフリートは思い出した。

たまにあるのだ。大罪人とされる人物の首が塩漬けにされて、見世物もかくやに荘園に運ばれてくることが。街道上の目立つところに戒めとして吊《つる》された死体だって、嫌というほど見てきている。

防腐処理をされて尚《なお》も傷み続けるそれの見た目が酷く恐ろしくて、子供の時に泣いてしまった過去を少年は想起した。

「それに、此方《こちら》を殺す気満々で襲いかかってきたのを忘れたか？　なら、殺され返しても文句を言わないのが道義ってもんだろう」

「たっ、助けて……助けてくれ……死に、死にたくねぇ……か、カカァと倅《せがれ》がいるんだ……」

死に瀕《ひん》し、更に確実な死に歩み寄られて先がないと分かってても男が懇願する。

「そんなもの、お前が殺そうと襲いかかってきた私達だって同じだ。便りが絶えれば泣く父母と兄弟、妹も友人もいる。立場は同じだ。惨めったらしく泣くな。そんなしみったれた覚悟で戦場に出たというなら、尚更《なおさら》死んで詫《わ》びろ」

ただ、末期のそれも冷淡に斬って捨てるエーリヒがジークフリートには、その時の首より恐ろしく思えた。

コイツは慣れている。戦うことに。

殺人に。

受け取ったまま、一向に構えられぬ剣を見て金の髪は溜息《ためいき》を溢《こぼ》した。

「やれぬなら代わろうか？　どうせ、懸賞金を貰うなら首だけにして持っていくからね。生きていれば、もっと良い値が付くけれど」

「ねっ、値段って……！　テメェ!!　命をなんだと思ってんだ!?」

「テメェこそ舐《な》めたコト抜かしてんじゃねぇぞガキ!!」

いっそ冗談染みた田舎言葉の罵声を浴びてジークフリートは驚いた。

今のは本当にエーリヒが叫んだのかと思うほど、強い感情が込められていたから。

「冒険者ってのは切った張った、殺した殺されただろうが！　やれないなら退《ど》け！　無駄に苦しませるだけだ！　そんで、向いてねぇから帰って鍬《くわ》でも握ってろ!!」

抜き放たれる、共に焚火《たきび》を囲った夜に父から受け継いだ剣だと自慢された〝送り狼《シュッツヴォルフ》〟という銘の剣。

その時は、やっぱり恵まれたモンを持ってるなと、焚火を受けて輝く綺麗《きれい》な刀身を羨んだものだが、今やっと理解する。

これは、剣は本質的に命を奪うことしかできない道具なのだと。

違うのは向ける相手と目的だけ。敵か、無辜《むこ》の民か。護《まも》るか、奪うか。

そして、どうあれ伴うのは流血。

英雄譚《えいゆうたん》とは血濡れた物なのだ。聴衆を楽しませるため劇的に、そして迂遠《マイルド》に描写されるが、とどのつまりは敵の死が付きまとう。

相手が大悪党で、英雄が生きたまま捕縛しようが行き着く先は絞首台か広場での見せしめ刑。むしろ、物語の傾向としては、英雄がその場で斬り殺す話の方が、爽快感も勝るのか圧倒的に多い。

英雄とは罪人なのだ。

悪党がより大きな罪を犯し、被害者が増える前に殺人という罪を被《かぶ》る人間。

泣く人間が増えぬよう、人がやれない、できない仕事を肩代わりするからこそ英雄達は称賛を浴びる。

よくぞ、自分達ができない《やりたくない》ことをしてくれたと。

「どうした。どけよ。代わってやらぁな」

剣呑《けんのん》な目で睨《にら》まれて、漸《ようや》くジークフリートは理解した。

今、自分は現実に立っている。狭い寝床の中で兄弟とお互いを押しやるような様で見た、悪党をバッサバサと切り捨てても血なんてでない拙い夢の中ではなく、冒険者という仕事の現実に。

鼻腔《びこう》にこびり付く臭いを嗅いで、脳が一つの仮定を作り出した。

一歩間違えば、こうやって呻いているのは自分だったと。

いや、もっと酷い。

幼馴染《おさなな じ》みが女なのをいいことに陵辱される姿も浮かび上がった。

そして、ここで止めていなければ、倒れている男達は何処《どこ》かの誰かに想像通りの蛮行を働いただろう。

なら、英雄とは。人々を救う者とは。

「……いいな。よし、やれ」

少年の目つきが変わったことを認めた金髪は剣を収め、未《いま》だ泣き言を吐き続けている野盗を指さした。

「胸は着込みがあるから避けろ」

「首……首、だ……な……？」

「ああ。取るのは後でいい。先《ま》ずは楽にしてやれ」

「待って！　待て、やめ……」

拍動が弱まっていたからか、夕映えに飛沫《しぶ》いた血潮の量はさして多くなかった。

それでも、少年の古傷を彩るように血糊《ちのり》が顔にへばり付く。

「あちゃー……やっちゃったな。ちゃんと切り口の角度を考えてやらないと酷く汚れるんだよ」

この瞬間、本当の意味で少年は冒険者に近づいた。

憧れた英雄の階《きざはし》に足をかけたのだ。

人を斬ったという感覚は、あまりなかった。エーリヒが戦利品として持ち帰ろうと思うだけの質の剣だったからか、肉を裂いて血管を断った手応えが薄い。

まるで、本当に詩の向こう側で起こっていることかのような現実感の薄さ。

「ともかく、童貞卒業おめでとう。さっきの言葉は撤回しよう。ジークフリート、君はちゃんと向いているよ、冒険者に」

殺《や》るべき時に殺《や》れないヤツほど始末が悪いのもないからなぁ、という過去の自分に対する悔恨を込めたエーリヒの言葉も、誰か別の人間にかけている言葉のように遠く聞こえる。

ただ、この日、彼は確実に得たものがあった。

一振りの良質な剣、もう少し背が伸びるか、調整すれば着られる鎧《よろい》の一式。

そして、冒険者としての自覚《人を殺す生業》………。


【Tips】慈悲をかけるなら、その末を想像しなければならない。見逃した相手が余所《よそ》でまた蛮行を働いたなら、殺せたのに殺せなかった人間に責任がないとは言えないのだから。


「刃は頸椎《けいつい》に沿って刺す。そうしないと骨に当たってちゃんと斬れない。下手すると刃が欠けるから注意して」

説明しながら、少々露悪的過ぎたかなぁ、と思わないでもなかった。

まぁ、私達《たち》のやっていることって、基本は暴力だからな。

だけど、必要なことではある。

私が余裕がある時は親指だけを飛ばして死なずに済ませるのは、基本的に生け捕りの方が賞金が高いからだ。

それか、相手が生きていて訊《き》ける口が多い方がいい時。

本当に可哀想《かわいそう》で殺さないのなら、そもそも気絶させて、その辺に放っている。

武器を持つという抵抗力を削《そ》ぐに留《とど》めるのは、行政府へ突き出した時に貰《もら》える賞金《おこづかい》が増えるからに他ならない。

そして、野盗は初犯だろうが何だろうが大抵は極刑だ。よくて鉄鎖を嵌《は》められての強制労働だろうが、それでも鉱山やら何やらで使い潰されるので大差はない。

だとしたら、私がやっているのは殺人に他ならぬ。

ディードリヒに情けをかけたのは、彼女がまだ尋常の立ち合いや戦争による殺ししかしてなかったから。

帰郷の途上で蛮行に及ぼうとした、同業と認めるのも恥ずかしい冒険者共を脅しに留めたのは、隊商主達を脅しすぎたくなかったのと、手近に犯罪者として突き出せる場所がなかったから。

マルスハイムの不逞《ふてい》氏族共に絡まれた時も生かしたままだったのは、殺して全面戦争に突入したくなかっただけに過ぎない。

然《さ》れど、この手合いの連中は違う。

手慣れていたので、さぞや沢山殺しているだろう。ただの性質《たち》が悪いチンピラではない。

何が妻《カカア》と子供《せがれ》か。誰にだって多少はいるんだ、失われたら泣く人が。

世の中には、始末できる時に始末しといた方が良い人間ってのもいるもの。

だから私は、大富豪の蝙蝠男《こうもりおとこ》より髑髏《どくろ》を掲げた復讐《ふくしゅうき》鬼の方が好きなのだ。

だって、脚本の都合かもしれないけれど、捕まえた連中が妙に警備のザルな刑務所から脱走する度にどれだけ人が死んでいる？

そして、被害が起こる度に大事な人が死んだり、無実の市民が死んで苦悩するくらいなら、私は直接殺した連中の面が夢に出てくる方がマシだね。

どの面下げて文句言いに来やがった、と唾の一つでも吐きかけてやれば終《しま》いなのだから。

人の命は安い値付けがされてるくせして、性質が悪いことに売り払えても買い戻せない。幾ら金を積み上げたとして……まぁ、ごく一部の例外が姿を変えて戻ってくることが万に一つあるかってところ。

なら、冒険者として野盗を狩るのに躊躇《ためら》いは覚えないさ。首を何百個か積み上げるだけで、私の故郷と同じような荘《しょう》の数々を救えるなら、むしろ安い安い。

連中が自分の贅沢《ぜいたく》の方に高値を付けたように、私が他の人々の命に野盗の命より高い値札を貼って、一体どうして文句を付けられる？

ジークフリートも、覚悟を決められたようで何より。

冒険者として生きるならば、荒事は避けられない。遅いか早いか、機会が訪れる前に折れるか。

ここで折れないで腹を括《くく》れた彼は強くなる。

私達《PC》は大凡《おおよそ》外道と呼べる行為はやり尽くしてきたけれど、やはり童貞を切る《殺人》のを躊躇って、平和なシステムを愛した者達もいたからね。

その分、彼はちゃんとこっち向けだ。

事実として、あの野盗はもう助からなかったから、あそこで介錯《かいしゃく》を務められなきゃ芽なんて出ない。

あれは当たり所が悪すぎた。誰が撃ったか知らないが、腹腔《ふっこう》の中から便臭が立つほどやられていては、手当てしようとどうにもならない。開腹手術をして腸《はらわた》を繋《つな》ぎ合わせ、洗浄するなんて前世でも設備が整った病院だからできること。

私も二人、トドメを刺して首だけにしてきた。一人は馬蹄《ばてい》による蹂躙《じゅうりん》で胸骨が砕けて、自らの骨片に裂かれた肺に満ちた己の血で溺れかけていたので。もう一人は流れ矢を肝臓辺りに受けて、同じく長くなかった。

どれも癒者に渡りを付けてまで助けてやる義理なんてない。

いやー、剣呑剣呑。貴族に私兵を嗾《けしか》けられたり、暗殺され掛けたりなんて山ほどあったけど、逆にこっち《辺境》は安直な脅威が多くておっかない限りだ。

英雄までの道のりは遠いな。

「誇りたまえよジークフリート。首は汚いものじゃない。せめて大切に扱え」

適当にそこら辺の遺骸から剝いだ服の端切《はぎ》れで首を包んだジークフリートは、それをあまり触りたくなさそうにしていたので、背中を叩《たた》いておいた。

「君が将来生まれたであろう悲劇を摘んだという証《あかし》だ。せめて誇らしげに。英雄譚の中で華々しくやられた敵という立場をくれてやれ」

出目が狂えば、宴席の肴《さかな》になっていたのは我等《われら》の方。いつか何処かで殺したアイツ、無様だったよなと思い出される可能性を鑑みれば、野盗共は冒険語りの端役《トループモブ》扱いを受けても当然。

だから、結び目の隙間から恨みがましい目線を向けたって、文句は受け取らんよ。

別に私は自分の行いが正しいと主張はしないが、間違っていないとは断言したいからね。

「さぁ、戻ろう。心配される前に。野営も張り直しだ」

「……ああ、そうだな」

一緒に戦った同期、いや、戦友の肩を抱いて我々は凱旋《がいせん》した。

余談であるが、諍《いさか》いとなると一発でヤバいと判断して空を飛んで逃げ出したウズには、あとでちょっとした報復をしてやろうと計画している…………。

【Tips】やっつけられた悪党は改心して故郷に帰りました、と物語を括るのは簡単だが、現実はそこまで上手《うま》く行くとは限らない。

犯罪とは錠のような物だ。一度開けてしまえば、二度目は実に容易《たやす》い。

二度と一緒に仕事などするか、と内心で固く誓ったいけ好かない金髪の顔面に拳を叩き込みたい気持ちを抑え、英雄志願の少年は深く息を吐いた。

「やぁ、ジークフリート、奇遇だな」

奇遇だなも何も組合で冒険者が出会うことに運もへったくれもあるまい。

少し前に遭った〝死ぬような出来事〟を経てマルスハイムに帰還して暫《しば》し。少し遅れたものの野盗撃退の功労により昇格を報《しら》されたジークフリートとは、階級が並んだのだから依頼を張った衝立《ついたて》の前で会う確率も増したというのに。

英雄を志す少年は少し前のことを思い出し、苦虫をグロス単位でかみつぶし、ついでもって奥歯に引っかかって飲み込み損ねたような渋面を作る。

あれは本当に酷《ひど》かった。付近を掠《かす》める矢、突き込まれた槍《やり》の穂先に引き裂かれる旅装の裾、そして容赦なく降りかかる生暖かい血飛沫《ちしぶき》。

何より、今際《いまわ》の際《きわ》の人間を介錯する手応えに、首を切り落とす生々しさ。

どれもこれも今でも夢に見る。悪夢に飛び起き、幼馴染みを何度心配させてしまったことか。

やっと慣れてきたが、依頼の報酬として受け取ったピカピカの銀貨が――野盗の首は詮議中なので支払いはまだだが――血濡《ちぬ》れて見えたのは忘れられない。

「こんにちは、エーリヒ、マルギット」

「ええ、カーヤ嬢もご機嫌よう」

だのに幼馴染みが胡散臭《うさんくさ》い笑みの金髪を気に入っているのが気にくわなかった。

話を聞けば、旅の間何くれとなく気を遣われ、知らない薬草の調合を教えて貰ったと上機嫌に話すのが少年の心をざわめかせる。

話を聞いて以降、それくらい俺にもできると、以前からしていたことなれど、更に率先して荷物を持ってやったりするようになった少年は、挨拶は良いから何の用だと突き放すように問うた。

これ以上関わり合いになると、絶対に碌《ろく》な目に遭わないと、魂のどこか深い所が囁《ささや》くのだ。

故にさっさと話題を切り上げ、仕事を選びにかかりたかった。ジークフリートには金が必要だったからだ。

紅玉になったからといって赤貧度合いがマシになったかと言えば断じて否であり、未だに三食の内二食は麦がらが交じる安い麦粥《むぎがゆ》で誤魔化す程度に金がない。悪夢の護衛依頼で貰った金だって、いざという時の貯蓄を考えれば軽々に吐き出せぬ。

宿代を出し、日々の雑費や仕事の下準備に使ったならば、残る額は雀《すずめ》の涙《なみだ》。だのについ先日、大事な大事な手槍の柄がへし折れてしまった。

数日前に受けた仕事でヘマをしたのだ。用心棒という名目で酒保に立っていたが、そこで酔っ払った客を受け止めようとして失敗し……転倒した際、小脇に挟んでいた手槍が最悪な角度で壁の隙間に挟まった。

支点力点作用点、極めて運が悪く単純な図式が相まって、故郷から一緒に出てきた手槍は真っ二つに折れてしまった。

幸いにも穂先は無事であり、そもそも槍の棹《さお》など消耗品ともいえるのだが、日銭に困る冒険者には大問題。慌てて研ぎを頼んでいる武具工房に顔を出せば、新しい柄の新調には二五リブラも必要だという。

護衛の報酬を全てつぎ込み、野盗の首が換金できても足りない額だった。

思わず目が飛び出そうになるジークフリート。

しかし、一から木を削り、きちんとした品質の柄が欲しいならこれくらいは必須だと言われれば、槍の大事さを知っている身からするとぐぅの音も出ない。

それこそ、適当な枝きれを拾ってきて自分で作るのとは訳が違う職人の仕事だ。むしろ初心者冒険者の依頼だからと、幾らか贔屓《ひいき》して貰っている方でさえあった。

手槍は剣によって成り上がろうとしている冒険者でも必要だ。獣が相手ならば長物が欲しくなるし、他の冒険者も多くが槍を採用しているため、急場の戦列を組む際に必要不可欠。

むしろ、本当に剣と盾一本で動き回っている目の前の金髪の方が珍しいのだ。

自作の何時《いつ》折れるとも知れぬ握り心地が悪い柄に命を預けたくないので、彼にはどうしても金が必要だった。

しかし紅玉では面倒な仕事でも稼げて銀貨が一枚か二枚。生活費をさっ引けば費用を稼ぐのに何ヶ月必要になるか分かったものではない。風呂を我慢するのにも限度があるし、差し迫って金が欲しかった。

　さりとて、戦利品として得た剣や鎧《よろい》は売りたくない。今後、また護衛の仕事をするなら絶対必要になるから。

　斯様《かよう》な状況でエーリヒが持ちかけた話は毒のように甘く苦いものであった。

「先ほどだね、ご指名の護衛依頼をいただいてしまったんだ。この間、野盗に襲われたことがあっただろう？　あれが隊商主の間で噂《うわさ》になったようでね。紅玉なのに仕事ができるからと日当一リブラ五〇アスで依頼が来た。そこで、よければ〝幸運のジークフリート〟もと言っているそうなんだが」

　一リブラ五〇アス！　と金額を聞いてジークフリートは跳び上がりそうになった。紅玉が賑《にぎ》やかしとして雇われる護衛仕事の日当は平均で五〇アス。それも隊商で食事やらの面倒を見て貰えば減額される安い仕事だ。

　しかしながら、相場の三倍といえば、護衛としての力量も期待される一つ上の階級の金額に近い。正規の琥珀《こはく》であれば二から三リブラは必要になるが、紅玉でそれ並みの仕事をする者を安く雇えるならとお声がかかったのだろう。

　実に魅力的であった。一日で三日働いた額の報酬。その上、隊商護衛なので宿代が期間中は浮き、日程によってはかなり稼げることになる。

「……き、期間と目的地は？」

　理性は脳内でさっさと断れと警鐘を乱打するが、浅ましい本能が口を動かした。

最寄りの衛星諸国の名と往復で冬期直前までと聞き、今まで頼りなくも縋《すが》り付いていた理性が欲望に容易く引き剝がされ、あっけなく現実に撲殺される。

知らぬ内にジークフリートはエーリヒから差し出される手を取っていた。

「よかった。私も君が付いてきてくれるなら心強いよ」

何を白々しいと思わないでもなかったが、金が稼げるのであれば隔意を収めよう。差し迫って金が必要であり、選んでいる余裕はないのだとジークフリートは苦手な愛想笑いを作ってみせる。

「それに安心してくれ、今回は馬車七台で専属護衛が一〇人もいる大規模な隊商だ。個人営業主の帯同も募っているし、もしかしたら三桁にも達する大規模なものになるかもしれないぞ。道中に本格的な仕事は訪れないはずさ」

それを聞いて安心した。専属の護衛が一〇人も居るなら相当に有力な隊商のはず。単に剣をぶら下げたそこいらのあんちゃんを〝護衛〟と称している訳ではあるまいし、更にかさましの冒険者が雇われるなら安心感はいや増していき、人数三桁近いともなれば至れり尽くせりの大船気分だ。

確かに前の隊商もボチボチの規模だから安心していたが、今回はそれ以上となれば全く不安はない。こんな大規模な隊商に襲いかかる阿呆《あほう》は余程でもなければいないのだから。

それこそ高額な懸賞金が掛けられ、軍勢にも等しい手勢を率いていなければ。

「何も心配はない。この季節、街道は年貢の馬車も行き交ってるから巡察吏の目もあって野盗も大人しいだろうさ。私達《たち》の腕なら余裕だよ」

　出立は来週になると聞いてジークフリートは早速準備をすることにした。季節を跨《また》ぐ遠出になるなら必要になる物は多いし、この辺は大雪こそ降らねど普通に冷えるので少し上等な毛布なども必要になる。

　どうせ紅玉の仕事中に手槍が必要になることはないので、帰って来たら直せばいいだろう。剣さえぶら下げていれば護衛としての格好もつく。

「よかったね、ディーくん」

　はにかみつつ声を掛けてくれる幼馴染《おさなな じ》みに、だからジークフリートって呼べよと軽口を叩きつつも少年は口角が上がるのを止められなかった。

　帰ってくる頃には手槍の柄を新調、いや、鉄芯入りの上等な柄に入れ替えることもできそうな報酬に心が躍る。

　ああ、いや、幼馴染みのローブも襤褸《ぼろ》くなってきているので、反物を買ってやる方が良いだろうか？　彼女は自分で仕立てられるが、それも生地あってのものだから。いつも好んでいる若草色の良質品を探してやろうと思った。

　そんな大きな皮算用をしながら去って行く少年は知らなかった。

　差し出される手には濃厚な毒が塗られていたことを。

　そして、今後、そんな特別甘いけれど死なない程度に酷い毒が何度となく差し出される己の境遇のことを。

今はまだ。

ただ、それはそれで幸せなことだろう。新しく格好好い槍の柄や、幼馴染みの喜ぶ顔を考えていられる間に苦痛はない。矢玉を霰《あられ》と浴びてベソと色々な物を垂れ流す瞬間まで苦しみと縁遠くいられることのなんと幸運なことか。

それに考えても見るとよい。冒険者など苦難が性質《たち》の悪い悪妻やヒモ男のようについて回る職だ。仕事がないための飢え、中々昇級できぬことによる焦燥、予想外の支出が立て続くため装備を更新できぬ苦悶《くもん》。

挙げ句の果てに冒険者という職歴はさして役に立たぬ。荒くれや破落戸《ごろつき》のヤクザ者扱いされるだけで、やめて就職しようにも低い階級のままでは大変な苦労が伴おう。

塗炭の苦しみに長々と締め付けるよう苛《いじ》められるのと、一瞬の艱苦《かんく》に命を賭けて偉業を拾う。元来、冒険者とは後者を選ぶべくしてなる職業なのだ。

故にジークフリートは笑う、高収入の仕事を期待して。

故にジークフリートは叫ぶ、こんなはずではなかったと。

されど彼は折れぬ。ちっぽけな矜恃《きょうじ》のために。幼い憧憬を捨てぬために。

しかし、世界とは、生きるとは、全てが思い通りだと満面に笑みを浮かべてすごすことができるようなものではないのだ………。


【Tips】武器の価格は公定価格が決められているため、真っ当な手段で手に入れようとすると前線が近かろうとも相応の値がするものである。

　また、取得した剣を職工同業者組合に売却する場合は、取得の申請が必要となる。それが非合法に手に入れたものではないと証明するために。尚《なお》、戦や野盗への防戦による追い剝ぎは非合法に含まれないものとする。


　刈り取りも済んで、いよいよ秋も終わりという時節となれば、街道を行き交う馬車が増える。

　帝国に拘《かか》わらず、あらゆる国家における一大行事、年貢の奉納だ。

　時代劇では年貢の米を収めた俵を担いだまま餓死した人間などが描写されるが、帝国においては効率重視で各荘園にて集約された年貢を一括で運送する。

　そのため、特に大きな行政管区では、時に何里にも渡る年貢の車列を拝むことができるのが秋の風景。

　ただ、ここ地の果てマルスハイムにおいては、統制が不完全なのと人手――人数よりも信頼に足る人間――が足りないことによって、年貢護送に巡察吏の騎士だけではなく、上級の冒険者や、実績のある傭兵《ようへい》が雇用されることとなる。

「よぉし、いいぜ！　一緒に行こう！　お前らんところは評判もいいしな!!」

　ナンナからの伝手《つて》で方々から格安なのに琥珀級の一党が雇えるという噂に上った私は、専らかき入れ時に方々を揺蕩《たゆた》う隊商の護衛を務めていた。

今回もそんな依頼で辺境から更なる辺境へと帯同したのは、余った作物を売り、物納品を求める荘園相手に商売をしようと徒党を組んだ隊商の護衛。その隊商の発起人の前で吠《ほ》える男がいた。

獅子人《ネメアー》の冒険者だ。

ド派手な金色地肌に褐色の鬣《たてがみ》も雄々しい雄性体。総じてヒト種《メンシュ》の観念では個体の判別が難しい厳《いか》つい顔を持つ、正に巨人の首に獅子《しし》を据えたような人種だが、私でも彼のことは区別が付いた。

「すっ、すっげぇ！　ムウェネムタパのガティ！　大牙折のガティだ!!　その妻達も!!」

「わかっ、わっ、分かった、みっ、見えてるっ、揺するなっ、ジークフリート……」

意気も高く肩をがっくんがっくんと揺すってくる、私と一党扱いされていることに近頃では不服らしいジークフリート少年が、文字通り有名人に出会った時の高揚で叫んだ。

〝大牙折〟のガティ。緑青《上から四番目》の冒険者で辺境の英雄の一人。

異名を囁かれる原因となった、巨大な牙長人《マンクア》――南方大陸の象が直立したような亜人種――の牙を胸飾りにしていることから、一目でその人と分かる。

上手《うま》い営業《プロデュース》だ。この冒険者商売、名前が持つ威ってのは大事だからな。遠目に見てもその人だと分かる格好をするのはとても大事である。

文字通りの象牙を簡単に加工して飾りにした彼は、牙の持ち主、南方大陸で暴力を持て余し、豊かなライン三重帝国へ略奪目的で遠征してきた牙長人《マンクア》の部族長を素手の一騎討ちで打倒したことによって名を馳《は》せた。

獅子人《ネメアー》も人類種の中では屈強さで知られるが、牙長人《マンクア》のそれは更に上手。南方大陸における巨鬼の立場を占めており、熊体人《カリスティアン》とも格闘《レスリング》ができる三m近い上背を持つ怪物だ。

温厚で気長な人が大半を占めるが、しかし一度荒ぶると手が付けられないことで知られる人種であり、暴力に目覚めた一団は辺境で、言葉の通りに進路にあるものを全て引き潰すような暴れっぷりを披露してくれたらしい。

その暴虐に終止符を打ったのが、同じ南方出身のガティ。正確には今も彼の隣に控えている五人の雌性体から成る一党。

獅子人《ネメアー》は獅子と同じ家族形態を取り、雑事や一般の狩、つまり雑魚は雌性体が相手をする文化がある。

じゃあ雄性体は格好だけかというと、そんなことはない。

妻達に任せるには危険な。あるいは、血族の誇りを持って挑むべき闘争に備え、余事を全て擲《なげう》って武を錬磨し、闘争に向けて個としての自身を先鋭化させる。

同種族のみで構成されるあの一党は、前衛にして最優の個たるガティを中心に完成した戦闘集団なのだ。

まぁ、つまり以前に私を一党に勧誘してきた、血濡《ちぬ》れの鬣団の長《おさ》、レーオポルトは故郷で家族を構成できなかったか、あぶれた雄性体がこっちへ出稼ぎに出て来ていたんだなという微妙な気持ちにさせられる事実も知ってしまったのだが……それはよしとしよう。

の護衛だ。

「まぁ、我等《われら》に任せよ！　共にあれば具足を解いて槍《やり》を荷馬車に突っ込んでも安泰ぞ！」

正しく吠え猛《たけ》るように喋《しゃべ》る彼は、あろうことか街道の途中で出会った年貢を運ぶ荷駄隊の護衛だ。

しかも、隣に立っている名目上の責任者である騎士より、明らかに権限が上。

そこまでかよ、辺境。

「なぁ、なぁ！　エーリヒ！　俺、俺ちょっと握手してもらって来ていいかな!?　こっ、こんな偶然で英雄譚《えいゆうたん》の冒険者と会えるなんて!!」

「分かった、分かったから、好きにしてくれ。頼むから。舌を噛《か》む。いつかの意趣返しだってんなら謝るから」

彼、こんなに流行好《ミーハー》きだったのか。知らんかった。いやまぁ、名前に神代の英雄を借りる辺り、そういう話大好きなんだなってのは分かっていたけど。

今旬の冒険者を見て心底嬉《うれ》しそうにしているジークフリートは一旦置くとして、私は気骨が萎えていくのを止められない。

いや、ガティに文句はない。ちゃんと強いと思う。緑青の階級も伊達《だて》ではなく、武威を感じるので、先輩冒険者として普通に尊敬できる。

ただ、あの責任者の騎士、掲旗《バナー》の意匠が帝国の様式から離れすぎていることからして、明らかに土豪から寝返りを打って帝国側になった土豪じゃん。

だのに信任を得るべく張り切るでもなく、何だあの覇気のなさは。

しかも、実質的な護衛の取《と》り纏《まと》めを冒険者に取られてるって、もういっそ人件費節約のためにに人形でも置いてた方がマシだろ。

ウビオルム伯爵領だったら所領没収の上で死罪だぞ、この為体《ていたらく》は。

こりゃ大変だなマルスハイム辺境伯……敵を身内と遇しながら少しずつ意気を殺さないといけないとか、徳川さんみたいで可哀想《かわいそう》。幸いなのは、土豪が何か南の方の戦闘民族みたいに多義的なぶっ壊れ方をしてないことだが。

それでも、それでもっ……何かこう、一時なれど帝国貴族の側仕《そばづか》えをしていた身からするとっ……凄《すご》く悲しくなる。

帝国騎士ならシャンとしろよ！　何だそのみっともない旗！　せめて標語《モットー》を載せるとか、背景の形を改めるとかしろよ！　明らかにそのまま流用してんじゃねぇか!!

畜生、なんだこの憤りは。切れない鬼札《ジョーカー》として死蔵しているウビオルム伯の恩賜指輪をチラつかせてでも物申したくなってきた。

落ち着け私、要らん情報を流してコトを混乱させたくない……万が一にも辺境に魔導宮中伯の食指が伸びてるなんて噂《うわさ》が私のせいで流れたら、アグリッピナ氏からどんなお小言の手紙が届くか！

考えるだけで身震いがする。憤りは無理矢理にでも一時収めて、目立たないようにしておこう。

西方辺境の窮状は飯の種になると思って、受け流せばいいだけじゃないか。

詩に歌われる生ける英雄が、道行きが一緒だから年貢荷駄隊にくっついていっていいと仰《おっしゃ》ってくれるのだ。八〇人を超える規模だった隊商が、小判鮫《こばんざめ》をやらせてもらうだけで四倍に膨れが上がる上、帝国の旗とガティの勇名によってちょっかい掛けてくる馬鹿は根こそぎいなくなる抑止力が得られる。

こんな大規模隊商を襲うような馬鹿、帝国広しといえど、そういまい。

ガハハ、勝ったな！　風呂入ってくる!!

……何か要らんフラグを立てたような気がするが、気のせい。そのはず。多分そう。

物事は良い方に考えようじゃないか。ほら、こっちなら組合長や貴族からの信任が得られたならば、冒険者の身分であっても年貢の護衛を任せられるくらいの立場になれるってことだ。

功名のし甲斐《がい》があるじゃないの。ねぇ。

本物の英雄と握手してほくほく顔のジークフリートが戻って程なく、合流するために一時止まっていた隊商が動き出す。

先頭か後尾は精鋭か、失っても惜しくない下っ端の役目というのはいつも一緒。ということで、万が一、億が一の襲撃があった際に備え、我々が護衛に就いていた隊商が前を行くこととなった。

最悪、前が襲われている間に時間を稼ぎ、本隊の護衛が駆けつける方式だ。

「体がデケぇのなんの！　タッパだけじゃなくて分厚さも凄くてさ！　カーヤも来ればよ

かったのに!!」

「私はいいよ。よかったね、ディーくん。肩まで抱いてもらって」

「おう！　スゲぇ嬉しい!!」

　喜びが溢《あふ》れ出して止まらないジークフリートの語りは彼の相方にも向けられたが、どうやらカーヤ嬢は、ああいう野趣溢れる男児はお好みではないようで、愛想笑いといった感じだ。

　いや、それより同学年の男子がキャッキャしてるのを冷静に見ている女子って感じか。

「うーん、アレで緑青なんですわね」

「冒険者の格は仕事の出来映え、そして人品も評価されるからね」

「でも、あの人達《たち》、どう考えても纏めてかかろうとフィデリオさんどころか、ロランスさん一人に勝て……」

「シッ！」

　聞こえたら気を悪くされるかもしれないでしょ!?

　そりゃ誰だってやるさ、古今冒険者で誰が一番強いか対決の話なんて。私だって英雄詩は好きだもの。

　因《ちな》みに私の一推しは、三兄のハンス兄さんが推しているのと同じく彷徨《さまよ》えるカルステン卿《きょう》だ。神の怒りを買って――その愚行は話によって大分違うが、源流は使徒に一目惚《ひとめぼ》れしてナンパしたという馬鹿げたこと――呪いを受けながら、諸国を流浪して贖罪《しょくざい》の旅を続け、

遂《つい》には赦《ゆる》しを得るに至った彼は、正に器用万能で何でもできる。

詩も山ほど詠《うた》われており、名曲揃《ぞろ》いなので私が〝完成した個〟を理想としている点を贔《ひい》屓《き》しても最優の冒険者だと信じている。

ジークフリートは言うまでもないだろうから、共通の趣味として、よく雑談をする英雄詩の話では、誰が最強かを論ずるのは避けているけどね。

こんなの応援している球団の話みたいなものだ。我が故地大阪で大っぴらに橙《だいだい》色の兎《うさぎ》を賛美してみよ。下手すると、その日の晩にはケジメさせられた上で道頓堀遊泳だ。

冗談は適当に切り上げるにせよ、実際に生きてる人でやると尚角が立つからいけない。獅子人《ネメアー》は特に耳が良い訳ではないけれど、彼の配下や同僚に聞こえたら無礼な新人だなって思われる。

私だって感じたけどさ。ぶっちゃけ、一党丸ごとで評価しても、鍛え直した今のロランス氏単騎の方が格段に強い。私でもまぁ、全力装備と魔法を使わなくとも何とかなるなって感じだ。

アレだよ、イケメンで有名な俳優と実際に会ったら「なんか肉眼で見ると微妙だな……」ってなる現象だ。

ま、世には戦闘態勢に入った途端、雰囲気がガラッと切り替わる達人もいるし、どっちかというと私もそっち側だ。単に今まで知り合ってきた強者《つわもの》が、大体常時強そうに見える人ばっかりだったってだけで、彼が同類の可能性もある。

何はともあれ、武威を借りて安穏と仕事をできることを喜ぼう…………。


【Tips】冒険者の格は高位になればなるほど、単なる強さでは測れなくなる。時にその個人しか為《な》せない特異性があれば、全く非力であっても昇格は可能だ。貴族への応対が完璧であるが故に昇格した例もある。

　逆を返せば、人品が最悪なのに高位の冒険者は、万難を退ける暴力を持っていると心得よ。


　悲報、私氏、また道中表で酷《ひど》いのが出る。

　年貢の護衛隊と合流してから三日間は、交代要員のおかげで見張りが六交代制《一回四時間》となり、休憩も睡眠も沢山取れるから頭数が多いのっていいなと考えていたのだが、その分のツケでも取り立てに来たかの如《ごと》く事態が起こった。

　場所は起伏に富んだ丘陵地であり、不規則に突き出した地形が連続していて、まるで卵の容《い》れ物《もの》のようだった。

　そんな丘の麓を縫うように街道が蛇行している。これは丘を登って一直線に道を通すより、そうした方が工事が楽なのと、進む際の負担が少ないからだ。

　ただ、作る側と進む側の心理は理解するものの、護《まも》る側からするとこういう地形は危ない。丘の上に陣取れば見晴らしが良いが、肝心の街道を歩いていると丘に視界が遮られて先が見えない。

しかも蛇行しているとなると隊商が転進することも困難になるし、道を逸《そ》れて丘を登って逃げようにも、どうしても位置熱量の問題で足が鈍る。

だから、こういう所は大規模隊商の鬼門だ。中頃まで踏み込んで、蛇行する部分で足が鈍り隊列が詰まってきた所で前方と後方を封鎖。

そうすると、後は籠の鳥。声を愛《め》でるなり握り潰すなりご自由にってところだ。

だから我々も前もって斥候を出し、伏撃を企図して伏せている野盗がいないか十分に注意する。道行きを照らして危険を真っ先に炙《あぶ》り出して、護衛対象を危険に晒《さら》さぬよう予防措置をとるのも護衛の役割だから。

問題は、図体《ずうたい》がデカくなりすぎると自分の体さえ見渡せなくなることだ。巨大な鯨は、自分の腹を見ることさえできぬ。

「うーわー……まじかー……」

「あそこまで堂々としていると、いっそ清々《すがすが》しいですわね」

狭隘《きょうあい》な地形を封鎖するように陣取る一団がいた。

街道には逆茂木が幾つもおかれて馬が抜けられぬようになっており、奥では長槍にて武装した歩卒が控え、両の丘では散兵が並んでいる。

そして、逆落としによる突破力を十分以上に活《い》かせる地点に騎兵の小集団までもが編成されているではないか。

野盗なんて規模ではない。百を超える人数がいれば、それは最早《もはや》、立派な軍集団だ。

「マルギット、報告してきてくれ……私は残って見張る。何かあったら」

「すぐ魔法で教えてくださるのでしょう？　行って参りますわ」

共に物見として背中に張り付いていた相方が、後方へ知らせに行くために走り去っていくのを見送り、どうしたものかと地面にめり込みそうなほどに重い溜息《ためいき》を漏らした。

あれは拙《まず》い。空前絶後の規模と装備もさることながら、翻っている旗がとんでもなく拙い。

「〝悪逆の騎士〟……ヨーナス・バルトリンデン……」

野盗の分際で堂々と掲げているのは、血濡《ちぬ》れて諸所が黒く染まった、一枚の盾を二頭の亜竜が支える紋章が刺繡《ししゅう》された軍旗。

辺境にて悪名高き悪逆の騎士、背徳の氏、逆徒ヨーナス・バルトリンデンの旗印だ。

元々、その旗はヨーナスの主家であったマルス＝バーデン家、つまり三皇統家の遠縁に当たるバーデンの縁者の物だ。腕を見込まれて、荒れた辺境を武威によって治めるべく、親戚人事で此方《こちら》に派遣されていたのだろう。

だが、彼の家、ヨッツヘイム男爵家は今やない。

他ならぬ辺境の地で見出《みいだ》し、騎士として取り立てたヨーナスの手によって鏖殺《おうさつ》されたからだ。

彼が主家弑逆《しいぎゃく》というとんでもない蛮行に及んだのは、叱責されたことへの逆ギレが原因である。配下の荘《しょう》へ苛政を敷いて、欲しいがままに弄んでいたのに男爵が激怒。直接出頭させられた挙げ句、厳しく叱られたにも拘《かか》わらず彼は何を思ったかブチ切れた。

その場で剣を抜き、護衛諸共《もろとも》にヨッツヘイム男爵を殺害。その足で館の中にいた彼の妻、三人の息子、二人の娘を従者や使用人共々皆殺しにし、別館で囲われていた愛妾《あいしょう》と庶子まで殺して回るという暴挙に出る。

一夜にして殺した人数は、何と四〇と五人。

血塗られた悪逆の数々の始まりだ。

以降、彼は最初から付き従っていた七人の配下と共に旧主家の勢力圏をボロボロにしつつ勢力を拡大。今、目の前に広がる軍勢を構築するに至る。

襲われ、絞られた荘は数知れず、積み上げられた屍《しかばね》の嵩《かさ》は想像もつかない。隊商も所属問わず襲って奪い、街道に赤褐色の絨毯《じゅうたん》を敷いた大悪党。

何故《なぜ》、斯様《かよう》な悪党が今も悪行に励んでいられるのかというと、バルドゥル氏族やハイルブロン一家のようにお目こぼしされているからではない。

こんな真正面から泥、いやさクソを顔面に塗りつけられるかのようなことをされて帝国が黙っていようか。

即座に彼の首に懸賞がかけられた。その額、死んでいたとしても五〇ドラクマ《金貨五〇枚》。

功名と賞金に釣られた数多《あまた》の冒険者や傭兵《ようへい》が追い始めたのは勿論《もちろん》、辺境伯も沽券《こけん》に関わるため討伐の軍を挙げた。

だが、ヤツが今もああやって、獲物を待ち受け続けていられる理由は一つ。

全員殺されたのだ。

悪逆の騎士討つべし！　と気炎を上げて出て行った冒険者も、辺境伯の号令に従って編成された連合軍も、誰一人帰ってきていない。

血濡れた旗の最初の贄《にえ》となったヨッツヘイム男爵と同じく、殺されたのだ。一人残らず。

辺境で三指に入る大悪党。生ける災害が何故ここで陣を張っているのかは分からない。

立地が良いから偶々《たまたま》腰を据えていたか、拠点が近所にあるのか、それとも大規模な年貢隊が通るという噂《うわさ》でも仕入れたか。

理由はどうでも良いが、非常に拙い。

大規模な隊商の強みは、数による抑止力。ただ、それが効かない相手には途端に脆《もろ》くなる。

非戦闘員、そして足が遅い荷駄が枷《かせ》となるからだ。

押し合いへし合い、逃げようとするだけでも一苦労。ついでもって、護衛も方々に散っているため、一塊になって突っ込んでこられると一時的な数の利を失って、そこから櫛《くし》の歯が欠けていくように各個撃破でやられることになる。

しかもなんだろう、あのヤベー気配……軍勢全体から淡く危険を感じる。

勿論、あれだけの数が集まってりゃ危険なのは言うまでもないが、士気が高い。

ふと、故郷の自警団を思い出した。

ランベルト氏のような頼り甲斐《がい》のある指揮官に率いられると、ただの歩卒の群れでも凄《すご》い気迫を放ち、実力の何倍もの力を引き出す。加わって横列を組んだことがある私が言うのだから確実だ。

だが、あれは頼もしい指揮官に率いられて感じる必勝の気配が齎《もたら》す士気ではないな。濁っている。

……恐怖、畏れか。

つまり、あの数の軍勢が脅《おび》えて従い、無様を晒せば何をされるか分からぬと死力を振り絞るような化物が控えている証左。

それほどか、ヨーナス・バルトリンデン。

どうするかね。迂回《うかい》するには踏み込みすぎた。隊商の数と護衛が多いので、私もちょっと平和ボケていた。せめて斥候をごく近距離に散らすのではなく、数時間から一日単位で先行させるよう具申するべきだった。

さすれば、鉱山の金糸雀《カナリア》の如く、鳴かなかった未帰還《みきかんの》の斥候がいる方は危険だと最初から知れたのに。

遠慮無しに単騎駆けをして、せめて前方だけでも綺麗《きれい》にするか？　魔法が使えると露見する危難……いや、そうじゃないだろ、ここで留めないと山ほど死ぬぞ！

葛藤している時間も勿体《もったい》ない……そう思った瞬間、幾つか向こうの丘から悲鳴が聞こえてきた。

ああ、畜生め、後ろにも人を伏せてやがった。斥候が通り過ぎるのを待って、再展開し殿《しんがり》に襲いかかりやがったのだ。

周囲の警戒に散った斥候は隊商を照らす篝火《かがりび》だが、少なすぎたし、一本一本の光が淡すぎた。

私もほとほと運がないな。やり過ごすために伏せていようと、マルギットなら確実に気付いた。つまり、私が敵の伏兵がいない場所を引いてしまったってことだ。

クソ、どいつもこいつも弛《たる》んでやがった。余裕こいてた馬鹿は私一匹だけじゃないってか。

後ろで襲撃が始まってしまった。こうなれば、尻を引っぱたかれた馬と一緒で隊商は前に、殺し間に突っ込まざるを得なくなる。

ああ、もう、何か嫌な予感がしてたのは確かだが、誰も形にしろなんて言ってねぇよ!!

私はカストルの腹に一蹴りくれて全力で走った。

とりあえずは、先頭集団が無策で前に逃げ出し、殺し間に捕まってしまわぬよう止めるため…………。


【Tips】ヨーナス・バルトリンデン。辺境《マルスハイム》出身のヒト種《メンシュ》で元無頼。その圧倒的な暴力を買われて騎士に取り上げられたが、生来の気質によって暴走し〝悪逆の騎士〟と畏怖される人為的な災害と成り果てた。

ジークフリートは肖《あやか》った英雄の偉業に憧れているため剣を好む。

冒険と友情の末に彼《か》の元《ジ》ークフリートが手に入れ、屍山貪食《しざんどんしょく》、血河鯨飲の〝悪竜ファフファナル〟を討つために鍛えられた魔剣にして神器〝瘴気祓い《ヴィントスロート》〟が全ての悪徳を薙《な》ぎ払っていく様に憧れたからだ。

ただ、近頃、そう、近頃になって実は自分は剣に向いていないんじゃないだろうかと思い始めた。

「おらぁ！」

蛮声と共に突き出される槍《やり》の穂先は、既に無防備な人足へ一度突き込まれたためか血で汚れ、昼の陽《ひ》を浴びて不気味に燦《きら》めいていた。

「ちぃっ!!」

狙いは下っ腹。鎧《よろい》を着ていても、腰の継ぎ目だけは鎧の構造上、正面に残された弱点の一つ。装甲に当たって刃先が滑ろうと、扱いを心得ていれば継ぎ目に差し込んで脆弱《ぜいじゃく》な部分を貫《ぬ》くことが能《あた》う。

自警団でも習ったことだ。突くなら腹、そして突いたなら必ず捻《ねじ》れと。

動きの予測、そして前もって得ていた知識が結びついて彼を守る必然の幸運となる。

遮二無二に防御のために振るった剣は、槍の螻蛄首《けらくび》を叩《たた》いて弾《はじ》き、狙いを大きく逸れさせた。

だが、手に伝わる感覚は痺《しび》れるくらいに重いのに、槍を断てはしなかった。

敵が携える簡素な素槍は鉄芯が入った上等な品ではないだろうが、それでも切り落とせない。防御に夢中になるあまり、きちんと刃筋が立っていなかったのだ。

少年は内心で舌打ちをする。鍛錬の際、自分に付き合って金の髪が振るっていた剣と比べると不格好に過ぎる。

自警団の訓練が混戦を前提とせず、あまり剣を教えてくれなかったなんて言い訳をしたくはないが、明らかに練度が足りない。悪いのは剣ではない。死体から剝がれた無銘の剣は、以前の鋸歯《きょし》と勘違いしそうな鈍《なまく》らとは比べものにならない物だから。

『俺が足りてねぇ……!!』

歯がみをしつつ、ジークフリートは習った通りの動きを繰り返す。

振り抜きの残心から即座に刃を逆手に返し、籠手《こて》を佩《は》いた左手で刃を握るハーフソードの構えで前進。刺突を弾かれてがら空きになった敵の懐へと潜り込む。

槍の弱点だ。突く、斬る、殴る、全てを遠い間合いから繰り出せる優れた兵器なれど、重さと遠心力に頼る構造もあって、下手に弾かれると復帰まで数拍遅れる。

体が泳いで無防備になった野盗の顔面めがけて、彼は自分諸共に倒れ込む覚悟で柄《つか》を叩き込んだ。

これは自警団ではなく、金の髪と共に自己鍛錬をした時に教わった技。

敵は野盗の癖して生意気にも総身に防具を纏《まと》っている。

鋼板の胸当て、帷子《かたびら》に鎧下、兜《かぶと》と脚甲。薄いが全身を被甲して守った敵を斬り倒すのは、余程の達人でなければ難しい。

だから殴る。柄頭は狙った通り、視界確保のため前を広く開けた兜の合間を縫って鼻頭に突き立ち、渾身《こんしん》の突撃も相まって鼻骨諸共に頭蓋をひしゃがせる。

「ぺぷっ……」

漏れたのは悲鳴ではなく、どこか滑稽に響く打撃によって弾き出された呼気。槍を手放してどうと倒れた敵を前に、ジークフリートは無防備に晒《さら》された股ぐらへ刃を突き込むことを躊躇《ためら》わなかった。

「いぎぃ!?」

今度こそ悲鳴が響く。刃によって大事なブツごと太い血管を裂かれた断末魔だ。

股間、これも鎧を着込んで尚《なお》潰せぬ弱点の一つ。転ばせてから突く。東方交易路の再打貫戦争に参加した古参の団員が実地で覚えて語り継いだ武勇伝は、彼の中で確実に息づいている。

『クソッタレめ……扱いづれぇ！　間合いが狭ぇ!!』

敵を一人倒した、という満足を得る暇《いとま》もなく、ジークフリートは付き合いの短い愛剣を一度放り出し、敵が投げ出した槍を取った。

そして、先を長く持った棹《さお》が撓《しな》るような勢いで振り抜く。

逃げ惑う隊商の人足を背後から襲おうとしている野盗の後頭部に向けて。

良い音がした。鋼が鉄を打ち据える鈍くて重い音。

槍は刺突が強力な武器なれど、切っ先が通り難《にく》い手合いに振るうなら殴打の方が適しているここともある。兜で頭を守ろうが、容赦なく振るわれた鉄の塊でぶん殴られれば相当の衝撃が頭に伝わり、即死せぬまでも動きは止まる。

一瞬、膝を突いた隙を見逃さないで、ジークフリートは護《まも》りが薄い腰へ刺突を放った。

「がっ……!?」

刺したら捻《ひね》る。帷子を抜いて刃に鎖が噛《か》む硬い感覚を手に受けつつも、刃は正しく臓腑《ぞうふ》を抉《えぐ》った後に引き抜かれた。

これで二人。

「ディっ、ディーくん!!」

「カーヤァ！　顔出すな！　馬車ん中に隠れてろ!!　また矢が来たらやべぇ!!」

立派な成果なれど、周りは散々だった。

丘の陰から放たれた、狙いを付けぬ矢の曲射が三連続。数を頼りに油断していた護衛や人足の意気を折るには十分な火力投射の後、駆け降りてきた野盗達《たち》の攻撃は致命的だった。

周囲で真面《まとも》に戦えている人間は少ない。三〇ばかしの敵に思いっきり横っ面を張られて、あっという間に半壊している。組織だった抵抗はできておらず、ジークフリートが戦えたのも〝運良く〟最初の矢が刺さらなかったから。

そして、人は簡単に死ぬということを事前に学んでいたからだ。

「囲め！　多少使うぞ！　油断すんな!!」

「おらおら！　怖きゃ逃げてもいいんだぞガキ！」

「背中の方が刺しやすいからな!!」

手近な仲間以外へ手当たり次第に斬りかかり、殺していた野盗の手が空いた者達が一斉にジークフリートへ向かってゆく。

槍衾《やりぶすま》ではなくとも、同時に向けられる三本の槍は非常に対処が難しい。

しかも、相手は新兵ではない。全く同じく突くという愚を犯さず、各々数拍ずつズラして突くつもりだ。

最初の一撃は避《よ》けられても受けられてもいい。回避なり防御なりで一瞬動きが止まった瞬間、別の二人が刺し殺す。

これを無傷で凌《しの》ぐことが能うのは、槍の一薙ぎで刺突全てを払える豪傑か、動き全てを読み切って刃が当たらぬ場所へ身を置ける達人のみ。

無理をしたら死ぬ、という本能に従って、ジークフリートは槍を振るって防御に専心した。

真ん中の槍を押しのけて左から来る槍へぶつけ、右の槍は被弾覚悟で受けた。

カーヤが丈を詰めて調整してくれた籠手は、装甲の表面で切っ先を逸《そ》らし、ジークフリートの身を守る。

結果的に彼は次の呼吸を許された。

ただ、敵は減っていない。一時凌ぎ、これでは……。

「ごぅぁぁぁぁぁぁ！！！！！」

刹那、闘争の最中であっても武器を手放して耳を守りたくなるような戦吠《いくさぼ》えが轟《とどろ》いた。鼓膜が破れるのではと心配しなければならない大音響に野盗達の動きが一瞬止まり……次の瞬間、挽肉《ひきにく》が生産される。

横合いから人間三人を吹き飛ばしても勢いが止まらぬ、巨大な戦斧《せんぷ》が颶風《ぐふう》を纏って飛んで来たのだ。

「散るなぁ!! 俺の所に固まれぇ!! 戦えぬ者は前に逃げろぉ!!」

ほんの一瞬稼いだ時がジークフリートの命を救った。

戦闘音を聞きつけ、車列中段を守っていたガティが一党と共に駆けつけたのだ。

今にも突き殺されそうな、握手を求めてきた新人を救うべく戦斧を放り投げた獅子人《ネメアー》の英雄がもう一つ吠えると、最後の一人の上体に食い込んで無惨に破壊していた戦斧が勢いよく担い手の手元に戻る。

魔法の武器だ。予《あらかじ》め手首に嵌《は》めた腕輪と引き合うような魔法が込められており、起動するよう吠えると勢いよく使い手の元へ帰ってくる。

流石《さすが》に〝自動で手に収まる〟高度な術式は付与者も組めなかったのか、戻ってくるだけで受け止めるのは本人の力量に頼るという中途半端な代物であるものの、戦斧は過つことなく獅子人《ネメアー》の手に帰った。

そして、地が爆《は》ぜたと思わせる程の素早い突撃。巨大な爪が生え、肉球のある足が地面と強い摩擦を生んで作ったタメを用い、獅子人《ネメアー》が誠の獅子もかくやに突撃する。

「ひっ!?」

「脆《もろ》いわぁ!!」

極厚の戦斧が怯《おび》えと共に掲げられた槍の棹を叩き斬り、勢い余って兜で滑る。そして、二度に渡って勢いを殺されて尚、鎧の肩当てを完膚なきまでに砕いて野盗の胸元近くまで食い込んだ。

一方的な展開が更に反転し、蹂躙《じゅうりん》が始まる。

あの戦吠えが寄せ手に恐怖を植え付け、動きを鈍らせたのだ。

脅《おび》えた槍先は凶悪なまでに鍛え抜かれた皮膚と筋肉を貫通できず滑り、返しの一撃で飛んで来る戦斧が防具など猪口才《ちょこざい》とばかりに命を砕く。

一振りにつき一人、必ず敵が吹き飛んで無惨に死んでいった。武装も人種も関係ない。

後方襲撃の指揮を執っていたのは見事な体躯《たいく》の熊体人《カリスティアン》であったが、戦槌《せんつい》でガティに打ちかかったものの数秒拮抗《きっこう》したのみで、そのまま上から力によって押し斬られて倒れた。

「つっ、強ぇ……」

「弱い!　ただの血袋共が!!」

向ける対象も意見も相反する言葉。ジークフリートは英雄詩が詠《うた》われる冒険者の強さに震え、一方で冒険者は手応えの無さに違和感を得る。

怒号と悲鳴から仲間がやられたと察したのだろう。丘の向こうから矢が曲射されたが、ガティはそれも意に介さなかった。

殺した熊体人《カリスティアン》の体を持ち上げて盾と為《な》し、全てを受けきったからだ。

「あ……あれが、英雄の戦い……」

嫌な予感がしたので、馬車の下に潜り込んで矢の驟雨《しゅうう》を凌いだジークフリートの震えは、一心に憧れから沸いていた。

強い。ただ強い。

そして何より、心が燃える。

この人といれば死なないと、助かるという心強さで。

自分もいつか、ああなりたいと少年は願い……そして、願うのではなく、なるんだろうと自分を叱咤《しった》しつつ、矢の驟雨が止《や》んだ外へ這《は》い出した。

「温《ぬる》い……何かある……この規模の隊商に突っかかってくる数ではないな……」

五斉射もすれば、控えていた弓隊も諦めたのか、矢の雨が止んだ。

裁縫の針山のようになった死体を擲《なげう》ちながら、訝《いぶか》るガティ。彼と同じく駆けつけて、残った雑兵を素早い動きの短刀と連携で狩っていた彼の妻達もおかしいと思っていた。

たしかに数も装備も、腕も食い詰めて野盗に墜《お》ちた連中とは比較にならないが、この規模の隊商に襲いかかれる程ではない。

「となると、目当ては前に追うことか……」

思考を整理するための独白と、前方から叫びながら金の髪のエーリヒが駆け込んでくるのは殆《ほとん》ど同時だった。

「前に進むな！　前には罠《わな》があ……る……」

　隊商の先頭からずっと叫びながら進んできたせいだろう。大声を出し続けて嗄《か》れかけた声が、血の海を見て萎《しぼ》んだ。

　ぽかんとした顔は、何だ、もう終わってんじゃねぇかとでも言いたげだった。

「おぉ、隊商護衛の小僧か！　前に何がある！」

「はっ！　殺し間です！　丘の上に陣取った散兵と騎兵！　街道は逆茂木と歩卒にて封鎖されております!!」

「ふんむ、となると引き返すが上策だが……」

「既に報《しら》せた騎士殿は転進を指示しておいでです！」

「そうか。だが、まぁ待て小僧」

　エーリヒを制止し、豊かな鬣《たてがみ》を撫《な》でてガティは黙考する。

　ここで転進しようと、殺し間に押し込むべく突入させた別働隊が蹴散らされたことを敵も直に察するだろう。

　待てど暮らせど来ないとなると、それだけで失敗したと判断するのは容易《たやす》い。

　それに丘の向こうから曲射してきた弓兵も残っているなら、今頃は失敗したと報告しに走っているであろう。

ならば、足が遅い上に死人と怪我人《けがにん》を抱えた隊商が急いで転進したとして、尻に噛みつかれる。敵が感付くか、報告を受けて動き出すまで一〇分かそこら。

だとしたら、負傷者や亡骸《なきがら》を収容しての撤退は不可能だし、よしんば見捨てたとして大した距離は稼げまい。

騎兵が先行して突撃して動きを止めてくると、走ってきた歩卒からの追撃をも喰《く》らう。かといって、軍記物の古典でもあるまい。決死の武者何十人かが命を捨て奸《がま》って隊商が逃げ出すまでの時間を稼ぐのも〝割に合わない〟。

日当幾ら、ガティでさえ成功報酬として金貨三枚の〝湿気《しけ》た〟仕事で、大勢の命を浪費しては採算が取れない。

ある意味、大勢で勝つことが目的の軍隊なら、荷駄隊を護るため一隊を時間稼ぎに蕩尽《とうじん》してもよいが、ここにいるのは糧を求めて手を挙げた者だけだ。

「よし、なら進んで押し潰す！」

「しかしガティ殿！　翻る旗印は血濡《ちぬ》れの盾支持亜竜です!!」

「ほぉ」

家紋のことを聞いてもジークフリートには何のことかと首を傾《かし》げるばかりだが、熟練の冒険者であるガティにはしっかり伝わったようだ。

旧ヨッツヘイム男爵家の家紋。今では悪逆と暴力の象徴。畏れ多く、そして恐れが集まるあまり、名を騙《かた》ってアガリを掠《かす》め取ろうとする者さえいない旗だ。

事実として、ヨーナスは自分の配下や、自分自身を騙って強盗や荘園への強請《ゆす》りをやった者達を皆殺しにして晒《さら》している。

彼には帝国側か悪党かといった区別がないのだ。

自分以外の存在は全て獲物と考えている節がある。

然《さ》もなくば、これだけの大軍を組織できたとして、帝国の年貢荷駄隊など襲いはするまい。

「敵は悪逆の騎士、ヨーナス・バルトリンデンか。ならば、尚《なお》のこと退《ひ》けんな。我々も大分殺《や》られたし、それ以上にヤツは殺しすぎた。しっかり返礼せねば命の勘定が合わん」

「……攻撃隊を編制しますか」

「無論だ！　声をかけ、中段と先方、そしてここで生き残った動ける者を集める!!　敵の数は！」

「およそ一〇〇と五〇！　地の利も敵にあり、難敵かと!!　丘陵上には射手が待ち構えております!!」

「盾持ちもいるが、即席となると壁は期待できんか」

盾の壁《シルトヴァアント》、あるいは亀甲陣《テストゥド》。盾を壁のように密集させ、矢を防ぐ戦術だ。ライン三重帝国では機動力と即席練成の易《やす》さに劣るとして槍衾の方が好まれた結果、軍制においては廃れたが、散兵からの攻撃を遮断しながら横列が正面から殴り合うことを前提に接近する、冒険者などの少数で徒党を組んで戦う者達の中では現役の手法。

一つの盾では全身を守り切れないので、複数人で重ね合わせて補おうという初歩的な戦術も即席の部隊では満足に行えるか怪しい。

下手な盾の壁では、足が遅い横列と大差ない。むしろ、慣れない分、被弾上等で全力疾走するよりも速度が落ちて良い的になろう。

「あっ、あの！」

そこでジークフリートが声を上げた。

「お、俺じゃなくて、カーヤ！　あっ、こいつ、魔法使いなんですけど……」

「や、矢避けの魔法が……あっ、あります……」

「ほぉ？」

カーヤは魔法使いだが、基底現実へ直接魔法を行使するのが苦手だ。

しかし、魔法薬として発動寸前の魔法を現世へ留《とど》めることに秀でており、冒険者となったジークフリートが悪夢で目覚めるような出来事を経てから、積極的に〝戦いになった時〟に備えた薬を作り出した。

多くは傷を癒やすものだが……幾つか〝戦闘用〟の術式があった。

何か幼馴染《おさななじ》みの力になれないだろうかと悩んでいた彼女へ、エーリヒが入れ知恵をしたのだ。

戦場にて輝く幾つかの魔法、そして、その用途を。

にっこりと表面上は紳士的な、されど内容は悪辣に過ぎる提案を差し出す金髪の手を少女は握ることを選んだ。

ジークフリートが。彼女が身分も将来も、全てを擲ってでも共にありたいと思えた唯一無二を助《たす》くためならば。

「矢避《やよ》けの魔法を込めた魔法薬です。撒《ま》けば、害意を持って放たれた矢を逸《そ》らします」

「風が吹いて逸らすのではなく、か」

効能を聞いてガティは驚いた。彼は戦場を経験したことがあるので、序盤の挨拶として敵味方から交わされる魔導戦にて、矢を逸らす魔法や矢を強める魔法の応酬を見たことがあった。

しかし、大抵は強風によって矢の軌道を乱れさせるか、逆風によって威力を削《そ》ぐもの。在野の魔法使いとは桁外れの矢避け。戦闘に特化した魔法使いでも思いつくかどうかの代物。

「介殻虫《イチイの寄生虫》、鹿の肝に涌《わ》く虫、蒸らした水の湯気……それに錆《さび》を少し。弓矢の素材となる物が嫌う材料で作った、結界の薬です」

金髪が入れ知恵をしたのには理由がある。

焚火《たきび》に当たる彼が顔の乾燥を避けるため塗っていた軟膏《なんこう》から、何となく彼自身の匂いが――魔導師《マギア》風に言えば魔力波長――したので、もしかしたら薬に詳しいのかとカーヤが不用意に問うてしまったからだ。

長い夜を凌《しの》ぐ、一時の慰めに過ぎなかったはずの雑談は、カーヤへ幼馴染みを助ける素晴らしい力を与えた。

エーリヒが重い代価を支払って読んだ本に書かれていた、在野の魔法使いでは思いつかぬ戦闘用魔法の数々。

通常なら秘中の秘とするはずのそれを得る代償は、金の髪が薄い笑みと共に唇の前に立てた指の一本。

喋《しゃべ》れば、分かっているね？　という空気を揺らさない脅しを受け入れ、カーヤは〝疎んでいた〟自らの出自を最大限に生かして薬を練った。

複雑な魔法なので杖《つえ》を媒介に行使できずとも、魔法薬になら落とし込める。ある意味では使いづらい、だが準備さえできれば破格の能力。

故に作った。そして、作ったからには使う。

「本当に効果があるのか？」

「ガティ、強い力を感じるわ。信用していい」

獅子人《ネメアー》の妻、魔法の扱えるらしい一人が薬草医の手にある素焼きの瓶を見て耳打ちする。

時間と触媒、そして用意してから使うという一手の遅さを代償とし、魔法薬が現実への干渉力を高めていることを感じ取ったのだ。

「効果は」

「四半刻」

「範囲は」

「撒かれた者全て」

獅子の唇から、ヒト種《メンシュ》とは構造も違おうに器用な口笛が鳴った。

ならば、やることは決まっている。

「急げ！　時はないぞ！　具足を纏《まと》え！　武器を取れ!!」

一騎討ちだ。正々堂々、極大の戦力以外が添え物と化す状況を作り出す。

戦斧《せんぷ》にこびり付いた血糊《ちのり》と臓腑《ぞうふ》を振り払い、意気を上げる獅子人《ネメアー》にエーリヒが駆け寄って問うた。

「騎士殿はいい顔をしないと思いますが」

「勝手にやらせとけ!!　どうせ負傷者の手当と死人の積み込みに人は要る！　アレの使えぬ配下共々、雑用でもさせときゃいい!!」

やる気のない不忠者とはいえ、騎士相手によくぞここまで吠《ほ》えられると思いつつ、金の髪は馬を駆って中段で待機している名目上の責任者へ報告へ走った。

「さぁ、立て、皆の者!!　報復ぞ！　流された血の量の倍をヤツらに購《あがな》わせろ!!　血を雪《すす》げるのは血のみだ!!」

「応!!」

血気溢《あふ》れる呼びかけに冒険者のみならず、同行者を殺された商人や人足までもが吠えた。倒れた仲間、殺した敵の武器を拾い、英雄の背を追って前に出る。

当然の様にジークフリートも隆々たる筋肉の盛り上がりも頼もしい背中に続いた。

自らも英雄譚《えいゆうたん》の一部になるために。

名前すら挙がらぬ端役でもいい。今はまだ。

ただ、逃げずに栄誉ある戦いに加わったという自信が欲しかったから…………。

【Tips】矢避けの魔法。戦場における魔導戦で攻撃魔法よりも多く交わされる魔法で、挨拶に近しい。高度な技術を要される散兵を無力化、一時的に遊兵へと貶《おとし》める優位性が好まれて発展していった。長弓の扱《い》
一般的には強風による障壁によって為《な》されるが、魔導院仕込みのそれは世俗の魔法とはひと味もふた味も違う。

銀幕にて映える幾千もの矢の雨と比べると見劣りはするが、数十本の矢が降り注ぐ光景は圧巻だ。

それが一息に、吹き消される頼りない蠟燭《ろうそく》のように明後日《あさって》の方へ外れていく様も。

「おぉ……!!」

「スゲぇ!!」

「勝てる！　勝てるぞ!!」

即席の軍隊、押っ取り刀で持てる物を持てるだけ持ち、着られる具足を着込めるだけ着込んだ冒険者と人足、僅か七〇と少しの軍団がどよめいた。

狭隘《きょうあい》な地形、上を取られた状況、散兵の不在。

圧倒的に不利な状況で組んだ密集軍なのに、勝機を見出《みいだ》すに足る一瞬が訪れれば当然だろう。

「やっぱり凄《すご》いな。聴講生でも、調合書を聞いただけでここまで再現できる者がいるか……」

カストルの鞍上《あんじょう》にて、呟《つぶや》かずにはいられなかった景色。

やっぱり彼女、カーヤ嬢は大した腕前だ。杖を通してでは軽く火を灯《とも》し、体を清めるのが限界の凡百未満の使い手だが、条件さえ揃《そろ》えば鬼神も脅《おび》えて進路を譲ろう。

弓矢という基底現実にて共有される意識そのもの、それらの原料が忌避する天敵から抽出した概念的な結界。対象を飛矢一点に絞り、製造に時間と魔力を要するといえど、これだけの術式を大人数相手に構築できる人間は少なかろう。

まるで誓約の代償に力を得るような物。限定する代わりに特化し、その一点においては同量の才能を圧倒する他をねじ伏せる力。

素晴らしい。こんな幼馴染みがいるなんて、やっぱりジークフリートは〝持ってる〟な。我が幼馴染みが誰より秀でた斥候であるように、彼の幼馴染みも魔法薬の精製に関しては天与の才がある。

おかげで五分だ。

雑多な装備を持って、のこのこやって来た我々を矢の雨に次ぐ突撃で、軽く揉《も》み散らしてやろうと暢気《のんき》に構えていたヨーナスの配下がざわめいている。

恐怖によって無理矢理膨らませた士気の風船に穴が空いた。萎《しぼ》み始めている。

こうなってはもう散兵は置物。高価な矢を意味もなく撒き散らすだけの賑《にぎ》やかし。

後は横列同士が衝突してからの混戦。

あるいは……。

「陣の奥に引っ込んで、一端《いっぱし》の大将気取りかヨーナス・バルトリンデン!!」

口舌による合戦から一騎討ちに持ち込み、敵の士気を完全に摘む。

ライン三重帝国の軍法に従えば、煽《あお》られたからって騎士が一騎討ちに出て行って勝ったら負けたをやったら「小国林立時代生まれかテメェ」と超叱られるけれど、冒険者の間では未《いま》だに源平の頃みたいな道理がまかり通るのだ。

何と言ったたって悪党も冒険者も看板商売みたいなところがある。

一度ケチが付いたら転がり落ちるまでは早い。

特に恐怖で配下を統制しているとあれば、ちょっと文章にするのが憚《はばか》られる罵言《ばげん》——シモの大きさを通り越して、先祖代々まで罵倒する系のやつ——を大音響で発しているガティを放置することはできまい。

後々締め上げなおして引き締めることはできるが、それも手間だ。

そして、地下から騎士位に取り立てられるという大恩を受けながらにして、叱られただけでブチ切れて郎党を皆殺しにするという、微風にも反応する接触信管を埋め込んだ爆弾みたいな野郎が斯様《かよう》な罵倒を受けて黙っているかというと……。

「ほざけ髭《ひげ》の生えた駄猫《だびょう》風情が！　ドブ攫《さら》いの日雇い人夫如《ごと》きが一端の武人気取りたぁのぼせ上がったモンだ!!　大人しく鼠《ねずみ》でも追っかけてろ!!」

釣れたよ。釣れちゃったよ。

いや、釣れたのはいい。大気がビリビリ震えるような声量で雑言《ぞうごん》をやりとりして、一騎討ちの空気を作り出すのが元よりの狙い。

ただ、ちぃと拙《まず》い。

「エーリヒ」

「ああ、分かっているよマルギット」
・悪逆の騎士、ヨーナス・バルトリンデンは〝意外性の種族〟と呼ばれるほど個体性能の格差が激しいヒト種《メンシュ》であるが、その意外性が完全に悪い方に働いた個体だった。
跨《また》がった我が愛馬達《たち》より一廻《ひとまわ》り巨大な栗毛《くりげ》の悍馬《かんば》を駆る大男は、離れて尚《なお》も一目で力量が尋常でないと分かった。

身の丈は二mを下回ることはなく、身に纏うのは城塞もかくやの特注させたであろう厚造りの総身鎧《プラッテンパンツァー》。実用性にのみ拘《こだわ》り、一切の装飾を省いた姿は威圧感のある黒に塗られ、彩度の低い色合いが、担う戦槌《せんつい》にて潰された数多《あまた》の死人の血を連想させた。

面覆いを上げた兜《かぶと》の合間から覗《のぞ》く人相は凶悪そのもの。秀でた頬骨、落ち窪《くぼ》んだ細い目、整えていない髭の相乗効果《コンボ》で凶相と呼んでもまだ足りぬ。内側に秘めた人間性が皮膚から滲《にじ》み出したかの如く凶悪そのものの顔付きは、我が故郷で顔の怖さからよく子供に泣かれていた――本人は内心で傷ついていたようだが――ランベルト氏が優しげに感じられる程だ。

しかも……強い。それもかなり。

巨大な巌《いわお》のような体は勿論《もちろん》、あれだけ分厚いと重かろうに、鎧《よろい》を纏ったまま誰の助けも借りずひらりと馬に飛び乗って、前線まで駆け出してくる身軽さ。更には重量配分の極端さがいっそ「冗談《ギャグ》だよな？」と問いたくなる巨大な戦槌を担いで体幹が微動だにしていない。

くそったれ《ハイリヒシャイセ》!!　天上に在《まし》ます神々よ、なんであんなクソ悪党にあれだけの武の才能をお恵みになられたのですか!!　練武神よ！　寝ぼけておいでか!?

ありゃ気性の荒さや、暴力を振るう躊躇《ためら》いのなさ、厳《いか》つい外見を頼りに成り上がっただけの悪党ではない。

本物の、ただ男一匹、自分の体だけを頼りとして、世界の全てを敵に回す自信を身に付けるに至った荒武者だ。

私が〈器用〉によって全てを購うことを求めたとしたら、彼は〈筋力〉によって不足を賄うことを決めた、脳内筋肉率を極限まで高め、暴力による解決以外の全てを擲《なげう》った完全特化型の闘士。

我が権能に準《なぞら》えるならば、〈艶麗繊巧《えんれいせんこう》〉の対となる〈剛細一致〉を取得して、全ての物理判定を〈筋力〉に置換して判定してくるぶっ壊れといえる。

冗談かと思いたくなる先端重量過多の戦槌を普通に持ち、常人であれば補助がなければ騎乗など敵《かな》わぬゴツさの鎧を着て平然と飛び回る。幾ら彼が壮年を過ぎた男性であっても、天与の才能がなければ、弛《たゆ》まぬ鍛錬を経ようが〝ああ〟はならないし、なれない。

だから、敵手が持っているだろう特性への妄想に近い推察なれど、決して的外れではなかろう。全く違ったとして、似たようなぶっ壊れた物を幾つも搭載しているのは確実だ。

選ぶ権利《権能》を持たないヨーナスなれど、力に溺れるというより、力を十全に使い倒してやりたい放題やっているといった具合か。

フィデリオ氏のような果てが見えない強さとまではいかないし、私も勝てんとは言わないが、理由がなければ絶対に喧嘩《けんか》を売らないような力量。

そして、優れた使い手であるガティが対面して気付かぬ道理もなし。

見れば、一団から離れて一人で舌戦を交わしている彼の顎を汗が伝っていた。鬣《たてがみ》に吸われて目立ってはいないが、ヨーナスの力量を察して焦っている。

互いの力量を天秤《てんびん》に掛け、分が悪いと分かっても退《ひ》けないからだ。

今や彼は隊商側の精神的支柱。ここでイモを引いて、やっぱり一騎討ちは止《や》めようとなると士気が根元から折れる。

あとは、あの怪物が化物に似合いの大型馬で戦槌をぶん回しながら突っ込んで来て壊乱。追っ付けやってきた歩卒に各個撃破されて終《しま》いというのが最悪の筋書き。

となると、私は私で絵図を描かねばならない。

できるだけ〝師匠〟――めっきりそう呼ぶことはなくなったが――の言い付けを護《まも》り、そして尚且《なおか》つ味方の人死《ひとじ》にも最大限避ける。

よし、一つ思いついた。

私は気配を消して馬を下り、今にも始まろうとしている英雄達のぶつかり合いに心を躍らせているジークフリートに忍び寄った…………。


【Tips】一騎討ち。不利な状況からでも敵将を討ち取れば一気に有利を勝ち取れるが、逆に負ければ敗北が確定する一種の博打《ばくち》的戦術。

貴族間紛争では軍を挙げて行う紛争で死人を減らすために行われることがあるが、外国との戦争時だと基本的に「そんな賭けを国家存亡の時にするな」と勝っても上役から怒られるために廃れた。


決戦の号砲は鋼同士が打ち合わされる壊滅的な悲鳴によって上げられた。

半ば不意打ちに近い形でガティが戦斧を投げつけたのだ。

そして、戦槌にて叩《たた》き落とされた斧《おの》の絶叫が悲鳴の源であった。

担い手の手にある腕輪と引き合う性質を付与された戦斧は、正しく鋼の塊と呼ぶべきヒト種《メンシュ》の胴体ほどもある巨大な槌《つち》と打ち合い、力負けして弾《はじ》き飛ばされる。

その刃は一部が槌の厚みに負けて潰れていた。

「ぐっ……！」

「児戯だな!!　窮したか冒険者よ!!」

手元に戻ってきた得物の手応えが常と違うことを感じ取り、ガティの体中から俄《にわか》に汗が噴出した。

故地の呪い師達によって祝福され、並の戦斧《せんぷ》とは比べものにならぬ筈《はず》の愛斧《あいふ》が歪《ゆが》んでいるのだ。慣れ親しんだ武器だけあって、微妙な変化が握るだけで感じ取れる。

悪漢が並の悪党でないように、彼が担う武器もまた並ではなかった。

銘はヨーナスの配下しか知らぬが〝祖霊溶かし《ベライディグウング》〟。

あろうことか、領地換えに伴ってヨッツヘイム男爵がこの地に労苦を受け入れてまで移設した霊廟《れいびょう》を暴き、朽ちぬよう鋼を以《もっ》て誉れ高き武名を刻んだ、男爵家祖霊を讃《たた》える〝墓碑〟を溶かして打ち直した不遜そのものが実体化したような武装。

魔法の触媒が元来持つ謂《いわ》れの強さで性能が左右されるように、彼自身が陵辱し、殺し尽くしたヨッツヘイム男爵家の墓であった戦槌は凄《すさ》まじき憎悪の依代《よりしろ》となった。

殺された当代のヨッツヘイム男爵と血族全員の。帝国建国期より営々と続く血脈を累代纏《まと》めて侮辱《ベライディグウング》された霊達の恨みが。

しかし、恨みを以てしても担い手を殺しきれぬ憎悪の武器は、ただただ重く、そして〝破壊し得ぬ〟強固さで逆徒を助ける結末を招いてしまった。ヨーナス以上の巨軀《きょく》を誇る異種族の力自慢でさえ、毛ほども槌の先端が持ち上がらぬ戦槌は、質量と重量の権化である。

ただの魔法の武器など、五〇〇年四八代に渡る魂が注ぐ憎悪と比べれば、曰《いわ》くなどないも同然だった。

奇襲に近い初撃を難なくいなしたヨーナス・バルトリンデンが自身を憤怒と赫怒《かくど》に染め上げながら乗騎を進発させる。

怒りは伝染し、怯《おび》えとなり、本来ならばヨーナス自身と槌の重みに耐えかねて、一歩も走れないはずの馬が乗り手の意を酌んで全力で地を蹴り疾駆する。

そして、騎士は輓馬《ばんば》数頭掛かりでなければ運搬できぬ宿根《しゅくこん》の塊を暴力の純粋さとは裏腹な精密さで振りたくる。

馬の首を傷付けぬよう、右へ、左へ。

惑わしているのだ。

どちらに避《よ》ければ良いのかガティには分からなかった。戦槌を振りたくる動きには緩急が付いて狙いを精緻に暈《ぼ》かしているし、馬体そのものの突破力も脅威。

十分に速度が乗った突撃は牙長人《マンクア》と組み合える獅子人《ネメアー》にとっても無視できぬ。しかも乗り手の重量が加わった特大軍馬の突貫《トランプル》とあれば、真面《まとも》に受ければ鋼の五体も千切れ飛ぶ。

「祖霊よ！　我に力を!!」

南方における獅子人《ネメアー》の神、偉大なる〝最初の獅子〟と彼等《かれら》の群れに加わった膨大な数の同胞、故地から遠く離れた帝国にまで祈りが届くはずがなかろうと、彼は臆さず立ち向かうことを選んだ。

　槌の握り方からして利き手は右。なれば、対手の逆手側に避ければ槌は振りづらく、同時に馬蹄《ばてい》の蹂躙《じゅうりん》からも避けられる。

　後は全力で、斧がへし折れることを覚悟してすれ違い様に馬の足を刈る。

『許せ愛斧！　何を犠牲にしても俺は退けん!!』

　だが、彼の決意と策は、いっそ呆気《あっけ》ないといえる容易《たやす》さで蹴散らされた。

「なっ!?」

「はっはぁ!!」

　槌は恐ろしき器用さで左手一本に持ち替えられ、避けようとしたガティを横薙《よこな》ぎに打擲《ちょうちゃく》する軌道に変じたのだ。

　何もヨーナスは特別なことはしていない。

　彼は生来の両手利き。暴力に関しては、どちらの腕でも全く遜色なく扱えるだけのこと。

　馬の足を刈るつもりで構えられていた戦斧は、迎撃に用いられた。

　破滅的な悲鳴が再び。

　しかし、今度はより痛々しい断末魔。

　獅子人《ネメアー》の戦斧、その斧頭が半ばより先が砕けて折れたのだ。

　初撃で既に変調を来《きた》していた戦斧が、馬による加速の乗った超質量を受け止めきれなかったがための結末。

勝負は決まったようなものだ。ヨーナスの陣からは歓声が、見守る冒険者や護衛からは絶叫が轟《とどろ》く。

「そぉら！　何処《どこ》までやれるか試してやる!!」

「ぬぅ……ごぅるぁぁぁぁ!!」

速さに比例して小さすぎる弧の軌道を描いてヨーナスが再びガティに打ちかかる。

斧と槌が迎える三度目の激突。今度は辛うじて担い手の信頼に応えんと残っていた斧の刃部が丸ごと柄から吹き飛ばされた。決死の戦吠《いくさぼ》えも脅《おび》えという感情を母親の腹に忘れて来たような悪逆の騎士には通じず、乗騎の速度を削ることも敵わない。

次は受けきれぬ。

避けたとして、最早《もはや》。

「こっ、来いやぁぁぁぁ!!」

「死ねっ、思い上がった駄猫めっ!!」

乾坤一擲《けんこんいってき》、残った柄を投げ捨てて激突の寸前、寸毫《すんごう》あるかないかの時間で槌を摑《つか》み騎士を地面に引き摺《ず》り下ろす、万に一つの賭け……いや、勝ちの目の殆《ほとん》どないペテンのような博打に挑むガティ。

だが、槌が彼に向かって振り下ろされることはなかった。

凄まじい速度でもって飛来した槍《やり》の迎撃に使われたからだ。

「ぬぅっ!!　誰ぞ!!」

「助太刀ご免!!」

恐慌状態寸前、戦う前から士気が尽きかけた一団から一騎の影が飛び出し、馬の速度を借りながら槍を投げたのだ。

「ガキぃ!!　一騎討ちに割って入るとは！　上等だ、名を名乗れぇ!!」

不可避の死を受け止める境地にあったガティは、訪れるはずだった死が空ぶったことに忘我となり、怒りで自分を染め上げることで自らを強めたヨーナスは、効率より殺せるはずだった一撃を妨害されたことに怒りを発する。

返答は抜き放たれる剣と共に戦場に響いた。

「ケーニヒスシュトゥール、ヨハネスの四子エーリヒ！　非礼は百も承知！　いざ勝負!!」

「いいぜ、来い！　名を聞いたからには、貴様の腐れた首を郷里に送りつけてくれる!!」

堂々たる一騎討ちへの横入であるが、誰も咎《とが》めることはしなかった。

悪逆の騎士が配下は、見るからにやせっぽちの子供が一人割って入ったところで悲惨な骸《むくろ》が増えるだけと却《かえ》って笑い、護衛の側《がわ》はあんな新人が行って何になると絶望が更に綴《つづ》られるのみ。

互いに向かい合う馬の軌道は交錯する線を描き、最初から馬同士の衝突を企図していなかった。

あろうことか、小兵としか呼べぬ、気配を敏感に察知するため兜《かぶと》を脱いで金の髪を靡《なび》かせた——どうせ、この質量相手なら着込み《装甲点》などないも同じと開き直った——少年は馬上での斬り合いを挑もうとしたのだ。

ちっぽけな、どう見てもガティの戦斧よりも頼りない剣一本で。

四度、悲鳴。

しかし、今度のそれは今まで鳴り響いたどれとも性質が違った。

酒杯を打ち合わせたかのような澄んだ音色。

「なっ、何だとぉ……!?」

「通った……!!」

剣を貧弱そうな剣士ごと打ち砕く筈であった四角柱形の戦槌《せんつい》、その角が三角形に切り取られて宙を舞っていた。

斬り伏せてみせたのだ。鋼の質量を、帯びた謂れを、積み重ねられた骸から浴びた怨嗟《えんさ》を、ただ全霊を以て振るった渾身《こんしん》の孤剣が。

急に重量の変わった戦槌と、振り抜くはずだった姿勢の制御が追いつかず、ヨーナスはどうっと土煙を立てて落馬した。

エーリヒの読みの勝利だ。

相手は自らを小兵と侮る。ならば、一撃で此方《こちら》を叩き潰す形で槌を叩き付けてくるだろうと剣士は狙いを絞って賭けに挑んだ。

〈観見〉により全体を見ることもなく見る目付で予備動作を感じ取り、〈雷光反射〉にて加速した時間の中で嫌になるほどゆっくりと動く体の動きを〈神域《スケールⅨ》〉の〈器用〉にて〈戦場刀法〉へ注ぎ込んで、ヨーナスを斬るのではなく〝祖霊溶かし〟を斬ることに専念した。

　そして、槌の欠片《かけら》が自らと愛馬にぶつかることのないよう、展開できる限りの〈見えざる手〉で支えた障壁にて余念なく逸《そ》らす。

　端《はな》から最大火力を叩き込んでの即死ではなく、武器を破壊することによる自己保全と敵を弱めるのが狙いだったのだ。

　上手《うま》く一撃が噛《か》み合い、騎士を一撃で斬り倒したとして慣性までが消えはしない。繊細な回避をしつつの攻撃が敵《かな》わぬ馬上戦を選んだ時点で、エーリヒが勝利するために必要な前提であった。

　斯《か》くして刃は正しき角度で、恐ろしい速度ですれ違う騎兵戦では捉えることなど不可能と思える正確さで刃筋を立てて、忌まわしき墓碑の戦槌を割断する。

　正しくこの時、ヨッツヘイム男爵累代の恨みは晴らされた。

「勝ったぞ!!」

　地面が抉《えぐ》れるほどの速度で地面に叩き付けられながらも墜死を免れた悪逆の騎士を捨て置いて、エーリヒは剣を掲げ声を張る。

　味方陣へ駆け寄り、あり得ざる偉業を為《な》した剣を誇り、折れた意気りを立て直すように切っ先で弧を描きつつ叫んだ。

「折れるには早い！　戦はこれからだ！　古里の家族を思え！　これから我等が祓《はら》うのは、いつか誰かの家族に襲いかかる不幸だ！　自らの家族に、妻に、子に降りかかるやも知れぬ災厄だ‼　いざや立て！　我が剣の友輩《ともがら》よ！　戦う意志のある者は我が剣に続け‼」

「お……おぉ！　応！　行くぞお前らぁ‼」

「うぉぉぉ‼　突っ込め！　死んでいったヤツらの弔い合戦だ‼」

「剣に続け！　剣にっ‼」

剣に、と幾重にも、誰の心にも鮮やかに刻まれた単語に護衛達《たち》は奮起し、引いた潮がより強く浜へ打ち寄せるように走り出した。

「……はっ、お、俺は、生きてるのか」

また、信じられぬ光景を目撃して動きが止まっていたガティも動き出す。一騎討ちを見守っていた妻達が駆け寄ってくるのを理解して、彼がまず感じたのは、強烈な恥。

ああ、自分が言い出したのに尻を拭われてしまった。完膚なきまでの、良い所など一切ない負けを、しかも新人の小僧に。

「アナタ！　ご無事……」

「武器っ、貸せ！　何でもいい‼」

駆け寄ってきた妻の一人から、斧《おの》をむしり取る勢いで取った。

そして、敵陣へ向かって、バラバラに走る護衛達の先頭へ全力で躍り出る。

今や自分は仲間を鼓舞する英雄ではない。

それはエーリヒだ。あの剣の先に攻撃隊の全員が心を持ち直し、再び戦士に立ち返った。なら、恥を雪《すす》ぐため己が為すべきは何か。

英雄が安心して大敵へトドメを刺せるよう、せめて雑兵を一人でも多く打ち払う。

然《さ》もなければ、彼は自分の戦士の矜持《きようじ》によって、二度と立てなくなってしまうだろう。短刀で喉を突き、祖霊の群れに敢《あ》えて加われぬ〝自死〟を以《もつ》て種族の誇りを護《まも》り、始末をつけねばならない。

他ならぬ命の恩人に嫉妬するなど愚かなことだ。

勝てば、勝ちさえすれば、それは英雄詩となる。

悪逆の騎士は討たれ、戦った冒険者達の多くは怪我《けが》もなく、誉れを土産に国に帰りました。

そう結べるよう、誰より多くの雑兵を惹《ひ》き付け、目立ち、被害を引き受ける。

元々、獅子人《ネメアー》の雄性体が戦吠えにて己を誇示するのは、敵を怯《ひる》ませるのではなく、守るべき妻や子達に累が及ばぬようにするためなのだから。

勝てるのならば。一度、潰《つい》えかけた状況が引っ繰り返るのならば、ガティは自分が前座に成り果てようが、それでもよかった。

「ぐっ、こぞ、小僧、舐《な》めるな……」

「もういい、喋《しゃべ》るな、貴様は存在そのものが不快だ」

転倒によって面覆いが歪《ゆが》んだ兜を擲《なげう》ち、自らを守るはずだった防具と衝突した額から漏れる血も生々しいヨーナスが立ち上がる。

だが、その足取りは乱れて頼りない。腰に下げていた、主家殺しの剣を抜かんとする手が柄《つか》に触れるより早く、駆け出した護衛達の先陣を切ったエーリヒは馬上から飛び降りる勢いを借りて、数多《あまた》の不逞《ふてい》を働いてきた腕を叩《たた》き斬った。

「がぁぁぁぁぁ!?」

「なんだ、意外だな、こんな悪党でも流す血は赤か」

流麗にして複雑なる軌道を描いて、鞍上《あんじょう》より飛び降りた剣士の刃は同時に両の手首から先を永遠に奪い去った。二度と、この手が無辜《むこ》の血で汚れぬようにと。

「まぁいいさ、どうせお前の血も黒くなる。精々、立派に晒《さら》されて、ゆるりと色を死者の物に変じさせろ」

「こっ、このっ、小僧ぉぉ！　よくもっ、俺のっ、俺の手をぉぉ!!　あんな雑多な小勢で何ができる！　俺の手勢はまだ山ほど……」

「それは、あそこで乱れてる連中のことか？」

手で示すことも面倒だったのだろう。顎で示された先では、本格的な衝突が始まりさえしていないのにヨーナスの陣は混乱の極みにあった。

「やる気があるようには見えんな。ぶつかれば、その瞬間に四分五裂だろうよ」

「なっ、何が!?」

「頭目が小兵相手に敗れた挙げ句、旗頭が折れたんだ、焦りもするだろう。ほら、見ろ、お前の旗が逃げてゆく」

見れば、目立つ場所で翻っていたはずの旗、今や血濡《ちぬ》れてヨーナス・バルトリンデンの象徴となった旗が、彼の許しがなければ一寸たりとて持ち場から動くはずのなかった旗が動いていた。

戦場から逃げ去る方へ…………。

【Tips】武器破壊、または奪取。正当派の前衛がとれる搦《から》め手《て》の一つ。火力の要は武器。それさえ奪えば腕自慢も形無しだ。

「英雄譚《えいゆうたん》に名も挙がらぬ端役ではなく、主役の一人になりたくないか？」

という誘いは、ジークフリートにとって正に甘い甘い毒だった。

今から始まるであろう、英雄と特大の札が付いた悪党の大一番を齧《かじ》り付《つ》きで見たいという誘惑を断つくらいに。

いや、英雄詩に詠《うた》われる英雄と握手して強まった憧れへの火勢へ、注ぎ込まれた高純度の油の方が正確か。

一度は端役でもいいなんて思ったが、憧れを原動力に動く冒険者が活躍の可能性を示されれば止まることなど不可能だ。

どうあれ、ジークフリートは己の考え不足を恥じた。

多少は嗜《たしな》んでいる軍記物の英雄詩には、重要人物が主人公を有利にすべく単身、または少数で敵後方を扼《やく》する展開がある。

大抵は窮地の英雄を助けるか、彼が決定的な勝負を挑む際に手助けをする、燻《いぶ》し銀《ぎん》な活躍を愛する者達が大喜びする展開なれど、そこまで熱を上げて聞いていなかった少年は、行動に移すまでこう考えていた。

主人公が今の実力と装備では高望みなのは分かっているが、これくらいならいけるのでは？　と。

許されるなら少し前の自分を思いっきり槍《やり》でぶん殴ってやりたかった。

何故《なぜ》なら、よくよく考えたら敵の後方なんて死地だ。

幾ら仕事を共にして、どれだけ気を張っていても気配を読めない隠行と、先導の確かさから実力を買っているマルギットが案内してくれるとはいえ、乗るべきではなかった。

しかも、大声を上げて注意を逸らすなんて簡単な仕事ではなく……一騎討ちに負けた敵が怯んだ隙を突いて、勝利を決定的にするなんて、言葉ほど簡単な訳がないじゃないか。

しかも、マルギットなら分かる合図を出すと言われていた後に目撃した光景が、何か予想と違う！

「あんの野郎ぉぉぉ!!　何か違うだろコレぇぇぇ!?」

「はい、黙って走る！　一気に抜けますわよ!!」

敵の警戒を抜けて後方に接近し、いよいよ丘の上に陣取った敵――総大将の一騎討ちに夢中――へ突撃するべく、麓の死角から顔を出すと、何か思っていたのと違う情景が目を通して脳へ叩き付けられた。

何をどうすればそうなるか分からぬが、〝大牙折のガティ〟が負けて〝金の髪のエーリヒ〟が助太刀で神聖な一騎討ちに横入をカマしてくれているではないか。

混乱で乱れようとする思考は、エーリヒから借りたポリュデウケスの尻をマルギットが叩いたことで強制的に自分自身のことに集中させられた。

今の彼は無手だ。奪った槍も持って来ていないし、剣もどうせ馬上では碌《ろく》に使えないからと置いてきた。

何せ今回の仕事、あのヨーナス・バルトリンデンと一騎討ちをしようとしている馬鹿から嗾《けしか》けられた仕事に武器は要らない。

馬を操ることができない――手綱は握れても鐙《あぶみ》や拍車が使えないのだ――蜘蛛人《アラクネ》のマルギットの足を務め、敵中へ突貫する。

悪逆の騎士が自らの旗印と定めた、血濡れの盾支持亜竜の旗を奪うべく。

余談だが、旗印は軍団の中核であり、移動の際に目印となる部隊の要にして誇りでもあるので、一般的には旗持ち自身も護衛も部隊の中では〝最精鋭〟が宛《あて》がわれる。奪われた途端に士気が崩壊するような代物なので、大事に大事に手練《てだ》れが護っていることを知らないジークフリートは、心の重荷が僅かに浮かせられた分、幸せだった。

「あぁぁぁぁぁ!!」

「奇襲する前に叫ぶ馬鹿が何処《どこ》におりまして!?」

驚愕《きょうがく》しながらも弓手《ゆんで》の狙いは正確だった。

旗持ちとその護衛、彼等《かれら》の足下へ過つことなく短弓を叩き込んだ。

同時、矢の先に括《くく》られていた〝素焼きの瓶〟が砕け、内容物が飛散。大気と触れあったことで劇的に膨張し、白い靄《もや》を作り出す。

「なんっ……げっほ!?　ごっほ!?」

「からっ、いっ、いた!?」

「あっ、あぁ!　目っ、鼻がぁぁぁ!?」

煙に巻かれた旗持ちと護衛が顔を押さえて悶《もだ》えだした。抑えられぬ咳《せき》とクシャミ、そして涙や昏倒《こんとう》しかねないほど粘膜を苛《さいな》む痛みは、カーヤが精製した〝優しい薬〟の効果。

即《すなわ》ち、少し前にエーリヒが路地でバルドゥル氏族の不意打ちを防いだ時、暴発した催涙術式の模倣。

彼はそれを「結果的には誰も死なない優しい薬だよ」と言葉をあらん限りの迂遠《うえん》さという糖衣に包んでカーヤに伝え、実際に作らせてしまった。

投じれば粘膜を灼《や》く煙を生んで範囲内の敵を悶えさせ、予《あらかじ》め〝対抗薬〟となる檸檬《レモン》の汁などの触媒から作った魔法の軟膏《なんこう》を顔に塗っていなければ、立っていることもできなくなる毒の霧。

あの野郎、カーヤに何て危ねぇモンを作らせやがると内心で激怒しながらも、走り出した馬を今更止められない。一度、速度に脅《おび》えて無理矢理手綱を引いたら、竿立《さおだ》ちになったポリュデウケスに鞍《くら》から放り出されて背中を酷《ひど》く打ったことがあるので、それは拙《まず》いと実地で学んでいたからだ。

それに、もうここまで来てしまったら、やるもやらぬも同じだ。

ぎぃん、と遠く離れているはずの二人が戦っている場所から異様な音が響いてもジークフリートは止まらなかった。

英雄はいつも、肝心な時にビビらず進める人間だけがなれると、数多の物語を通じて分かっていたから。

燃える憧れが彼の心から怯《おび》えを拭い去り、目的へと駆り立てた。

「っしゃらぁぁぁぁ!!」

煙の中でも旗は目立つ。地に付けたら殺すとでも脅されていたのだろう、旗持ちは顔中から滂沱《ぼうだ》と涙や鼻水を垂らしながらも、棹《さお》に縋《すが》り付いて旗を倒さなかったからだ。

だが、その頑張りは残らない。伝わらない。

あるのは、勝利をより確実な勝利へ純化するため、ジークフリートが旗を奪ったという事実だけで、悪逆の騎士の配下となった以上、旗持ちの根性も献身も評価されることはないのだから。

誰からも。それこそ、ジークフリートが厭《いと》うたように名前すら残らず。

「はい、急ぐ!　あっちの丘の陰へ!　今更気付いた弓兵達が射かけてきましてよ!」

「あぁぁぁぁ！　怖ぇぇぇぇ!!　ちゃっ、ちゃんと矢避《やよ》けは効いてるんだよなぁ!?」

物騒な音を立てて至近を突き抜けていく矢の音に、少年の勇気を吐き出しきった肝が縮み上がった。カーヤの矢避けは概念的に当たらぬようにする物なので、至近弾は却《かえ》って遮らないため恐怖だけはどうにもならぬのだ。

一度修羅場を経験して慣れていなかったら、また下着と一緒に借り物の馬の鞍を盛大に汚すこととなっただろう。

そして、逃げ散る敵にかち合わぬよう、斥候の導きによって無事に仲間達《たち》の下へ武勲の第二功労者が戻る頃には、戦は終わっていた。

いや、それを戦と呼ぶべきか、悪党の屠殺《とさつ》と呼ぶべきかは、非常に判断が難しい現場であったが。

無理もない。横やりが入ったとは言え、彼等の士気の根幹であった恐怖の源、ヨーナス・バルトリンデンは一刀の下に敗れ、そして最後の拠《よ》り所《どころ》である旗まで奪われたのだ。

ここまで心がへし折られて、まだ真面《まとも》に戦える者、そんな勇者や正義漢はヨーナスの軍勢に加わることを拒否して死を選んでいたので誰もいなかった。

汚辱を雪《すす》ぐべく総身に刀傷を無数に作る勢いで進んだガティ、及びその妻達の献身、そして名が記されることのない英雄達の奮戦によって、大いなる悪徳は拭われた。

「テメェ！　エーリヒ！　全然話が違ぇぞ!!」

「いやいや、大して変わらないだろう。私達は勝った。君も目立った。みんな得してる」

しれっと言い放つエーリヒは、ジークフリートを騙《だま》す気など更々なかった。

別にガティが勝ったら勝ったでよし。その時は己の観察眼が間違っていたと自省しつつ、金の髪はただの端役として他の冒険者と一緒に敵陣へ斬り込んで、勝ったあとで背景のように獅子人《ネメアー》とジークフリートを讃《たた》える群衆に加わっただろう。

頭目が倒されたとして、このまま捕まればどのみち縛り首だと腹を括って残敵が徹底抗戦してくる公算もあったので、最後の一押しはどうしても欲しかった。

念《ねん》の為《ため》、本当に念の為自分が陣地に残って、信頼できるマルギットとジークフリートに華のある活躍の場を提案したに過ぎない。

エーリヒが英雄譚の主役みたいな活躍をしてしまったのは、最悪の状況を考えて動いたことへの試練神から贈られるオマケみたいなものだった。

彼は別にＰＣ《プレイヤーキャラクター》1じゃないと我慢できない目立ちたがり屋ではない。なんなら、思う存分趣味《TRPG》に没頭していた時分は、専らPC1やPC2《主要人物》を上手《うま》い具合に支えるＰＣ《プレイヤーキャラクター》3か4を好んでいたくらいである。

「普通に死ぬかと思ったぞ！　怖いわ、危ないわ、旗は重いわ！　諦めが悪い騎兵も追っかけてきたし!!」

「それは私がなんとかしましたけれどね」

「あと、カーヤに何てモン作らせてやがる!!」

旗をそこら辺にぶっ刺してまでエーリヒに摑《つか》みかかるジークフリートの目は、混乱や恐怖、そして一まぶしの実感が遠い達成感がない交ぜに成ってぐるぐるしていた。一瞬で起こったことが多彩すぎて、彼の極めて常識人といえる感性が完全に処理能力を超えていたせいだ。

「ディ、ディーくん、それは私が戦うディーくんの助けになれないかって教えて貰《もら》っただけで……」

　負傷者を治療するため後方から駆けつけてきたカーヤの制止も聞こえていないようだが、エーリヒは実に微笑《ほほえ》まし気な良い笑顔を保ったままで絡んでくる同期を見つめていた。心の何処かが、こういう巻き込まれ体質《如何にもＰＣ１》の登場を願っていたのかもしれない。

だが、鎧《よろい》を摑んでいた手が強引に引き剝がされた。

英雄への無体を止めようとした手……ではない。

二人の間へ体を屈《かが》めて入り込んだ、ガティが膝を腕で掬《すく》って一気に持ち上げたのだ。

「おっと」

「うわぁ!?　なっ、なな、何だ!?」

「聞けぇ！　我等は勝ったぞ！　命の清算は成った！　悪逆の騎士は生きたまま捕らえられ、それに加担した者達は悉《ことごと》く討ち取った！　俺は敗れた！　だが、お前達は勝った！」

　死にそびれた敵にとどめを刺して回っていた攻撃隊や、ことが片付いたからおっかなびっくり合流してきた護衛隊の視線がガティに担がれた二人へ注がれる。巨軀《きょく》の彼が肩に担いだのだ、目立たぬ筈《はず》がない。

「名を讃えよ！　帰り、伝えよ！　今日、自分が為《な》した奮戦と共に！　そして刻め！　勲一等、悪逆の騎士の悪行に終止符を打ち、俺を救った金の髪のエーリヒ！　旗を奪い、我等の勝利を決定づけたジークフリート、両名の名を!!」

敗れた、しかし生き残った英雄からの檄《げき》を受けて街道に二つの名前が轟《とどろ》いた。

斯《か》くして英雄譚《えいゆうたん》は花開く。

〝金の髪のエーリヒ〟と〝幸運にして不運〟のジークフリートの名を世に広める英雄譚が…………。

【Tips】物語は語る者達がいて初めて継承される。

青年期
十六歳の冬

騙して悪いが……

　サイコロは嘘を言わないし、GMは原則としてPC達に真実を伝えねばならない。

　しかし、中には最初から、不誠実な真実や、嘘は言ってないが確信は伝えていない、なんて依頼に体当たりで挑むハメになるのも冒険者というヤクザ稼業の宿命だ。

　そして、それが終わった後、お礼参りを考えるのも楽しみの一つと言えよう。

我が先達、敬愛するフィデリオ氏から受けた数々の助言にあった言葉を今になって思い出す。

「おい、聞いてんのかエーリヒ！……お前、何か疲れてね？」

「ん？　ああ、すまないジークフリート、たしかに疲れていたようだ。何の話題だったかな」

場所は冠の牡鹿《おじか》亭。かなりの修羅場を共にした戦友ジークフリート――最近は一党を結成したと周囲から思われている――の塒《ねぐら》である酒保併設の宿屋、その酒保部分の奥まった席でコソコソと相談事をしていた。

「だから、賞金の分配だよ……マジで大丈夫かオメェ」

「ああ、問題ないよ。気疲れだ」

秋が終わって、世の摂理に従い訪れた冬。ヨーナス・バルトリンデンからの襲撃を退けてマルスハイムまで戻った後、我々は生きたまま彼を連れ帰ったことで一躍時の人となっていた。

首だけでも金五〇枚の大賞金首が、生きたまま無惨な姿で市中を引き回されるのだ。街の近くに着いた時点で噂《うわさ》が広まっていたのか、それはもう凄《すさ》まじい歓迎具合だった。

一番歓迎されたのは、物理的に抵抗する術《すべ》を失った――絶対に逃げられないよう、足の腱《けん》も切っておいた――ヨーナスだろうがね。

いやぁ、自害しようとするから、生きたまま連れて帰るのに苦労したよ。ガッチガチに拘束して猿轡《さるぐつわ》を噛《か》ませ、無理矢理にでも水を飲ませたり世話が大変だった。

帰参した我々を誰かが見かけて声を上げれば、西門の風物たる入市を待つ同業者の列がざっと捌《は》けて、私達を迎え入れた。

そして、あろうことか衛兵が入市の手続きをほっぽらかして、幌《ほろ》のない露天の馬車を持って来たかと思えば、そこにヨーナスを載せて冒険者組合まで進めとか言い出したのだ。

我々が護衛を最後まで遂げてからマルスハイムに帰ってくるまでの時差により、噂が届いてから十分な時間があったから、行政府と冒険者組合同業者組合が最初から算段を付けていたのだろう。

西方辺境域を脅かした者達が、辺境に生きる者自身の手によって討たれたと知らしめるため。帝国という旗にべったり塗られたクソを帝国人の献身によって拭ったのだと、公然と知らしめたかったのだ。

半信半疑で伝わっていた「そうらしい」という噂が確信に足る証拠が揃《そろ》った時の段取りを組んでいた行政府の対応は実に素早い。

ヨーナスを荷台に繋《つな》いで、見世物行列の始まりだ。

むしろ、先頭を行かされた私達よりもずっと目立って歓迎されていたね。

方々から放り投げられる石や汚物という贈り物で。

それだけ彼は辺境の人々から忌まれていたのだ。この街には出稼ぎに来ている者も多いし、ジークフリートのように冒険者として一旗揚げるため上ってきた人々もいるので、中には出かけている間に故郷を焼かれた被害者もいたのだろう。

そりゃあもう凄《すご》かったよ。

城館から辺境伯の騎兵隊《馬廻衆》まで駆けつける護衛体制が整っていなかったら、公開処刑の前に俺がぶっ殺してやると言わんばかりに馬車を追いかけて来る人だっていたのだから。

引き渡した後は事情聴取が何刻も続き、解放された頃にはマルスハイムに着いたのが昼頃なのに夜はとっぷり更けていた。

報酬の話などは追って沙汰をすると言われて解放された私達を待っていたのは、冒険を終えた安息と満足感……などではなく、譲位に伴って帝都で催された恩賜祭りに匹敵する大騒ぎ。

ここで振る舞い酒でもして民衆を慰撫《いぶ》せねばと思った辺境伯が町中に酒を、それこそ比喩表現ではなく物理的にやれそうな勢いでばら撒《ま》いた。

それに伴って、食べ物や追加の酒を奢《おご》ることで名前を上げようとした豪商が便乗し、街の貴族を含む有力者諸氏が協同。ついでもって目出度《めでた》いなら何でもいいやと中小の商人までもが乗り出して、街中がお祭りに飲まれた。

昨日今日来た訳ではない我々なので、顔を知っている者も多い。応接間から出た瞬間、褒め称《たた》える同業者にとっ捕まって宴会にぶち込まれたので、逃れる術などなかった。

普段は仕事の待ち合わせでしか使わせないはずの組合会館が、何を思ったか内輪での宴会場として開放されていたからだ。

こればっかりは喩《たと》えにしといてくれよと言いたくなる、正しく浴びるほどの酒を飲まされ——普通に歓迎としてぶっかけられもした——これって祝われてるんじゃなくて袋だたきにされてんじゃねぇかなと錯覚を覚える勢いだった。

一足先に嫌な気配を察して天井に這《は》い上がって難を逃れ、気配を消していたマルギットが助けてくれるまで、数刻掛かった。

あと、本当に申し訳ないのだけれどジークフリートを助け出す余裕はなかったので、そのまま質問攻めとやっかみの的としてカーヤ嬢と置いていくしかなかったが、個人の能力には限界があるので許してくれ。

まぁ、彼はへべれけに酔っ払いながら、体験を大いに語って気持ちよさそうにしていたので、文句は言われなかったから結果的によかったけど、私が真の意味で大変な目に遭うのは這々《ほうほう》の体《てい》で塒に帰ってからだった。

女将《おかみ》さんやフィデリオ氏を押しのけて、鼻息も荒く〝ヘボ詩人〟あるいは〝三文物書き〟と若旦那からこき下ろされている詩人にとっ捕まったのである。

そして始まる、組合の事情聴取って優しかったんだなと思う怒濤《どとう》の取材。

何があったか、何を思ったか、何をしたか、微に入り細を穿《うが》ち、そんなの覚えてねぇよと言いたくなることまで質問が連なり夜が明けて、ついでに次の夜が来るまでしつこく聞き込みをされた。

帝都でも〝皇帝ご指名〟で大会場を満座に公演した詩人になるなら、これくらいの熱量がなければやってけないのだなと思い知らされたよ。

あと、取材元が露骨にそろそろ勘弁してくんねぇかな、という顔をしても諦めない粘り強さとか。

ただまぁ「ここでガティが死んでた方が盛り上がるだろう。雑兵をバッサバサと斬ったのも君の方が見栄えがするかな」とか「一刀で斬り伏せるのは爽快感があるが、背景曲が盛り上がった方が客も喜ぶだろうな……激しく打ち合ったことにしよう！」と覚書の帳面へ、他ならぬ本人の話を聞いた側《そば》から臆面もなく創作を盛って行かれると大変困る。

筋書き一つのために死んだことにされたガティから文句を言われたらどうしてくれるおつもりか。

あと、たしかに私のナリが小さいから、面を知っている人にも説得力を与えるため派手な動きが欲しいってのも分かるけれど、鞍上《あんじょう》から飛び上がって蹴り倒すって筋書きはやり過ぎじゃないかな。

実演しろと言われたらできるけど、あんな使い手を斯様《かよう》な魅せプレイで倒す自信ないよ私。

いや、彼がフィデリオ氏から酷《ひど》い渾名《あだな》で呼ばれる理由が分かってしまったね。

「そろそろ休ませてやりなさい」と同じ被害者たる若旦那様が引っ剝がしてくれなければ、尋問に近い取材が更に何日かは続いただろう。ヘボ詩人殿は題材となった本人にも意見を求める気質だったのか、何回も「こんな感じの心境だったかい？」と琴をかき鳴らして意見を求められるのも大変だった。

挙げ句、そんな感じですと真面《まとも》に受け取ったら、でもこっちの方が映えるなと全く関係ない旋律にすげ替えられた日にゃぁね……。

二日ばかり続いたらしいお祝いと、半月は日替わりで何処《どこ》かの広場に鎖で晒《さら》され続けるであろうヨーナス・バルトリンデンにクソの一つでも投げつけてやろうと言う人々の盛り上がりが収まるまで子猫の転た寝《うたね》亭に引き籠もっていたが、事あるごとに部屋を訪ねてくるヘボ詩人やら縁者——ロランス氏とかヘンゼル氏達《たち》——の対応と、飽きるくらい同じことを語る機会が酒と一緒に波濤《はとう》の如《ごと》く押し寄せてきて、肉体的には兎《と》も角《かく》精神的に疲れていた。

広告塔は任せます、とばかりにマルギットも助けてくれなかったので、まぁしんどいよ。マジで。有名人がたまにふらっと行方を眩《くら》ませたくなる衝動に襲われるのがよく分かった。ただ、暫《しば》くしたらジークフリートとも、この労苦を共有できるかもしれないな。居場所が不明瞭な私と違って、そろそろ彼の所にも悪逆の騎士退治で一曲いいのをブチ上げて、名を売ろうとする詩人が押し寄せるだろうし。

「しかし……マジか……？　マジで俺ら二〇〇ドラクマも貰《もら》えんのか……？」

「あー、マジだろうねー……あれだけの札付きを生きたまま捕らえたんだー……むしろ安いくらいなんじゃゃないかなー……」

この密談、といっても顔が知れたせいで全く隠れられていないひそひそ話は、内容だけは外に漏れないよう小声で行っている通りに褒賞金の話題だ。

つい先刻、同業者組合から遣いが来て組合に行ってみれば、行政府から二〇〇ドラクマの褒賞金を我々に与えるという沙汰が正式に下ったのである。

首だけで五〇ドラクマの所を四倍！　と盛り上がりたいところだが、私はアグリッピナ氏のところで働いていたこともあって、金銭感覚は完全にぶっ壊れている。

生け捕りにしても四倍じゃ、むしろ安いな。普通の野盗だったら、一罰百戒のため見せしめにできるから十倍とかになることもあるのに。

この金額じゃライゼニッツ卿《きょう》のコスプレ費用の年間予算にも足りないんじゃなかろうか。

まぁ、並の野盗とは元値が違うから一〇倍は高望みが過ぎると言われればそこまでだが、やっぱりちょっと物足りない。

因《ちな》みに、この相談に女衆が参加していないのには理由がある。とんでもない金額を聞いて足下が覚束《おぼつか》なくなったカーヤ嬢の看病で席を外しているからだ。

きっと、相方も満足していないだろう。

金額というより、相手の格に。

何せ、気高き狩人《かりゆうど》の理想は、死して尚《なお》も一〇〇ドラクマの懸賞金が支払われ、今も三皇統家の外套《がいとう》として受け継がれる群狼《ぐんろう》の長《おさ》なのだ。アレと比べれば生け捕りにして二〇〇ドラクマぽっちのヨーナスは格下も格下だろう。

あと、ヨッツヘイム男爵家の傍流、分家の分家だったが、この度お家没落の原因となった悪逆の騎士が討たれたことでヨッツヘイム男爵家を継承できたお人から感状も貰ったけど、これもどうでもいいかな。

　何せ主要な一族が死んで繰り上がりで叙爵されただけの御仁だし、男爵家そのものは家格を残して消滅したといってもいい。財産なんて精々、帝都に戻れるようになった時のため残しておいたお屋敷くらいだろうから、どっかの小さな荘園で代官に仕官するツナギくらいにしかならんだろう。

　ちょっと期待してたんだけどな、辺境伯直々の感状。これがあると名誉点がどっと増えて、つまらない喧嘩《けんか》を売られることが絶無になる上、暴力だけではなく地位でも不逞《ふてい》氏族の上を取れるようになって一安心だったのに。

　控えおろう、この恩賜の某《なにがし》が見えないのかって具合にね。

　都市《シャドウ・ラン》での暗躍も嫌いじゃないが、小悪党共の勢力争いに関わるのは冒険とは呼べない些《さ》事《じ》だ。世界観《システム》が違うなら多少は興味も湧こうが、剣と魔法の冒険ができる世界に産まれてまでやりたいこったねぇよ。

「まぁー……三等分でいいかなー」

「は？　三等分？」

「三分の一を君らが、もう三分の一を私達が、そして残った三分の一を今回の一件に関わった冒険者や殺された人達の見舞金として、遺族に配ろうかなと思うんだけど」

「あぁ……!?」

ジークフリートの手元で酒杯が軋《きし》んだ。私は手を付けようとは思わない、席代として頼んだ発酵から腐敗に半歩足を踏み込んだ麦酒《ビール》が波打つ。

「気に食わないかい？」

「ああ、気に食わねぇな」

取り分で揉《も》めるのも冒険者の華、じゃあいっちょ交渉してみるか。名誉点稼ぎがてら、やっかみを治めるために金をばらまこうと思っていたのだけど、やっぱり説明しないと難しい……。

「俺が三分の一は取りすぎだ」

「あ、そっち？」

「は？　何が？」

いや、何でもないよ。私が君を過小評価していたと自己批判しなきゃいけなくなっただけだ。宿に戻ったら総括……って、いかん、この用法だと結論が出なくなる。

「一緒に戦ったヤツらに金を配るのも、最初の襲撃で死んだ連中の家族に金を渡すのも当然だ。俺達ゃ生きて帰って名を遺《のこ》すって最大の贅沢《ぜいたく》をしたからな」

ジークフリートはやっぱり、英雄に憧れて田舎から出て来ただけの子供じゃなかった。

英雄に憧れること。それを生き様に〝倣う〟ことだと理解して、高潔な彼等《かれら》の後を追おうと無意識の気高さを持っている。

ああ、いいよ、少しずつ分かってきたけれど、君はただの同期じゃない。

素晴らしい英雄になる素質の持ち主。

私が憧れて、なることに渇望して騎士位も聴講生位も蹴ってなった、Lv1PC《プレイヤーキャラクター》仲間だ。

「ああ、そうだ。君の言うとおり、彼等にも権利がある。私達四人だけで悪逆の騎士、その手勢を壊滅させた訳じゃないからね。お裾分け程度は、むしろ配る義務がある。雑兵を一〇〇人から斬って回る訳にはいかなかったし」

今回の勝利は、我々四人だけで得たものではない。ガティを始めとした冒険者全体での勝利だ。なぁなぁな仕事をしていた土豪の配下は知らんし、ヤツも名目上の指揮官だったのでお褒めの言葉くらい貰ったろうから、私達の関知することではないけど。

命を懸けて戦った勇者には、相応の報酬が必要だ。

それに、ここいらで義理を通して格好の一つも付けておかないと界隈《かいわい》での風聞が悪くなる。

たまたま現場に居合わせて良い所を摘《つ》まんだだけで、実は大したことねぇんじゃねぇのと嫉妬からくる噂《うわさ》が自然発生する前に、太っ腹で義理人情の分かるヤツらだという印象を浸透させた方が得策だと私は構想した。

ジークフリートのように英雄詩には名が記されない彼等にも権利がある、なんて格好好いことを考えての提案ではない。

嫌だね、側仕え勤めで染みついた、周囲からの目を打算的に計算してしまう習性。

とはいえ、家の父が荘園で盛大に酒を奢ったりしていたのは、あの家だけ成功して狡《ずる》いというやっかみを逸らす目的があったように、私達だって幾らか身銭を切ってでも共に戦った者達に報い、評判を揺るがぬ物にせねばならぬ。

人はやっかむ物なのだ。私達が命を懸けて、死ぬような思いをして得た名声や金であったとしても。嫉妬心だけは、どれだけ文明が発達しようが悪徳と一緒で消し去りようがない人類の本性だからね。

それに気を付けていれば、対応は簡単だ。描写するのもGM《ゲームマスター》が面倒がって省くような下らない喧嘩を飛ばせて、更に大きな冒険への切っ掛けが手に入ると思えば安い物さ。

ただ、こんなことを考えている私と違って、本当に高潔な英雄への憧れから、彼等がそうしたように自分も振る舞おうというジークフリートの輝かしさがまぶしかった。

私もちょっと、歳《とし》を取り過ぎたかな。

「だが、等分はねぇだろ。俺ぁ旗を盗《と》っただけだし、肝心のヨーナス・バルトリンデンを倒したのはテメェじゃねぇか」

「軍旗を奪うのは戦争だったら凄《すご》い栄誉だよ、君……選《よ》り好《この》みしないで軍記物も聞いたらどうだ。面白いよ」

「貴族の長ぇ名前が熟々《つらつら》並ぶことが多いから、覚えきれなくて苦手なんだよ軍記物……戦争の場面は楽しいけど」

「覚書でもすればいい。それより、最後の一押しは本当に大事なんだ。あれだけ派手に軍勢がぶつかる最後の決戦で、味方側に死人がいなかった奇跡は君が敵の士気を完全に折ったからだ」

「その旗にしたって、俺の独力じゃねぇ。馬はお前からの借りもんだし、マルギットも乗ってた。そして、護衛を散らしたのはカーヤの薬だけど……俺じゃ、あんな綺麗《きれい》に当てられねぇ」

「お、それは墓穴だぞ戦友。カーヤ嬢は矢避《やよ》けといい旗奪取といい貢献が大きい。つまり君の相方の貢献だから、夫婦で分ける分には口を出さないが、全体の割合では妥協しない理由になり得る」

「だっ、だだ、だだ、誰が夫婦だ!?」

顔を真っ赤にして卓を揺らしながら立ち上がる少年。

ほほう、そっちはまだ進んでなかったのか。

「私にはお似合いに見えるけど。比翼の鳥のようにね」

「……馬鹿言うんじゃねぇ。本当は俺なんかと一緒にいちゃいけねぇんだ、カーヤは……第一、アイツを羽根が片っぽしかねぇ鳥扱いすんな。俺は学ぁねぇが、詩だけは山ほど聞いてんだ。そういう表現くらいは分かるぜ」

「それは失礼した。取り下げよう」

思っていたより深くて複雑な間柄なのかな、あの幼馴染《おさななじ》み達は。私とマルギットのように仲良しこよしで手を取って荘《しょう》を出て来たのでないとするなら、尋常ならざる、それこそ今の仲で踏み込んで良い問題でもなさそうだ。

だが、どうあれ納得はして貰うよ。

椅子を示して座るように促して、再び顔を近い位置にやる。声に指向性を持たせるしゃべり方は、ちょっとした工夫でできるので、本当に彼にしか届かないような小声で語った。

ジークフリート達が三分の一を受け取る権利があるというより、受け取らねばならない理由を。

「周りを見て見ろ、ジークフリート……どう思う？」

「どうも何も……小汚ぇ酒場だよ。中途半端な酔っ払いの溜《た》まり場《ば》だ。上もヒデぇモンだが」

今は昼時だが、格安の宿と酒保として知られる冠の牡鹿亭《おじかてい》には冒険者が屯《たむろ》して、私が頼んだだけで口を付けないような酷《ひど》い酒を呷《あお》っている。

冬が始まる今、冒険者は閑散期に入ったのだ。

「だろうね。だからこそ君は、ちゃんと報酬を多く貰って環境を整えねばならない」

この寒さと雪の中で活動しようとする隊商は、かなり気合いが入っているか、何があっても今の内に運ばねば利益が上がらない物を扱っている商人が殆《ほとん》どだ。

そして、悪党共も寒さばかりは威嚇しようと追っ払えないので、大抵はどこかで冬を凌《しの》ぐべく商売を休む。

この法則は市井においても同じで、春から秋にガッツリ働いて、冬は中でコツコツ内職するのが一般的とあれば、仕事の需要は減ってくるもの。

　雑用仕事は依然絶えまいが、それでも供給が絞られるからこそ、蓄えもなかろうに冒険者共がこうやって昼間から無聊《ぶりょう》の慰めに酒をカッ喰《く》らっているのだ。

「そういえばジークフリート、君、まだ大部屋で寝てるんだっけ？」

「ああ。賞金は、まだ貰《もら》ってねぇし……」

「だから、まだ生きてる。考えてもみたまえ、首だけでも金五〇の賞金首を狩るのと、君自身を獲物にするの。無頼であることに疲れて、英雄への夢なんて枯れて惰性でやってる連中にとって、どっちが魅力的だ」

「っ……!?」

　言われて気付いたのだろう。同期の顔色が加速的に悪くなっていった。

　冒険者なんてのは、大体が私や彼みたいな功名に取り憑《つ》かれた餓鬼か、真っ当な仕事に就けないやつかの二択だ。

　そして、この質を擲《なげう》つことで安さを維持している宿で燻《くすぶ》っている連中なんて、殆どは後者。

　元から金が手に入るなら何でもやるか、湿気《しけ》た人生の一発逆転が目の前にチラつけば簡単に魔が差すような輩《やから》がわんさかといよう。

　今までジークフリートが無事だったのは、単にまだ金を受け取っていないからだ。

　懐に大金を抱えて大部屋で寝るなんて、鴨《かも》が葱《ねぎ》と一緒に鍋まで持って来てくれるようなものだ。カーヤ嬢の個室に置いたとして、粗末な錠と扉なんぞ一蹴りで簡単に破壊されてしまう。

「だから金を受け取れ。そして、安心して休める塒《ねぐら》を作れ。さもないと君、〝ケチな小銭〟のためだけに殺されるぞ」

「く、クソっ、そうだ、そうだよ、確かにお前の言うとおりだ……このボケ、なんで忘れてやがった。嫌ってほど見てきたろ、大部屋の屑《くず》共が物を盗った盗られたで揉めてたことなんて……」

自分はそんなケチなことじゃ死なねぇ、と勘違いしていない。評価点更に上昇！　ちゃんと命の脆《もろ》さを理解して、寝首を掻《か》かれれば英雄でも死ぬのだと理解し驕《おご》らない姿勢は実に立派。

いや、むしろ英雄詩好きだからかな。詩の題材となった英雄が毒を盛られたり、臥所《ふしど》に短剣を呑《の》んでやってきた女の手で死んでいたりしたなんて、知りたくもない背景話を知ることもあったろうから。

「君はカーヤ嬢の部屋に貴重品を置いていたから、当事者意識が薄かったんだろ。仕方ないさ」

だから嫌でも受け取れと、私は彼に賞金の三分の一、六六ドラクマを無理にでも押しつける。

今日貰った沙汰は額が決まったことと、支給日がいつになるか――金を用意するというより、事務処理に時間がかかるから——の通知だったから、まだ手元に現金として用意されていないのが幸いだったね。

「カーヤ嬢が落ち着いたら、直《す》ぐにでも河岸《かし》を変えろ。そうだな、最低でも銀雪の狼《おおかみ》酒房、それか蓄えを吐き出してでも黄金の鬣《たてがみ》亭で個室を取れ。悪徳そのものから距離を取るんだ」

「お、おう、分かった。隊商護衛の報酬は、もう出てたからな……お、黄金の鬣亭ってあれだよな、冒険者の目標の一つになる良い宿だったよな？　一泊幾らだっけ？」

「素泊まりの一人部屋でも一日五〇アスだ」

「うぇっ!?　ごっ、五〇!?　め、飯もナシでここの一〇日分!?」

「その分、質は良いし客層も良好だよ。警備もしっかりしてる。命と比べて二人で一日銀貨一枚。安い買い物じゃないかな？」

「そ、それくらいなら、支払日までギリ保つか……でも、飯もつかねぇのに一日五〇て……暴利だろ……」

「二日に一度寝床を綺麗にしてくれるんだ。むしろ破格だと思うけどね。何より店の格が高いから、ここではどんな冒険者も〝飲み過ぎて吐く〟以外の馬鹿を絶対やらないらしいから、オススメしておくよ」

亭内で下らない喧嘩《けんか》で殴り合いをしただけで、ソイツらを降格させるよう組合長に進言できるようなのが亭主をやっているそうなので、誰も変な気は起こすまいよ。有力氏族の会談場所になるような所でアホをやるようなヤツは、そもそも泊めさせてもらえないだろうし。

それにしても、思った通り彼はちゃんと貯蓄をしていたようだ。よかった、必要となれば貸すつもりだったけど、ジークフリートは私の見込み通り装備を調えるべく金を貯《た》めていてくれた。

そうさ、私達《たち》はそういう生物だ。魔力《MP》を一点節約《魔晶石で購う》するためなら、安酒と保存食を囓《かじ》ってでも我慢する。そして、馬の横で藁《わら》に包《くる》まって眠り、積もらせた塵《ちり》で冒険にしか使えないような道具に大枚を叩《はた》くため備え続ける。

疑いようもなく、私と同類。良い酒や高い宿より、必要最低限の生活で高品質な武器を求める。贅沢《ぜいたく》なんてたまにでいいのだ。それよりも高品質な武器具足、魔法の道具をシートに書き込みたい。

だから、将来手に入れる立派な道具を書き込むキャラ紙を没収されないよう、備えておくれ。

「移動は今日中にでもしておいた方が良い。噂が回るのは早いからね。金が入る日がどこかから漏れたら、荷物を取りに帰った時が命日になりかねない」

「分かった。どうせ大した荷物はねぇし、直ぐに移る……ぐっ、なんか、こうっ……施しを受けたようで気にくわねぇ……!!」

「正当な報酬だよ。黙って受け取れ」

「ああっ、もう、分かったよ！　返せったって、知らねぇからな！」

「口が裂けても言うものかよ。偉大な冒険を重ねるようになれば、今回の報酬もいつか小銭扱いになる」

しかし、金への価値観をアグリッピナ氏とライゼニッツ卿《きょう》に破壊され尽くしている私は、ケチな小銭と呼びはしたが、その金額でできることくらいはちゃんと判断できる。

家を新しく建てることもできる金額なので、どこか都合の良い中古戸建てでも買うといいと勧めた。

「いっ、家!?　マジでか」

「ああ。安心だし使い勝手がいいのもあるけれど、君の相方が何か思い出せよ」

「あっ、そうだ……俺……いつか、カーヤに自分の工房をちゃんと用意してやりたかったんだ。イルフュートから出なけりゃ、ほんとはずっと続いている工房を受け継げたのに……」

カーヤ嬢は魔法使い。しかも薬学に通じた薬草医だ。となれば、術式と簡単な器具さえあれば何とかなる私と違って、色々入り用だろうに。むしろ、今までどうやってこんな襤《ぼ》褸《ろ》宿《やど》の狭苦しい個室で調合ができていたのか疑問だ。

「そっかぁ……俺、アイツにちょっとだけど、報いられるのかぁ……」

「そうだとも。まぁ、急に探せと言っても難しいだろうから、そこは組合を頼ると良い。適切な物件を紹介してくれるんじゃないかな」

「おう、分かった。受付のお姉ちゃん方に聞いてみらぁ」

頼り甲斐《がい》があるからな、あの女史達は。しかしジークフリート、聞こえようがない場所でもちゃんと〝お姉さん方〟と呼ぶのは、一回おばちゃん呼ばわりして殴られでもしたのかな。

どうあれ、これでGM《神》が酷い悪ふざけをした道中表の後始末は終わりだ。

行政府が晒《さら》すのに満足したらヨーナス・バルトリンデンの公開処刑もやるだろうけど、そっちは別に見に行かなくて良いかな。

あれはとっくに私が〝殺して〟いる。家の前に出したゴミ袋が、ちゃんと収集車に回収されるところまで見守らないと気が済まない神経質な人間でもあるまいし、悪逆の騎士の成れの果てが本当に終わらせられる場面には興味が湧かない。

ただなぁ、大金星っちゃ大金星だから、もしかしたら特例昇格もあるかもなんて聞いてたけど、今日の沙汰では昇格の話題には触れもしなかったから、ないのかね。

煤黒《すすぐろ》から紅玉への昇格が早かった分、ちょっと考慮しているとか？

まぁ、それを含めて、暫《しば》しお時間をってところか。

「ああ、そうだ、ジークフリート」

「なんだよ」

「二〇〇ドラクマって偶数だから厳密には三等分できないんだ」

「……俺ぁ計算は苦手だ」

「今度、時間に余裕ができたら習うといい。英雄詩には多いだろ、数字を使った謎《リドル》かけのある迷宮なんて」

あ、そっか、と助言を素直に受け入れられる少年の純朴さは、本当にどうやって養われたのだろう。気位は高いけど、至らないところは即座に認めて学ぼうとする。実に得難い資質だ。

俺ぁ頭悪ぃからよ、で全部片付けず前に進もうとする姿はあまりに美しい。

「だから、取り分が多いと文句を言った君だ。端数は私が貰うよ」

「えーと……幾ら？」

「今日、ここを奢ってくれれば結構」

ないも同じだろ！　と怒鳴る戦友に笑い、私は密《ひそ》かに感謝を捧《ささ》げる。

無二の友人のみならず、気高い戦友を与えてくれた天の采配に………。

【Tips】娯楽に乏しい田舎において、騒げるなら何でもよいと盛り上がるのは民衆だけではない。

「顔色も落ち着きましたわね」

「す、すみません……」

下で男衆が金の話をしている間、冠の牡鹿亭の一番安い個室でカーヤがマルギットから介抱されていた。

男性にやらせる訳にもいかぬので、服の締め付けを緩めてやり、靴を脱がせ、軽い〝知恵熱〟を下げるため濡《ぬ》らした布を首に当てる。

「そんなに心配でして?」

「だ、だって、二〇〇ドラクマですよ? ぶ、分配したって凄《すご》い金額……仮に一ドラクマだけ貰ったとしても」

「人が殺されるには十分過ぎる額ですわね」

くすくすと笑うマルギットだったが、カーヤは全く以《もっ》て笑いごとではないと言いたかった。

幼馴染《おさななじ》みの少年がエーリヒに指摘されるまで気付かなかったことをカーヤは真っ先に心配したのだ。

人間の命は安い。人別帳に載っていないなら特に安く、路地裏で雑に刺し殺された死体がドブに浮いたとて、ここでは衛兵も面倒なので真面《まとも》に調べなんてしない。

精々、調査の訴えが金を添えて出されるか、被害者が立場のある人間でやっとというところ。

だから今まで何やかんやでカーヤは大変だった。

いつか真面な装備を揃《そろ》えて偉大な冒険に出んと初心者の誰もが嘱望するが、挫折する大きな理由には、盗まれるか集《たか》られるからといった事情がある。

金の管理とは意外と難しい。誰が持っているか、何処《どこ》に置くか。出かけている間、盗《と》られないよう保管するにはどうすればいいか。

紙幣ですら一定額以上になれば重いのだ。袋が張り詰めれば銅貨でさえかなりの重みとなるなら、全てを持ち歩くのは次第に困難となる。

不逞《ふてい》氏族から恐喝されるなら良い方で、銀貨を超えるくらいに金が溜《た》まった新人が路地の目立たない所で呑み代欲しさに刺し殺されるなんて事件もあった。

況《ま》してや、一党に手癖の悪い者が紛れ込み、積み立てが膨らんできたら持ってとんずらなんてことも起こりうる。

世界は広い。真っ当な環境で育った人間には思いも寄らない存在がいる。

それは寝ない子供を脅しつける簞笥《たんす》に潜む怪物でもなく、狂奔し一切の制御が利かなくなった魔物でもなく、自分が安酒を飲むためなら簡単に人間を殺し、その後のことを考えない馬鹿だ。

ちょっと考えれば分かるだろう、という突っ込みの、ちょっと考えるということができない者が多すぎる。

故にカーヤは幼馴染みが大部屋で寝ているのが心苦しくとも、我慢して彼の荷物と一緒にここで寝起きをする。魔除《まよ》けを持たせ、毒から護《まも》る薬を〝賦活薬〟として含ませ、這《は》い寄る悪意の指を祓《はら》う。

いっそ、ジークフリートが嫌がらないなら、この二人ならば手狭すぎる鰻《うなぎ》の寝床のような部屋で、樅《もみ》の木に絡む宿り木のように眠ってもいいくらいだったのに。

「ふふふ」

「何がおかしいんですか……？」

「いいえ、貴方《あなた》も大好きなんですわね。幼馴染みのことが」

笑い声を小心だと詰《なじ》るものかと思ったカーヤは、全く予想していない方向からの攻撃に不意を打たれた。

改めて言葉にされると、やっと落ち着いた血の流れが再び乱れるくらいに。

「で、どんな馴《な》れ初《そ》めでして？」

「いっ、いえ、そっ、そんな、お聞かせするほどじゃ……」

「あら、この世の中に聞いて面白くない恋の話なんてありまして？」

明け透けに、恥じらって誤魔化すことなど許さぬとばかりに〝恋〟と単語を結ばれても、カーヤには、自らの裡《うち》にて渦巻く情念がそんな可愛《かわい》らしくてきらきらしたモノとは結びつけられなかった。

最も近い言葉を探すとしたら、執着。

「まぁ、聞いた側も教えないと失礼かしら」

悶々《もんもん》として黙ってしまった魔法使いに、狩人《かりゅうど》は幼馴染みに倣って胸襟を開いてみようかと考える。

それに、よくよく考えて見れば、マルスハイムで初めて同年代の少女と知り合ったのだ。

たまには荘園で友人達とやったような、他愛もない話をしてみたくもある。

　だから狩人は歯から衣を拭い去って喋《しゃべ》る。

「私、エーリヒがいないと仲間はずれになっていたのでしょうね」

「え……？」

「家の荘《しょう》、というか、私が子供だった世代の子達って、女の子でも活発な子が多くって。狐とガチョウ《鬼ごっこ》をよくやったんですけれど……まぁ、どうなるかは分かりますわよね？」

　苦笑しつつ換気のために開けた、板きれに支え棒をするだけの粗末な窓の縁《へり》に飛び乗るマルギットの足取りを見れば、理由なんて簡単だ。

　隠行に優れる種族、それも小型の蠅捕蜘蛛《はえとりぐも》種の蜘蛛人《アラクネ》なんかとやったなら、昼から日暮れまで頑張っても鬼ごっこなど終わるまい。

「そして、きっと、そのまま飢えた」

「飢え……？」

「私、あんまり狩りで満足できたことがなかったんですのよ。だけど、小さな彼だけが私を捕まえて、本気の追跡から逃げおおせた。終《しま》いには、方法を考えて、みんなでやる狐《きつね》とガチョウが成立するようになっちゃって」

　信じられます？　鬼ごっこで誰に教えられたでもなく〝巻き狩り〟なんてしますのよ？　と語るマルギットは誇らし気に幼馴染みの所業を語った。

　ヒト種《メンシュ》、人類の中でも感覚的にかなり〝鈍い〟といえる種族が、幼くして成熟を遂げる蜘蛛人《アラクネ》を捕まえたのかと魔法使いは純粋に驚きを得る。

自分どころか、戦う術《すべ》を学んでいるはずのジークフリートでさえ、斥候に出るため気配を殺した彼女を見つけ出せない。急に後ろから声を掛けられて、驚いて黒茶の杯を落とした幼馴染みを何度も見ている。

「小さな荘園でしたもの。あの子……エーリヒより上手《うま》く、そして強くなる子は、きっといなかった。だから、本当に何かの間違いがなければ、私、一生どこか満ち足りないなって飢えを抱えて、ぼちぼちの幸福を食《は》んで飢え死にしない程度に生きることになったと思うんですの」

「それは、狩りへの……飢え、ですか?」

「ふふ、ぜぇんぶ。まぁ、母様が冒険者なんぞをやっていた理由も、腕前が自分に届きうると父様のことを見抜いたら一瞬で捕まえて、嫁入りしてしまった気持ちもちょっと分かりますわ」

あまりに電撃的な引退だったので、仲間から滅茶苦茶《めちゃくちゃ》文句を言われたし、今も時候の挨拶が届いたら内容の酷《ひど》さに母が苦笑していると狩人は笑った。

「それは、まぁ……正に稲妻が落ちるような結婚だったのですね」

「実際、私が今、纏《まと》まったお金も手に入ったし故郷に帰ってエーリヒと結婚しまーす、なんて言ったら慌てる人も多いでしょう。それと同じですわよ」

戯れの言葉なれど、カーヤはゾッとしないと思った。

今や望外の機会に立ち会う〝幸運〟に恵まれたジークフリートは、マルスハイムで無視できない存在となりつつある。中小の氏族なら喉から手を出してでも欲しがる大金と、それを得るに足る偉業を支える魔法使いを抱えている。

何故《なぜ》か氏族関係からは遠巻きに、虫に食われた歯でも触らないようにするかの如《ごと》く気遣われている金髪の〝一党〟という扱いを受けていなければ、強引な取り込みを企図する者達《たち》が数多《あまた》現れただろう。

後ろ盾とも呼べる同期が消えたなら、悪い想像はすぐさま現実となろう。

「ま、ご安心くださいまし。私、まだまだお腹《なか》一杯にはなっておりませんので」

窓辺に腰掛けた蜘蛛人《アラクネ》が首元から紐《ひも》を手繰って、首飾りを引っ張り出す。大きな牙に穴を穿《うが》って紐を通しただけの簡素な、さして長くもない付き合いでも派手な装飾を好む蜘蛛人《アラクネ》の感性に見合うと思えない飾り。

それがエーリヒの次に大変だった狩の獲物。荘園の近くに迷い込んだ群狼《ぐんろう》を打倒した時に得た勲章《トロフィー》。

だが、まだ足りない。近くで荘の子供達が遊んでいたから絶対に逃れられない状況に追い込まれて戦った群狼でさえ、満たせない。満腹感は、二日と保たずに消えてしまった。

戯れであればエーリヒから勝ちを拾うことは容易《たやす》い。

けれど、殺し合いなら。本気で気を張って、近づく物は例外なく斬ると殺意を漲《みなぎ》らせたエーリヒを狩るなら。

どっちの首が肩に乗っかったままの贅沢《ぜいたく》を堪能するかは、正直ちょっと分が悪かった。

しかも、延々と大きく、強くなる獲物だ。追いかけても追いかけても、じゃあ自分もとばかりに育つ獲物の何と得難いものか。

望外の幸運がなければ満たせない飢えを癒やす、愛《いと》しい愛しい獲物《思い人》。

なにせ、ここまで色々やっても、まだ底が見えていないのだ。より強い敵、より困難な障害を踏破した金色の髪をした狼《おおかみ》がどこまで大きくなるか、マルギットにも分からない。

あるいはきっと、竜と同等に恐れられた〝灰色の王〟よりも強くなる。

一度機会を逸せば、人生で二度と会えぬ極上の獣。最高の獲物を逃さぬため、子狼《ころう》が本物の大狼《たいろう》になる前に無粋な毒罠《どくわな》を仕掛ける者が寄らぬよう、マルギットは道を選んだ。

なにせ、あの金髪は危なっかしいのだ。あっちへふらふら、こっちへふらふら、まるで誰かに運命の糸で綾取《あやと》りでもされているかのように方々へブレていく。

まるで不安定な多面体《サイコロ》。転がり終わっても出目がはっきり分からない、職工が自分の腕を見せ付けるために作った百面もある、殆《ほとん》ど玉に近いようなそれの生き方をしている。

そよ風が吹くだけで変わる出目。そして、そのどの出目でも面白いことになる。

ただ、当人は「金を賭けるとめっきり勝てない」といって、サイコロの関わる遊びには加わろうとしないのが皮肉だった。

「で、貴女《あなた》は？」

「私は……私はディーくん……ディルクのおかげで救われたんです」

ここまで恋の話を打ち明けられて、乙女であれば黙っていられようか。

カーヤは薄くて使い心地の悪い枕へ頭を強く押しつけ、せめて顔だけは隠しながら自分の醜い過去を語った。

驕《おご》りも実家という贔屓《ひいき》も抜きに、彼女の家は名家だ。家名はニクス、正式な名前はカーヤ・アスクラビア・ニクス。

貴族位《フォン》の称号こそ頂いていないが、そこら辺の騎士位や貧乏貴族家では治療のため呼びつけるのではなく自ら足を運ぶような、一七代続く薬草医のお家。

近隣一二ヶ荘の公衆衛生と健康を担うニクス家は、池縁に建つ小さな庵《いおり》から始まり〝妖精《アールヴ》に育てられた子供〟が血の根源だと言われている。

その真実は母親が大事にしていた家系図とやらを見せられても、カーヤにはピンと来なかった。自分は宙にも浮けないし、壁だって通り抜けることはできないから。

できることと言えば、薬を練ること。

そして、周囲の顔色を覗《うかが》うこと。

カーヤは幼い頃から聡《さと》かった。聡すぎたとも言えた。

だから分かるのだ。自分がどれだけ大事にされ、何を望まれているか。

人々から縋《すが》られ尊敬されるニクス家の跡を継ぎ、血を残して近隣の荘園が営々と歴史を重ねるため礎石の一つとなる。

重大ではあるが、ただそれだけだ。機構として、人々の健康を維持する装置としてのみカーヤは期待されて愛された。

母親の注ぐ愛は本物だったとは思っているが、それは母親のために薬草を摘みに行って狼に襲われ落命した父親が、自分一人しか産ませられなかったからだろうとも思う。

自分の代でニクスを終わらせる訳にはいかないという執着。

だから賢かったカーヤは周囲が望むように振る舞った。勉学に否を言わず、手が荒れる薬草の加工も手入れも小さい頃から専心し、会う人々には優しい笑顔と言葉を贈る。

彼女の母親は言っていた。穏やかな微笑と詠《うた》うような明るい声こそが、患者へ一番最初に処方できる薬だと。

「医者は笑顔が大事なのよ。見ただけで治ったような、良くなったような気がする笑顔が一番の薬なの……母の口癖です」

期待と執着、しかし、幼いカーヤはそのどれにも熱情を覚えられなかった。

誰も彼女自身への価値、即《すなわ》ちカーヤが薬草医として次代を担うことしか望んでいなかったからだ。

故に知恵は育っても情緒は育たぬ。普段の一歩引いた振る舞いも何もかも、それが周りから見て自分に〝似合っている〟と思うがためにすること。

至極興味がなかった。綺麗《きれい》に咲く季節の花を見て心を動かすこともないし、それが枯れていくことを悼むこともできない。空や雲の流れに感動も抱かない、暮れる夕日にわびしさを、稜線《りょうせん》から昇る朝日に希望も得られぬ漫然とした感情。

笑い、治すことだけが使命なのかと諦め、悟った童女は楽な生き方を選んだ。

周囲が望むままに振る舞うことを。

ただ、ディルクは。ジークフリートと名を改めようとしている少年だけが違った。

「なんだ、その面。似合わねぇの」

最初に言われた言葉だ。

出会った日のことは忘れない。月明かりを使って、家名の由来ともなった池に顔を映して笑う練習をしていた。

感情から来る笑いを得たことがないカーヤは、自然に笑えているかが気になって、毎夜毎夜、母親が寝静まった後に起き出して練習していたのだ。

そこに通りかかったのは、兄弟から食事を盗《と》られて空腹に眠れず、危険な夜を遊び歩くことを選んだディルク。

満月の晩、出会った少年だけが分かってくれた。自分が笑っていないことに。表情筋だけを動かして、何一つ感情を動かしていないことに。

何の接点もなかった少年の本音だけが少女を救った。

ああ、自分のことをちゃんと分かってくれる人が世界にはいるのだと。

色彩のない世界に色が加わったような、いや、ちゃんと焦点が合ったような心地だった。

生きるのに大切なのは、自分を必要としてくれる人ではなく……理解してくれる人なのだと悟れた瞬間だから。

悩みを熟々《つらつら》と語っても、ディルクはそれを笑わなかった。

贅沢なと、飢えたことも布団の端に追いやられて寒さで眠れなくなるような思いをしたこともないのに、何て太いヤツだと嫌われても仕方ない悩みにディルクは、頷《うなず》いて全てを肯定した。

彼もまた、望まれた立場に否を突きつけようとしていたからだ。

どうしようもない貧乏な水呑《みずの》み小作農の三男坊。ただ適当に金が掛からないよう生きて、仕事を手伝い、成長して嵩《かさ》が増したら出稼ぎにでも出てくれればいいと望まれるだけの三男坊だった彼には分かる。

英雄になるため、武を習おうとして自警団の訓練に加わった時、一文にもならねぇし野良仕事を手伝う時間が減るから止《や》めろと父親から殴られたことがある少年には共感することができた。

私と俺ぁそんなんじゃねぇ。この魂が抱いた現状への否定が二人を結びつけた。

「無理に笑うことなんてない、って言う彼に、でも笑っていないとみんなが失望して……生きづらいと言ったら、じゃあ心の中で舌でも出しとけって言ってくれたんです」

悩みを打ち明けて、最も辛《つら》いことは何か。

そんなもの悩みではない、と否定されることだ。

彼女のことを理解しようとしない人間ならば、笑うのが嫌なら笑わないようにすればいいと解決にもならない言葉を贈ったろうし、我《が》を出せと、辛い方へ進めと背を押しもしたろう。

だが、ディルクは、辛いなら仕方ねぇと言って鬱憤の晴らし方だけを教えた。

彼も嫌々ながら農作業を手伝って、せめて死なないように居場所を確保するくらいのことは〝しなければならない〟と弁《わきま》えた人間だから。

貧乏百姓の倅《せがれ》は、突っ張っても良いことと悪いことを今までの生活から学んでいる。

我を出すのは譲れない時と最後の最後……一番の勝負に出る時だけでもいい。

できないならば、それは死ぬ時だ。魂や心の問題ではなく、使い物にならない子供なんて、いつ〝遊びに出かけて帰って来なかった〟ことにされるかも分からないのだから。

カーヤの場合は、斯様《かよう》なことになるまいが、周りからの失望と扱いの変化で苦労することになる。だから、そんな興味が抱けない、自分にとって価値のない連中は適当に遇《あしら》って利用しておけと少年は助言する。

「俺も、いつか体がデカくなって、強くなったら出てってやんだよ、こんな湿気《しけ》た荘《しょう》。クソ親父《おやじ》もいるかいねぇかわかんねぇ適当なお袋も、テメェが沢山食うことだけ考えているクソ兄貴共も知ったこっちゃねぇ……って。見返して、見込み違いだったなって笑ってやるってだけの存在だと思えば、腹が空《す》いてんのも気にならねぇって」

「まぁ、彼らしい物言いですわね」

「だから、私は……彼の助けになりたい」

「たとえ望まれてなくても？」

「……私が望むからこそ」

マルギットの見立ては間違っていなかった。ディルクはカーヤの境遇にこそ理解を示したが、自分と同じで荘園から出て行きくべきだなんて思っていない。

むしろ、柵《しがらみ》が嫌になったら学ぶだけ学んで、持つ物を持って行きたいところに行けばいいと考えていた。

そして、それは若くして煤《すす》を被《かぶ》るような行為に手を染める自分の隣でなければならぬという道理はない。

もっと居心地の良い荘園に腰を落ち着けられるよう旅をしても良いし、薬学が嫌いじゃないなら珍しい薬草を探しに行ってもいい。何か興味があることができるまで、じっくり待って人生を作り上げれば良いと考えていた。

だからディルクからジークフリートになると決意して家を出た夜、一瞬迷った彼だけどもカーヤを誘いに行かなかったのだ。

「私、その夜、何か予感がしたんです」

寝仕度をしていたカーヤは、形にならない予感を得た。それは近頃ディルクの行動がおかしかったのと、何処《どこ》かに背嚢《はいのう》や道具を集めていたことから、決起の日が近いと感覚的に分かっていたが、確信という思考的結論にまでは至っていなかったからこその予感止まり。

ふんわりした予想は彼女のカンが為《な》したのか、何処かの神が託宣を下したのかは分からない。

ただ、夜着のまま家を飛び出したカーヤが、行きがけの駄賃とばかりに荘の名を刻んだ立て札に蹴りをくれている少年の姿を見つけ出せたことが揺るぎない事実だ。

「ディーくんは、一人で行こうとしていたんです。追いかけてきた私に無理すんなって言ってくれました。正直、自分でもどうしたいか分からなかったんです。荷物なら最低限、直《す》ぐに纏《まと》められたけれど……悩んで、口にできなくて」

「まぁ、簡単に決断できることでもないですものね。それで、彼は？」

「私が悩んでいるのを見てから……俺と一緒に来いって」

夢を見るような甘い心地の言葉に狩人《かりゅうど》は嬌声《きょうせい》を上げた。

何て可愛《かわい》らしい恋の一幕。

カーヤは執着だと自分の感情に名前を付けたが、そんなの誰だって同じではないか。

彼女はただ、自分の目を目映《まばゆ》く灼《や》いた少年に尊いと感じ入り、自分に卑小さを見出《みいだ》しているだけではないだろうかとマルギットは思ったが……まぁ、言わぬが花だ。

から回っている訳でもなし、両者が共に片思いをしているだけの現場なんて、むしろ見ていて微笑《ほほえ》ましいくらいではないか。

だからマルギットは、相方の次くらいに彼等《かれら》に忍び寄る悪い気配を追い払ってやろうと決めた。

相方だって、彼等のような微笑ましい間柄を見るのは嫌いじゃないはずだ。

むしろ、帝都で何があったかまでは存ぜぬが、相当に〝スレた物の見方〟をするようになって帰ってきたから、心を癒やす純粋な子達《たち》が側《そば》にいるのは精神衛生にもよかろう。

少なくとも彼は、帝都の豪華で煌《きら》びやかな生活よりも、爽やかな冒険者という生き方を選んだのだから、きっとこっちの方がずっとずっと好みだろう。

久方ぶりの乙女らしい会話に満足したマルギットだが、ふと腑《ふ》に落ちないことが一つ。

カーヤは相方をとても尊重している。自分より尊いと思い、愛しているにも拘《かか》わらず、何故《なぜ》か譲らないことが一つ。

「ところで……なんで、ジークフリートって呼んであげないんですの？」

彼女は一度もディルクをジークフリートと呼んだことはない。当人が強く望んでいるにも拘わらず。

彼は冒険者らしく験担《げんかつ》ぎで改名したのもあるだろうが、そこまでするほどにジークフリートの冒険にて語られる英雄を敬愛しているのだろう。

剛力無双で義に厚く、弱きを見捨てられぬ好漢の鑑《かがみ》。複数の国を跨《また》いで人類を脅かした悪竜ファフファナルを魔剣〝瘴気祓い《ヴィントスロート》〟で討ち取り、有り余る財貨を自分のためではなく、国を滅ぼされた人達のために使った義の男でもある。

「ジークフリートの冒険、その原典をご存じですか？」

「……生憎《あいにく》、書庫を抱えるような立派なお家の出ではなくって」

「シグルズの詩、という神代実在の冒険者。古い上古の言葉の写本が家にありました」

ジークフリートは上古の言葉を現代の帝国語読みに改めたものだ。直した方が語る方の口にも聞く方の耳にも馴染《なじ》むので、物語は時代を経るに連れて更新《アップデート》されてゆく。

「あれ、結末《オチ》が酷《ひど》いんです」

「ジークフリートの冒険は、典型的な〝めでたしめでたし〟の物語だったと思うんですけれど」

エーリヒが知っている方のジークフリートとは、主人公の名前が同じだけで出自は疎《おろ》か物語の筋も結末も随分と違う。

そもそも悪竜ファフファナルは本物の竜だし、ジークフリート当人が水潮神から子神を通して神託を授かった高潔な人物であっただけで、竜の血を浴びて不完全な不死になったりもしていない。

水潮神から認められ、その子神である凪湖神《なぎこしん》から使徒〝せせらぎの乙女〟を介して神託を授かり、善の道行きに導かれた英雄は、最終的に神々からも認められ、人の身に進んで降りていった使徒の娘と婚姻して終わる、王道ど真ん中を征《い》く幸福な結末《ハッピーエンド》。

大量の物語が生まれた今では参考にされすぎて、似たようなオチの話が有り触れているため陳腐だと批判されることはあれど……カーヤは、その手の厄介な文学少女ではない。

そして、登場人物が酷い目に遭えば遭うほど喜ぶ悲劇オタクでもなかろう。

「実は、ジークフリートの冒険って、大衆向けにかなり改編されてるんです。特に結末が」

「原典では、どうなってまして？」

「横恋慕した凪湖神が自分を選ばなかったシグルズを殺して、せせらぎの乙女は後追いして死にます」

「わーお……」

そりゃ重ねたくもないわ、と狩人は呆《あき》れた。

酷い話だ。神が自分の使徒に「私の方が先に好きになったのに！」と悋気《りんき》を起こした挙げ句、神話級の怪物に対抗できる貴重な英雄を殺すなど。しかも、その使徒本人は失意の内に不死を返上して、シグルズが沈んだのと同じ大河に身投げとは。

あまりにも暗い。これでは一般大衆にはウケないとして、詩人も史実の内容を弄《いじ》りたくもなろう。悲劇を喜んで王道より高く評価するのは、大抵が文学をかなり囓《かじ》って〝有り触れた筋書き〟に飽きた人間か、元々〝そういう話〟が好きな根暗だ。

応援していた英雄が活躍して喜んだ聴衆も、シメとしてこのオチを聞かされては通夜みたいな雰囲気になって、投げられる小銭も減ろうというものだ。

それに、醜聞過ぎるから聖堂も物語の改編を容認、というよりも推奨しただろう。水潮神の神格が子神を通して貶《おとし》められたり、変な印象を受け付けられたりしてはたまらない。変造にあたるので聖典の内容自体は弄るまいが、民草が勝手に楽しむ話の間ではお好きにどうぞと言いたくもなる。

少なくとも、恋に恋する乙女達から凪湖神への評判はガタ落ち不可避であろう。

「それにシグルズ自身も結構色々とやらかしていて……あと、せせらぎの乙女もまぁまぁ性悪な描写が多くって……言いよってくる他の男に無理難題を言って普通に死なせてたりと、かなり神代の人達だなぁって感じが……」

「まぁ、うん、納得ですわね」

マルギットも急に自分の相方が〝金の髪〟なんて二つ名はそのまま過ぎるから〝灰色〟の王に肖《あやか》って〝金色の狼《おおかみ》〟を名乗ろう！　なんて言い出したらぶん殴ってでも止める。第一、あの群狼《ぐんろう》の長《おさ》は妻を人質に取るような作戦で狩られたのだ。少なくとも、マルギットは縁起でもないから、彼が血迷ったら骨の二、三本へし折ってでも止めさせる。

実はその名前は縁起が悪いから……と教えなかったのはカーヤの優しさからだ。憧れた英雄の元ネタがこの様《ざま》だと教えられては、あの無垢《むく》な少年は絶対に曇るだろう。

憧れは憧れのままに。夢は夢のままにしておくのが最上というもの。

二人の乙女は何も言わず、これからも黙っていようと決めた。

それに、今後知る機会もないし、仲良くしている金髪もシグルズのことを知っていてもネタばらしするような無粋な男ではない。やっぱりそっち《ジークフリートの冒険》の方がいいよね、と微笑ましく見守ることであろう。

後は、うっかり古典を嗜《たしな》む貴族なんぞと知り合って、要らぬことを言われぬよう気を付けるくらいか。

二人は知らないことだが、古典神話の一つとしてシグルズの詩は貴族界隈《かいわい》だと普通に有名《メジャー》なのだ。あー、あの歌劇では鉄板の、と一切の悪気なしで話す者がいないとも限らないのだから。

「それに……」

「それに？」

言い淀《よど》む魔法使いに先を促した狩人は、二度目の嬌声を上げることとなる。

「私に本当に笑うってことを教えてくれたのは……ジークフリートじゃなくて、イルフュートのディルクだから……」

全くの余談であるが、この話を又聞きしたエーリヒは、一言「尊い……」と呟《つぶや》いてぶっ倒れたという…………。


【Tips】後世で〝物語〟として消費される娯楽が、史実の元ネタだと酷い血濡《ちぬ》れの話だったり、主人公がとんだ人格破綻者だったりすることは珍しくもない。


突然だがセキュリティクリアランス、もとい階級章の色が変わった。

厳冬期を前にして紅玉《インフラレッド》から琥珀《オレンジ》になったのだ。

どうやら組合長様はケチな……失敬、自分の敷いた階級社会に厳格な電子演算脳様《コンピューター》と違って、あまり作りたくない〝特例〟を作ってでも活躍した冒険者の位を上げ、他の者達に発破を掛けたかったご様子である。

未《いま》だ辺境には数多《あまた》の脅威が蔓延《はびこ》っている。いわゆる塩漬け依頼とも呼ばれる、困難さの割に報酬がショボいとか、普通に死ぬだろコレ、という難易度から忌避されてほったらかしの脅威が転がっているのだ。

ついこないだ、凄惨な公開拷問の末に悶死《もんし》を遂げたヨーナス・バルトリンデンのような連中が。

偉業には相応の報酬を、ということで素早く冒険者の階級を上げ、そういった難事に挑むことに尻込みをした連中を嗾《けしか》けたかったのだろう。

支払われる金自体はショボくとも、冒険者組合同業者組合はちゃんと評価して、そっちで帳尻を合わせますよという意思の表明。

琥珀《こはく》の一つ上、黄玉《イエロー》よりも一つ上って緑青《グリーン》ともなれば、実質的に都市戸籍を持っているようなものだからな。商業同業者組合が質入れではなく冒険活動費を〝融資〟してくれるといえば、どれだけの地位と信頼かが分かるだろうか。

これでのぼせ上がった跳ねっ返りの初心者が多少無茶して死んだとして、元々冒険者なんぞ員数外の日雇いみたいなもんだ。自殺部隊として良い感じに働いてくれるなら、幾らか事務処理が増えて未帰還の報告が出てもお得！　と判断したに違いない。

といっても、本当に行政府が何とかしたがっている〝荘潰《しょうつぶ》し〟ことフィディアのエドゥアルドや隊商にとっての悪夢たる〝血濡れの売女《ファム・ファタール》〟も、神出鬼没だったヨーナス・バルトリンデンのように、マルスハイムの英雄達《フィデリオ氏ら》をして捕捉が難しかったから、未だ狩られていないという前提があるので、そうそう上手《うま》くは行くまいよとしか思えないが。

ともあれ、私を前例に同業者達が奮起し、綱紀が引き締められるならいいことだ。

ただ、ヨーナスの首に支払われる報酬の話の時に昇格話が来なかった時差もあって、何か別の意図を感じずにはいられないのだが。

たとえば、紅玉の私が琥珀に遜色ない働きをするという噂《うわさ》を聞いて護衛依頼を持って来た隊商のように、階級のおかげで冒険者を破格の安さで使いたい誰かが、貴族が紅玉に依頼なんて出したら〝格が落ちる〟として昇格をせっついた可能性もあった。

流石《さすが》にね、山の物とも海の物ともつかぬ雑兵に大事な依頼をしたなんて噂が流れては、雲の上の人々のやりとりならば障りもあろう。

えー？　そこまでしないといけないくらいお金と人がないんですかー？　なんて当て擦《こす》りは日常茶飯事だ。京都人なら居心地がいいかもしれないやりとりは、貴族という冠を被《かぶ》った畜生共の得意技だからな。少なくともアグリッピナ氏は滅茶苦茶《めちゃくちゃ》得意であらせられた。

あくまで私が悪い方に妄想をしているだけかもしれないが、最低限格好が付く階級に引き上げて、組合で上手く使おうとしているという可能性が潰しきれない以上、あんまり無邪気に喜んではいられなさそうだった。

それに、辺境伯とも繋《つな》がりがある組合長ともなれば、私がかつて魔導宮中伯にしてウビオルム伯爵の側仕えであったという過去を知ることもできよう。ちょっと政治的な匂いがする案件で突っついて、今をときめき皇帝の寵愛《ちょうあい》厚き重臣の出方を測ってみたい、なんて破滅的好奇心が湧かないとも言いきれないのだから。

「と、言うことでお仕事のお話だ」

私は香り高い、間違いなくカーヤ嬢の自家焙煎《ばいせん》であろう黒茶を一口啜《すす》ってから告げた。

さて、ここは都市北方寄り、廃棄区画よりは鄙《ひな》びていないが、上流が住む感じでもない比較的治安の良い場所に新たに建てられたカーヤ嬢の工房だ。

建物は二階建てのこぢんまりとした古屋で、元々は壁があった一階部分を全部ぶち抜いて――強度的に大丈夫なのだろうか――薬草医の工房に仕立て上げている。

まだ機材の仕入は終わっていないのか伽藍《がらん》としているし、調達された薬棚や薬草を乾《ほ》す棹《さお》も寂しい限りで、これから充実していくところだろう。

二階は三部屋に分かれており、二人の部屋と物置にしているようだが……まぁ、大分背伸びしたなぁ、というのが正直な感想。

だからだろう。対面に座っているジークフリートが、もの凄《すご》くションボリしているのは。

いや、もうションボリを通り越してションモリって感じだ。

「……もうちょっとやる気出して貰《もら》えんかね？　それと君、悪いことは言わないから投機話を持ちかけられても絶対乗るなよ」

「うっせぇ、分かってんよ……爺《じい》ちゃんからも金貸しと投機は信用すんなって言われてら……俺ん家が小作農になったのも、曽爺《ひいじい》さんが地主の投機話に乗ったかららしいし……」

この工房を用意するのに気張りすぎて、金を大量に使い、自転車操業に陥ったことをカーヤ嬢からもの凄く怒られたからだ。

然《さ》もありなん。もうちょっとこう、安っぽいのでもよかったのに。君、ここに腰を据えて永住でもするつもりかと聞きたくなった。

設備がいいに越したことはないのだけどね。ただ、箱を用意するのに金を使いすぎて来月以降の生活費に困るとなれば、何がしたかったんだお前はと怒られもしよう。

男として相方の少女に良い格好を見せたかったのは分かるが、もう少し相談して決めるべきだったな。

なので、ちょっと私とマルギット二人ではしんどいかな、という依頼にも首は横に振るまいと思って、話を持ってきたのだ。

「雪も降ってきて、いよいよ冒険者共の仕事が減った昨今、珍しいことに仲介人を通して組合から私に依頼が来た」

「あぁ？　仲介？」

「貴族が直接組合を訪れて書類を書く訳にもいくまい。我々地下の者へ仕事を斡旋《あっせん》する代行業者がいるのだよ」

組合会館には貴種でも対応できるような応接間があるようだが、かといって貴族はあんな場所へ直接足を運ばない。

いつの時代も〝本当の金持ち〟というのは自分から買い物などしないのだ。外商部よろしく向こうから御用聞きに来て、何かご入り用の物はございませんかとお伺いにやって来る。

そして、それは雑事を投げる場合においても同じだ。

必要があれば自分から人を会館に遣わせることもあろうが、あまり直接の依頼人を方々に知られたくない場合は仲介業者が活躍する。

誰が誰に依頼したかを知られたくないことも間々あるからね。従僕同士がすれ違った瞬間に文書をやりとりするなどして、全く情報を余所《よそ》に漏らさぬよう振る舞うのなど礼儀作法のようなものだ。私もアグリッピナ氏のお使いで、帝都の冒険者同業者組合に行ったことあるし。

今回の依頼は、そんな業者の手を通して届いたモノだった。

依頼主は不明だが、目的地から推測はできる。

「目的地は最辺境、フロームバッハ子爵領、レラハ城塞管轄下のゼーウファー荘」

依頼主は土豪に困らされている帝国側の貴族か……帝国人の使い勝手が良い冒険者を減らしたい土豪か。二分の一ってところだな。

「ド田舎通り越して殆《ほとん》ど外国じゃねぇか……」

「ディーくん、一応帝国領だから……」

「いや、でもこんなん土豪の縄張りだぞ」

二人は辺境出身なので、もしかしたら親戚とかいないかなと期待してみたが、残念ながら空振りだった。

地場に親戚《コネ》がいれば話が通りやすかったけれど、そう上手くはいかんか。

どうあれ、ジークフリートの言うとおりフロームバッハ子爵領は国境に近いかなりの田舎だ。依頼主からの好意で、この真冬でも動いているマウザー河を往き来《いき》する回船を使えなければ、到着は春になっただろう。

「だが、報酬は美味《うま》い。山分けしても最低で一人頭一ドラクマは行き渡る」

「きっ、金一枚!?　な、何させようってんだよ……」

「荘民の民心慰撫《いぶ》のため、脅威の調査、あるいは排除を願いたいそうだ。何が出るか分からない、からこその大金だろうね」

「脅威ぃ?」

依頼はこうだ。

秋頃に降った長雨により山の一角で土砂崩れが起き、土砂が崩れた跡地に洞窟が口を開けたという。

そこを調べに行った荘民や代官の配下が帰ってきていないのと、隊商や旅人の尋ね人《行方不明者》が増えたこともあり、代理人の主はゼーウファー荘の人々を慮《おもんぱか》って邪悪な物が蔓延っていないか調べたいそうだ。

何もなければ、ちゃんと冒険者が調べたから安全だと代官が発表すれば人々も安心するし、倒せる程度の脅威なら始末してくれればいい。

一応、土砂崩れ後の洞窟という危険な場所の調査なので報酬は弾むが、中にヤバい物があったら調査と報告だけで良いとも依頼文には補足されている。

本当にどうしようもない、魔剣の迷宮のような厄《やく》い物が時間の中で忘れ去られ、偶然に封印が解けたのであれば、もっと高位の冒険者を頼った方が確実だからな。

中にあったもの次第では、報酬の増額も検討するという依頼は旅費やらは冒険者負担なれど、支度金として一〇リブラを前払いしてくれるという。

これが半額とか全額支給なら「騙《だま》して悪いが」案件かと丸めて屑籠《くずかご》にでも放り込むところなれど、個人をご指名での依頼なら十分の一くらいの前金は相場だとフィデリオ氏が教えてくれた。

どんな高名で強力な冒険者だって、一度に受けられる依頼は一つだ。ロランス組のような大所帯とて、ロランス氏は一人しかいないので最大戦力を向けられる場所は一つか、層が分厚くても二つか三つ。だから、前金で釣って優先度を上げようとする手法は珍しくもないらしい。

「一〇リブラもありゃあ、旅支度も余裕でできるな……」

「ジークフリート、君、そこまで金を使ったのか……」

「ディーくん、調子に乗って槍《やり》も新調しちゃったから。しかも、衝動買いだし……」

「ちょっ、カーヤ！　それは黙っててって言ったろ!?」

大金が入ったら装備の新調、それは冒険者の性《さが》みたいなものだ。今までは荘園から持ち出した槍を使ったり、野盗から奪った量産品を使っていたが、どうやら二つ名持ちになったのだから、此処《ここ》いらで思い切って逸品をと張り切りすぎたか。

気持ちは分かるけどね。私も前世でギリ買える！　という値段の武器を買い込んだところ、無情にもＧＭ《ゲームマスター》から「次のセッションは季節変わるくらい時間経《た》ってるから、その間の生活費どうすんの」と突っ込まれ、Lv７準英雄級冒険者にあるまじき日雇い仕事をして凌《しの》いだことにしてもらった思い出がある。

「君、もう小遣い制にしてもらいたまえよ」

「……俺もちょっとそう思い始めてる。懐が温かくなると気が無駄にでかくなるのは、家の血筋の欠点なんじゃねぇかなって……」

「まぁ、良い物が欲しい気持ちは分かるけどね。どんなのを買ったんだい？」

「……ちょっと待ってろ」

問えばジークフリートはいそいそと二階に上がって槍を一本持って来た。どうやら新品の装備を自慢したかったけれど、カーヤ嬢から滅茶苦茶叱られた手前、我慢していたようだ。

しかし、見せてくてと言われれば面目も立つ。やっぱり男の子としては、新しい玩具《おもちゃ》を買ったら友達に見せびらかしたいものだからな。

「どうよ！」

「ほう……銘品だな」

専用に設《しつら》えた鞘《さや》もある槍の刀身が晒《さら》されると、良い物だと一目で分かった。

飾り気のない素槍だが、実用性に重きを置きながらも意欲的な作品だと分かる。

穂先は長さが三〇cm少しと平均的ながら極厚の異様な造り。装甲相手の殴打武器としても十分に通じる重みがある。両面に鎬《しのぎ》がある両刃の刀身には薄く樋《ヒルト》が彫ってあり、刺した後に抉《えぐ》れなくても十分に失血を強いられる構造となっていた。

柄まで含めた全長は二mちょい。柄頭《つかがしら》や棹の重量、形状を工夫することで極端な先端重量過多《トップヘヴィ》になりかねない極厚の穂先を備えた欠点を補っている。

行軍するのにも適当で、極端な閉所でもなければ扱うのに過不足のない良い槍だ。

重量配分のためか芯金が入った棹は複数種の木材を使い分けることによって重さを散らされており、表面は黒に近い紺の塗料で保護されていて、握り心地もよい。

敢《あ》えて欠点を挙げるとしたら、均整こそ取れているものの槍本体が一般的な品より随分と重いくらいであろう。

「銘は？」

「ねぇ。何かいいのを思いついたら付ける。だが、親方作品に挑みてぇって職人が自分の師匠に実力を見せるために打った品だってんで、習作だからとかなり安く譲って貰ったんだ」

「三ドラクマは安くないと思う……」

「ばっ、カーヤ！　お前！　普通、こんな立派なの良いとこん騎士様の従兵でもなきゃ持てねぇんだぜ!?　しかも、元値は五ドラクマだってのが、ジークフリートの英雄詩の一部になるなら二ドラクマもオマケして貰って……」

まぁ、ジークフリートが言うとおり、魔法の武器ではないことを考慮しても妥当な額だと思う。良質な鋼で鍛造されていて、造りも上等。一切の手抜きを感じられぬ、作り手自身が槍の扱いを弁《わきま》えた名工の卵ってところか。

ただ、割安とまではいかないし、工房というデカい買い物の後に買うものじゃないな。私の実家一年の可処分所得を超える物に手を出すのは、ちょっと調子に乗りすぎだ。

とはいえ、そこはもうカーヤ嬢がしこたま叱っただろうから、私からは素晴らしい相棒を手に入れたね、と賛辞だけを贈っておこう。

「じゃ、早速これに活躍をさせてやろうじゃないか。街中のしょっぱい仕事では不足だろう？」

「琥珀《こはく》と紅玉の冒険者が雁首揃《がんくびそろ》えてドブ攫《さら》い、というのも間抜けですものね」

やれやれと言わんばかりのマルギットの言うとおり、本当に碌《ろく》な仕事は残っていない。しかも、琥珀に見合うような内容の仕事であっても大抵は冬場でも働かなきゃならん、尻に火が付いたような一党ならこれで十分、と言わんばかりに報酬が足下を見ているのだ。危険度や拘束期間を鑑みると、どれもこれも寒い中頑張るような冒険じゃない。

「……あーもー、しゃーねーなー……カーヤ、準備にどれくらいいる？」

「五日くれれば魔法薬と保存食も用意できる……かな。前金、殆ど飛んじゃうけど。でも、洞窟なら〈目明かし〉の薬とかも用意しておいた方が良いし、万一に備えて長く保存できる食料とか、元気になれるよう砂糖煮も欲しいから仕方ないと思う」

「じゃあ、そうすっか」

「あ、それにお船にのるなら酔い止めってあった方が良いかな……家から持って来た本に調合の覚書があったかも……」

　相方の見立てとなると、ジークフリートは疑いもせず頷《うなず》いた。

「ところでカーヤ嬢、魔法薬の材料は？」

「その、近場じゃあんまり採れないし、お仕事の道々で探したのもあるけど、足りないから問屋さんに買いに行くしかないです」

「なら、安く買える伝手《つて》がありますよ」

　私の伝手と聞いて若干胡乱《うろん》な目をするジークフリートだが、安心したまえ。

　相手も悪党だが、表向きの商売をしている以上、真っ当な品物を安価に提供してくれるだろう。

　何より、悪逆の騎士を退治した一党に称賛もお題目も用意せず喧嘩《けんか》を売るような考えなしの馬鹿じゃ、今の地位に座っていまい………。


【Tips】武器の値段相場は殆ど青天井といえる。戦争に備えて造られた数打ちの物ならば鹵獲品《ろかくひん》などがお手軽に手に入ることもあるが、激しい実用に耐えられる銘品となれば何年も貯蓄してやっと買える代物であり、貴族や騎士が権威として腰に帯びる宝剣までいくと所領に等しい金額の物まで存在する。

多くの薬草は長期保存できるよう、ちゃんと乾かして水気を飛ばした方が良いため風通しの良い拓《ひら》けた場所で加工される。

マルスハイムでも新造された方の区画に〝バルドゥル氏族〟の唾が付いた薬草問屋の倉庫がある。表向きに商う商品の原料を蓄える場所で、一般への販売はしていない。

だが、入り用だと手紙を出せば、いつでも買いに来て良いと快く受け入れてくれた。

「わぁ、全部良い品……採取の時から気を遣われてる」

「そうでしょう、そうでしょう。全部専門の技術を身に付けた冒険者が集めて来た物ばかりです」

倉庫の管理者から薬草棚を案内されている本職《カーヤ嬢》が納得する品質なら、何も心配はないだろう。

それを半値、原価に近い価格で売ってくれるというのだから、名前が上がるというのも悪くないものだ。

「しかしぃ……驚いたわねぇ……護衛の依頼を頼んでみたらぁ……ここまでのことになるなんてぇ……」

「私としては、もう少し段階を踏んでからの方が良かったんですがね」

変な人付き合いが深まりすぎない限りであればだが。

カーヤ嬢が品定めをしているのを、私はナンナと共に吹き抜けになっている倉庫の中、高床式の屯所にて眺めていた。

許諾の手紙に予定を書いて返せば、態々《わざわざ》待ち構えていたのだ。

カーヤ嬢に余計な虫が付かないよう、こうやって二人きりで話をしている。

といっても〝二本目の釘《くぎ》〟を刺したから、氏族を率いる冒険者の先達以上のことは、もうしてこないと思うけれどね。

部屋の片隅に散らばった燃え殻。元は葉書大の〝細密画〟は相当に効いたろう。

ライゼニッツ卿《きょう》に時候の挨拶として贈った手紙に、ナンナのことをかるーく匂わせてみたら返信に添付されていたのだ。行方は知らぬが、今も案じているから、もし会ったら居場所を教えてくれという言葉と共に。

物憂げかつ儚《はかな》げな少女と眼鏡を掛けた大人しそうな少女が腕を組んだ様を描いた細密画。その意匠となった儚い乙女に一五年ばかし歳《とし》を取らせ、薬漬けのせいでへばり付いた不健康さを塗《まぶ》せば正にナンナとうり二つ。

つまり、私の予想はドンピシャだったってことだな。

五大閥が一角の頭領、その元直弟子が何やってんだか。

絵は即座に燃やされたものの、勧誘の言葉が紡がれなくなったので目的は果たされた。

意図は正確に伝わったのだ。

こちらは急所に噛《か》みつくことができる。だから、要らん些事《さじ》には巻き込んでくれるなと。

好意の割引は受け取るが、無料で寄越《よこ》せなんて横暴は言わない。真っ当なお仕事であればお手伝いもするし、利ではなく理があるなら助けもしよう。

付かず離れず、互いにある程度都合良く使い合って利益を共有し、悪いことは考えない方が良いと理解させられれば十分だ。

別に私はバルドゥル氏族を足がかりとしてマルスハイムに巨大な氏族を築こうなんて考えてはいない。そんなのは冒険者じゃなくてヤクザの仕事だ。ここは粗製拳銃《サタデーナイトスペシャル》がよく似合う、分割統治された日本の大阪じゃない。

ただ健全な初心者冒険者生活を送る一助になってくれと、魔導院式紳士的懇願をしただけ。

故にこうやって、大人しく二人で並んで、良質品の山に心を躍らせている薬草医の買い物姿を眺めていられるのだ。

決定的に拗《こじ》れていたら、今頃ここには一体の亡骸《なきがら》が転がっていただろう。

それがどちらの物かは分からない。対策はしているが、相手は痩せても枯れても元ライゼニッツ卿の弟子。何らかの切り札を抱えている可能性は棄《す》てきれぬ。最初の訪問の時には、切ろうと思わなかった札を抱えていないとも限らないからな。

だが、今もお互い息をして仲良く話していた。それが両者が導いた結果の証明である。

必要とあれば、私はその痩せ首をカッ斬って、どこぞのドブに棄てていくことにためらいなんてない。

障害は見つけ次第叩いて潰す《スーヘンウントブレッヒェン》。楽しい冒険のための必要経費と割切れる範囲において、我々《PC》はあらゆる悪徳に手を染める。

外道や畜生と詰《なじ》られて仕方のない行為なんて、前世《セッション》の卓で大凡《おおよそ》やり尽くしてきたのだよ。

戦いは同じ力量の者同士でなければ成立しない、なんて上手《うま》いことを言ったのは誰だったのやら。

「それでぇ……ゼーウファー荘《しょう》の一件だけどぉ……」

「ああ、やはりご存じでしたか」

「世の中にはねぇ……ただ眠るというぅ……当然の行為さえ難しい人間がぁ……わんさといるのよぉ……」

組合にもバルドゥル氏族の手は入っている、という返礼に笑顔で返した。

彼女は攻撃のために札を晒していない。協力の表明として情報をくれようとしている。

「相当にキナ臭いわぁ……元々ぉ、その仲介ってぇ……親帝国派の小粒な貴族が使ってるところなんだけどぉ……」

「よくぞそこまで調べられましたね、この短期間で。ですが、そんな仲介なら真っ当なお仕事なのでは？」

「フロームバッハ子爵はぁ……社交期で帝都よぉ……？　しかも、あのひとぉ……普段は辺境鎮護の役割でぇ……お国《自領》から滅多に出ないのにぃ……」

ふむ。最終的な決裁権を持つ人間が不在。しかも、かなり厄介な政治模様を描いている土豪の勢力圏にて領地を預かる帝国派の子爵が帝都入りか。

冬は貴族も忙しかろうに。荘園を恐喝して春までの塒《ねぐら》にせんと居座りを決める傭兵団《ようへいだん》もいれば、むしろ巡察吏が減った今こそ好機と良からぬことを考える野党も出る。これらを取り締まるため、配下に檄《げき》を飛ばして治安の引き締めをしなければならぬ時期。

辺境伯配下の管区に組み込まれた、中央の政治からは程遠い貴族が態々帝都に上る意図は何か。

ここから帝都まで三ヶ月。とばしにとばして一月ちょい。騎竜による回船を使えばかなり早くなるが、供回りも持ち物も最低限に絞らねばならぬ。

そうくると、社交界から忘れられないよう顔を出したなんてこっちゃないか。

「この辺にもぉ……情報の網を張ることをお勧めするわぁ……聖者のようにぃ、俗世から離れて冒険者をやるのってぇ……」

「思ったより難儀そうですね」

私の諜報網《ちょうほうもう》は、ないに等しい。殆《ほと》んどが又聞き、そして受動的に入って来た情報。

つまり、ナンナはこう言いたいのだ。

今の辺境で真っ当に冒険者をやりたいならば、厄介事から遠ざかれるための手段を持てと。

その利を私に提示することで、バルドゥル氏族との連帯を提案したかったのだろう、本来ならば。

琥珀の冒険者、それもヨーナス・バルトリンデンを討ち取った一党を取り込めば、漂流者協定団の一件以降益々《ますます》勢いを増したバルドゥル氏族の威光も強まろうというものだから。

ただ、それは釘で止められた。

だから誘導しようとする。

同盟を組めるような組織を作っては如何《いかが》かと。

土台はある。金も、私とマルギットは殆ど使っていないので下地を作るのは容易。

そして〈光輝の器〉にて注ぎ込まれるであろう熟練度目的でヘボ詩人殿の取材を丁重に受けたことで、詩が歌われ始めれば余技に注力する余裕も出よう。

本当は全部剣技に注ぎ込みたいのだけど、残念ながら調査フェイズや舞台裏で調べごとを全部片付けてくれるような仲間がいないのだ。それなら、全ての案件に漢《おとこ》探知で挑まず済むよう多少は自分も社会技能判定を伸ばしておかないと難儀する。

ほら、下手に脳筋になって登場判定に成功できなくなったら詰むこともあるから……。

「ふぅ……腰を落ち着けるって言うのは、意外と大変ですね」

「嫌ならぁ……もっと地方で旗揚げするべきだったわねぇ……小さな荘の用心棒みたいにぃ……。あるいはぁ……もっと平和な所とかねぇ……」

目付を間違った、とは思っていない。冒険をするのにマルスハイムは良い所だ。先達に恵まれ、戦友も得た。ちぃとばかし面倒くさい連中が幅を利かせているが、貴族と比べれば幾分かマシで、仕事も選《よ》り取《ど》り見取《みど》り。

地元に根を張って古都の冒険者同業者組合を河岸《かし》に始めたとして、何らかの面倒は起こっただろう。どこの地域に行っても、生きているのは同じ人間。類似の厄介事は雑草のように生えてくる。

となると、得る物があった今の状況だけでも満足しておくべきだ。

しかし、氏族か……柄じゃないんだけどな、大規模を率いるなんて。

でも、真っ当な冒険者をやり続けるなら、選択肢としてはアリかな。

だけど、あと少し。

あと少し、気楽な冒険者《Lv1》生活を楽しませてくれ。

国や世界を救ったりする系のシナリオは、もうちょっと後で良いよ。

気が向いたら考えるさ。刃の届く下での難事を自分の意志一つで片付けられるくらい強くなったらね。

「ご忠言、痛み入ります」

「そぉ……じゃ、気を付けてねぇ……最近は土豪の動きが妙に活発なのよぉ……ああ、しかしぃ……折角割の良い護衛を見つけたと思ったらぁ……気楽に雇えない値段になっちゃったわぁ……」

次、どうやって探しましょう、とぼやいて煙草《たばこ》を燻《くゆ》らせる不逞《ふてい》氏族の長《おさ》を見て、どんな立場を選んでも苦労からは逃げられないのだなぁと実感した…………。

【Tips】本来、余人と会談する場面にて煙草を吸って良いのは、同格同士の場合を除いて最上者のみである。この場合、エーリヒが譲ってやったと見るのが妥当だろう。

「俺……船嫌い……帰りは歩く……」

「馬鹿を言うなよ、マルスハイムに着く頃には春になるぞ。それよりよかったな、カーヤ嬢が酔い止めを作れて」

「な、なかったら俺ぁ口から腸《はらわた》まで吐いて死んでらぁ……」

マウザーの大河を行く船の上の人となって三日。馬なら随分と掛かる日程でも、船に乗ればあっという間だ。流石《さすが》は人類史上最高にして、空を飛ぶようになっても効率の点でも頂点を維持し続けた移動手段にして輸送手段だ。

然《さ》れども慣れていないと厳しい。私は馬上やら〈空間遷移〉やらで三半規管を痛めつける機会に事欠かぬので平気だったが、初めて船に乗る組は大変だった。

特にヒト種《メンシュ》であるジークフリートとカーヤ嬢は。

海より穏やかとはいえ水運に使える大河だ。波もあるし、常に耳を揺らし続ける水音も煩わしい。不慣れな身では、中々眠れず大変だったろう。ジークフリートは特に耐性がなかったのか、何度も河の魚に餌をやっていたからな。

「うー……地面に降りたのに、まだ揺れてる気がする……」

「だ、大丈夫？　ディーくん……」

「カーヤ、お前こそ……あと、ジークフリートと呼べ……」

満身創痍《まんしんそうい》で毎度のやりとりをしているお二人には悪いけど、ここから目的地の荘園には、もうちと距離があるんじゃ。

歩いて二日ってとこかな。船便故に愛馬達《たち》は残してくる他なかったから、人類最古にして最後でもある移動手段、徒歩に頼るしかないのだけど、無理に動くと多分どっちかが吐くな。

こんな具合に出だしから道中表が中々荒ぶってくれているので、仕方なしに休憩を挟み、予定より二日遅れでゼーウファー荘に到着した。

依頼には冬中に解決か報告をとあったので、あまり時間はない。恐らく、荘園の中で人々が過ごす時間が増える上、問題を大事な畑起こしがある春に持ち越したくないのであろう。

「はぁ……冒険者……？」

が、しかし、船旅から続く道行きに疲れた冒険者を出迎えたのは、歓迎とは言い難い雰囲気だった。

「ええ、近くで洞窟が見つかり、荘民達が脅《おび》えていると……」

「あー……まぁ、代官様に報告はしましたけど、別に陳情までは……」

ゼーウファー荘、直訳すれば湖畔の荘となる、帝国に同名の荘園が沢山ありそうな開拓荘は字の通り豊かな湖の水縁《みずべり》にあった。

人口は二〇〇に足りない小さな荘で、主要な産業は湖からの灌漑《かんがい》による農業と豊かな自然、悪く言うと畑に仕立て終えていない土地が多いことによる林業だ。

湖が河に繫《つな》がっているのを利用して別の街まで運んで売ることで糧を得ている、歴史の中に埋没しては浮かんでくるだろう有り触れた土地。

そこの名主は、私達の到来を全く知らなかったという。

「群狼《ぐんろう》を何とかして欲しいとお願いはしましたが、まぁ森に入った者が帰らないことは間々あるもんですから……っくしゅん！」

失礼、と形だけ詫《わ》びて鼻を拭う名主は、誰の依頼かは知らないが荘園から金は出せないことだけ告げて、案内に下男を一人付けてくれた。

「洞窟つっだって、若ぇ衆が騒《し》ぎゃしましたけんど、あんま誰も気にしちゃいねぇですなぁ……どっかの倅《せがれ》が見に行ったとかなんとか……べっきし！」

年嵩《としかさ》の下男も何だか我々を訝《いぶか》っている。帝国語に地場の古い言葉の発音が混じって微妙な訛《なま》りになった彼は、林業をやっている林の近くに導いてくれた。

しかし、冬なのもあるがみんな鼻水を垂らして大変だな。暖房が足りていないのか？

「あっちん山でさ。あの、手前ん二つん山の間に見えてる……」

爪の先にまで泥が詰まった働き者の指が指し示すのは、彼等《かれら》が林業に使っている低い山の向こうに見える山。

植生が違うのか、うっすらと雪を被《かぶ》った木々の色が開拓を兼ねて切り開かれている手前の平地や山と違って葉の色が濃いこと意外、ごくごく普通の外見だった。

「行くのはいいですけど、気ぃつけなされよ、お若ぇんですから……この辺、狼《おおかみ》が結構出るんでさぁ。半年前もベッダんとこん倅が消えちまって、ありゃあ気の毒だった。四つのガキだったたんでねぇ。帰って来ねぇってこたぁ、もう駄目だろうってんで葬式も済ませちまいやしたよ」

「群狼でして？　荘付きの狩人《かりゆうど》はいないんですの？」

「んだぁ立派なんはおりゃしませんがね。手ぇあいて、ちっと心得あるのが真似事《まねごと》してるだけで……ぶぇっきし!!」

口くらい手で押さえなさいよ、と言いたくなった。マルギットが横にひょいと跳ねたのは、飛沫《しぶき》がかからぬよう避《よ》けたからだろう。

何か、隣でクシャミを連発されると私まで鼻がむずむずしてきたじゃないか。

「名主がやる気ある荘くらいしかいねぇよ、代官許しの狩人なんざ」

「イルフュートにはいたけど、他だとお肉のために狩をしている人ばっかりだったね」

「こっちゃあ貴族様が態々《わざわざ》狩遊びなんぞに来やしませんでね。金の掛かる代官許しの狩人なんざ置いてる余裕はねぇんですよ」

家の荘園も田舎といえば田舎だが、荘祭りの度にちゃんと代官の騎士が顔を出す程度には大事にされていたし、近くに街もあったので獣害対策でマルギットの家が猟師をやっていた。別に貴族が狐狩《きつねが》りで遊ぶためだけに代官許しなんて大仰な地位がある訳ではないのだ。

街道の警備もおざなりで、荘園そのものの扱いも適当な地方ともなると、私が身に付けてきた常識が通用しないから面白いな。

まるで、新しく買ってきたサプリメントを手繰っているような気持ちだ。

「っくし！……失敬」

しかし、興奮する気分に水を差すようにクシャミが漏れた。

鼻をすするのは礼儀から反するので、手巾を取りだして音を立てぬよう拭ったが、他人の前でクシャミ一つ我慢できないとは。私も鈍《なま》ったな。ここまで市井の気軽さに染まったら、元雇用主も戻ってこいとは言うまい。

「荘境《しょうざかい》まで案内せぇと言われただけなんで……」

「ええ、ありがとうございます。名主殿には、何卒《なにとぞ》よしなにお伝えください」

寒いからさっさと帰りたそうにしている下男を戻してやる。なにとぞ？　よしなに？と首を傾《かし》げられたが、私もちょっと田舎の言葉遣いを覚えた方がいいだろうか。気取った嫌なヤツ、と思われてないか心配になった。

「で、どうする？」

「そうだね……まだ日は高い。山を登って、目的地の手前で野営でも張ろうか。できれば陽《ひ》が高い内に行って帰って来られるようにしたい」

「こういうの、普通は聞き込みするんじゃねぇの？　冒険譚《ぼうけんたん》じゃお約束だが……」

「案内役の態度を見たろう？　誰に聞いても大した物は得られないと思うよ」

「あー……となると、さっさとテメェの目で見た方が早ぇか」

恐らく荘園を探っても大した情報は出てくるまい。名主も、名主より荘民に近い下男も興味を抱いておらず、誰ぞかの息子や娘が帰ってこないのも別段珍しくないとくれば、戸口を叩《たた》いて回っても聞けるのは世間話か愚痴が精々だろう。

そして、こんな田舎ともなれば真面《まとも》な宿屋なんてある訳もなく、急に訪ねてきた我々を珍妙な目で見た名主殿も客間は貸してくれなさそうだ。

それなら、明日の早朝から現場を調査できるよう備えた方が進行も早くなる。

ちゃっちゃかやって横道に逸《そ》れないようにした方が、GM《ゲームマスター》が終電を逃すこともなくなるし、我々だって愛《いと》しの我が家へ早く帰れるのだから。

冗談はさておき、何らかの意図さえ滲《にじ》んでいなければの話だけど。

「ただ、ジークフリート……警戒は解くなよ」

「なんでだ？　マジでただの洞窟が出てきたってだけっぽいが……」

「忘れたか？　曲がりなりにも貴族が民心慰撫《いぶ》のために出した依頼だ。私達が全く見当外れの荘を訪ねて来た馬鹿でもないかぎり……」

「そっか、対応が他人事《ひとごと》過ぎらぁな……聞いてたのと話が違ぇもんな。そりゃ何かありそうだ」

「ここで退《ひ》くこともできるが？」

半分も本気ではない台詞《せりふ》に馬鹿言うなよと返された。

「俺ぁ、また階級でお前に抜かれたんだぞ……ったく、異論はねぇが不満はあんだよ。追っつくためにもちゃんとヤマぁ片付けなきゃなんねぇだろ。碌《ろく》に何も調べず帰って依頼主に文句付けたせいで査定が下がったらどうすんだ」

「そう来なくちゃ」

いいね、やっぱり彼はＰ　Ｃ《プレイヤーキャラクター》　1気質だ。私が冒険者ではなく探索者だったら、あまりの胡散臭《うさんくさ》さに帰ろうとしているだろうよ。身内が消えているなど、身命を賭してでも捜しに行かねばならない宿命《ハンドアウト》でもなければ。

「何もないなら群狼でも狩って帰ろう」

「狼狩りを軽く見られると困りましてよ？」

「ごめんごめん、君という斥候がいてこその余裕だ」

頼むよ、と肩に手を添えれば、マルギットは仕方ありませんわね、と鈍《のろ》い我々二本足を先導するべく先を行った………。


【Tips】為政者が民のためといって発注した仕事でも、当の本人達が「なにそれしらない」となることは珍しくもない。

「なぁ、エーリヒ」

「なんだいジークフリート」

　野営を張った山の上で焚火《たきび》に当たりながら見張りに就いたジークフリートは、天幕を張って寝仕度をしているエーリヒに言った。

「本当は自分の湿気《しけ》た出自の話なんてあんましたくねぇんだけど、俺も家じゃ林業やってたんだ。爺様《じいさま》の手伝いでよ」

「そうなのかい？　農家でも林業をやるのか」

「地主の畑を広げるために木ぃどかさないと耕しようがねぇだろ。だからちったぁ木の知識はあんだが……」

　冒険者になる前、ディルクだったジークフリートは畑の手伝いだけではなく、本来はとっくに隠居していていい筈《はず》の祖父を手伝って林業もやっていた。どれだけ切り開こうが自分の土地にもならない畑の開墾には、死ぬまで引退や楽隠居なんて言葉と縁のない小作農家なので、痩せて大した稼ぎも生み出せなくなった祖父が宛てられていたのだ。

　だから彼にはマルスハイムの木々には知識がある。遠くから運ばれてきた木も知っているし、カーヤと遊んだ時に図録を見せて貰《もら》ったこともある。

「俺、あそこん森ん木は見たことねぇ」

「……言われてみれば、たしかに知らない木だね」

　見晴らしの良い場所を選んで張った山頂の野営地からは、件《くだん》の洞窟があるという森が見えたが、ジークフリートが見たことのない木ばかりが伸びている。

それも、あの山だけだ。他の山は今野営地を張った所と同じ植生をしているのに、あそこだけまるで余所《よそ》の土地から苗木を持って来て、何代も丁寧に増やし続けたように種類が統一されている。

一種の木だけが生えている山なんていうのはザラにあるが、殆《ほと》どは土壌が特殊か、人間が伐《き》るために育てているかのどちらか。荘園に近い山さえ切り開いている最中となれば、態々離れた所でやる意味がないので不自然だった。

「おかしかねぇか？　それに、ほら、こっちの山頂からじゃ山崩れなんて見えやしねぇ」

「そうだね。遠眼鏡で探してみたけど、それらしい場所は見当たらなかった」

「だったら、誰が洞窟なんて見つけて騒ぎ出した？　下男も名主も気にしちゃいなかったが、一応は若い衆が話題にする程度にゃ知られてたんだろ？」

「……ふーむ。謎は深まるばかり、か」

ジークフリートは少しだが嫌な予感がしていた。荘園でエーリヒが気付いたように聞いていた前提条件から話が大分違う。

エーリヒが偽っていないのは確かだ。依頼の手紙はカーヤも見たし、そもそも無一文という嫌な単語が曲がり角まで近づいているジークフリートを謀《たばか》っても何にもならない。

いやさ、同業者に斯様《かよう》な不義理を働くような男でないことは、もう分かっていたから、疑う必要すらなかった。

となると偽の依頼云々《うんぬん》の英雄詩でもよくある話に繋がるのだが……で、これで四人を謀って誰が得をするんですか？　という悪事を働くのに必要となる前提が思いつかない。

少なくとも前金で一人一〇リブラ、銀貨一〇枚も払って出世し始めた冒険者をおちょくっても何にもなるまい。況《ま》して、売り出し中の冒険者を支援して縁を売りたいという輩《やから》だったら、素直に依頼なんて体を取らず金を押しつけてくるだろう。

山に住んでるナニカに生贄《いけにえ》が必要だったとしても、それこそ捧《ささ》げようと思ったら丁度良い麓に山ほど人間が住んでいよう。遠くから冒険者風情を呼びつけて、代行業者が未帰還者を出すような依頼を出して組合から訝られる弱みを作る程のことでもなし。

故に分からぬ。誰が何を欲してここに自分達《たち》をやったのか。

エーリヒやジークフリート達でなければいけなかったのか。それとも誰でもよかったのか。

お役所的に、とりあえず調べましたよという形だけが欲しかったという可能性をエーリヒが口にしたが、どれにも確証はない。

行って調べてみない限り。

「冒険者には、こういう時、二つの種類がいるんだ」

「なんだよ急に」

「一つは、怪しいと思った瞬間に引き返して依頼主を調べ、罠《わな》があったら殴り倒すヤツ」

「……蛮族じゃねーか」

「もう一つは、罠の依頼を実力でねじ伏せてから、謀ってくれた依頼主をお礼参りで殴り倒すヤツだ」

「選択肢がねぇ!!」

ご尤《もっと》もな突っ込みに笑ってみせるエーリヒだが、彼は暫《しばら》く笑ったあとで、口の端をにぃっとつり上げて、より悪い笑みを作った。

「ここでイモ引くようなのは冒険者じゃない。ついでに、ナメられたまま終わらせるような半端者も。だから二種類だ。違うか?」

「……あー、そうだな、そうだよ、仰《おっしゃ》る通りだ」

冒険とは未知に進んで踏み込み、実力を以《もっ》て踏破すること。

そこに人為があろうとなかろうと、やることは変わらないのだ。

違うのは結末だけ。そして、罠だと確信もできぬ状況で悩み抜き、その末に脅《おび》えて退いていては冒険者の名前は上がらない。

突っ込んでいくのが英雄なのだ。保身を考えるのは、真っ当に生きている時だけで十分過ぎる。

「まぁ、実は危険かどうか調べる方法もあるんだが……」

「っておい、なんでそれを先に言わねぇ!」

「いや、あっても使えないんだ」

といって金の髪は空を見上げた。満月に近い月が煌々《こうこう》と星々の従者を連れて輝く夜は、雲もなく澄み渡っている。

いい夜だ。雪が吹き荒《すさ》ぶこともなければ、急に天候が崩れそうな臭い――遠方で降った雨が風で運ばれる気配――もない穏やかな夜。

魔法を使える者の目であれば虚数の月が陰り、日夜悪戯《いたずら》に励んでいる妖精達《アールヴ》が静かなのが見えたろう。

「……お前、まさか占星術まで囓《かじ》ってんのか？」

「まさか。神々のご神託を星から受け取るのは無理だよ。ただ満月が近いと調子がでなくてね」

「なんだそりゃ」

冒険者は仲間にも秘密の切り札の一枚や二枚、持っているものさ、なんて芝居めかして笑う同期にジークフリートは強く言い出せなかった。

こんなこともあろうかと！　と仲間も知らぬ新しい技や武器を取りだして、窮地をひっくり返すのは神代からのお約束《テンプレート》だ。自分はまだ、切り札とまで言える強みを持ってこそいないが、いつかはやってみたいので、隠し事を無理に聞き出そうとは思えない。

世間でそれは無粋というのだ。

連携を難しくするようなら殴ってでも聞き出すが、そうでもないなら放って置くに限る。冒険が終わった後に生きていれば、詩人相手に自慢げに語れる話の種が一つ増えるから。

「ヤバくなったら隠し事はナシだぜ」

「分かってるよ。私も戦友の命より天秤《てんびん》が自分の秘密に傾くような物は持ってない……っもりだよ。多分」

「そこは言い切れよ。いや言い切ってくれよ、頼むから」

やっぱり、この金髪は底知れないと思いつつ、英雄の階《きざはし》に足をかけた冒険者は焚火へ木を放った………。


【Tips】貴方達《あなた》は依頼を受けてもいいし、断って帰ってもいい。ただし、チケットに書き込まれる経験点はＧＭ《ゲームマスター》の胸三寸で決まることを忘れてはならぬ。冒険の本旨を忘れた者は、成長の機会を逸するのだ。


森が静かすぎる、とマルギットの呟《つぶや》きが嫌に静かな山に染み入るようだった。

「群狼《ぐんろう》の気配も痕跡もない。熊は引き籠もる時季にしても鹿も猪《いのしし》も、露骨にあそこをさけていますわ」

日が昇り、山間にも光が通ると同時に我々は件の洞窟を探して山の麓を彷徨《うろつ》いていた。

野営地からは地滑りの痕跡が見当たらなかったので、現場は対面にあろうと当たりを付けて動き出したからだ。

「……ダメだ、俺にゃ何も違いがわかんねぇ。分かるか、カーヤ」

「私も……」

「草の感じが違いますでしょ」

私もジークフリート達と同じくさっぱり組だ。マルギットは葉や枝の乱れから、できたばかりの獣道や動物がいつ頃通ったかといった情報を拾い上げているが、我々には露骨に足跡か折れた枝でもなければ判別不能だった。

これを蜘蛛人《アラクネ》が持つ種族特性とかではなく、身に染み込んで通常の動作にまで錬磨した技能によって為《な》しているのだから、我が幼馴《おさなな》染《じ》みはやっぱり凄《すご》い。

熟練の斥候がいるかいないかで冒険の効率も生還率も大きく違う。彼女が警戒さえしていれば後背を突かれる可能性は極めて低くなり、情報を見落とさずに済むとくれば、やっぱり一党に一人は斥候を入れとけという至言に頷《うなず》くばかりだった。

いや、実際打ち合わせ不足で斥候《スカウト》も野伏《レンジャー》も不在だった卓の第一回は酷《ひど》いことになったからな。先制は取れないし罠は漢探知《HPで受ける》するしかないで、第二回に向けての成長では、私が主となる職能の成長を諦めてでも取得したもの。

そんな重要な役職を他に望めないような熟達者に任せられるとは、実に贅沢《ぜいたく》な話ではないか。

「うん、痕跡は全部新しいですわね。つまり、獣達は最近になって、あの山を避けるようになったということですわ」

「縄張りを変えてまで、近寄りたくなかったってことかい？」

「移動経路を複数持つ習性のある獣は意外と多いですけれど、こうも露骨になると何かあったと考えて然《しか》るべきですわね。私達だって、会館に行くのに幾つか道を使うことはあっても、理由もなく遠回りはしないでしょう？」

晴れているときは最短の道を使うが、あまり整備されていないので雨が降っているなら別のぬかるみにならない石畳の道を使う。人間と同じで獣も考えることは変わらず、経路の選択には合理がある。

中には気分屋なのかフラフラ動き回って定まらないのもいるにはいるが、ここは異常だというのが幼馴染みの導き出した結論であることは変わらなかった。

「あの辺、木の密集度合いが違いますわね。山崩れがあるとしたら、あの辺りでしょう」

周囲を窺いながら麓をぐるりと回ると、マルギットが指さしたように山肌の一部が露出している地点があった。

そこまで大きな山崩れではないな。木々が幾つか巻き込まれて倒れたくらいで、凄い音はしただろうが獣が全部逃げ散る程の大災害でもない。

「いよいよ以てきな臭ぇ……しかもこの山の木、嫌にでけぇ」

他の山々との境界がはっきりと分かれるくらいに異なる植生の木々は、ジークフリートが言うようにどれも雄大で立派だ。太い根元から何本かに枝分かれして伸びる幹は墨を塗ったように黒く、細いものでも私達四人が手を繋《つな》いでも囲いきれない。

「げっ……!?」

「どうした!?」

「中身を見てやろうと思って短刀を使ったら、刃が欠けやがった!?　嘘《うそ》だろ!?　これ前の戦で拾ったボチボチ良いモンだぜ!?」

外見や表皮だけ見ても識別判定が成功しなかったジークフリートが、より詳細に調べようと内部も見ようと試みたようだが、差し出された予備武装としても使える短刀の刃は見事に欠けていた。

そりゃ斬り倒すのは無理にしても、短刀の刃が欠片《かけら》すら剝がせない樹木ってなんだよ。

「うーん、せめて異様な状況だと報《しら》せる証拠の一つとして、木の欠片くらいは持って行かないと格好が付かないんだが……」

「おっ、俺の剣と槍《やり》は、使いたくねぇからな!?」

「私もだよ。戦でもないのに愛剣を欠けさせたなんて言ったら父が泣く」

ぽんと異様な木の表面に触れてみても、特に奇妙な反応はなかったが、おかしいことだけは確かだった。

不壊《ふえ》、とまではいかぬにしても、まだ調べるべきではないって感じかな。

〝渇望の剣〟であればどんな蛮用をしても壊れないので構わないのだが……斧《おの》扱いするなと言う抗議の思念《電波》が届いたので、ジークフリートに見せたくないという点を加味しても最終手段だな。

だって、こんな厄《やく》いブツに取り憑《つ》かれてるって知れたら、折角できた戦友にドン引きされるかもしれないし。

最終的に尻に帆を掛けて逃げねばならなくなった時、大義名分が立つよう確保せざるを得なくなったら手段として考慮しよう。

「何か起こっていることは確実になったな。異様な山、生半可な刃を通さないような頑丈な木々。我々の手に余ると依頼主に泣き付くには、もう一つか二つ証拠がいるけど」

「登ってみようぜ。獣の気配はねぇんだろ？」

「まぁ、害意や敵意のようなものは感じませんわね……っくち！」

あらやだ私ったら、とマルギットが狩人《かりゅうど》装束の面覆いに手を入れて鼻を拭っている。

「……何か、昨日からみんなクシャミが多いな」

「仕方ねぇだろ、寒いんだから」

「そうではあるけど」

だとしてもマルギットが仕事中にクシャミをするなんて。小さな咳《せき》どころか呼気一つ上げただけで獲物が逃げ出すことがあると知っている狩人は、どちらも我慢できるよう訓練される。私だって貴族の側仕《そばづか》えとしては粗相にあたるので我慢する訓練を積んだのに、耐えられないのは妙ではないか。

この木々が原因？　花粉症ってたしか現代の病気だろう？　それとも記録に残す価値もない普通の現象だったから記録がなかっただけで、普通に昔からあったのか？

いや、だとしても季節がおかしいか。たしか早く始まる杉だって年が明けて厳冬期を抜けた頃から飛散させ始めるはずだから、冬ど真ん中の今に繁殖活動なんてするまい。

だとしたら、これは一体何の悪さだ？

疑問を解消するべく、山を登り始めて暫《しば》し。嫌に歩きやすい山だなと思い始めた頃——雑多な藪《やぶ》や、地表に露出した根がないのだ——二〇歩ばかし先を行って警戒しているマルギットが拳を掲げた。

止まれの合図だ。前もって無言でやりとりすることを想定していた我々は、誰かが前を行く者の背中に突っ込むような無様を晒《さら》さず足を止めた。

「あっち、古いけど道がありますわ」

「道……？　こんな所に？」

「随分と古い、かなり昔の痕跡ですけど。ただ、木々の雰囲気からして切り拓《ひら》いたようでもないのが不気味ですわね」

マルギットが見つけたのは古い林道。馬車は無理だが馬でも往《い》き来《き》できそうな狭い道だ。言われてみれば、通りやすいように邪魔な木が避《よ》けられているような感じが……そこはかとなくする。

とすると、この木々は昔からそうだった？　それとも、最近になってこの木々に〝置き換わった〟とか……？

「山滑りがあった方に続いてるねぇ……」

「おー、いよいよ何かありそうじゃねぇか」

ジークフリートの声が震えているのは武者震いということにしておこうか。

私もお膳立てされたように集まる異様な情報の群れに身震いを覚えてきたところだから

ね。

さて、これもしかして私達《たち》、フィデリオ氏みたいな英雄級の一党に異変を報せるための導入《シナリオフック》になってない？

よくあるだろうさ、良い仕事ねぇかなと無聊《ぶりょう》を託《かこ》っていた高Lv冒険者《PC》達を見かねて、酒場の主が新人の手に負えなかった仕事を斡旋《あっせん》するなんてシナリオの枕が。

止《や》むことのない嫌な予感をねじ伏せつつ山を行けば、遂《つい》に山崩れの現場に遭遇した。

その中頃に洞窟が口を開けているが、それを洞穴と呼んでいいものか。

岩肌というよりも木の根っこが絡み合ってできた虚《うろ》のような口が開いているのだ。

そして、落ちてきた土砂に半ば飲まれた形の小屋まであると来たらね。

「うん、駄目だ。焼こう」

「はっ!?　急に何言い出すんだお前」

嫌な気配があの虚穴全体から漏れている。

濃密な魔力だ。間違いなく魔宮の類い……それも、人類にとって好ましいとは言えない何かに端を発する存在が核となったモノが待ち受けている気配がする。

何と言ったって私は経験者だからな。

一度見ている。今も私に付きまとっている、厄の塊とでも言うべき執着の剣がこの世に残した悍《おぞ》ましき虚穴を。

これほどの至近にまで来ないと分からないのは、魔宮自体が広がろうとしてないからか。

それとも自分を隠していたいのか。どっちみちこの山の木々を含めて碌《ろく》でもないものなのは疑いようがない。

こんなもん、捨て置いて碌な結末になる筈《はず》がねぇだろ！

私は懐から魔法の触媒を取り出す。雛菊《ひなぎく》の華を咲かせるための筒だ。

もう戦友達に実は魔法が使えることを黙っていたなんて言える段階ではない。

あれは即座に焼却した方が良い。虚穴に爆弾代わりに突っ込んで、〈焼夷《しょうい》テルミット術式〉の触媒もありったけぶち込めば多少は……。

刹那、私の殺気に反応したのか異様な気配が山から噴出した。

木々の総身が冷たい水に浸《つ》かった獣もかくやにざわめいて、薄《うっす》らと纏《まと》った雪化粧を一気に脱ぎ捨てる。

そして始まるクシャミの多重奏。

目に見えるまで濃い霞《かすみ》を木々が放ち始めたのだ。

まるでGM《ゲームマスター》が正攻法で解決しなきゃ駄目だよと窘《たしな》めるかのように。

「ぶぇっくし!?　なんっ……こっ、ぶぇっ!!」

「くっそ！　くしゅん！　花粉……」

身の危険を感じた木々が一斉に季節外れの花粉を放ったのだ。いや、今までも放ち続けていた花粉の濃度を増し、本気を出したという訳か。

クソッタレ、私達は暢気《のんき》に魔宮の表層を歩いてきたってことになるぞ。

「ひっ、一先《ひとま》ずっ……へっくち！　あっ、あそこへ‼」

カーヤ嬢が指し示す靄《もや》の先には、土砂に埋もれ掛かった小屋がある。

山崩れに巻き込まれた小屋に逃げるのは倒壊の危険がある、なんて言ってられなかった。

この花粉、〈隔離障壁〉を抜いて来やがる！　目が痒《かゆ》くて涙が止まらず、鼻水とクシャミを抑えられない！　まるで粘膜を幾万もの針で引っかかれているかのような不快感！

これでは山を下りることも敵《かな》わない。靄の範囲から逃げる以前に粘膜をやられるか、クシャミのし過ぎで酸欠に陥って倒れる。いや、前も碌に見えていないのに、散り散りにならず下山なんて無理だ。

このまま一《いち》か八《ばち》かに賭けて逃げ帰れば、それこそ本当に全滅し掛かった初心者の一党が英雄に難事を報せる役割に収まってしまう。

畜生め、と皆で顔を涙と鼻水でドロドロにしながら小屋へと逃げ込んだ。

幸いにも扉を開けた瞬間に限界が来て崩落するということもなく、窓も木の板で閉められていたため出入りの際に入り込んだ分を除いて花粉も入ってこない。

土砂のおかげだ。降り積もった土が花粉の侵入を阻んでくれている。

それでも落ち着くまでに数分かかった。持ち込んだ手巾は全員漏れなく自分の体液でドロドロになり、拭いすぎたせいで目元と鼻は真っ赤に擦り切れていることだろう。

「う……暗くて何も見えねぇ……」

「ま、マルギットさん、私の背嚢《はいのう》から〈目明かしの軟膏《なんこう》〉を取ってください……黄色く塗った軟膏入れに入ってます……」

「承りましたわ……でも、私も流石《さすが》に色までは分からないので、もうちょっと容《い》れ物《もの》の特徴を詳細に教えてくださいまし」

唯一完全な暗闇を見通せるマルギットが、洞窟探検と聞いてカーヤ嬢が用意してくれていた軟膏を取り出し、各々に配ってくれてやっと目が見えるようになった。

案の定、揃《そろ》って酷《ひど》い面だ。ジークフリートは袖で擦《こす》りすぎたのか、鼻の下が軽く糜爛《びらん》しているじゃないか。あれだと、この軟膏を塗った時に染みたろうに。

「目明《アイブライト》かし胡麻の葉、沼酢《ヒルベリー》の木の実、松明花《ベルガモット》……どれも高価だけど用意しててよかったぁ……」

「す、凄《すご》いな……まるで灯《あか》りがあるようにハッキリ見える」

カーヤ嬢が直接魔法を振るうことに大幅な負の修正を得る代わりに、魔法薬を作ることへの才能を大幅に増すデメリット付き特性を持っていることは知っていたが、ここまで凄いのか。

一条の光も差さない中であっても、色までちゃんと見える暗視の薬なんて魔導院でも中々用意できないぞ。聴講生なら専門にやっている者でも一仕事で、常用だけの量を作れるのは研究員級になってからだ。

これと比べれば前世でミリオタの友人が賞与を叩《はた》いてまで買ったとか見せびらかしていた、軍放出品の暗視ゴーグルなんて玩具《おもちゃ》じゃないか。

「カーヤ嬢、生きて帰ったらこれ大量生産して一儲《ひともう》けしましょう。全ての夜警が女房を質に入れても買ってくれますよ」

「え？　い、いや、でもこれ結構魔力を使うし、素材にも拘《こだわ》らないといけないから沢山作るのはちょっと……」

「冗談ですよ、魔法薬工房として儲けたい訳ではないので。しかし、えらいことになった」

あれはもう花粉の結界だ。微細な粒子一つ一つに魔宮が吸い上げた魔力が宿っていて、術式が乱される。外の状況を確認するべく〈遠見〉を使おうとしてみたが、術式が掻《か》き乱されて全く使えやしない。

畜生、私は軽い魔法を乱発することで、ちょっとやそっと妨害されたって構わないという割り切り方をした構築なのが凄《すさ》まじく悪い方に働いている。

これだけごちゃごちゃに妨害されていては〈空間遷移〉で手紙を送って助けを求めることもできぬ。

「やべぇモン起こしちまったぞ。この勢いだと、あの靄、下手すっとあの荘園まで行っちまう」

ジークフリートの声は震えていた。脅《おび》えているのではない。責任を感じ、何とかしなければと義憤に燃える男の声だ。

たしかに彼の言うとおり、これだけの勢いで花粉が飛散すればゼーウファー荘《しょう》どころか、近隣の荘園にも影響が及ぶだろう。花粉症なんて患っていなかった我々が一瞬で重篤な症状を引き起こすような代物。

何とかしなくてはならない。

ただ、それも魔宮を踏破できればの問題で、今の我々ではまともに下山できるかも……。

「カーヤ！　ちゃんと持って来てたよな、涙が止まらなくなる魔法使うときの軟膏！」

「あっ、うん、あるよディーくん」

「よし、それ貸せ！」

ジークフリートは催涙術式の対抗薬をカーヤ嬢から受け取ると、それを顔に塗り始めた。

「おい、待てよ戦友、土壇場で試すのか!?」

「これ、あの魔法だけを退ける薬じゃねぇんだろ？　だったら行けるはずだ」

「た、確かに鼻や目、口を襲う毒や魔法をどかすようにした薬だけど」

「俺が試して無事だったら付いてこい!!」

止める暇《いとま》もなく、彼は小屋を飛び出してしまった。

中に花粉が入らぬよう、僅かにしか開かなかった扉から少し吹き込んできただけで、またクシャミが出る。

だが、外からは同期が鼻をやられて上げる、悲鳴にも似た痙攣《けいれん》を伴う激しい呼吸の音は届かず、直《す》ぐに逃げ帰ってくるようなこともない。

「よし、行けた！　やっぱりカーヤはスゲぇ!!」

届いたのは友人を誇る歓声だけだ。

「はは……マジか。やっぱり〝持ってる〟な、彼」

何たる幸運であろうか。

たまたま教えた薬で必要になる対抗薬が、たまたま普通の冒険者であれば攻略どころか入り口にすら辿《たど》り着けない魔宮への解答になる？

なっとるやろがい！　と突っ込まれるのは分かるけれど、敢《あ》えて言わせて貰《もら》おう。

そんなことある？

それは教えたのは私だし、カーヤ嬢に作れるだけの実力があったのは事実だが、こうも奇跡的に噛《か》み合うか。

知識と技術、そして時期が。

まるでＧＭ《ゲームマスター》から前もって推奨技能を聞いていたかのような、こんなこともあろうかと、って展開じゃないか。

「これなら戦える……！」

「ねぇ、エーリヒ、ここ、妙ですわ」

「ん？」

小さく拳を握って勝ち目があることを確信した私の袖をマルギットが引っ張った。

そういえば、慌てていたのもあって、この〝偶然〟原形が残っていた小屋の内部はちゃんと見ていなかったな。

「……猟師小屋……って感じではなさそうだな」

見れば、こぢんまりとした六畳ほどの部屋には朽ちかけた寝台が並んでいる。二段になったそれは大人数を限られた空間に収容するためのものであって、近隣の猟師が休憩や獲物を解体するための場所には見えなかった。

転がる盆、畳まれたまま朽ちた換えの寝具なども相まって、療養所といった風情だ。

「……血だ」

「ですわね。古すぎて時期までは分かりませんけれど、多分ヒト種《メンシュ》」

「えっ!?」

寝台を調べれば、そこには死体こそないものの〝惨劇〟が起こったであろう残滓《ざんし》が取り残されていた。

元の色を失うくらいに朽ちかけた毛布を黒く染め上げる、酸化しきった古い血の名残。

「……最低でもここで六人から死んで……いや、殺されている」

「ゾッとしませんわね」

詰まった息を飲む声が聞こえた。人死ににまだ慣れていないカーヤ嬢の悲鳴が形を結びかけて失敗したのだ。

「おーい、早く来い！　あれだろ、迷宮の奥にいる怪物を倒しゃ大抵なんとかなんだろ!?　さっさと行こうぜ！　靄の勢いが止まらねぇ!!」

これ、やっぱり私達《たち》、とんでもない案件を踏まされたな。

依頼主の意図がどうあれ、こうなってはもうケツを捲《まく》るか、事態をすっぱり解決する他に道はない。

どうせ、逃げ帰ったところで叱られるくらいじゃ済まない事態に発展したのだ。少なくとも、自分の反吐《へど》くらいは自分で始末せねばなるまいて…………。


【Tips】神は乗り越えられる試練しか用意しないという決まり文句があるが、どうにもならない事態とは常に起こりうるものだ。


そこは洞窟と呼ぶよりも絡んだ太い根の空隙《くうげき》だった。

巨大な木の根、それが複雑に絡み合うことで多数の空洞と道のように思える空間を構成する迷宮を歩いていると、まるで自分がちっぽけな蟻《あり》や微生物になったような頼りなさを感じる。

木と地面の境目は曖昧で、野放図に根を張った木々の気紛《きまぐ》れで生まれた部屋の中は暗く、まるで地の底まで続いているのではと思わせる不気味さがあった。

斯様《かよう》な場所でエーリヒは剣を振るいながら、ふと〝杉玉〟という言葉を思い出す。

日本の酒屋が軒先に吊《つる》す杉の葉で作った大きな球で、新酒の到来を示す縁起物。古い造り酒屋くらいしかやらなくなった文化であるが、彼の前世の故郷、下町の実家近くにあった酒屋が毎度吊していて、通りかかる度に良い香りがしたのを何故《なぜ》か覚えていた。

そんなどうでもいい記憶が脳裏を過《よぎ》ったのは、今正に吹き飛ばした首……っぽいものが似ていたからだろうか。

「硬いな……」

杉玉を思わせる球形の中枢を斬り飛ばされ、硬い木の枝や根の集合体が不出来な人の似姿を取っていた敵は倒れた。冒険者を打ち倒すべく振るわれていた、関節も何もかも、曲がりなりにも人の形を模しているくせして構造を無視して動いていた動きが止まる。

「そりゃ生木は硬ぇだろうよ!!」

隣では後衛を守るべく、二人で並んで壁を作ったジークフリートが槍《やり》のしなりを利用して、杉玉を打ち砕いていた。打撃の後に槍がくるりと旋回し、円運動の余勢を駆って石突きで胴体を強く突き飛ばす。

最初に行き当たった部屋の中で遭遇した怪物は、思いの外素直に打ち倒された。

「よかった、割と普通だ」

「いや、普通じゃねぇだろコレ……俺、悲鳴上げかけたぞ」

倒されたのは、今正に撃破された個体を含めると四体の異形。

人によっては開拓されて元の姿を無理矢理に取り上げられた、自然の怒りが化身として結実したのだと詩的な表現をしそうな姿形をしているが、戦った四人としては、とてもではないがそんな崇高そうな存在とは思えなかった。

感じるのは悪意と憎悪。花粉が届かぬ自らの裡《うち》を侵した者達を許さぬと言う赫怒《かくど》だ。

「でも、植物と言ったら再生だろう。ほら、頂なき木の詩とか」

「聞いたことねぇな」

「雲を貫いて聳《そび》える奇怪樹を探索した英雄ヤノーシュの詩だけど……え？　あんま有名じゃないの？　本当に？　二四の頭を持つ樹皮竜って聞いたことない？」

「だから知らねぇって」

エーリヒが贔屓《ひいき》の英雄譚《えいゆうたん》の一つを知らないと言われて衝撃を受けているのはさておき、植物が再生をするのはよく知られている。

人類の中でも植物に類する者達は再生力に富み、樹人は四肢を失えどヒト種《メンシュ》からすれば気長すぎる年月を耐えれば、失った部位を生やして取り戻す。枯れては咲いてを繰り返す、樹憑人《ドリュアドス》も憑《つ》いた木の方が本体だと言う位には完全に破壊されぬ限り再生してくる。

そんな人種を知っていれば、木の枝や根の集合体が形を取って襲いかかってきたのなら、完全にバラバラにされぬ限り起き上がってくるなんて想像の一つも抱こう。

エーリヒは不死者《アンデッド》、動死体《ゾンビ》との戦闘経験があるので尚更《なおさら》だった。魔剣の迷宮にて立ち塞がった走狗《そうく》たちは皆、首なんて飾りだと言わんばかりに五体をバラさねば延々と殺しに掛かってくる難敵であった。

それとくらべれば、見るからに中枢でございと言わんばかりの部位を破壊するか、切り落としただけで機能停止に陥る塊根《かいこん》の怪物は良心的な方だ。

「あれを聞かないのは勿体《もったい》ないよ君、知恵と勇気の冒険譚の名曲だ。今度、詩人を探してでも聞くべき……」

「ねぇ、エーリヒ」

背後で弓弦《ゆんづる》の弾《はじ》ける音。

マルギットが放った短弓が切り落とされて転がった杉玉を射貫《いぬ》いた音だ。

彼女は慎重に矢を構えたまま進み、そして万が一の反撃に備えて様子を見ていたが、反射的に矢を放っていた。

死んだように見えていても、獲物に変化があれば撃つ。擬死を活用する獣を相手にする狩人《かりゅうど》の本能を刺激したのは、切断面から漏れた液体だった。

「……血か」

「樹液には見えませんわね」

突き立った矢の矢柄《やがら》を軽く突《つつ》いて、完全に息の根が止まっていることを確認したマルギットが慎重に密集した杉の穂を毟《むし》って行く。

そして、幾束めかを引き剝がした時、嫌な水音と共に杉の葉の〝根元〟が抜ける。

葉は、目玉に絡みついていた。

「はは、そういう系統のか……」

「うっ」

吐き気を抑えようと口に手をやるカーヤの横で、エーリヒは魔宮の構造を察した。

ここもまた、近場を通った者達を取り込んで勢力を増してゆく魔宮。

「そりゃ獣も避けて通ろうよ」

態々《わざわざ》人の形をしていた理由。それは、塊根の基礎となったのが人間だったから。

ざわりと地中にも拘《かか》わらず葉がさざめく音が響く。

冒険者達が音に反応して視線をやれば、奥へと続く道、魔宮のより深く、暗がりへ落ちていくような道を怪物が埋め尽くしているではないか。

四足ある獣の、空飛ぶ鳥の、四肢ある人類の。森に取り込まれ、寄生され走狗と成り果てた敵対者達が。

「大歓迎だな」

「言ってる場合か！」

統率もなく、しかし圧倒的な数を頼みに襲いかかってくる怪異に冒険者は臆することなく戦端を開く。

初手は先陣を防ぐ位置にいたマルギットが跳びのきながら放った矢だった。手入れされていない藪《やぶ》の塊が飛んでいるような怪異、その翼の根元を狙って鋭く研がれた鏃《やじり》が翔《と》ぶ。

そして、自分が射《う》った敵が落ちたかを確認する必要などないとばかりに二の矢が隣の空飛ぶ怪物に突き立った。

「急所は生き物と同じ!!　どれも変わりませんわ!!」

誰もが戦に身構える瞬間《セットアップタイミング》に動き、あまつさえの二連撃。そして敵の反応から、あんな姿になり果てても苗床となった生き物の中枢を制御に流用する構造を感じ取り、味方に致命部位を教えるのは、正しく斥候の鑑《かがみ》と言えよう。

「さっすが!!」

それに応えて金の髪も余人であれば身構え終えるより前に動いてみせる。背後へ飛ぶ相方と入れ替わるかのように前に出て、突進に移ろうと地面を蹄《ひづめ》で掻《か》いていた猪《いのしし》の如《ごと》き塊根と接敵。自身の間合いに入ると同時、鋭く刃を振り下ろして首を両断する。鬣《たてがみ》のように杉の葉が盛り上がって防御力を上げる工夫が為《な》されていたものの、鋭利に研がれた名剣の刃と〈神域《スケールⅨ》〉の腕前を以《もっ》てすれば薄紙と変わらぬ。

「ほいっ、ジークフリート!!」

次に動いたのは、鹿が基になった怪異であろうか。生来の物より雄大に、そして攻撃的に前方へ尖《とが》った無数の穂先を向ける木の根の角が獲物として欲したのは、一番手近なエーリヒだったが、彼は突撃を〈盾の打擲《シルトヴァッシュ》〉にて弾き飛ばし、強制的にジークフリートの方向へ弾き飛ばした。

一種の受け捌き《リアクション》。敵の攻撃《メジャー》を無に帰し、味方が移動《マイナー消費》せずとも攻撃できるよう、敢えて味方の方へ弾き飛ばしたのだ。

「雑に放るんじゃねぇ!!」

俺じゃなかったら止められてねぇだろ、という裏の意図が滲《にじ》む怒号と共に気合いを込めて振り下ろされた槍の棹《さお》が、盾に押しやられた怪異を粉砕する。兜《かぶと》に叩《たた》き込んでも欠けず、装甲の上から頭蓋を砕いてやろうという特大の殺意を秘めた重量槍は、水気を含んで柔軟

な木の根の装甲相手にも狙い通りの効果を発揮した。

「いっ、行きます！　足下に気を付けて!!」

続々と押し寄せて来る敵の一団に最中で素焼きの小瓶が弾けた。

カーヤが不格好な姿勢ながら投擲《とうてき》した魔法薬だ。魔法の行使自体は魔宮自体に満ちる微細な波長によって妨げられるが、解放されるのを待つだけの〝既に完成した術式〟そのものは秩序だった世界の破壊を指示通りに遂行する。

先頭のエーリヒに襲いかかろうとしていた一団が、諸共《もろとも》に仲間を引き潰す勢いで将棋倒しとなる。

地面の広範にわたって伝い、歩くために必要な〝摩擦〟を奪う油の魔法だ。

木立蘆薈《アロエ》の太い葉から採れる粘性の強い汁、西方から伝来した大根芋《イニャム》を擂《す》り下ろした灰汁《あく》と粘り気の強い糊液《ペースト》を混和させた油は、その場での直立さえ困難となる滑り気《ぬめ》を齎《もたら》す。

しかも、一度踏めば触れた部分に驚くべき粘性でこびり付き、乾いた地面に行ったとしても接触面に張り付いた僅かな量でも移動を妨げる強力な滑り。一度転んで全身が油まみれになったならば、自前の武器すら真面《まとも》に持てぬ。

これを落としたいなら大量の水で根気よく洗うか、予《あらかじ》めカーヤが煎じた薬を靴に塗るかのどちらかが必要だ。

瞬く間に戦陣は進み、貴重な一瞬《ラウンド》を無駄にした怪異達へ冒険者は容赦なく追撃を見舞った。滑りが刃を妨げるためエーリヒは盾の縁で殴り、ジークフリートは槍の間合いを生かして遠間《とおま》より突き倒す。狩人の矢は的を過たず、魔法使いは想定外の方向から攻撃が来ても耐えられるよう、次の薬瓶を準備した。

後はもう、残務処理のようなもの。先手を打って始末が悪そうな敵から倒し、粘液が魔宮の性質に従って効果を失い、吸収される前には碌《ろく》に抵抗もできなくなった半死の怪異だけが残される。

全ての敵を介錯《かいしゃく》して回った冒険者達《たち》は、こういった感想を抱く。

「あれ？　思ったより温《ぬる》いな」

終わってみれば損耗どころか損害ナシ。限りある戦闘用魔法薬の一つを使ったが、戦闘中に取り出すのは難しいものの背嚢《はいのう》に積載してきた予備や精製前の原料で生産もできる。

そうなると、実質的に失った物はない。精々、マルギットの放った矢の矢柄が再利用できるかくらいだ。

「私はてっきり、壁から延々とボコボコ生えてくるとか、倒した後に別の中枢が取り憑いて襲いかかってくるかと警戒していたんだが」

「ざけんな。そんなクソ迷宮、誰が踏破できるんだよ」

「ジークフリートの冒険の主人公なら」

「俺ぁまだ〝瘴気祓い《ヴィントスロート》〟みたいな魔剣は持ってねぇ!!　あんなのがなければ攻略できねぇ魔宮なんて、冒険者歴半年が突入できてたまるか!!」

欲しいけど、そんな武器！　いつか見つけ出してみせるけど！　と両手を振り回して怒る少年が言うとおり、〝瘴気祓い〟は歴史に類を見ない一級の魔剣だ。陽導神の長子、炎熱神の眷属《けんぞく》たる鉄火神の化身が本体から種火を貰《もら》って鍛え上げた剣には、あらゆる暴威、つまり魔法や奇跡を無効化する規格外の力が込められている。

　逆を返せば、それだけの〝ズル《チート》〟みたいな武器を持っていなければ挑戦すらできない強敵が存在し、持っていることが適切だと見做《みな》される魔宮も存在する。

　エーリヒに言わせると陰キャの極みとも言える、ジークフリートによって討たれた悪竜ファフファナルもその手合いの大敵だ。竜種故、当然の権利とは言えるが矢が届かないような高空を音速を超える速度で翔び、多彩な吐息《全属性ブレス》を器用に扱う退《の》き撃《う》ち特化の真なる竜など、これだけの下駄《げた》を履かせて貰ってやっとの相手。

　それを肉体のみにたよった一対一《ガチンコ》に持ち込んだとはいえ、一人で討ち滅ぼしたジークフリートは、正しく人間を止《や》めたような強さの持ち主だったのだろう。廃人向けの強敵《エンドコンテンツ》が掲載されているようなサプリメントでもなければお目にかかれない化物が、辺境域とは雖《いえど》も神代が過ぎて久しい現代にポコポコ湧いて来て溜《た》まるかという話だった。

　むしろ、これだけの化物が神秘の薄れた現在にも生き残っていたならば、とっくに神々が目を付けて何らかの対策を打っていよう。

「ま、敵は脆《もろ》いが結構難儀なのは事実だ。魔法が真面に使えないとなるとね」

「魔法？　カーヤは普通に使えてたぞ？」

思わず、あっ、やっべという顔をしかけるエーリヒ。

事実、中に入ったら使えないかなと思って追加の手足のように普段使いしていた〈見えざる手〉を練ってみたが、大気中に薄く散った魔力に邪魔されて上手《うま》く行かなかった。抗魔導結界への抜け道、あるいはより高位の術式を噛《か》ませることで対抗術式を逆に打ち消して魔導戦に対抗することは可能だが、さしものエーリヒもそこまで魔法に熟練度を回す余裕がなかった。

逆に今までは発動さえすれば勝ち確、という擦《こす》っていれば強い技だけを磨いていたので、気にする必要がなかったことが問題になってきた形だ。

一部の魔法が使えません、なんて迷宮が有り触れており、性質《たち》の悪い高Lv魔法にてセッションの悉《ことごと》くを破綻させてきた同輩相手にＧＭ《ゲームマスター》を勤めて取っ組み合ってきた過去を忘れたツケが回ってきたのだ。

「あ、いや、マルギットと実は〈声送り〉で離れても話せる魔導具を持ってるんだけど、使えなかったから」

「……は？　いや、お前なんてモン持ってんだよ。ただ灯《あか》りを付けるだけの道具でも、名主が金貨を何枚も払ったって自慢してたのに……」

退職金代わりにちょろまかしてきただけさー、と下手な嘘《うそ》ではあったが、拙いなりに演技《ロール》は出目がよかったのか疑われず済んだ。

使えないのならないのと同じだ。妖精《アールヴ》達にも月齢の問題で声が届かず、これだけ邪魔な魔力が満ち満ちる空間では仮に呼べても権能を使えたかどうか。

今、自分は正しく純粋な戦士《ファイター》になったのだと思えば、黙っていることは致命的な嘘にならない。

銀行口座にお金があり、クレジットカードを持っていても現金しか受け付けていないお店では意味がないのと同じだ。

カバラにはこうある。心せよ、亡霊を装いて戯れなば、亡霊となるべし。

ファイターであると自称して冒険者になった金髪は、この場で初めて本当の意味でファイターをやることになったのである………。


【Tips】熟達《高Lvの》した魔法使い《ソーサラー》や僧侶《プリースト》が扱う魔法には、それを使うだけでダンジョンの前提が崩壊するような物が含まれるため、屢々《しばしば》魔法が使えない部屋や迷宮が用意される。ただ、今回の一件のように生半可な術者では発動すら不能、という念の入り用は珍しいが。恐らくＧＭ《ゲームマスター》が前のセッションでボコボコにされでもしたのだろう。


魔法を一二の頃に覚えてから、如何《いか》に頼り切っていたか思い知らされた。

「頭が痒《かゆ》い……！」

「そりゃそんだけ長けりゃな」

バリバリと痒みを伝えてくる頭をかきむしりたくて仕方がなかった。

本当に辛《つら》くなったら〈清払〉だってコッソリ使えたし、いざとなれば大量の水を大気から抽出して頭だけでも洗えた。何なら日用品を入れておいた〝空間遷移の箱〟を使うことで石鹸《せっけん》と髪油に香油だって取り寄せられたさ。

だが、水は地下水を吸い上げている木の根を傷付けて少しずつ確保し、煙がでるのを承知で怪異に巻き付いた根の生木を燃やして煮炊きをしている今、そんな贅沢《ぜいたく》は不可能だった。

ああ、くそ、必要になったら背嚢の中から取りだしたフリをすればいいからと、本当に必要最低限の荷物だけにしていた過去の自分をぶん殴りたい!! 一人だけ肩に食い込む背嚢の重さを誤魔化していたバチでも当たったか!?

「はいはい、梳《す》いてあげるから落ち着きなさいな」

「もう少し沢山水が得られたらよかったんですけど……気が長い作業ですからね」

マルギットが櫛《くし》を取りだして髪を解いてくれ、辛うじて樹皮よりは硬くないおかげで切れる根っこから、ぽたぽた垂れる水滴が鍋に溜まるのを見守っていたカーヤ嬢が苦笑する。

女衆は私の愚痴を仕方ないと受け止めてくれたが、彼女達こそ風呂が恋しかろうに。

聞いてないぞ、こんな長丁場になるなんて。

「えーと……地図はっと……」

さて、最初の敵の一団を軽く蹴散らした我々であるが、迷宮探索は捗《はかど》っているとは言えなかった。

一体GM《ゲームマスター》がどれだけ気合いを入れて、何枚迷宮の地図を用意してくれたか分からないが、まるで果てが見えないのだ。

なにせ、この魔宮自体が気紛《きまぐ》れに伸びる木の根っこによって無作為に作られたものだから、法則を見つけ出して最奥への最短経路を見出《みいだ》すことができぬ。むしろ、魔剣の迷宮は冒険者としての力量を測っているつもりだったのか、謎かけや罠《わな》があった分、進む先《正解の道》が明確で気楽とさえ思える。

定石だし下に行きゃいいんだろ、と取りあえずで下ってみたら普通に行き止まりだったり、上に行く道しかないような事態に何度もぶち当たって難儀している。

工夫して立体的な地図を仕立て少しずつ踏破域を広げてはいるものの、未《いま》だにこの魔宮の果てが見えなかった。

もし、外の山があの勢いで延々と花粉をばら撒《ま》き続けていたら、ちょっとした地域災害みたいになっているぞ。中の我々に注力して、花粉の噴出を止めていてくれるよう祈るばかりであった。

「おい、エーリヒ、線書き足したか？」

「おっと、忘れていた……って、おいおい……」

一枚目の地図――因《ちな》みに書き足し続けて現在六頁《ページ》目に突入している――の端っこに、時間の感覚を忘れぬよう棒を書いて腹時計に従った大まかな日数の経過を書いておいたのだが、ふと本数を数えて気付く。

「どうした？」

「外じゃ年が明けてしまったようだぞ」

我々が迷宮に突入して、優に一月が過ぎようとしている。時計なんて贅沢な、しかも壊れ物を持ち歩いていないので誤差はあろうが、それを加味しても確実にカレンダーは新しい物に取り替えられているだろう。

「マージか。冬至祭に加わり損ねた……地元だと夜陰神の聖堂でやってる振る舞い飯が美《う》味《ま》いのに……」

「残念だったね、ディーくん。こっちの聖堂でのお祭り、美味《おい》しいか楽しみにしてたのに」

「あぁー！　菓子も食い損ねた！　クソ‼」

ライン三重帝国では調整が楽だからかグレゴリオ暦とにた暦が使われているが、新年を盛大に祝う文化はない。

どちらかというと神々にとって目出度《めでた》い日がお祝いに定められており、田舎の荘《しょう》だと春の祈念祭、秋の収穫祭といった豊穣神《ほうじょうしん》に纏《まつ》わるお祭りが最も賑《にぎ》わい、場所によっては夏至の陽導神、冬至の夜陰神を奉《まつ》る日が盛大なお祭りってところか。

大規模な聖堂の下《もと》と熱心な信徒なら何週間もかけて厳かに準備をするが、農民にとっては農作業そのものが豊穣神への祈りなので――あと、そこまで何度も開催する余裕がない――パーッと一日派手にやって終わりだから、何処《どこ》か他人事《ひとごと》のような感覚が拭えなかった。

「生きて帰ったらタダ飯にありつき損ねた代わりに、美味しい酒と甘いお菓子をたらふく食おう。そして、満腹を抱えて幸せな気分で上等な寝床に寝転ぶ。それくらいする権利はある筈《はず》だ」

「そうですわね……その前にお風呂ですけれど」

大休止の間にこうやって取り留めのない話題で士気を保つのも大切だ。

最期の最期、命の一滴まで絞り出した後で物を言うのは〝何が何でも生きて帰ってやる〟という気迫なのだから。

心が折れれば体も折れる。こんな所で保存食や、傷みが少ない寄生された動物の残骸、あと山の木が異常繁殖した時に取り込まれたらしい食える植物を囓《かじ》ってでも前に進めるのは、戦う意気があるからだ。

こんな酷《ひど》い目に遭わせてくれたヤツに必ず物理的なお礼をしてやる。その殺意が我々を支えている。

そして、必ずや生きて帰って贅沢をしてやる。

帝国人から二週間以上風呂を取り上げるのは最早《もはや》拷問だぞ。今ならきっと人権侵害で裁判所に訴え出ても勝てる。

いや、そもそも人権なんて耳障りの良い言葉が生まれていない時代にせよ、我々の方に理があるって意味だ。

斯様《かよう》な苛みを受ければ、最初は魔宮の核になり得るような悲惨な出来事があったのだろうと同情も湧いたが、慈悲も許容も売り切れた。

絶対に殺す。殺せなくても殺す。死んでいてももう一度殺す。

私怨？　大いに結構。殺す気で走狗《そうく》を定期的に差し向けて、兵糧攻めに近いダラダラと長い迷宮を用意したのだ。本気で殺意を向けられることに文句を言うのがお門違いだろう…………。


【Tips】魔宮は何もないところから湧いて出たりはしない。


「何かもう俺、故郷で爺《じい》さん手伝ってた時みたいな気分になってきた」

「私も芝刈りに近い感覚になってきたよ」

数えるのを諦めて久しい大量の走狗を蹴散らした後、私達《たち》が溢《こぼ》した感想がこれだった。

個体個体は生木を纏《まと》っているのもあって普通の人間より硬いが、完全武装の具足を纏った野盗よりかは幾らか劣る。

数もカーヤ嬢の魔法が効くこともあって足止めや各個撃破が可能であり、範囲攻撃手段を失った私達でも確実に処理が追いついている。

しかし、思っていたより人間型の走狗が多い。苦労して木の枝を払ってみれば、ちゃんとした装備を着た人間も交じっていたので、きっと私達と同じ境遇で迷い込んだ者も少なくないのだろう。

走狗の苗床となった死体は三種類ある。

一つは粗末な服や旅装を纏ったもので、たまたま近くを通りかかっただけの人だろう。あるいは、魔宮が山崩れによって開かれる前に纏めて封印されていた被害者が多かったのか。

一つは私達と同じように、意匠を統一せぬチグハグの装備を纏った者達。彼等《かれら》の判別は首か物入れに識別票があったので簡単だった。

同業者だ。

流石《さすが》に階級章の名前や番号からどの時代の人間かを割り出すことなんてできないが、死体の新鮮さが心持ち違うので、仲介人が謀《たばか》ってくれた率が増しており、お礼参り先が増えていくばかりでご勘弁願いたい限り。

最後は、揃《そろ》いの軍装を纏った古い亡骸《なきがら》。

此方《こちら》も簡単に身元が分かる。着ていた簡素な着込みや持っていた武器、その様式が帝国とは違う。円盾や長柄の斧《おの》を帝国の軍人はあまり使わない。

土豪の一派に違いあるまい。装備をある程度統一しているのは、制御された軍集団だけ。そして、明らかにこの地域で帝国軍の色が滲《にじ》まぬ装備となると、候補に挙がるのは土豪だけ。

何かが凝って澱《おり》になるくらいの恨みが積み重なるには、相応の理由があるのだ。こいつら、帝国に勝つためなら本当になりふり構わないで何でもやったんだなぁ。

それが行き着いた先がコレ《魔宮化》というのも度し難い話であるが。

「おい、エーリヒ……こりゃ何だ？」

「……よかったなジークフリート、我々は漸《ようや》く〝アタリ〟を引けたらしい」

亡骸が封鎖していた通路の角を曲がれば、木の根の壁に埋もれるようにして扉があった。ひっそりとした扉で、目立つ塗料や金属の縁取りもないため気を付けていなければ見逃してしまっていたかもしれない。

魔剣の迷宮が冒険者の庵《いおり》を複製《コピペ》して広がったのと同じく、核となった物の思い入れが強い場所が何かの切っ掛けで迷宮内部に精製されたのだと思われる。

そして、往々にしてこういった特殊な玄室には、迷宮の謎を解き明かす鍵が隠されていると相場が決まっていた。

いや、この場合は広さによって侵入者を阻もうとしている節があるので、背景に隠されている物語とかかな。

「マルギット、調べてくれないか？」

「こういった錠前開けとか、建物の中は専門外なのですけどね」

そう言いつつも、腰の物入れから向こう側の音を聞くための聴音機――両端が喇叭《らっぱ》のように広がった筒――を取りだして様子を探り、鍵開けに備えて器具を用意する彼女が専門外のことにも備えて錬磨してくれていることを私は知っている。

フィデリオ氏一党の先導を一手に引き受けるロタル氏から、鍵開けや屋内探索、そして隠密《おんみつ》のコツを教授してもらってる姿を目撃していたのだから。私が〈見えざる手〉で鍵開けができると分かっていても、魔法を使われたら爆発するような罠があることを知った彼女は習得と判別に血道を上げ始めてくれた。

年上としての自覚からか、彼女は自分が練習したり物を教わっている所を見られるのを嫌っているので敢《あ》えて揶揄《からか》って遊んだりはしないが――後で絶対に何十倍にも返ってくるから――練習用の錠を熱心に弄《いじ》っている姿を陰ながら見守っているから信頼している。

「あら。鍵、掛かってませんわね」

「おっと」

「罠も特にはなさそうですし」

鍵開け道具の中に入っていた金属板は、制御された魔法、つまり術式に対する試験紙のようなもので、何種類かのそれを近づけることで微妙な変化を感じ取り、物理的な罠以外の危険を暴き出す小道具。

彼女は一枚一枚用途が違うであろうそれを念入りに近づけたり離したりして様子を見ていたが、一切の変化が起こらない。

要するにこの扉には魔法や奇跡の封印も、妙な小細工もないということ。

「念《ねん》の為《ため》、皆様ちょっと下がってくださいまし」

ロタル氏からお古の道具を貰《もら》ってまで磨いた、その技能が活躍するのは先の話になりそうだった。

うん、割とあるけどね。GM《ゲームマスター》がここだけはちゃんと見てくれ、と念押ししたい部屋は失敗しないようお情けで罠も鍵もなしってことが。

マルギットがそろりそろりと取っ手を捻《ひね》れば、扉はご自由にどうぞと言わんばかりの気楽さで開いた。

「……温室？」

手鏡を差し入れて中で不意打ちせんと待ち受けている敵がいないか安全確認していた彼女は、不思議そうに呟《つぶや》いてから我々を手招きした。

扉の向こうにあるのは、正しく温室だった。

硝子《ガラス》張《ば》りの部屋は土中に埋もれているのもあって本来の役割を果たしておらず、棚に並んだ鉢植えは全て枯れていたが、作業用の机や園芸用品がそのままに遺《のこ》されている。

「……カーヤん家にも似たようなのあったな」

「う、うん。六代さん……あっ、ずっと前の先祖が魔導院の人と仲良くなって教えて貰ったんだって」

環境を整えることによって気温や湿度を調整し、本来ならば季節外れの植物を作るための設備は一般的、とまではいかないものの帝国で技術的に確立されている。

かつて帝都周辺の森へ地元の薬草を持ち込んで繁茂させた、最初の偉大なる七人の魔法使い——そして、現代まで続く学閥紛争の火種となった〝大体コイツらのせい〟——が、珍しく手を取り合って考え出した技術だ。

寒いところでも暖かい地域の食べ物を、冬であっても瑞々《みずみず》しい苺《いちご》を。考えることなど誰も似たようなもので、魔導院という贅沢《ぜいたく》な環境を覚えた彼等は、いつでも必要な触媒を遠出せずに手に入れられる理想を形にしようとした。

そして、今や魔導院の地下には人工の光が照らす広大な薬草園がある。その欠片《かけら》がばら撒《ま》かれたのが、カーヤ嬢の実家や目の前に広がっている光景。

魔導師《マギア》は偏屈ながら、気に入った人間には甘いからな。閥なんて作って内輪でわちゃわちゃするのが好きな連中なので、気に入った学外の人間に技術を教えることもあったろう。

「でも、これは薬草じゃないな。枯れ木……かな？」

「苗木だと思います。枯れきってて、種類まではよく分からないですけど」

ただ、この温室で育てられているのは薬草ではなく木だったようだ。予《あらかじ》め樹木を理想的な環境で簡単に枯れなくなる大きさまで育てておいて、頑丈になってから野に植える方法は太古より伝わっている。

態々《わざわざ》温室まで仕立てて育てるなんて、何か魔導的な木でも作ろうとしていたのか？

「なぁ、なんか本があるが」

「お約束だな。どれどれ」

ジークフリートが作業机の上に一冊の本が置かれているのを見つけた。いっそこれ見よがしに〝読め！〟とばかりに置かれている物を読まない訳にもいくまいて。

たしかにいたけどね、私の古巣には。

最終的には全員殺すから背景などどうでもいい、と宣《のたま》って憚《はばか》らぬ殺戮嗜好者《スレイヤー》とか、口上を述べさせてから殺すのは二流の仕事、一流は口上すら述べさせず殺す、なんて臆面もなくGM《ゲームマスター》に言ってのけるマンチキンの権化みたいなヤツ。

でも私は血の通った人間なので、GM《ゲームマスター》が夜なべして練ったであろう設定やキャラはしっかり披露させる機会を意識し、ちゃんと熱の入ったロールもせねばと考える正義の人だ。態々日記を置いてくれたらちゃんと調べるさ。

何？　渾身《こんしん》のボスが最高効率を突き詰めた妨害ビルドＰＣ《プレイヤーキャラクター》の手によって超越者達《オーヴァード》を一回も死の淵《リザレクション》に追い詰められず撲殺されたり、神業の数々を不発にされて泣いていた？　そんなもんは知らん。私に向かって気軽に「持ってるルルブ全部使っていいっすよ」とか余裕ぶっこいたGM《ゲームマスター》が悪い。

魔導的な罠《わな》はなさそうかなと観察した後に開いて……あっ、と驚く。

「しまった読めない」

「はぁ？」

「これ、この辺の古い言葉だ。ふわっとした意味しか摑《つか》めない」

かなり古い手記だったからか、帝国語で書かれていないのだ。教養として嗜《たしな》んだ上古の言葉ですらない。ライン三重帝国が辺境西方を今より掌握仕切っていない時代、文化・言語的な侵略が完了していない時分に書かれたのだろう。

「あ、私これ、読めます……いや、でも酷いくせ字……」

そして実感する数という強み。一人の学者技能持ち《せーじ》が覚えられる言語の数には限界がある。本当に良かった、いざ迷宮に挑んで謎かけが壁に描かれていても「ちょっと待て、魔神文字なんぞ誰も読めんぞ!?」と混乱するような素っ頓狂な事態に陥らなくて。

アレはＧＭ《ゲームマスター》がクソドマイナー言語を推奨技能として書き忘れたのが悪いとは言え、方言がある地域や崩し字が高尚と扱われる管区、それと外国に行ったら益々《ますます》酷《ひど》くなるので、やっぱり何かしらの対策は必要だな。

ただなぁ……高価なんだよなぁ、母語から遠い言語の習得に要求される熟練度。日常会話程度なら兎《と》も角《かく》、魔法使いが書いた高度な技術書を読もうと思ったら冷や汗が出るような請求額だから、なるたけ専門家に投げたい所存である。

「日記兼研究覚書、みたいな乱雑さですね……凄《すご》く取り留めがありません。読むのに時間が掛かりそうです。少し時間をいただけると」

「まぁ、幸いにも椅子もあるし、奇襲も受けない地形だ。休憩がてらのんびりお願いするよ」

「おっ、この灯火器《ランプ》、油が残ってら。借りよっと」

「蠟燭《ろうそく》もありましてよ。魔法薬の節約にいいんでなくって?」

「助かります……この方、自分が読めればいいやって気質なのか筆記の崩しが本当に酷くて……」

いるいる。板書で楽しようとして、言偏《ごんべん》が崩れて〝乙〟みたいになってて文脈から読み解かないと何を書いてるか分からん知人からノートを借りたことがあるから、私もその感覚に覚えがあるよ。

とりあえず延焼しそうな物を避《よ》けて、焚火《たきび》に丁度良さそうな枯れ木も一杯あるので黒茶でも煎れようと、我々は久し振りの文明に触れつつ一息ついた。

なぁに、もう一ヶ月こうやってるんだ。調査のために一日二日使ったって誤差だよ誤差。

マルギットと髪を梳《す》き合って痒《かゆ》さを誤魔化している間、ジークフリートは短刀を使って伸びてきたなと雑に髪を刈り始めた。切った髪は火口《ほくち》として優秀なので袋に纏《まと》めている姿が羨ましい。

私が髪型を整える以外の理由で刃物を髪に入れようとすると約二名がストを起こすからな……一々他人のご機嫌を伺わねば髪も切れないのは窮屈だ。

本当は兜《かぶと》を被《かぶ》るときに蒸れるから、彼と同じ位の短髪にしたいんだけどね。

「……俺さ、一個思い出したんだけど」

「なにかね」

「枝毛……これでさ、俺の爺《じい》さんから教わったことを思い出したんだ。すげー前、ガキん頃だったからすっかり忘れてたんだけど」

祖父から聞いた何気ない知識が解決の糸口になる、というのは実にそれっぽい。

「いい爺ちゃんだったんだよな。俺が冒険者になりたいっつっても、家族の中で馬鹿にしねぇのは爺ちゃんだけだった。一二の時にヒデぇ寒波が来て、コロッと逝っちまったんだけど」

「……本当にいいお爺さまだったようだね。それで、何を思い出したんだい？」

「この木さ、杉なんじゃねぇかなって。ほら、たまにキノコ生えてんじゃん？」

「ああ、見かけたね」

「なんだかって杉の木がキノコとかカビと協力して、他の木よりデッカくて頑丈に成長するって爺ちゃんが言ってた。んで、一番でっけぇ塊が根っこの中心にあって、それが煎じ薬の材料になるとかで高値で売れるって」

　ジークフリートの独白にも似た言葉に本を読みながら耳を傾けていたカーヤ嬢が、はっとして立ち上がる。

「神聖杉!!」

　分かった《エウレカ》ぞ！　と言わんばかりに椅子を蹴り倒す勢いで起立した薬草医は、解読に伴って書いたメモ書きと日記の間で目を彷徨《さまよ》わせた後、我々の方を指さした。

　正確には、焚火として使っていた枯れた苗木を。

「古代の神聖杉です！　この薬草医は、古代杉を甦《よみがえ》らせようとしていたんです!!」

　ああ、なんてことと焚火に駆け寄って、魔導的に貴重な資料が既に薬缶《やかん》を温めるのに使われていることに薬草医は絶望した。

　古代の神聖杉、というとアレだろうか。何かの悲劇で読んだことがある。建材にも船材としても優れた神聖なる木々が小国家の人々に崇《あが》められていたが、とある大国が性質に目を付けて小国家を滅ぼし、杉を伐採し尽くしてしまったせいで呪いを受けたという話を。

その大国が受けたのは戦に勝てば勝つほど国が衰えるという神格が齎《もたら》す巨大な呪詛《じゅそ》。ポエニ戦争以後のローマめいた呪いを受けた国は神代が終わるのを待たずして滅亡し、何十もの小さな国々に分裂して力を喪《うしな》ったという。

大昔に人の業によって失われたそれを復活させようとしていたのか、温室の持ち主は。

「……なんか、凄いものでお湯を沸かしちゃったようだね」

「……これ、飲んでバチを受けたりいたしませんわよね？」

「……でーじょーぶなんじゃねぇかなぁ。そんな昔の神格なら……」

「そっ、それ以上に、それ以上に学術的に凄く貴重な物が……ああっ……!!」

無知故の蛮行にさめざめと泣くカーヤ嬢に、やった当人である我々は何も言えなかった。もう鉢植えの中で枯れてるんだし、と言い訳したところで、専門家にしか分からない価値があったのだろう。

いやぁ、やっちまいましたなぁ……。

ジークフリートの慰めによって落ち着いたカーヤ嬢が、本を読んで分かったことを教えてくれた。

どうやら薬草医は殆《ほとん》ど滅んだ神聖杉の品種改良に挑んでいたようだ。別のスギ科植物の繁栄に力を貸していた菌類の改良、そして神聖杉に適応させることで再び繁栄させようとしたらしい。

それが神託によるものか個人的興味によるものかは、もっと深く読み解かねば分からないが、どうあれ最終的な目的は過去に過剰な伐採によって殆ど絶滅した杉の復活。

彼女は古い縁故によって、枯れかけた杉の一部を入手し、復活させようと志した。

普通の薬草医として近隣の人々を助ける過程で私財を投じて温室を製作。細々と杉を生き延びさせながら、何とか菌の移植を上手《うま》くいかせようと努力していたらしい。

ただ、それに目を付けた善からぬ者共がいた。

帝国に脅かされて窮地に立った土豪だ。

それだけ優れた木材があるならば、マルスハイムでやられたように軽量で移動可能な不落要塞の基礎を造れるのではと目論《もくろ》んだのだろう。成果を出せ、完成品を早く寄越《よこ》せと土豪からの遣いが頻繁にやって来るようになったという愚痴が、最後の方の頁《ページ》に書かれていたそうだ。

そして、記述は愚痴から脅《おび》える方向へと移り変わる。

植物の品種改良なんぞ年単位を通り越して何十年とやって、ようやく実を結ぶかどうかという博打《ばくち》めいた難しい作業だ。一年で生え替わる果物でさえ大変なのだから、より気長にやらねばならない木材とあらば尚更《なおさら》。

魔法による菌類の改造を行ったとして、一朝一夕で完成するような物ではない。

されど土豪達《たち》に余裕も時間もなかった。手段を選んでられなかったのは分かるが、あの逃げ込んだ小屋……恐らく魔女医を頼ってやって来た人々の療養所だろう。あそこで働かれた蛮行の名残を見る限り、惨劇の引き金を引いたのは誰かなんてのは明白だった。

脅せど頼めど進まぬ進捗に短慮を起こした馬鹿がいた、なんてのは想像に難くない。

薬草医は勘気に駆られた土豪の手に掛かった。そして、その恨みが改造された菌を中継にして杉と結びついた。

杉自体も焦っただろうからな。彼女が自分達の種族が繁栄する、最後に残った縁《よすが》だから。

神聖杉転じて忌み杉の魔宮の誕生という訳だ。

マジで碌《ろく》なことしねぇなアイツら《土豪共》……。

長い時間を掛けて醸造され、少しずつ地面に根を張って拡大していった魔宮が手の付けようがなくなる前に暴かれたのは幸運と呼ぶべきか、それとも突っ込まされた我々や前任者が不幸だったと言うべきか。

ともあれ、後で依頼人に文句を付ける大事な根拠として使えるので、ここの品は色々と持ち帰らせて貰《もら》うとしよう………。


【Tips】魔導的な手法による植物への品種改良は様々な試みがされており、忌み杉の魔宮の核となった魔女医の発想は特段珍しいものでも、禁忌でもない。

ただ、食い合わせが悪かった。滅びに瀕《ひん》した神聖な木に魔導を用い、更に担い手が恨みの果てに死んだことが全ての引き金である。

法則が分かれば、今まで行き当たりばったりだった攻略がうんと楽になった。

それは敵襲撃の激しさが物語っている。

温存していたらしい熊や巨大な猪《いのしし》を苗床にした怪物、元々覚えていた技能をある程度使えるのか横列を組んでくる人型の塊根達。今までと比べてかなり歯応えのある敵が増えたからだ。

まぁ、自分が行きたい方向が何処《どこ》かも分からず、とりあえず道を歩いていては目的地になんて辿《たど》り着かん。それも立体構造で上下移動が激しい梅田駅を思い起こさせる構造だ。

我々の行いは地図も案内板も見ず、方位磁針すら持たないで阪急梅田から遠いことに定評のある西梅田駅まで辿り着こうとしていたのに等しい。

しかし、より菌類の群生が大きい方向に核があると分かれば、もう四つ叉や五叉の分かれ道に到達した時、槍《やり》を倒してどっちに進むかを決めずに済む。

何より、終わりに向かって進めているという確信が私達を強く導いていた。

既に体力は底も底。二月も真面《まとも》に寝床で寝ていない上、他国からは潔癖症の集団みたいな扱いをされている帝国人が風呂に入っていないのだ。保存食も尽き果てて、食えそうな物をとりあえずで煮炊きして食っているので、最後に満腹になったのはいつのことか。極限まで出がらしを使い続けた黒茶すら、今やもう煮詰めたって色さえ出ない粉が残るばかり。

これで力がでる訳もなかろう。

てくれる。

だが、生きて帰るという原動力が限界を超えた我々の体から頼りなさを一時ながら拭ってくれる。

思考は濁らず、体も動く。

そして、今まで踏みしめていた根っこが七割、地面が三割の場所から、胞子が薄《うっす》らと漂う灰色の黴《かび》が絨毯《じゅうたん》や壁紙の如《ごと》く這《は》い回る区画に踏み込み、確信も得た。

果ては近い。

「さぁ、いよいよだ」

道が広がってゆく。縦列でも狭苦しかった道が肩を並べられる広さとなり、遂《つい》には四人一列になれるくらいの幅となる。菌糸の密度はいよいよ濃く、カーヤ嬢の対抗薬がなければ肺から黴びていく心配をせねばならぬ域となった。

「準備は良いな、皆」

「応」

ジークフリートが愛槍から鞘《さや》を取り払い、背嚢《はいのう》に詰める。尋常の稽古とは比べものにならない戦闘密度によって、たった二月前に新調されたばかりとは思えぬほどに槍は使い込まれていた。

纏っている鹵獲品《ろかくひん》の鎧《よろい》も私と同じくボロボロで、これが終わったら修繕に持って行かねばならぬだろう。後衛への攻撃を何度も自身の肉体によって阻んだ勲章だ。

「身軽さ優先……背嚢は置いていく」

迷宮の核があろうという道の手前まで来て、準備させてくれるのは優しさか。それとも、首魁《しゅかい》が敵を待ち受けねばならぬほど戦力が枯渇したか。

どうあれ都合が良い。我々は最後の水を呷《あお》り、身軽になって戦仕度を整える。

随分と蛮用が過ぎた上、職人に研がせてやれていないので、草臥《くたび》れてしまった〝送り狼《シュツツヴォルフ》〟をゆるりと抜いて、先頭に出た。

「後は手筈《てはず》通り。瞬間瞬間の判断は各々に任せる」

「予想が外れてたら飯奢《おご》りだからな、忘れんなよ」

「そっちこそ、私の予想通りだったら恩賜浴場じゃない上等な浴場の風呂だ。吐いた唾を飲むなよジーク。私は遠慮なく按摩《マッサージ》も頼むからな。たとえ君が小遣い制になっていても」

「てめぇこそ、エーリヒ。良い酒たらふく頼んでやっから財布が痩せるのを覚悟しとけ」

交わすのは、もし自分が倒れたらなんて湿っぽい話ではなく、生きて帰った後の算段。心を高めろ。生きて帰ると自らを鼓舞するのだ。

キン、と剣と穂先を傷めぬ程度に打ち付け合った。

これから先、気の利いた言葉を交わす余裕もない可能性があるから。

「では、全力を尽くしましょうか。カーヤ、お気を付けて。自衛に必死で、助けられないことも考えられますので」

「ええ、私も魔法薬は殆ど尽きましたから、援護は期待しないでください。貴女《あなた》も気を付けて、マルギット」

出た所《とこ》勝負、しかし見立てはできている。

後は仕掛けではなく、冒険者として錬磨した各々の実力をご覧《ろう》じろ。

「行くぞ!!」

一斉に走り出し、道から広間に出た我々は即座に為《な》すべきを為した。

広い空間だ。ちょっとした体育館よりも広い。

円形の広間はすり鉢状に窪《くぼ》んでおり、正面に陣取るには二体の熊を取り込んだ走狗《そうく》と〝背後が透けた女性〟の三体から成る一団。

そして、窪んだ地面の底にて脈打つ、巨大な根と菌の塊。

迷宮の核、更に恨みを持って野盗に殺された魔女医の〝幽霊《ガイスト》〟。

薄らぼんやりとした青い靄《もや》がヒトの形を模している。彼女とそれ以外の境界は透き通るように淡く曖昧で、顔立ちすら判然としない。

ただ、その中で目に当たる部分が虚空となり、絶えず血を流しているのが彼女の死に様が如何《いか》に酷《ひど》かったかを我々に教えていた。

予想通り!　ボス二体構築!!

曖昧な靄の如き、この世に焼き付いた未練の影が無遠慮に押し入ってきた我々を見て悲鳴を上げる。

ただ、残念ながらその意味は分からない。地場の古い言葉の上、未《いま》だに今際《いまわ》の際《きわ》を彷徨っている夢を見続けているようで、上擦り、引きつり、まるで古い刃物同士を擦《こす》り合わせているかのよう。

悪い夢に苛《さいな》まれながら、我等《われら》が一党に立ち塞がるのは幽霊《ガイスト》。死霊《レイス》より格が一枚劣る、この世にこびり付いた魂の影。

すり鉢状に窪んだ部屋の中央に鎮座するは、古代杉を辺境に根付かせるため改造された菌類と根っこの混合体。

引導を渡してやれば、この長きに渡る責め苦は終わる。

おっしゃあ！　憂さ晴らしの時間《クライマックス・フェイズ》だオラァ!!

お辛《つら》い過去も背景も知ったことか！　問答も同情も不要!!　ただ殺す!!

私は誰よりも早く駆け出したが、それを追い越していく物が二つ。

一つはマルギットの飛矢。もう一つはカーヤ嬢がマルギットから借りて、狙いは適当になってもよいからと放った東方式弩弓《クロスボウ》。

どちらも先端にカーヤ嬢が持ち込んだ、最後の薬瓶が括《くく》り付けられていた。

狩人《かりゅうど》の矢は熊に突き立ち、薬草医の太矢は僅かに逸《そ》れて地面に落ちた。

だが、それで十分だ。大事なのは魔法薬が弾《はじ》けること。

立ちこめるは〝邪悪を祓《はら》う銀〟を微量に纏《まと》った白い靄。

カーヤ嬢お手製、抗魔導結界となる薬だ。

大変、とてもとても、筆舌しがたいばかりに心苦しかったが、旅立ちの餞別《せんべつ》としてツェツィーリアから貰った銀の髪留め、その表面を僅かに削って払魔の触媒に仕立てて貰ったのだ。

大方いるだろうと睨《にら》んでいたから。酷い殺され方をしたであろう魔女医が幽霊《ガイスト》、あるいは死霊《レイス》化して立ちはだかってくるだろうと。

だから対策を立てる《メタを張る》。予想がつけば、どんな不合理の権化とて対策の一つ二つは捻《ひね》り出せるものだ。

なにせ私は脳内で生命礼賛狂いの死霊《ライゼニッツ卿》への謀殺計画を、倒錯的仮装大会《コスプレ》の合間に息抜きで練った男だぞ？　魔導院の大書庫で、既に死んだ存在の殺しを調べていないと思うてか。

ともあれ「何かミカと即興劇でもやって昇天させるのが早そうだな」という頭の悪い結論が最適解かもと思い至った残念な結末はさておき、知識はある。

幽霊《ガイスト》も死霊《レイス》もこの世に深い悔いを残して、今後の人生で生み出すであったろう魔力の全てを一瞬で燃して固着させた存在であるがため、通常の物理的干渉は効かない。

そして、生前の何倍も強力な魔法を操る。何の才能もなかった筈の貴族の娘が、謀殺されたことの恨みで館一軒を廃墟《はいきょ》にした例もあるのだ。

物に触れられず、果てた時の感情に縛られ、時と共に精神状態が悪化するという負の特性を持つ幽霊《ガイスト》の方が本体的な性能は死霊《レイス》より下でも、敵対する側からすると始末が悪いのは何ら変わらぬ。

ライゼニッツ卿《きょう》のように元が史上最年少教授昇進記録を更新できたであろう、特級の魔導師《マギア》が根源となっていなくても、幽霊《ガイスト》は全ての初心者冒険者にとっての悪夢。

刃のある武器なら威力が下がるどころか、魔法の武器でなければ攻撃が効かないなんて相手と準備不足でかち合って、強力な魔法で初っ端《しょぱな》に後衛を落とされて嬲《なぶ》り殺《ごろ》しの憂き目に遭うなんざ、初心者のよくある失敗だ。

不定形の存在すら斬り伏せる〝渇望の剣〟を呼べない今、対策は必須。

しかし、時間と材料さえあるなら、豊かな発想と鍛えた腕で大抵の無理はねじ伏せてくれるカーヤ嬢の魔法薬があるならば。

耳慣れぬ言葉で喚《わめ》く幽霊《ガイスト》の指示に従って熊が二頭前に出たが、物の数でもない。一頭は先んじて開いた口を刺突で貫き脊髄を破壊、もう一頭は攻撃の出端《ではな》をマルギットの援護射撃で邪魔されて動きが硬直した瞬間を狙って斬り伏せる。

そして、攻撃の隙を見て飛んで来る、地面からやにわに伸びた〝氷を纏った鋭い木の根〟は体捌《たいさば》きと鎧の装甲点で全て逸らした。

よし、勢いは妨害が入る前に感じていた幽霊《ガイスト》の〝格〟と比べて弱い。寒いし冷たいが、ただ振るった剣で切れるように鈍い魔力で私は止まらんよ。

それに精度もお粗末だ。槍とした根の表層に纏わせ、直《じか》に対象へ接触させなければならぬ時点で、精神抵抗ではなく物理的回避《ドッジ》が可能なこの世界の魔法としては中の下だ。

甘い甘い、単騎で味方を庇《かば》う想定をしている前衛を殺したいなら、自分の壁ごと焼き払うか、そもそも回避や受けを〝試みさえさせない《リアクション不可》〟攻撃をしなきゃお話にならん。

我々は後衛の安全のためなら一発か二発良いのを喰《く》らっても、脆《もろ》い彼女達《たち》の前に立ちはだかる覚悟を決めた死兵の近縁。止めたきゃ初手から本気で殺しに掛からにゃ帳尻なんぞ合わさせん。

「永い夢にも飽いたろう。終わりを持って来てやったぞ」

不規則に襲いかかる木の根と、それに纏わり付くか弱い冷気が――尤《もっと》も、鼻水も凍りそうな凄《すさ》まじい冷たさだが――魔法の行使を縛られた幽霊《ガイスト》に残された最後の手札。ならば、私の役割は当初の予定通りに時間を稼ぐこと。

少しでいいのだ。私が幽霊《ガイスト》の注意を惹《ひ》き付けるのを待ち、決死の覚悟で飛び出したジークフリートが封鎖を掻《か》い潜《くぐ》って、塊根に突撃するまでの間で。

「うおぉぉぉぉぉ!!　こぇぇぇぇぇ!!」

盾一枚と剣一本で相手をするのがちとしんどいな、と思う数の攻撃を捌いている隣を大回りに戦友が抜けて行った。前衛は私が完全に相手をしているので、幽霊《ガイスト》には彼を止めている余裕はない。

攻撃能力《リソース》の全てを割いて足止めしていなければ、ヤツはもう私の間合いにある。

感じているだろう、物理的な干渉を退けるはずの我が身が弱っていることを。死者は死者のままにという、この世の法則が魂を引っ張り始めていることに。

思い出せたか？　剣が恐ろしい物であることを。

自分の最期を運んできた物が何であったかを。

透けて曖昧な指が私を指してきているのは、悪夢として蛮行を働かんと襲いかかる土豪が被《かぶ》ってでもいるのだろう。

ただ、安心してくれ、私のこれは一種の慈悲なのだから。

「あああああ!?　何か足下から這い上がって来てんだけどぉ!?」

「無視しろ！　口にまで届かなければ多分死なん!!」

「多分ってなんだテメェェェ!!」

ジークフリートの悲鳴は、私もさっきから感じていた黴の侵食だろう。足下からざわざわと這い上がり、少しずつ被服に食い込んできている。今はただ鬱陶しいだけだが、服を抜けて皮膚に食らい付かれるとどうなるか分からない。

規定ターン内に倒せないと全滅するよ、というダラダラした締まりのない遅延戦法を封じる仕掛《ギミック》けであろう。

しかし、こっちは最初から速攻狙いだ。如何に最高効率でライフを削りきるかに全てを擲《なげう》ち、早期に殺しきれなければ諦めて手札を投げるしかない特攻戦術《スライ》には無縁の心配だよ。

「これでっ……看板《売り切れ》!!」

後ろから見事に私の脇の下を抜いて、鋭い飛矢が幽霊《ガイスト》の額に突き立った。

魔法の武器でも聖別された鏃《やじり》でもないので、本来なら刺さらない一撃が通る。魔導を否定する魔法薬が不死の法則を確かに綻びさせている。

一瞬弱まる壁もかくやの根の攻撃。今なら切り開いて体一つなら無理矢理ねじ込める。

そして、ジークフリートも菌根に取り付《エンゲージ》こうとしていた。

「ぐっ……あぁぁぁぁ!!」

茨《いばら》のように鋭い先端の根を突破する際、鎧《よろい》で守り切れていない防護が薄い部分を切っ先が抜けてきて、体中に傷が入ったが射程：至近の攻撃を通すためなら安い駄賃だ。回避盾でも、紙装甲でも死ななきゃ安いの原則は一緒なのだ。

「死ねコラァァァァ!!」

ジークフリートも詰めに入っている。槍《やり》で塊根を護《まも》ろうとしている木の根の群れを打ち払い、空いた隙間に手をねじ込んで鉄片を差し込もうとしていた。

ただの鉄片ではない。

私がカーヤ嬢に提供した〈焼夷《しょうい》テルミット術式〉の棒手裏剣。私個人の技量では術式が霧散して使えなかったそれも、薬草医の手に掛かって〝魔法薬〟に作り直して貰《もら》えば仕事を果たす。

推察するにこの魔宮は魔法使いの行使可能魔法《ソーサラー》の段階《Lv》を一つ引き下げるような構造だったのだろう。だから私の様な安価で効率の良い魔法を省魔力で、可能な限り簡素な術式で扱おうという兼業魔法使いには覿面《てきめん》に相性が悪い。

だが、ある意味で魔法使いよりも錬金術師《アルケミスト》に近いカーヤ嬢ならば、下準備の時に妨害さえされなければ魔法を構築できる。

そして、魔法薬の利点は〝使用者が術者じゃなくても発動可能〟という一点に尽きる。

「あっちぃ!?」

少年が菌根の中央に手を突っ込むのと同時、凄まじい熱と光が噴き出した。

魔法薬に生成された触媒が接触信管に触れて炸裂《さくれつ》、私が即興で練る術式とは比べものにならぬ精度で混和された〝ナノテルミット〟が自身を還元する際に発する太陽の表面温度をも上回る高熱で菌根を苛んだ。

ジークフリート！　突っ込んだら直《す》ぐ離れろと言ったろ!?

軽い火傷《やけど》を負った――抜くのがあと少し遅れたら右手が溶けていただろう――少年の悲鳴を上書きするように鳴り響く悲嘆の二重奏。菌根周りの根がのた打ち、まるで自分も傷付けられたかのように幽霊《ガイスト》が身もだえする。

これも予想通り！　魔宮の核は相互に補完し合っている！

反応からするに同時に倒さないとならない最高に面倒臭い型《タイプ》ではなく、命を共有する代わりに膨大な生命力《HP》を持つ型。

どちらか一方を集中しても、両方に弱点を叩《たた》き込み合ってもいいのは有り難い。

渡した〈ナノテルミット〉は残り一本。完全に焼き尽くしてやれ、戦友。

私は私で、できる限りの性能を果たす。

「すぅっ……」

壁を越えて幽霊《ガイスト》の眼前に立ち、大きく一呼吸。根と氷の壁を無理に潜《くぐ》って傷だらけの体を極限の集中に高めさせ、この一瞬だけは反射《リアクション》も補助《マイナー》も擲って全てを攻撃《メジャー》に注ぎ込む。

〈光輝の器〉によって注がれた、ケーニヒスシュトゥールのエーリヒに対する畏敬、尊敬、好意、果ては憎悪に畏怖。それら全てが熟練度に変換されて漸《ようや》く達する頂。

全ての熟練度まで蕩尽《とうじん》しても〈初心《スケールII》〉までしか至れなかった〈概念破断〉の斬撃を放つには、その他全てを諦めねばならない。

よくあるやつさ、行動値を零《ゼロ》とし、回避や防御を諦める代わり攻撃力を跳ね上げさせるスキルは。もっと安い技能でも良かったが、私が善しとし目指す器用万能の果てには、やっぱり刃の届く範囲全てをねじ伏せるような札が要る。

魔法や奇跡で絶対回避です、と言われた瞬間に詰むようじゃあまりに残念だろう？

だから妥協はしなかった。もっと高みに至れば回避をしつつも、いやさ全ての通常攻撃に理論上は乗せられる《コンボが可能な》〈概念破断〉があれば、私が手にする物は愛剣から忌々しき魔剣、果ては拾った鈍《なまく》らどころか乳酪塗り《バターナイフ》までが必殺の武器となる。

集中を乱すな。痛みも冷たさも、剣を振るうのに邪魔なら無視しろ。

脇構えに取って大きくタメを作り、一瞬なれど隙を晒《さら》した私の体表に霜が降り、枝が装甲を抜いて何本か刺さったが、全ては余事。

火傷を押しても、戦友が死を間近に感じ、恐れ戦慄《おのの》いてのた打つ菌根の攻撃を受け止めながら触媒を突っ込みに掛かったのだ。

ここで失敗したら、あまりに格好悪いだろうよ。

「つぃぃぃあぁぁぁ!!」

渾身《こんしん》の叫びと共に振り抜いた剣には、全くの手応えがなかった。

外れたのではない。

今までの人生で数える程しかなかった、完全に刃筋が立ち、全身の動作が理想的に噛《か》み合い、狙う部分の正確さにケチの付けようもなかった時にのみ訪れる至高の手応え。

決《クリティカル》まった。

切れるはずのない物が、飛ぶはずのない首が飛んでいる。薄く靄《もや》が懸かり全容が曖昧としていた幽霊《ガイスト》の首が。

邪悪を弱める靄、というのは保険だった。もし〈概念破断〉の一撃を放てる隙がなければ。その際には威力は落ちるだろうが普通に〝送り狼《シュッツヴォルフ》〟を魔法の武器として振るえるような瞬間を用意して貫いたかったから。

それに、もし幽霊《ガイスト》の魔法を妨げる靄がなければ、今私に降り立った霜の攻撃よりも悪辣な物が後衛に襲いかかったであろうし、魔法に対して無防備なジークフリートへの横やりが飛ぶのも防がねばならなかった。

ただ、ここ一番で来てくれたか、良い出目が。

「あっ……いっ……あぁぁぁぁぁ!!」

茫洋《ぼうよう》と歪《ゆが》んで顔付きの判断もできなかった幽霊《ガイスト》が、かき消える刹那に一瞬だけ明確な像を結んだ。

ジークフリートによって突き込まれた二本目の触媒が爆《は》ぜ、菌根が熱に耐えかねて炎上した熱波に紛れて消えてゆく痩せた中年女性の面影。

とても安らかな最期とは言えまいが、終わらぬ悪夢が晴れるなら、それで勘弁しておくれ。

夢が枯れて燃え落ちる。政治の狭間《はざま》ですり潰された、歴史に記されることもない人々の怨念が明ける。

空間が歪む奇妙な感覚。ああ、これは一緒だ、魔剣の迷宮が消え去った時と同じ。

歪んだ空間が世界自身が持つ弾力に負けて、一気に集束して消えていく感覚。

「……せっま」

「いでででで！　おい！　馬鹿！　エーリヒ！　足どかせ！　玉ぁ潰す気か！」

「でぃ、ディーくん!?　てっ、てて、て……手が！」

「わっ!?　ごめっ!?　カーヤ!?」

終わりは劇的でもなく感動的でもなく。

気が付いたら、我々四人は狭苦しい木の洞《うろ》の中にいた。あれだけ巨大な迷宮を構築していたのが嘘《うそ》のようにちっぽけな、枯れて朽ちた木の狭間に。

「へぶっ!?」

どうやら相方相手にラッキースケペに及んでいたらしい〝幸運のジークフリート〟殿がカーヤ嬢の胸を鷲《わし》づかみにしていた手をどかすべく身を捩《よじ》れば、極めて偶然にも肘が私の頬にぶち当たった。マルギットだけはもつれ合うヒト種《メンシュ》三人の間で無事だったようなのが幸いだが、全身刺し傷だらけの私に今の一撃は酷《ひど》く効いたぞ……。

「イッテぇ……今日受けた傷の中で一番イッテぇ……」

「悪かったよ……不可抗力だろうがよ」

縺《もつ》れた体をわぁわぁ喚《わめ》きながら解《ほど》いて、どうにかこうにか洞穴から這《は》い出すと、そこに広がるのは立ち枯れた木々だけが冬の風に吹かれて立ち尽くす死んだ山。

あれは全て、地中深くに作られた一本の苗木を基に伸びた、巨大な枝みたいなものだったのか。

何と言うか、残されていた文書からレバノン杉が題材かと思っていたら、オニナラタケ《世界最大の生物》みたいなキノコが悪魔合体されていたみたいだな……よかった、全てが終わった後、山全部に火を放たないといけないようなことになっていなくて。

周りを見れば、私達《たち》と一緒に弾《はじ》き出されたのか広間の前に置いてきた荷物や、見覚えのない物も沢山転がっている。これらが迷宮踏破の報酬《ドロップアイテム》ってやつかね。

「カーヤ嬢、何か価値がありそうな物がないか探して貰っていいかな……その辺に落ちてる意味ありげな枝とか、とても高価そうなんだが」

「あっ、これ、枯れてない古代杉の枝!?　葉っぱも青々として!?　つ、杖《つえ》材としてどれだけの価値があるか……あっ、これ、温室にはなかった別の研究冊子!?」

「それよりエーリヒ、ジークフリートも。怪我《けが》だらけですわ。手当を先にした方がいいと思いましてよ」

言われてみれば、二人ともボロボロである。前衛二人は行く手を阻もうと伸びてくる根や黴《かび》に襲われたせいもあって満身創痍《まんしんそうい》。細かな傷は数え切れないし、全身からの微量な出血が重なって血塗《ちまみ》れだ。

生命判定をする必要はなかろうが、こりゃ暫《しばら》く風呂に行くたび染みるだろうな。

しかし、私達も大概だが、一番大変なのは、この山の始末であろうよ。枯れ木ばかりで虫を含めた全ての生命が死に絶えたような静けさだ。

これは未曾有《みぞう》の大災害になり得た迷宮の被害が山一つで済んだというべきか、山一個分の生態系が駄目になった大事と見るべきか悩ましい。

近くに軍が来ていたり、大量の冒険者が仕向けられたような気配もないので、どうやら我々は間に合ったとも言えるようだが。

どうあれ、ゼーウファー荘《しょう》が騒いでいないなら、花粉の大量散布も一瞬で済んでいたか。重畳重畳……ボロボロになるのは、クソ仕事と半ば分かりながら突貫した冒険者だけで十分ってものさ。

「あー……とりあえず鎧を脱いで……」

装備を外そうと体を動かしていると、何かが腰の物入れから落ちた。

革で作った腰帯に吊《つる》す物入れの一部が攻撃で破れていたようだ。雑多な物を入れていた所から落ちたのが何かと思ってみれば、いつぞや〝猫の君主〟から受けた依頼の報酬で貰ったオマケの団栗《どんぐり》。

お守りとして霊験灼《あらた》かそうなので持ち歩いていたが、ころころと転がった団栗は自然と、まるでそうあるのが当たり前かのように転がって小さな窪《くぼ》みへ落ち込む。

そして、季節外れの若芽が一つ、ぽこりと顔を出した。

「あっ、ああ～……これ、伏線……？　マジで……？」

分かるかそんなモン！　と天にまします神や、高位の存在に中指を立てたい気持ちが溢《あふ》れ出して頭を振りたくる私を、仲間達は奇妙な物を見るような目で見ていた。

ともあれ、我々は生きて帰って、この森も遠からずまた賑《にぎ》やかさを取り戻すだろう。

さしあたって、大変なのはお家に帰ることだった…………。


【Tips】最初から筋書きがあるのではない。たまたま、その場にあると輝く物を冒険者が懐に呑《の》んでいた、なんて事例は星の数ほどある。

もしくは、手慰みにキャラ紙を見ていた神々《GM》が何かを思いついただけ、という可能性も消しきれない。

エンディング

エンディング

【Ending】

キャラクターシートを眺めて悦に入るのも楽しいが、時にそれを見た他人からの評価を聞くのも楽しいものだ。

場合によっては、貴方達（PC達）の活躍を聞いた余人（NPC）が、どのような印象を受けたか、劇的に語ってくれるGMも現れるだろう。

長く退屈な冬の後に訪《おとな》う春の喜びは万人に平等である。

今年は豊穣《ほうじょうしん》神が長寝をすることもなく、陽導神の機嫌も良かったようで雪解けは例年よりも早く、気温も穏やかに暖かくなった。

家に籠もり塩漬けの保存食に耐える時季が終わり、思うように外で遊べなかったことで鬱憤が溜《た》まる子供達も喜んで家を出る。大人達も長らく世話になった綿を服から抜き、さて野良仕事に精を出さねばと体を動かし始める。

そして、仕事を始める前、春の到来を祝福し一年の豊作を豊穣神に祈る祭りが始まる頃に隊商はやってくる。彼ら自身も商売を始めるため、時に嬉《うれ》しい報《しら》せを伴って。

「おお、エーリヒからか」

とある隊商が蠟印《ろういん》を捺《お》した立派な手紙をケーニヒスシュトゥール荘の農家に届けた。親愛なる家族へ、と記されたそれは冒険者として旅立って久しい末の弟が寄越《よこ》す便りである。

手紙を受け取った現在の家長であるハインツは、親戚からの時候の挨拶に交じるそれを喜んで開けた。

「おーい、みんな、エーリヒからの手紙だぞ」

「おじちゃんから!?」

嬉しい報せに声を上げれば、彼の腰を刈り取る勢いで小さな影が突撃する。それは六歳になるハインツの長男ヘルマンであった。

彼は幼き頃に一度会い、光る魔法の杖を作ってくれた――それは、少し草臥《くたび》れてきたが今も大事に使われている――叔父のエーリヒが大好きだったのだ。今では遠くにいる彼との接点は時折くる手紙に書かれた土産話だけになってしまったが、されど昔日の憧れが色《いろ》褪《あ》せることはない。

なにせ、褪せる暇もなく、時候の挨拶で面白い話を聞かせてくれるのだから。

「読んで！　父様《ととさま》、ねぇ、はやく！」

「わぁったわぁった、みんなが揃《そろ》ってからな」

手紙が届いたという声を聞き、実家に暮らしている一同が内容を楽しみに集う。代書人がやれそうな綺麗《きれい》な筆致で、安くもなかろうに何枚も何枚も紙を跨《また》いで認《したた》められた近況を、ハインツは似てもしない弟の声音を真似《まね》て読み上げた。

「ええ、故郷の皆様、この手紙が着く頃にはもう種を蒔《ま》いてしまっているでしょうか？それともまだ準備に忙しい頃でしょうか。この時期の隊商は移動の感覚が摑《つか》みにくいため、きちんとした挨拶ができずすみません……」

何とも大仰な書き出しであるが、教育を受けた者であれば分かる礼儀を守った内容に続くは、今までの手紙と同じく体調に障りはないという決まり切った報告。その後には決まって、かなり控えめな形容詞が躍る冒険の数々が続くのだ。

以前には隊商を護衛してたら野盗の大軍に絡まれて散々だったとか、洞窟の調査を依頼されたら二月も出られなくなって大変だっただのと、あらん限りの迂遠《うえん》さで包んだ報告ばかりだった。

今回は田舎の土豪が悪巧みをしていたので、皆と一計を講じて解決してやったと手紙にはあった。

これを聞かされては誰もが言うであろう。大仰にも話を膨らませることができるものだと。

余人には与《あずか》り知らぬことだが、エーリヒはちょっとした〝お遊び《サプライズ》〟が何時《いつ》か故郷に届けば良いなと思って、本人的にはかなり抑えて家族に報告をしていた。

ただ、それでもケーニヒスシュトゥールに住まう人々には大事なのだ。

冒険者になったばかりの人間が大規模な野盗に襲われることなど、この辺りの良好な治安に慣れた人間だと実感し辛《づら》い。況《ま》して、ほぼ季節一つ分も出られない洞窟など何処《どこ》にあるというのか。

実際、ヘルマンは何度も叔父の大冒険を嘘呼ばわりされて荘園の子供達と喧嘩《けんか》したこともある。内容を疑いなしに受け取ってくれるのは、自警団の面々と他ならぬエーリヒの剣の師たるランベルトだけだった。

「すごいね、おじちゃん！」

「そうだなぁ、俺の弟……いや、エーリヒは大したもんだ」

手紙の内容に大変興奮して頬を赤らめる息子を宥《なだ》めてやったが、興奮冷めやらぬ彼はまだ言葉だけでは凄《すご》さを理解できぬ長女や次男、そして生まれて間もない三男に叔父が如何《いか》に凄いかを語り始める。これまでに来た手紙の中で語られた冒険全てを暗記している子供に対し、父は密《ひそ》かに天才なのでは？　と親馬鹿を発揮していた。

「しかし、追伸、下の子のおしめ代に使ってくださいって……絹で作れってか？」

「あらあら、また……」

実に控えめな追伸に添えられたのは、商人同業者組合の下で発行された手形だ。現金の次に手堅いと言われるそれには、三ドラクマという平民であれば考えにくい数字が当たり前のように記されている。

小規模自作農家の年収に等しい金額に、一族が受ける驚きは少なくなってきた。まるで手紙に綴《つづ》った冒険が嘘《うそ》ではないと証明するかのように、得られた報酬の一部を惜しげもなく寄越す回数は何度目だったか。

なんと言っても金がないはずの丁稚奉公《でっちぼうこう》をしていた頃から、仕送りの額がとんでもなかったのだ。むしろ、それだけの冒険を繰り広げているのであれば、これくらい惜しくないのだろうと実感できるものだ。

相も変わらずとんでもない末弟だと思いつつ、夫婦は有り難く仕送りを頂戴することにした。遠慮して突っ返したとしても、うるせぇ黙って兄孝行されてろとばかりに、次回の手紙に倍の額を書いて返されるのが目に見えている……というより帝都時代に一度やられでいるのだから。

「なにやったらこんな額を稼げるのかしら」

「あー……俺の現役時代は兜首《かぶとくび》一つ挙げりゃ家が建ったが、冒険者はどんなもんだろうなぁ……」

凄《すさ》まじい金額を聞き、家督を息子に完全に譲り、居を息子と交換する形で離れに移して半隠居状態のヨハネスとハンナは重い唸《うな》りを溢《こぼ》す。手紙に書いてある冒険が嘘ではない証拠といえば聞こえはいいが、息子が凄まじく危険な場所に身を置いていることにも繋《つな》がるため、笑顔で送り出そうが親としては感じるものの一つもあるのだろう。

「しかし、この調子だとうちの子達《たち》は全員新品の婚礼衣装で送り出すことになるなぁ」

「そうねぇ……花嫁衣装に絹地でも使おうかしら」

また、有り難いが悩ましい贈り物に若い夫婦も頭を悩ませていたが、どこか遠くから鐘の音が聞こえてきた。雑に打ち鳴らされるそれは、剣呑《けんのん》な警鐘ではなく〝吟遊詩人〟が到来を報せる鐘であった。

どうやら隊商に随行していた詩人が講演をやるらしい。彼らは客を集めるため、一席打《ぶ》つ前にこうやって客寄せをするのだ。

「あっ、詩人だ！」

話を切り上げヘルマンは鐘の音に目を輝かせる。そして、連れて行ってくれとばかりに親ではなく祖父に縋《すが》り付いた。

「しかたねぇなぁ」

などと言いつつやに下がった顔をした祖父は孫を抱き上げ、息子はあまり甘やかすなよと宣《のたま》いながら自分も聞きに行く気満々で立ち上がる。どの口で、と女衆は溜息《ためいき》をつき、男衆に小銭を投げつけて行ってこいと追い出した。

「新しいお話聞けるかなぁ」

「そうだなぁ。新しいのがあってもいいが、お父さんはイェレミアスの神剣も聞きたいなぁ」

「お前、ガキの時分からそればっかだな……」

微笑《ほほえ》ましい会話をしつつ隊商が露店市を開いている広場を訪れた一行。折良く荘《しょう》を回り終えた詩人が戻ってきて六弦琴の調律を始めている。

「あー、こりゃイェレミアス叙事詩《サガ》じゃなさそうだな……」

「残念だね、父様」

「ついでに、あんまり腕前には期待できなさそうだぞ」

吟遊詩人によって使う楽器は様々であるが、向いている曲と向いていない曲があるため、何を携えているかで歌う詩の傾向が大まかに分かる。

六弦琴は軽妙で牧歌的な旋律やしっとりした情緒ある場面も奏でられるが、一番映えるのは、派手に弾き鳴らす上り調子の興奮を煽《あお》る演出。ゆったりかつ、朗々とした語り口の合うイェレミアスの物語には些《いささ》か不向きな楽器といえた。

また、楽器の種類と同様に調律の時点で詩人の腕前はある程度分かるものだ。多くの詩人の歌を聴いてきたヨハネス親子には、この時点で詩人の芸歴の短さを察することができた。

しかし吟遊詩人は吟遊詩人、多少下手であろうが娯楽に乏しい田舎では貴重な余興である。期待外れに終わることもあるが、観客の礼儀として二人は銅貨を地面に置かれた帽子へ前払いで放ってやった。

出来が良ければ、終わった後に追加をやるが、とりあえずといったところだ。

聴衆が十分に集まったことを見届けると、詩人は咳払《せきばら》いを一つして前口上を述べる。

「では皆様、今回はこの辺りだと耳慣れぬであろう最新の英雄のお話を吟じましょうぞ」

枕とも呼ばれる導入の前置きのようなもので、ここでも詩人の腕前が現れる。詩人によって話の内容や語り口は千差万別、同じ内容の詩でも全く違う印象を受けることがある娯楽だけあり、導入にも奏者の色が濃く現れる。

「舞台は遥《はる》か遠く西の地、地の果てとも呼ばれるマルスハイムにございます。諸国の玄関口であり商機の坩堝《るつぼ》たる地にて芽吹きしは若く勇敢な剣士の物語」

緩やかにつま弾かれる六弦琴。導入は静かに始まり、語られる冒険者の人となりから入るようだ。誰もが知っている英雄ではなく、新しく紡がれた詩であれば有り触れた展開である。

「おお、見よかくも麗しき黄金《おうごん》の髪を。陽《ひ》の光を浴びて輪を描く輝きは宝冠を頂くが如《ごと》し。光輝満ち溢《あふ》るる金の髪を靡《なび》かせ、涼やかなる美貌を義憤に染めたる冒険者の威名を讃《たた》えよ」

携えた武器の立派さでもなく、鎧《よろい》の見事さや体軀《たいく》の秀でたるでもなく、髪を褒める辺り不思議な導入だと聴衆は思った。冒険者の英雄譚《えいゆうたん》であるのなら、大抵はその見目の麗しさよりも勇ましさに着目するからだ。これではまるで救われる姫君《ヒロイン》を詠っているかのようではないか。

「彼《か》の者の名はエーリリヒ。金の髪のエーリリヒの物語をどうかご静聴……」

静聴の願いは実に儚《はかな》く仰天の声に破られた。というのも、金髪で冒険者でエーリリヒという名前に全員が覚えがあったからであろう。

「えっ、ちょっ、何!?　俺なんかトチった!?　まだ枕も終わってないぜ!?」

困惑と驚きの合唱に詩人の手が止まる。むしろ、これだけ声を上げられて淡々と演奏を続けられる者がこの世に存在しようか。

大事な商売道具を取り落としてしまいそうな程にざわつく荘民に面食らったのだが、やがて誰かが「まぁ落ち着けよ、まだ決まった訳じゃねぇ」と取りなして一旦冷静さを取り戻す。

「え……ええ……？　何？　なんなの……？」

「いや、すまない、まぁ続きをやってくれ。なぁ、みんな」

困惑して腰が引ける詩人に対し、荘民は揃って謝罪し追加のおひねりを放った。まぁ、そこまで言うならと出鼻を挫《くじ》かれた詩人も気を取り直して歌い直す。

さて、物語自体は有り触れたもので、技量にも特別注目するところはない。この手の詩の手法として、枕の後にまず打ち倒されるべき強大な敵の描写がなされた。英雄が打ち倒す邪悪は何時《いつ》の時代でも強大な方が盛り上がるのだ。

語られる悪漢の名は、恐ろしき逐電の騎士、ヨーナス・バルトリンデン。

苛政を原因として罷免されながら、それを逆恨みし騎士位を下賜された恩も忘れて主君たる男爵の居館を襲撃した大悪党。居合わせた一族と護衛は疎《おろ》か、召使いまで含めて総勢一〇〇名を一夜にて殺害し、悪逆の徒たる配下の騎手一五人と共に逐電した大罪人だ。

この時点で大分話が盛られているが、それをやり始めたのが誰なのかは今となっては知る由もない。

被害者の数はさておくとして、奴儕《やつばら》はその後も各地で狼藉《ろうぜき》を働きながら勢力を増していき、巡察吏をも殺す域に至る。膨れ上がった暴力をいいことに荘から年頃の娘と年貢の作物を奪い去り、街道を行く隊商を襲って命ごと財産を奪い取る。

余りに凄惨にして帝国の面子《メンツ》を傷つける暴挙にかけられた懸賞金の額はなんと五〇ドラクマ。その大金に惹《ひ》かれてヨーナスを狙った名高い冒険者や傭兵《ようへい》は数多く、時には辺境伯の号令によって即席の討伐軍が挙がるほど。

されど、語るに悍《おぞ》ましき悪党は全ての追っ手を打ち払い、夜中密かにマルスハイムに近寄って、敗北者達の首を投石紐《とうせきひも》で投げ込んでみせたという。

聞くに堪えぬ所業に秀でた語り部《かたりべ》でなくとも聴衆の背筋が冷えた。もし斯様《かよう》な悪漢が荘に迫ったならば、どうなるか我が身のこととして考えてしまうのだ。精強無比なる自警団長に守られているといえど、万全はありえない。正規に叙勲された騎士が率いる討伐軍を寡兵で打ち破る軍略と豪腕を思えば震えが走る。

悪辣なる元騎士は、明くる日も悪徳をなさんと街道に伏せて獲物を待った。そして通りかかった見るに見事な荷駄隊をみとめると、怯《ひる》むでもなく旗を掲げる。郎党を殺され家を絶たれた旧主家の旗、まだらに染まった血染めの旗印こそがヨーナスの旗印になっていた。

武威とは単なる名目にあらず。戦場においても、ただ有るだけで敵を威圧し戦意を挫く強大な武器の一つなのだ。

今まで犠牲となった隊商達は血濡《ちぬ》れの旗を見て意気を挫かれ、進んで荷を差し出し助命を請うてきた。戦っても勝てぬ相手に挑み鏖殺《おうさつ》されるより、気まぐれな慈悲を望む方が生きる目があるとして。

ただ、今日この日、運が悪かったのは襲われた帝国の年貢を運ぶ荷駄隊ではない。

悪逆の騎士、ヨーナス・バルトリンデンの方だ。

この荷駄隊には二つ名を持つ高名な戦士が加わっている。見事な体軀を誇る獅子人《ネメアー》、南方より渡りし流浪の武者が勇ましく鬣《たてがみ》を震わせ獅子吼《ししく》を上げて迎え撃つ。彼もまた十分な武威を持ち、折れた士気を立て直させるだけの強さを持つものであった。

巨大な斧槍《ハルバード》を携えし獅子人《ネメアー》は自らの得物を振り上げ、不遜に笑って前に出た悪逆の騎士に打ちかかる。

戦槌《せんつい》が返され二撃、三撃、しかし四撃目が交わされることは無かった。ヒト種《メンシュ》にあるまじき強烈な膂力《りょりょく》に斧槍が弾《はじ》き飛ばされ、獅子人《ネメアー》の頭部が熟れすぎた西瓜《すいか》の如くかち割られたからである。

残酷な描写に荘民の誰かが詰まった悲鳴を上げた。英雄譚になっている以上、これから先の展開がある程度分かっていても恐ろしいものは恐ろしい。その点、この物語は弾き手の技量以上に客を沸かせるので、かなり腕利きの詩人が原作者なのであろう。

「悪逆の徒は血の臭いを吸って顔を赤らめて笑い、配下に嬉々《きき》として鏖殺を命じんとする。勇んで槍《やり》を携え前に出るは、血に飢えたる配下の野盗共。汚れし装具に下卑《げび》たる笑い。されど、護衛の意気は挫かれ、戦列を組むことさえままならぬ。ああ、このまま神の名を呼び、死後の慈悲に縋りつつ無残に果てるしかないものか」

ここでふと詩人は考えた。英雄譚というものは本来数部に分かれて構成されるもので、当然歌い手の喉にも限界があるため数回、ないしは数日に分割して演奏することは当たり前。盛り上がる寸前で切って、続きはまた明日と引くことで翌日もおひねりを貰《もら》うのが普通のこと。

実際、この英雄譚も三部構成であり、一部でヨーナスの襲撃を語り、二部でヨーナスを迎え撃って獅子人《ネメアー》の仇《かたき》を討つ金の髪の戦闘を。そして三部で彼の来歴やその後を語る予定であったのだが……。

『ここでまた明日っつったらぶっ殺されそうだなぁ……』

という謎の鬼気を感じ取れるほど聴衆がのめり込んでいたので、喉具合も悪くないし詩人は好意で第二部を続けることにした。既に四半刻ばかり歌っているので少し喉が渇いていたが、殺気だって詰め寄られるよりはまだマシだった。

「されど、おおしかれど神は懸命な祈りを見捨てることなし。空を切るは高く勇ましき矢の絶叫。諦めを踏破せんと突き進む一条の光は悪逆の旗を見事に射貫《いぬ》く」

六弦琴の低音で悲痛な旋律が少しずつ上がり調子の勇ましいものへ変じていく。本気で弾くと指が痛くなる楽章ながら、詩人はおひねりと後の安全を考えて全力でつま弾いた。

「みやれよあれを、黒き悍馬《かんば》に跨《また》がりし金の髪を靡かせる英傑を。馬上にて弩弓《クロスボウ》を放ち、邪悪の旗を穿《うが》ち暴虐に果敢に立ちはだかりしはマルスハイムの冒険者、ケーニヒスシュトゥールのエーリヒ……」

が、詩人の努力と奉仕は二度目の絶叫によってかき消されるのであった………。

【Tips】詩人は贔屓《ひいき》客を増やすためと、現実的な体力のため詩を分割して歌うことが多いが、一席で歌いきるため短く編集した派生を作ることもある。

何故《なぜ》こんなことになった、と詩人は重い唾を飲み込んで冷や汗を垂らした。

彼は隊商に付いて回り、雑用をすることで日々の食事を賄いながら行く先々で演奏する吟遊詩人である。名前はあるが、売れていないのでないと一緒だ。

正直に言えば腕前はまだまだで、自分でも持ちネタが少ないと思いながら日々を生活と練習に費やすヒト種《メンシュ》の若人。

いつかは聴衆を満帆《まんぱん》に集めた劇場で一心に注目を浴びながら一人会を……などと夢を抱いてはいた。

しかし、立ち寄った西方でたまたま耳にし、「おっ、いいな」と思って模倣《まね》しただけの詩でここまでの目に遭わされるとは思ってもみなかった。

詩人は今、荘の集会場の演台に座らされていた。

目の前で開演を今か今かと待つ満座、いいや席が足りなくて立ち見客まで壁際に密集している聴衆は、立って動ける荘民が全員出張ってきたと言われても疑わぬほどの密度。しかも贅沢《ぜいたく》に酒や食い物が振る舞われており――何やら壮年の男性と若い男が紙切れを僧に渡して酒を用意させていた――実に賑《にぎ》やかだ。

数百人の観客を前に一席打てる立場になるのが彼の夢なのは事実。だが、こんな突発的に、しかも訳の分からない状況でやりたかった訳ではないのだ。いつの日か実力が認められて、向こうから家の劇場でやってくれと頼まれるのが理想型。

こんな、意味も分からぬまま、まるで罪人でも連れて行くような強引さで妙に真新しい集会場に押し込まれて、どうして理想通りと喜べよう。

主人公の名を挙げた後、荘民に詰め寄られ本当にケーニヒスシュトゥールのエーリヒなのかと、詩人は凄《すさ》まじい勢いで詰問を受けた。嘘《うそ》も偽りも一切許さぬ、詰め寄る人々の目には妙に気合いが入っていた。

金の髪と子猫《キトンブルー》のような青い目、簡素な長剣を佩《は》き盾を持つ煮革鎧《にかわよろい》を着た軽戦士と知っている限りの情報を告げれば、彼らは口々に間違いないと叫び、方々に散って今の席が調えられるに至った。

人々の流れは干潮に引いていく潮もかくやで、急に客を奪われた露店市の店主勢から、後で詰められるのではないかと不安になる勢いであった。

一体だれが想像できようか。商売の途上、特に意識せず立ち寄った地が持ちネタの英雄の生地であり、更にその地に彼の物語を持ち込む第一号になるなんて。隊商の末端は次に訪ねる荘《しょう》の名など気にはしないし、もし知っていたとして然《さ》して意識はしなかったろう。精々地元の英雄ならウケがいいかなと考える程度。

神のお導きのような偶然に目を回しながら集会場に連れ込まれれば、名主から大判の銀貨を握らされて最初から最後まで通しでやってくれと頼まれる。否を言おうものなら逆さに吊《つる》すぞとばかりの剣幕に、まだ年若く経験の足りぬ彼は餌を啄《ついば》む鳥のように首を上下させることしかできなかった。

「さ、始めていただけますかな」

笑顔で酒杯を手にした名主に促され、おずおずと詩人は六弦琴を手に取った。隣で名主と同じ一番良い席《最前列》に座り、興奮を漲《みなぎ》らせているのは、顔が似ていないから婿養子であろうか。

ええいままよ、どうあれ仕事は仕事だ。こうなれば出来る限りの技量を尽くし、観客を沸かせば良い。いつかやるなら、今日やったとて同じことなのだから。

詩人は弦の張りを指の感覚で確かめつつ、尊崇する詩歌神に祈った。

我が神よ、どうかこの一曲、見事に詠《うた》い上げること叶《かな》わば我が名を世に広く知らしめる機会を与えんと。

神々はいつだって気紛《きまぐ》れで、ただ強請《ねだ》るだけの者を救ってはくれない。

だから、こればかりは自らの力で乗り越えるべき試練なのだ。

「ええ、では今からお聞かせいたしますは、西方にて語られ始めた最新の英雄、金の髪のエーリヒのお話にございます」

「いよっ！　待ってました!!」

正直、彼もこの話に詳しい訳ではない。マルスハイムにて名高い詩人が著した英雄譚であり、一年前から方々に広がり始めたとしか知らず、題材になった事件自体も二年近く前の出来事であるらしい。

電信もないこの時代であれば、辺境発の物語が伝播《でんぱ》する速度としては遅くもなく早くもなくといった塩梅《あんばい》。本場では続き物《シリーズ》になっているのやもしれぬが、詩人はこの一曲しか知らなかった。彼が知る理由となった詩人も又聞きの曲を模倣したに過ぎないがために。

続きを聞かせろと詰め寄られたら困るなぁ、と思いつつも語りは広場で進めた所にまでたどり着く。

「みやれよあれを、黒き悍馬に跨がりし金の髪を靡《なび》かせる英傑を。馬上にて弩弓を放ち、邪悪の旗を穿ち暴虐に果敢に立ちはだかりしはマルスハイムの冒険者、ケーニヒスシュトゥールのエーリヒ」

　名を出した瞬間、聴衆からの歓声が上がり「待ってました！」だの「よっ、一流詩人!!」だのと合いの手が上がる。いつから俺の出し物は一人舞台や演劇になったんだと思いつつ、折角盛り上がっているのだからと水を差すこと無く詩人は続きを歌い上げる。

「聳《そび》える邪悪と比すれば小兵としか呼べぬ痩身なれど、剣を抜き放ち竿立《さおだ》ちになった馬より檄《げき》を飛ばす様は見る者の闘志を掻《か》き立てる。おお、聞けよ響き渡る雷鳴に劣らぬその檄を。見よその恐れを知らず義憤に燃ゆる猛き背を！　彼《か》の背に庇《かば》われて、頼りなきと竦《すく》む者あらば、そが魂は盲目にあろう!!」

　おじちゃんかっこいい！　と名主達《たち》と一緒になって、最前列にて齧《かじ》り付《つ》きで聞き入っていた少年の驚喜。両手を渾身《こんしん》の力で握りしめ聞き入る一団を見るに、この〝金の髪のエーリヒ〟の同胞であろうか。単なる偶然に過ぎぬが、凄《すご》いところに来て、凄い偶然で曲を選んでしまったものだ。

「折れるな者ども！　古里の家族を想《おも》え！　絶望も諦めも墓穴の内ですれば十分に過ぎよう！　戦列！　生きる意志のある者は我に続け!!」

　詩人は英雄譚《えいゆうたん》というよりも軍記物のような台詞《せりふ》だと聞いた時には思ったが、これで萎えかけていた戦意を掻き立てて、冒険者と護衛が戦う覚悟を決めたのだから大したものだ。

最前に飛び出して挫《くじ》けかけた士気を立て直した英雄は、自らの旗印を矢で汚されて真っ赤に怒り狂った悪逆の騎士へまっしぐらに駆けてゆく。

自身も愛馬に跨がり直し、打ち破られた獅子人《ネメアー》の亡骸《なきがら》を蹴散らしてエーリヒへ突撃するヨーナス。一騎打ち再びの展開に場の空気が引き締まるのが分かった。

「天を揺るがす剣戟《けんげき》の音、見るに恐ろしき戦槌は、鋭く磨き上げられし白刃にいなされ空を切る！　その名は〝送り狼《シュッツヴォルフ》〟。礼を示し庇護《ひご》を求める者を故郷へ送り、非礼を為《な》す悪漢を討つ正義の刃！」

聞いたかと非常に興奮して隣の息子と思《おぼ》しき男の肩をバシバシ叩《たた》く初老の男。なにやら展開よりも剣の名前に反応しているようだが、何かあったのだろうか。

「絡み合うように二騎の騎手は幾合も激しく打ち合う！　上段、下段、いなされる戦槌より火花が散り、ついに金の髪の剣が悪逆の騎士に届く！　兜《かぶと》の面覆いが歪《ゆが》んで跳び、額を割られしヨーナス！　しかし、奴儕《やつばら》は姑息《こそく》にも騎手同士の戦いで避けるべき乗騎へ魔の手を伸ばしたではないか！」

場は盛り上がっているものの、詩人には小兵の剣が戦槌をいなせる理屈がよく分からなかった。普通、重さに負けて獅子人《ネメアー》のように潰されるのでは無いか？　と思わないでもない。もしかして、馬上戦闘の行《くだり》は展開のための創作ではないかとの考えが脳裏をよぎる。

「おおしかし、その抵抗も堂々と打って立つ英傑の前には儚《はかな》き足掻《あが》き！　身軽な英雄は槌《つち》を払えば、怒りのままに飛び上がりその胸に強烈な蹴りを見舞った！　無様に地へ這《は》いつくばる悪逆の騎士！　対し宙にて蜻蛉《とんぼ》を切って愛馬に戻る金の髪!!」

まぁ、吟遊詩人は夢を売る商売だ。どれだけ派手だろうが、どれだけ過剰だろうが客が盛り上がるなら文句はない。果たして鎧《よろい》を着込んだ痩身矮軀《わいく》の少年が一息に鐙《あぶみ》から足を放し、跳び蹴りに移れるかは疑問が残るが喜色溢《あふ》れる歓声の前では意味のないものだ。

一騎討ちに敗れた騎士。しかし往生際が悪い彼は、頭目が敗れたことを信じられぬと見ていた配下に攻撃を命ずる。はっと気を取り直し、頭目を支援せんと配下が攻撃を加えようとしたが、それを遮る者達があった。

「悪逆の騎士が従える弓手《ゆんで》が主人を扶《たす》けんと矢をつがえる。だがしかし、その矢が金の髪を揺らすことなし。丘陵の陰より現れし金の髪の盟友が卑劣な横やりを力強く打ち払う！」

なんとも用意の良いことに金の髪のエーリヒは同じく仕事に参加していた盟友を回り込ませていたのだ。どうせ一騎打ちに勝ったところで、このような悪行に手を染める悪漢が「参りました」と武器を捨てる筈《はず》も無し。勝った後のことを考え、勝利をより完璧な勝利にするべく備えていた。

「金の髪が駆る愛馬の兄弟馬に跨《また》がりしは、彼が一党の盟友〝幸運のジークフリート〟！そして、その後席に摑《つか》まり、邪《よこしま》なる射手を精妙なる射撃で撃ち払うは亜麻色の髪も麗しき蜘蛛人《アラクネ》の乙女〝音なしのマルギット〟！」

蜘蛛人《アラクネ》の名を出した時、女衆が集まっている一角から黄色い声が聞こえてきた。何事かと目線をやれば、まだ若い女達が手を取り合って騒いでおり、妙に派手な格好をした同じく蜘蛛人《アラクネ》の女性が酷《ひど》く痩せた男性の首に飛びついているではないか。

模倣した詩でしか知らないのだが、彼女もこの荘出身であったのだろうか。

「たった一騎、されど友に劣る事なき勇気で突貫するジークフリートの剣が閃《ひらめ》き、悪《あ》しき者に従いし奴儕の命脈が絶たれる！　勇敢なる騎兵の背に悪意を向ける者もまた、その目を瞬《まばた》きの早さで矢を放つ乙女に射貫かれて頽《くずお》れた！」

いよいよ物語の盛り上がりは最高潮、後陣の射手が打ち倒されてヨーナス・バルトリンデンの戦陣は崩壊しつつある。その最中、隊商の後列から更なる援護の手が差し伸べられた。

「怖《お》じ気《け》づき、歩みが止まる悪徳の戦列を俄《にわか》に襲うは馬車の上より投ぜられし魔法薬！　忘れるなかれ、彼らの中には〝若草の慈愛カーヤ〟の守りがあることを！　秀でたる薬草医が精製せし目くらましの魔法が戦列で弾《はじ》け、忠誠を捧《ささ》げるべきを誤った騎手が馬上より落ち、歩卒は槍《やり》を取り落とす！」

魔女が使ったのは複数種の刺激が強い薬草から成分を抽出した魔法薬で、素焼きの入れ物に入れて投じれば、着弾先にて瞬く間に広がって効果範囲にある者の鼻目を潰すと聞いた。

これぱかりは鎧を纏《まと》おうが秀でた剣術を身に付けようが躱《かわ》しようのない恐ろしい攻撃だ。こんな悪辣な魔法薬を作り出す魔女に〝慈愛〟の名を与えるのは歌ってる側としてもどうかと思ったが、盛り上がった観客は気にならぬようであった。

「さぁ、立てよ我らが剣の友よ！　一息に押し崩せ！　今こそ勇気を見せる時！　死なば今！　命を賭けるに値するは今なるぞ!!　鋭き鋼の牙を天に掲げる英雄の号令に、横列を組んだ冒険者の応じる声の猛々《たけだけ》しきこと！　地平に響き渡る鬨《とき》の声！　踏みならされる足音は一糸乱れず高らかに！　並ぶ穂先はきらびやかに！　ただの一当て、正しき者の刃の下に悪漢達は刈られる藁《わら》の如《ごと》く倒れ伏す!!」

怯《おび》えていた護衛達が統制を取り戻し、即席の戦列が野盗の軍を踏み散らす。目を潰された兵卒は抵抗も出来ず全身を刺し貫かれ、騎手も馬が混乱し動けぬところを集《たか》られて引き摺《ず》り倒され、命乞いする間もなく首を捌《さば》かれる。

図式があっという間に引っ繰り返った。

されど、しぶとく諦めが悪いのが悪党だ。金の髪が仲間に指示を出す間に何とか立ち上がった悪逆の騎士は、槌を取り上げ最後の抵抗を試みる。雑兵など何人いても同じだと。貴様さえ潰せば終《しま》いだと忌々しき冒険者に躍りかかる。

対する金の髪は馬上で徒《かち》の、それも馬さえ叩き潰せる得物を持った相手に騎乗したまま戦うのは不利と見たのか――そもそも、足を止めた騎兵とは脆弱《ぜいじゃく》なものだ――さっと飛び降り、今度は地面での斬り合いに挑む。

「おお、一度敗れ地に塗《まみ》れど、数多《あまた》の誉れある騎士と冒険者を屠《ほふ》りし悪逆の騎士の腕に陰り無し！　槌は暴風の如く吹き荒れ、地を削り、大気を薙《な》ぎ払い恐ろしげな音を立てて襲い来る！　一度触れれば肉体が木っ端と散華する暴威の前に立ちはだかれた者は未《いま》だなし!!」

最後まで強敵は強敵のままで。弱い相手を屠っても盛り上がらぬ。一気に空気を熱するように六弦琴の旋律はかつてなく高まり、奏者の指が熱を帯びるほどの調子に達する。

男は普段見せぬ激しき演奏に自らの爪に罅《ひび》が入る感覚を覚えたが、観客の喜びと盛り上がりを受ければ、何のことかと運指を乱れさせはしなかった。

詩歌神と、初めて見るような盛り上がりを見せる人々のためならば、詩人として爪の一枚二枚の何が惜しい。

「だが、未だ無かろうが〝今この時〟には関わりなし！　盾を持ち、剣を構える金の髪！　ただの一歩も退《ひ》くことはなく！　恐れの欠片《かけら》も笑みの浮かぶ顔に滲《にじ》むことなし！　死を前にして微笑《ほほえ》むことのできる戦士が携える、勇気という無二の武器の前では義の無き槌がなんとする!!」

紙一重で一撃浴びれば致死の攻撃を躱し、隙を窺う軽戦士は戦わぬ者からすれば正気とはいえぬ存在だ。人は死ぬのが恐ろしいから重い鎧を纏い、幾重にも着込みを重ね、神の加護や魔法の防護に縋《すが》る。

しかし、軽戦士はそれらの守りを〝殺すためには邪魔だ〟としてかなぐり捨て、致命の一撃を叩き込む一瞬のために見向きもしない。煮革の鎧と帷子《かたびら》では気合いの入らぬ斬撃、勢いが死んだ矢、威力を失った砲弾の欠片くらいしか防げまいに、頼りなさなど感じさせぬ自信を抱えて危険に身をさらす。

その有様は、端《はた》から見れば勇者と映るか、狂人と映るか。

全ては結果が左右する。

勝てば勇者、負ければ身の程を弁《わきま》えぬ愚か者。

さぁ、ここからだ。詩人は腹を括《くく》って最も難しい楽章に挑む。

聴衆が飛ばす声援、野次を聞きつつ高まった旋律を……敢《あ》えて一度ぱったり止める。

そして、数拍の後に最高に盛り上がる上り調子の乱れ弾き。複数の旋律を目まぐるしく行き来する運指は余りに難しく、作曲者から煽《あお》られているようにも感じられるほどだ。お前に俺の曲が弾けるのか？　と試されているようなそれを詩人は普段無理なく弾けるよう易化《いか》して弾いていた。模倣した詩人は無理して弾き、音を濁らせていたのを格好悪く思ったからだ。

されど、今日はなんだか弾けるような気がした。まるで詩歌神の加護を受けたように〝いける〟という気が沸々と湧いたのである。親指の爪は半ば剝がれ、血が滲んでいても全く気にならなかった。

「嵐の前にただ一度白刃が閃けり!!　短き裂帛《れっぱく》の声！　無為に荒れる嵐の前に、武とはすなわちこれそのもの、そう言わぬばかりに研ぎ澄まされた一刀が差し込まれる！　そして、ああ、そして見よ！　空を彩る赤き血潮！　数多の命を奪いし不義の右腕、血錆《ちさび》の槌諸共《もろとも》に宙を舞う！　果敢なる勇者の前に不義の騎士は討たれたり!!」

英雄譚における最高の一瞬、倒されるべき敵が倒されるべくして打ち倒される一幕。聴衆は喜びに沸き、酒を呷《あお》り、いや勢い余って酒杯を投げ捨てて歓呼の叫びを打ち鳴らす。

「悲鳴を上げ地に伏す不義の騎士！　その首に剣を突きつけ、金の髪は勝利を叫ぶ！　和《のど》には死なさぬ！　汝《なんじ》、その身を以《もっ》て悪徳の代価を払い、踏みつけられし民の苦しみを知るがよい！　さぁ、鬨を上げよ!!　その名を叫べ！　辺境を悪行に震え上がらせし暴虐の騎士に終わりを運んだ英雄の名を!!」

本来は詩人が歌うはずのエーリヒの名を何度も呼ぶ部分は、誰に言われるでもなく聴衆が引き継いだ。これほど盛り上がった演奏が未だかつてあっただろうか。最初は躊躇《ためら》い、言われるがままに弾き始めた詩人も喜びを覚える。今では剝がれた爪の痛みさえ心地好《ここちよ》い達成感の一部である。

ああ、いつか地元でやっているという恩恵など受けずとも、自らの腕一本で聴衆をこの領域にまで持っていってみせると新たな誓いを立てるほど。

しかし、この名を呼ぶのを止《や》めてくれないと、幕引き《エンディング》に入れないのだが。興奮冷めやらず騒ぎ続ける聴衆に付き合い、根気よく六弦琴の旋律を循環させせながら詩人はどうしたものかと頭を悩ませた………。

【Tips】吟遊詩人の詩は本来合いの手などを乗せる文化はない。

ヘンダーソンスケール1.0

Ver0.7

ヘンダーソンスケール1.0

【Henderson Scale 1.0】

致命的な脱線によりエンディングに到達不可能になる。

それは正に戦場と呼ぶしかない情景であった。

陽《ひ》も傾き、秋空が夕映えに変わろうとしている時期、原野にて二つの軍勢が睨《にら》み合っている。

片や白衣の軍が槍の横列を組み、片や色彩賑《にぎ》やかな軍が数個に分かれて盾の壁を並べる。

簡素な白の陣衣《サーコート》で統一された軍勢は、辺境伯家の家色である橙《だいだい》色の丸い円を胸に抱いていることから帝国勢であることは明白。歩卒の多くは帷子や手甲、簡素な構造の兜《かぶと》で武装しており、担うのは四mは超えるであろう混戦を前提としない歩卒槍。

帝国の軍制にて好まれる、雑兵を比較的短期間で戦力化するための武装。

しかし、明らかに徴兵されてきたばかりの新兵が多いのか、八〇〇あまりの帝国方は統制を著しく欠いていた。

敵方が戦術的な機動を意図した陣を敷いているのに、単純な多段の横列を組ませているのは、偏《ひとえ》に方陣だの魚鱗《ぎょりん》だの、況《ま》してや気合いの要る鶴翼陣《かくよくじん》といった統制だった複雑な動きが敵《かな》わぬからだ。

ぴんと張った糸の如く真《ま》っ直《す》ぐであるべき横列は波打つように乱れ、一所を指し示すように揃《そろ》っているべきの槍の穂先は野放図に伸びる草の如く。

練兵不足、そして実戦慣れしていないことによる脅《おび》え。散兵としてなどとても使えず、こうやって密集させてやっとその場に踏みとどまれるだけの兵士達《たち》。

召し上げるに足る人口はあれど、一端《いっぱし》の兵士へ育て上げる側《がわ》につける人間が露骨に少ないことが響いていた。

対し、円盾を壁のように幾重も重ね合わせた小集団の歩みは亀の如く遅くとも、整然として乱れなく、合間合間から突き出される槍の穂先は殺意に満ち満ち、脅えに揺れることもなし。

盾には魔法の紋が描かれており、遠間《とおま》より射かけられる威力の死んだ矢は刺さりもせず、帝国方から飛ぶ幾つかの攻撃術式も重ねることによって一枚一枚は脆弱な多層の障壁に阻まれる。

矢玉を浴びようが魔法が飛んでこようが一塊を崩さぬ歩卒達の連携も見事という他なく、一定の間隔を置いて広がっている小集団は、舞台で躍る歌劇役者が見せる一列の踊りのように調子を崩さない。

このまま進めば、等間隔に分かれて別個に動く五個の群れは、同時に不格好な横列へぶつかるだろう。

数は五〇〇と少し。五分の一ずつの一塊となった盾の群れが蠢《うごめ》く様は、脅える横列を寸断し連携を切り裂く鋸歯《きょし》の如し。

数を頼みにした横列を衝突力にて寸断し、か弱い小勢へと貶《おとし》めるための陣形だ。

帝国は素人を素早く最低限の戦力にするための長柄と軽装を選んだが、敵対する者共、土豪は大規模に軍を挙げることが難しい実情を悟って、敢えて古い戦略を復古させ精兵にて雑兵を打ち払う戦術を取ったのだ。

少しずつ配下の荘民《しょうみん》を集めて訓練を積ませる。目立たぬような人数を賦役の名目で季節一つか二つ召し上げ、基礎を仕込んでから忘れぬように何年かに一度呼び寄せて再びの教導を行う、半正規軍のような民草を育てたのだ。

行進の速度を司《つかさど》る太鼓の音と、盾にて亀甲を作った軍勢の歩みは完全に同調しており、どれだけ営々に、そして密《ひそ》かに訓練を積んできたのかを戦意に混ぜて醸し出す。五つの集団は等間隔に分かれ、前進は完全に同期し、ただ列を組んだだけの即席軍と練度の隔絶度合いを知らしめる。

そして、それを目の当たりにした、ほんの一季節前まで畑を耕していたり、木を切って生活していた者達の戦意がいや萎えていく。戦う前は、あわよくば兜首の一つでも取って故郷に凱旋《がいせん》し、新しい家を興せるかもという、頼りない戦意の支柱は直ぐにへし折れた。

兵士達の合間を騎乗の騎士が回り、統制を保たんと檄《げき》を飛ばすも、それも虚《むな》しく太鼓と揃った足音の轟音《ごうおん》にかき消されるばかり。既に兵士達は腰が引けており、号令と共に槍《やり》を振り上げ、叩《たた》き付けろという至極簡単な命令さえ熟《こな》せるか怪しかった。

素早く打音を刻んでいた鼓笛の響きが増し、盾の群れは乱れぬまま突撃にかかる。

騎士が前に出《い》でて張り上げる前口上も、名目上の降伏を促し、互いの敢闘を願う檄文も交わさぬまま。

「死より、誉れを！」

「誉れを!!」

戦陣の中から響く声に呼応し、楽団の斉唱のように五〇〇と数十名の声が戦場を震わせた。

土豪側は最早《もはや》なりふりも、古《いにしえ》の習わしも棄《す》てて勝ちに掛かっているのだ。

高々両軍合わせて二〇〇〇に足りぬ小規模な会戦であっても、彼等《かれら》には勝たねばならない理由があった。

勝利を積み上げ、帝国人の骸《むくろ》を重ねて諸外国より歓心を買い、少しでも支援を得る。上首尾に進めば、同じく帝国に翻意を抱いており、多方面で助勢してくれている衛星諸国家が更に増えるやもしれぬし、反乱の火種を大火に仕立てんと本腰を入れる大国も現れよう。

土豪達にとって、最早それしか勝ち筋はないのだ。

辺境伯だけが相手ならば、旧土豪勢力だけでも独立の回復は難しくない。恨みを薄れさせぬよう子孫へ熱心に教育を施し、地方にありがちな奇祭の体《てい》を取って怨念を練る行事を絶やしてこなかった彼等の結束ならば。

ただ、一地方の反乱程度と現皇帝が軽く扱っている今なら良いが、第二次東方征伐のように軍を挙げられては、土豪達の儚《はかな》い縦深などあっという間に呑《の》み込まれよう。

まだ帝国本土には残っている。交易路再打貫戦争を生き延びた古強者《ふるつわもの》が。皇帝からの号令あらば即座に全土へ馳《は》せ参じる二〇〇以上の騎竜が。

そして何より、絞りに絞れば総軍二〇万にも達するという人口の力《マンパワー》が。

本気を出した帝国には、高々地方勢力一つでは戦争にもならぬ。

だが、帝国とて本気はそうそう出したくない。

巨大な軍隊とは重きに過ぎる剣のようなもので、腰に佩《は》いているだけで一苦労なのだ。

そして、常備軍以外の兵士は元々帝国にて富を製造する生産者であり、軍隊を起こせば経済が止まるとまではいかずとも必ず鈍る。

これから生きる数十年、大量の麦や製品を作るはずだった、そしてその年齢に育つまで大量の物資を消費して生きてきた人間が呆気《あっけ》なく死ぬ。それは実る前の青い麦を刈るように勿体《もったい》ないこと。

成ればこそ、ライン三重帝国は比肩しうる者が少ない大剣を帯びれど、抜くことは滅多にない。いいや、その剣が大きければ大きいほど、後の消耗を考えて抜けぬ。

故に過日の帝国は、彼等が得手とする一撃で敵の継戦能力を破綻させる〝大会戦〟を強いる状況を丁寧に丁寧に作っていたが……土豪側はそれらを躱《かわ》しきり、小勢同士を有機的にぶつけ合う〝遊撃戦〟の形に持ち込んだのだ。

十重二十重に練られた土豪を暴発させる策を掻《か》い潜《くぐ》り、細い勝ち筋の糸を摑《つか》んだ。

それは小指と親指だけで挟むような頼りない握り方である。

握力を強め、握りしめる指を増やすのに必要なのはひたすらに勝利。

マルスハイム辺境伯の力を削《そ》ぎ、諸外国に付け入る隙を与え、そしてどさくさに紛れて主権を回復する。

絵巻物に仕立てるには細《ささ》やかな、今辺境中で起こっている戦の全ては、このような大戦略に基づいて行われていた。

戦列同士の距離が狭まり、遂《つい》に刃が血に浸された。ダラダラと締まりなく延びた横列に盾の群れがあっという間に食い込んで、瞬く間に混戦となる。

こうなると徴集兵の群れは弱い。長槍にて遠間から突き倒すか殴り倒す訓練しか受けていない即席の兵隊達は、剣を取って敵味方入り乱れる状況での戦い方など教わっていないからだ。

数を頼みとする戦い方を仕込まれた帝国の騎士達も既に臆しており、辛うじて持ちこたえている陣も僅かな時を耐えられるかどうか。

勝った。陣形の後方にて直接に指揮を執っていた土豪方の騎士は勝利を確信する。

あとは預かった希少な騎兵戦力、陣を敷くには小さすぎる丘の陰に隠した二〇騎もの重騎兵が横っ腹を突けば、烏合《うごう》の衆《しゅう》に過ぎぬ帝国勢は四分五裂。残党を狩る追撃戦に入れば、個々人が武功と鹵獲品《ろかくひん》を漁《あさ》るだけの時間。

収穫前の秋、無理矢理にでも戦力を絞り出させ、自分達も苦しむことを受け入れて整えた舞台は完成に近づこうとしている。

そら、今にも丘の向こうから騎兵の影が……。

終わりをもたらす存在に帝国、土豪、両陣からざわめきが上がった。

吹き鳴らされる角笛の音。遠い世界の神話ではあるが、いつだって終わりは喇叭《らっぱ》と共に訪れる。

それは、戦に終焉《しゅうえん》を齎《もたら》す影であることに違いはない。

だが、土豪にとっての吉兆ではなかった。

翻るは〝賽《さい》の目を噛《か》み砕く狼《おおかみ》の横顔〟の旗。二五の騎影は装甲こそ重騎兵とは言えずとも、いずれも見事な悍馬《かんば》に跨《また》がり細長い騎兵槍と騎射に適した弩弓《クロスボウ》で武装していた。

先頭に立つのはむくつけき醜男《しこお》共の群れにおいて、いっそ貧相にさえ映る小柄な姿。

総身を鎧《よろい》で覆っているのに、自分が来たと誰にも分かるかのように兜を脱いだ立ち姿は帝国勢に歓喜を齎した。

風にたなびく長い金髪。武者をやるのに似合わぬ細面。遠間にも分かる姿と旗印が士気を高め、同時に挫《くじ》いた。

「遊撃騎士……！」

「辺境の盾！　ヴォルフ卿《きょう》だ！　ヴォルフ卿来援!!」

窮地をひっくり返す大駒の登場は、土豪達にとって劇的に過ぎる。それも特大の悲劇だ。丘の上から来る手筈《てはず》になっていた味方の重騎兵は何故《なぜ》か来ず、勇名で馳せる少数精鋭の遊撃騎士団が現れるなど。

迂回《うかい》していたはずの重騎兵隊がどうなったかは、語るまでもなかろう。まだ丘の上に居並んだだけなのに、遠く丘陵上に佇《たたず》む帝国騎士の武器や具足は例外なく血で汚れていたのだから。

乱戦で取っ組み合っていた兵士達も思わず動きを止めて魅入る他なかった。

筋書きでも書いていたかのような場面。一幅の絵画とすれば、さぞ映えるであろう光景は歌劇でも中々に拝めまい。

大きく揺らされる〝賽目砕き群狼《ぐんろう》〟の旗に呼応し、フォン・ヴォルフの対面に当たる林からも喇叭の多重奏が轟《とどろ》き渡る。

突撃発起の音色だ。

伏兵、いや弱兵を的にした釣り野伏《のぶせ》であったかと土豪側は大混乱に陥り、圧倒的に優勢であった戦場が引っ繰り返る。

最早、陣形に深く食い込んだ牙は中々抜けぬ。勝ち戦、後は揉《も》み散らすだけという敵陣に兵士達は勢い余って深く踏み込みすぎていたのだ。

盾の壁を組み直して受け止めようにも遅すぎる。敵が両面から襲いかからんとする予兆に動揺した兵士達は、兵士であることを止《や》めた。

その場に踏みとどまって戦いを続ける者や、両隣の戦友と盾の壁を作って今正に側背を突かんとする敵を阻もうとする者は少ない。大半の心が折れて逃げを打たんと味方同士で押し合いへし合いの大混乱へと陥っている。

こうなっては、脆《もろ》いはずの相対していた横列も逃走を阻む壁だ。左右からやって来るであろう敵の刃から逃れるべく、後ろへ後ろへ逃げるばかり。

この場面で崩れかかった敵正面をぶち抜いて、前方へ撤退するなどという〝イカレた〟考えは、さしもの土豪達《たち》からも湧いてこなかったようである。

「勝利を《シュタイゲン》！　然らずんば死を《オーダーサンク》!!」

「勝利を《シュタイゲン》!!」

昇るか、沈むか。新興騎士家が〝マルスハイム辺境伯〟に叙勲されるにあたって新たに掲げた標語《モットー》だ。戦士として立ったならば、勝利を得るか、それが叶《かな》わぬなら殺せるだけ殺して死ね、という実に血濡《ちぬ》れた意図が言葉の裏にあることをどれだけの人間が知っていようか。

「帝国万歳《ジークライヒ》！」

標語の唱和に続く、帝国では突撃発起の合図となる歓声を上げて騎士達が丘陵上から逆落としに入った。鎧の胴、脇に設《しつら》えられた長槍の固定具に騎兵槍が噛み合い、馬首よりもずっと先に伸びる穂先が秋の陽光を浴びて剣呑《けんのん》に光る。

土豪側の騎士は逃げようとする配下を必死に押し止《とど》め、槍衾《やりぶすま》で迎撃しろと命じたが、間に合いはしなかった。加速度が乗り甲冑《かっちゅう》にガッチリ固定された槍が歩卒を貫通、ともすれば後ろの二人目を串焼き肉でも仕立てるかのように貫いて屠《ほふ》ってゆく。

続いて馬蹄《ばてい》の蹂躙《じゅうりん》が槍の穂先より生き延びた者達を追撃し、人馬合わせて数百キロもの超重量で泥と肉を混淆《こんこう》させた。

槍が獲物で重くなった物は打ち捨てて剣を抜くか、弩弓を取って敵の一団を突破した後に隊伍《たいご》を組み直し、再び助走による勢いを付けて別の一団へ襲いかかる。

誰も首を取ろうなどと考えない。見事な鎧を着込んだ武者を突き殺そうと、逃げ惑う姿の中に煌《きら》びやかな外套《がいとう》を見ようが頓着しない。

必要なのは、より大きな出血。勲功など個人武勇に頼らずとも、後で幾らでも付いてくる。

首は打ち捨てにする。ヴォルフ卿麾下《きか》の兵士達が、歩卒の一兵に至るまで徹底して仕込まれる軍法だ。

集団が二つもやられたならば、混乱が壊乱に変貌するのに時間は然して必要なかった。

そして、誰も気付かないし、気にする余裕もない。景気よく喇叭を鳴らしたのに、丘の対面の林からは誰も襲いかかってこないことを。

後は信じて走るだけ。運良く後ろから矢玉や槍の穂先が突き込まれぬよう。戦うことを諦めた者をもう兵士とは呼べない。落人《おちうど》の群れだ。

敵陣がやる気を取り戻した歩兵横列に追われていくのを見送りながら、矢玉が飛び交う中でも勇気を示すため、ついぞ兜《かぶと》を被《かぶ》り直さなかった騎士が呟《つぶや》いた。

「まぁ、こんなものか」

返り血で汚れた顔を拭っていると、配下が再結集し声を掛ける。

「ご報告申し上げる！　負傷四！　損耗なし！」

副官の騎兵は肩に矢を受けていたが、それは装甲を貫いたものの鎧下で止まっており、傷の内には入らないとでも言いたいのだろう。多かれ少なかれ負傷した者はいたが、馬に乗って戦えない者以外を彼の麾下では〝負傷者〟とは呼ばなかった。

「未《いま》だ我等意気軒昂《いきけんこう》!! 逃げ散らばる奴儕《やつばら》の背を突きましょう! あと会戦二回は余裕で戦えますぞ!!」

騎乗して駆けつけることが叶った者は皆、面覆いの下からでも分かるほど戦意に目をギラつかせ、もっと戦果をと請うように主人へ願った。

この段に至って、そしてこれだけの闘志を漲《みなぎ》らせていても勝手に敵へ向かっていかぬのは、流石《さすが》の練度と言うべきであろう。

猟犬は主の命がなければ吠《ほ》えぬ、とは能《よ》く言ったものである。

「結構。手傷を負った者は下がらせろ。我々は十分目立った。負け戦続きの同胞に少しは功を譲ってやれ」

しかし、戦の中でも冷徹さを保つ騎士は、戦果を上げすぎるのも問題だと配下を窘《たしな》め、足を止めることにした。

今回、〝全ての歩卒〟を置き去りにしてまで、押っ取り刀で救援に駆けつける形となったストラスブール男爵や直卒衆を取り纏《まと》めるフェンスタデン卿は、ここ暫《しばら》く酷《ひど》い負け戦続きなのだ。この辺りで一度、ちゃんと武功を稼がせてやらねば、配下より「家の殿様は頼りねぇ」と軽く見られてしまうだろう。

戦争ともなると〝勝ち方〟というものがあるのだ。幾らかでいいから仲間にも武功を譲ってやらねば〝歪《ゆが》み〟が生まれる。

何より、遊撃騎士なる〝独自の判断で戦に参加する権利〟という、下手な貴族よりも高度かつ柔軟、そして強力な権限と予算を与えられているのがヴォルフ家。味方の危難とあらば何処《どこ》にでも駆けつけると言えば聞こえは良いが、要は好き勝手に動き回っているだけとも言えるので、辺境の盾などと呼ばれてのぼせ上がっていると要らぬ噂《うわさ》を立てられるのを指揮官が嫌っての差配だった。

「味方の救護と死に損なった者達に慈悲を配ってこい。手助けの範疇《はんちゅう》なら、多少暴れても構わん」

「承知！」

下知を受けて配下達は三から四騎の小集団に分かれて戦場に散った。

戦に倒れれども命がある者を助け、消化試合となった熾火《おきび》が如《ごと》き生き残りに完全に水を掛けて回るべく。

「ヴォルフ卿、護衛は……」

「要らぬ。卿《けい》らも行け」

「はっ!!」

尋常ならば考えづらい命令でも、ヴォルフ卿手ずから仕込まれた騎士達は一切の疑問を差し挟まず遂行する。

むしろ、形以上の護衛が必要な物かとさえ思っていた。

彼の配下が全員で打ちかかったとして、この男に手傷一つ負わせられるか怪しいのだから。

供回りも付けず、惨憺《さんたん》たる戦場を散歩と変わらぬ様子で闊歩《かっぽ》する男の名をエーリヒといった。

帝国騎士、エーリヒ・フォン・ヴォルフ。

かつて土豪共が企てた忌々しき計画と蛮行の数々を挫き、マルスハイム辺境伯に報告した褒賞とし、騎士に叙せられた男。

少壮に入ったばかりといった風貌は昔日の初々しさから褪《あ》せることなく、戦場に金の髪をたなびかせて運んだ戦勝《かちいくさ》は数知れず。

辺境伯の勇み足によって始まった土豪の乱によって、麻の如く乱れた辺境の治安を護《まも》るべく、手勢を率い、東西を縦横に走る彼《か》の者に民草が捧《ささ》げた畏敬の名が〝辺境の盾〟。

冒険者という出自から立身出世を遂げ、辺境にて最も多くの土豪を刈り取った者の奮戦華々しくも、会戦を避けて遊撃戦へ主眼を移した土豪達の蠢動《しゅんどう》は未だ収まらず。

日々の活動を続ければど焼かれる荘数多《しょうあまた》、混乱に乗じ急ぎ働きに手を染める者計上能《あた》わず。

戦えど戦えど、果ては見えじ。

挟撃の形となる喇叭の音が鳴り響いた場所でエーリヒが下馬すると、数人の影がゴソゴソと暗がりからやって来た。

それはヴォルフ卿が従える数人の従兵と、統一されぬ武具防具を纏った武者の群れ。

二桁に届かぬ寡兵の半数は冒険者達だった。

「今度ぁ勝ったな」

「ああ、危なかったが」

五〇〇人の手練《てだ》れの心に最終的なトドメを刺したのは、僅か一〇人足らずの別働隊だったのだ。彼等《かれら》はエーリヒが会戦前に加勢しても戦を有利に運ぶのは敵《かな》わないと見て、謀った計略の一つを為《な》した。

本来ならば戦略に口を出すような越権も甚だしい企てなれど、彼にならば許される大胆な作戦だ。

騎兵隊は敵の騎兵隊を叩《たた》き潰し、陣形全体の決定的な破綻を防ぐ。

そして、持てるだけ持った喇叭《らっぱ》を別働隊が吹き、まるで大軍が伏せていたかのように装わせることで、味方を敗北寸前まで追いやった敵の士気を挫く。

戦とは何も敵を剣や槍《やり》で突いてまわり、皆殺しにすることではない。心を摘んで、戦う意志を奪うことも立派な手段。

このままでは三方を囲まれて全滅する、という兵達の脅《おび》えさえ引き出せるならば、実態がとてもではないが軍勢とは呼べぬ少数だけが伏せているような有様でも構わないのだった。

相手が悪い方に想像するよう振る舞うのもまた、戦術であるからして。

「しかし、肝が冷えたぜ。こっちに向かってきたらえれぇことだ」

不遜にも騎士相手に気軽な口を利き、かき集められた喇叭を放って寄越《よこ》す男の名は、かつて〝金の髪のエーリヒ〟として知られた冒険者と同じく全土に轟いている。

〝幸運にして不運のジークフリート〟。不思議と単独で英雄詩に取り上げられることの少ない男だが、その武名だけは揺るぎない。

冒険者でありながらにして――家臣だと勘違いされることの方が多いが――辺境の盾の朋友《ほうゆう》として、ヴォルフ卿《きょう》と戦陣を共にしてきたのだから。

今もこうやって、臆病者や粗忽者《そこつもの》では決して勤めきれない大役を見事に成功させて見せた。

発想自体は簡単でも、いざその場に挑んでみれば分かろう。

下手に喇叭を鳴らして敵を刺激し、勇気ある一団が伏兵を食い止めようと突っ込んで来たらと、逃れ得ぬ死の不安に駆られる。

作戦は失敗するどころか、無数の歩卒に群がられて悲惨なこととなる。

ジークフリートは林の中、一度に大勢が押し寄せて来ることが困難な地形であれば雑兵の五〇や六〇、余裕で相手をする自信はあったものの、周りまではそうもいかぬ。

彼が別個に才能を見出《みいだ》して一党に加えた者は、一人で五人分くらいの働きをしようが、残念ながら最も頼りになる妻がこの場におらぬとあれば、上手《うま》くやりきっても半数は死んだだろう。

戦も冒険も命を場代にした賭けのようなものだから、それはいい。ここで死に際に妻や恋人の名を呼ぶことはあっても、戦に参加したことを後悔するような泣き言を吐き出す半可通は一人もいないと確信している。

ただ、ジークフリートとしては、自分が死なないような状況で、預かった配下や一党の命を危険に晒《さら》す状況が気に食わない。

それでも、この未だ底知れぬ男の頼みはどこか断りづらくて、いい目が出ることを祈ってサイコロを振ってしまったのだが。

「君だから安心して任せた。おかげで何百人か多くが武勲話を抱えて地元に帰れるだろうさ」

友人から投げ渡された喇叭をジークフリートに同行させていた自分の従兵に渡すと、エーリヒは鎧姿《よろい》であっても懐に欠かさず呑《の》んでいる箱を取り出す。

貴族界隈《かいわい》では、即物的すぎて〝下品〟と貶《けな》されることもある紙巻きの煙草《たばこ》だ。

「まぁ、代わりに土豪方が随分死んだが……これじゃ辺境が完全に帝国の支配下に収まったとして、経済力は往事の半分からそれ未満ってところだな。腐敗と不正を追い払っても勘定は合うまい」

「こんだけ殺し、殺されをしてちゃあな」

戦場の臭いは鼻につく。死んだ者達が臓腑《ぞうふ》から流した血と糞便《ふんべん》の悪臭が漂っており、かなりきつめに調合した魔法の煙草でも一服していないと、草臥《くたび》れた精神が更に荒《すさ》んでゆく。

「陛下や辺境伯が何を考えておられるのか、私には分からんよ……ここはいざとなれば西の大国と殴り合う最前線だ。荒れて良いことなど何がある。私はもう、長い間西から入って来る新しい硝子《ガラス》の器を見ていない」

土豪の反乱は長く続きすぎた。帝国が本腰を入れるでもなく、さりとて諦めるでもなくダラダラと締まりのない状態を続けて久しい。

エーリヒが十七の時に勃発し、良くも悪くもならないまま反乱は五年も続いている。もうこの秋で二十二になったエーリヒは、人生の四分の一近くを辺境伯の尻拭いで走り回っている計算になった。

商人は今やマルスハイムを避ける。かつては外国から煌びやかな珍品奇品を集めて帰ってきた者達《たち》も、もうマウザーの大河を行き交わない。

こうなるまでして、内政屋としての腕前を望まれて帝位に就いた今上帝に何の利があろう。

「待てよ……釣り野伏か」

「よし、そこまでだエーリヒ」

物騒なことを呟こうとした元同期にして、事あるごとに面倒な仕事を頼んでくる騎士の口を冒険者は塞いだ。

この男が悪い予感を呟くと、大体が現実になるのだ。

そして、聞くべきでもないことを聞いてしまったジークフリートは、逃れようもなく悲惨な戦場へ一緒に赴くハメになる。

「俺ぁ娘の結婚式や息子の初陣も見ないで死にたくねぇ。だから要らねぇ予想を練るな」

「もご……ぷは。そういえば、君のところの双子は冬が来たらもう三つか。年月が過ぎるのは早いものだ」

憂鬱さを煙に混ぜて夕映えに吐き出す姿は、ジークフリートとしては癪《しゃく》だが妙に絵になっていた。

「おう、可愛《かわい》い盛りだ。手もかかって仕方がねぇ。だから俺を戦場に引っ張り出すのはよせ。こいつぁ冒険じゃねぇだろ」

「私も友人を長いこと家から引き剝がし、久方ぶりに帰って漸《ようや》く拝んだ子供から『誰？』って聞かれるような目に遭わせるのは、とてもとても心苦しいのだが……」

「妙にありそうなことを宣《のたま》うんじゃねぇ!!」

嫌に現実感がありそうな、冗談にしても逆鱗《げきりん》をギリギリ掠《かす》めていく微妙なことをほざく騎士に冒険者は一瞬摑《つか》みかかりそうになった。

しかし、今はマルスハイムにて小さな薬草医を営み、数年前に過剰投薬により道半ばにして果てたナンナの尻拭いをしている妻が、いい歳《とし》になったんだから子供みたいなことをしないの！　と怒る姿を思い出して踏みとどまった。

二児の母親になってから、途端にカーヤが強くなったのだ。相も変わらず、市井は疎《おろ》か、一度錦を飾った故地の者でさえジークフリートと呼ぶようになった彼を、未だディルクと旧名で呼んで憚《はばか》らぬ妻には逆立ちしようが勝てぬ。

況《ま》して、古い戦友から頼まれたとは言え、ちょろちょろ動き回るようになって一番手間が掛かる時期の子供をほっぽり出して、槍を振り回しているとなれば。

「ここで誰かが踏みとどまって戦わんと、マルスハイムまでが扼《やく》される。踏ん張り所だぞ、お父さん」

「チッ……」

だが、戦士として辣腕を振るうに足る必要性があるのも事実だった。だから彼はカーヤが止めるのにも拘《かか》わらず、冒険者の先達が「戦に深入りするのは感心しない」と苦言を呈してもエーリヒに助勢しているのだ。

「あーあ、いつ終わるかね、ったく……さっさと塒《ねぐら》に突っ込んで、首魁《しゅかい》の首を取った方が早いんじゃねぇのか？」

「敵も曲がりなりに地場に根を張った古強者《ふるつわもの》だ。一所に固まっちゃいないし、私と君が命をかければ……まぁ、半数は殺《や》れるかな」

「じゃあ尚更《なおさら》……」

「だが、私の配下も過半は死ぬ。もう半分も暫《しばら》くは使い物にならんだろう。今、私が戦術的な価値を失うのは、敵の統制を一瞬乱すのと比べると釣り合いが取れんよ。思い出したまえ、連中が掲げている〝上王〟はお飾りで、実権は合議の寄合なんだから」

これまた癪なのが、この男は一応道理が辛うじて通りそうな無茶しか言わないのだ。長駆敵地に乗り込んで、土豪を何人か殺すことは能おうが、ヴォルフ卿の麾《き》下《か》が損耗し尽くすのは剰《あま》りに拙《まず》いことは冒険者にも分かる。

地方の治安が完全に崩壊していないのは、冒険者の尽力もあるが、大規模な野盗団が結成されぬよう、第二第三のヨーナス・バルトリンデンのような奴儕《やつばら》が生まれる余地を潰して廻《まわ》る、遊撃騎士団のおかげなのだから。

「第一、私がカーヤ嬢を寡婦にしてみろ……土豪相手に戦争するより怖いぞ。夫婦共々青黒く膨れた亡骸《なきがら》を配下に見つけられたくはない」

「……そーだな。俺もテメェの葬式ん喪主なんざマルギットにやらせたら、下手すっと次の日にゃ嫁と仲良く揃《そろ》ってドブに浮かんでそうだし」

「流石《さすが》に彼女も喪が明けるくらいは待つんじゃないかなぁ」

「どっちみち殺されるだろ。昔馴染《むかしなじ》みに首ぃ掻《か》かれてたまるか!!」

煙草の一服がてらする話題には剣呑《けんのん》過ぎる冗談を区切るように、遠方から鬨《とき》の声《こえ》が響いた。

逃げを打った敵の追討に掛かったストラスブール男爵の配下が大将首でも挙げたのだろう。これで彼の面目も暫くは持ち直すはずである。

「さて、落ち穂拾いも趣味じゃないし、引き揚げるか」

「あー……しかし疲れた……俺ぁ騎兵じゃねってのに、馬に乗せて西へ東へ引っ張りやがるし、組合証の色も上がらねぇ仕事ばっかやらせやがって。もう二年も緑青のままなんだぜ?」

「分かった分かった、今度辺境伯を通して組合長に口利きをして貰《もら》うから。それに、金はたんまり払ってるだろう?」

「育ち盛りのガキがいると幾らあっても足んねぇよ。なんか最近、息子が薬草に興味津々だし、娘の方が俺ん予備の武器を弄《いじ》くりたがるっていうから、大人になったら一式良いのを揃えてやりてぇしよ」

「あー、そう遺伝したかー……」

「別に俺ぁ女が剣持つなとは思わねぇよ」

「私も性別で職業の別を問うつもりはないんだけど、君、いつか息子に剣を教えたいって言ってたじゃないか。さっきだって息子の初陣をと……」

「別にどっちでもいいよぉ。でも、俺に似ず槍より剣が上手けりゃいいなぁ」

冒険とはとても呼べない戦の惨状を素通りする二人、しかし、その気安い間柄だけは変わらなかった………。


【Tips】辺境の反乱。帝国はその戦闘教義《ドクトリン》から一撃で敵の継戦能力を破綻せしめる会戦を好むが、様々な政治的な意図、あるいは失敗を経て長い反乱となった。


大塩平八郎よろしく反乱自体は直《す》ぐに終わっても都市が焼けるような有様も困るが、応《おう》仁《にん》の乱《らん》みたいに長々と締まりのない展開が長期間続く反乱も困る。

さて、本当に帝国はどうしたいのでしょうか、と私は戦勝に盛り上がる兵士達の宴《うたげ》を眺めながら煙を吐いた。

あの〝忌み杉の魔宮〟に潜ってから、もう六年にもなるのかとしみじみ思う。

いやぁ、あれの後始末をしくじったね。アグリッピナ氏のお手を煩わせるのも何だし——あと、また貸し一つとか言われたら怖いし——直接、組合長に昔士豪が悪巧みして酷《ひど》いことしてたみたいですよ、と告げ口したのがよくなかった。

あれよあれよと言う間に「こいつ使い勝手良いぞ！」と思われたのか、辺境のややこしい情勢に呑み込まれて、気が付いたら大人しく騎士叙勲を受け入れざるを得ない絵図ができあがっていた。

いや、精一杯足掻《あが》いたんですよ。騎士なんてご免だったし。年俸は安いのに必要経費が死ぬほど嵩《かさ》んで、しかも気軽に遊びにも行けない身分なんて。卿とかフォンとか呼ばれて喜ぶ性癖も持ち合わせていないので、できるならば避けたかったさ。

ただ、私が田舎の方の貴族なんだなと内心、無意識に甘く見ていた人達も結構な手練《てだ》れだったというだけのことだ。

士豪は好き勝手してるし、ヨーナス・バルトリンデンみたいな輩《やから》が蔓延《はびこ》る余地があるとかヤベーだろと地下の目線で見て、行政府に頑張って貰わなきゃなって気持ちで報告するのは至極普通。

その選択肢が一四頁《ページ》に飛ばしてくるような結末になるなんて誰が思う？

私が志したのは冒険者であって軍記物の騎士じゃない。権限与えて色々便利に使おうぜ！　という意図は察するし、そこまでしないと人手が足りない辺境伯の事情は同情してあまりあるが、誰も巻き込んで良いとは言っていない。

それにアグリッピナ氏からも相当煽《あお》られたからな。

態々《わざわざ》〈空間遷移〉まで使って工房に〝呼びつけられて〟……そう、彼女が出向いてくるのではなく、呼びつけられて何刻も嫌味を言われた。

椅子に座る私の周りで煙管《きせる》を燻《くゆ》らせながらぐるぐる歩き回り、こう仰《おっしゃ》るのだ。

「へぇ～私の誘いは蹴るのに、マルスハイム伯の誘いなら乗るんだ？」

「ふぅ～ん、騎士なんて、ぜってぇー嫌ですなんじゃなかったっけぇ？」

「しかも、かなりの政治的な厄介事を、貴族でもない、冒険者にしても軽く扱われる下級の内で片付けられると思って独断専行～？」

今でもあの時の恥辱は忘れられぬ。こうなればもう、置物のように足を揃えて座り、黙って煽られる他なかったから大人しく煽られたけどね。

自分が望んでいる結果を得られず、不本意な立場を受け入れざるを得ない袋小路に迷い込む。それ即《すなわ》ち、自分の力量を超えるようなことをした〝馬鹿〟だと言われても仕方のない醜態だ。

冷静になって振り返ると、何十代と謀略ばっかりやってるのが純血統の貴族というもの。如何《いか》に相手が辺境、中央社交界から遠ざかっているとは言え、高々貴族の側仕《そばづか》えだった私が甘く見ていい相手ではなかったのだ。

しかも相手は辺境伯。辺境という文字を冠するからこそ左遷やどうでもいい役職と勘違いされがちだが、最も脆弱《ぜいじやく》で諸外国と一番最初にぶつかる辺境《重要地》を信任される相手が、ちょっと貴族界隈《かいわい》を知った〝つもり〟になっていただけの小坊主に上手《うま》く使われる道理がいずくんぞあらんや。

「だから、不慣れなことは慣れた人間に借りを作ってでもやらせろって教えたのよ」

「……過日のご忠言、心を裂くようにございます」

「況してや、私を気遣って手を患わせたくなかった？　敬老精神がどうたら言い出すつもりじゃないでしょうね？……図に乗るんじゃないわよ、こ、ぞ、う」

「う……」

顎を煙管でなぞり上げて、私を強引に上向かせたアグリッピナ氏の顔は呆《あき》れていた。

笑っていなかったのだ、珍しく。

あれはこたえたね。

アグリッピナ氏は失望した時には笑わないのだ。真顔になって、見下ろしてくる。

煽られたことも馬鹿笑いされたことも山ほどあったが、失望されたのは初めてだった。

なればこそ、今はこうやって、彼女の指図に従って〝遊撃騎士〟なんて新設の、しかも妙に裁量権の強すぎる厄介な立場を甘んじて熟《こな》している訳だが。

どういう訳か、私は彼女をいつかキャンと言わせてやりたいとは思っても、失望だけはされたくなかったらしい。

元雇用主だからか、曲がりなりに魔法の師であったからか。自分の頭の中のことなのに判然としないものの、暫く仕事をする気にもなれないくらい憂鬱になったのだけは確かだった。

まぁ、辺境伯の下で叙爵されねばならぬなら、それはそれで仕方がないとアグリッピナ氏は思考を切り替えた。

彼女も魔導宮中伯として、ウビオルム伯爵として私が不在の間に辺境で蠢動《しゅんどう》していた企てに一枚噛《か》んでいたのだろう。

だから、辺境伯を通して事態を望ましい方に動かさんと密命を私に下し、根回しもしてくれた。

だから遊撃騎士団の創設などという、辺境伯の軍権に嘴《くちばし》を突っ込むような無茶にも否を言わず、今度こそ失敗しないよう予断なく努力している。

とはいえ五年。五年も反乱を終わらせぬよう、かといって西方辺境を破綻させぬよう、第二次東方征伐戦争への関与が薄かったばかりに弱兵が多い西方を支え抜けという指示の意図は、今日まで見えていなかった。

ああ、彼女は勝てと言わなかった。ただ負けるな、とのみ命じた。

念入りに釘《くぎ》を刺されているのだ。無茶をして、反乱を終わらせようと英雄《にろう》なんてするなと。

お前ならできるだろうが、斬首戦術を取って物理的に黙らせるような短慮は以《もっ》ての外《ほか》。

ただ、今日の光景を見て思いついたことがある。

釣り野伏。敢《あ》えて本隊を弱兵に見せかけて敵の攻撃を誘発し、予《あらかじ》め伏せさせておいた伏兵を用いる戦術で、日本では南の端っこの方の蛮ぞ……失礼、薩摩の人達《戦闘民族》が得意としていたものだ。

そして、ちょっと前に経過報告でアグリッピナ氏と話した時、彼女はまるで雑談のような気軽さで〝戦争のおかげで予算と権限が増えた〟と嬉《うれ》しそうに航空艦の模型を見せてくれた。

ただの模型ではない。模型オタが本気を出しに出したような細かさは、ただの拘《こだわ》りによって為《な》されるような領域ではない。

何らかの魔法によって縮小されたもの。航空艦設計責任者である彼女の手元にあるそれは、恐らく実物大模型《モックアップ》を小型化して盗まれぬよう保管している重要機密。

本来なら叙爵時点で量産するならあと二〇年は要ると言われた代物を、戦争に必要だからなんて名目を仕立て、金と動員人数という飽和攻撃でゴリ押ししやがったのだ、あの女。

既に最終評価用の試験艦《テストヘッド》は、何処《どこ》ぞかで運用実験を終えていると見るのが確実。

建造に二から三年かかろうと、帝国は近いうちに実験艦を含めて五から六隻の航空艦を実用段階に持って行く算段を付けたということだ。

これを誇大妄想と笑ってくれるな。あの書痴《ビブリオマニア》の極み、物語にしか興味のないアグリッピナ氏が私に態々、好きでも誇りを持っている訳でもない仕事の成果を見せびらかす筈《はず》がなかろうよ。

そして、確実に言えること。それは彼女が帝国の勝利を願って……なんて殊勝な努力をしたのではなく、〝航空艦建造責任者〟という立場をさっさと終えるためにやったに違いない。

量産が上手く行けば仕事は減る。アグリッピナ氏自身で考え、決済せねばならぬ事案が減ることに繋《つな》がるなら、あの畜生は何でもやる。

愛《いと》しき魔導院書庫での引きこもりの日々を取り戻すためなら、何万人死ぬような作戦でも立案に躊躇《ためら》いは覚えまい。周りからナメられない名目さえ立つなら、甘い蜜を滝のように浴びられる今の地位とて、適当な後輩へ投げつけて喜びのままに勇退する。

アレはそういう生き物なのだ。

帝国中枢は釣り野伏を企図しているようにしか思えなくなってきた。一隊ではなく、敢えて帝国辺境を攻めるに易《やす》い状況ですよと見せびらかし、何処ぞかの大国が好機だと勘違いして攻めてくるのを待っている。

そして、いざやって来たならば、辺境の縦深を利用してマルスハイムで耐久。時間を稼いでいる間に軍を挙げ、航空艦が持つ高速かつ大量の兵員輸送能力を活用し、何万もの移動で疲れていない大軍で以て準備万端会戦を持ちかけるのだ。

空を飛ぶため殆《ほとん》ど直線距離で移動できるという利点、兵員輸送区画に換装すれば一隻で五〇〇人は兵士を運べるという馬鹿げた輸送力。辺境から早馬が届いた瞬間に準備を始めたなら……まぁ、一月もあれば数千単位の軍勢を最前線に送れるな。

しかも、東方征伐戦争を経験した勇士や、彼等《かれら》から教練を受けた生え抜きで構築される精鋭軍や、先帝アウグスト《竜騎帝》Ⅳ世が愛した竜騎兵隊と魔導院の変態共が雁首揃《がんくびそろ》えてお出迎えの準備をする。

酷いクソゲーである。手薄だと聞いて、意気揚々と「貴公の首は柱に吊《つる》されるのが似合いだ」と宣戦して、態々遠方からえっちらおっちら何百里《タイル》も歩いて戦争しに来たら、首都にいたはずの大軍《デススタック》が疲労もせず都市防衛持ちで構えているとか、私が指導者ならＥｓｃキー《リザイン》不可避だ。開戦準備中に間が悪く〝鉄道技術《都市間の高速移動》〟を開発されたかのような悪夢に、よもや今生で直面することになろうとは。

まぁ、幸いにも私は仕掛ける側なので、絶望しないで済んでいるが。

これの意図に気づこうと思ったなら、余程帝国中枢に近くなければ無理だろう。

何せ少し前に外交関係を揺るがせた航空艦のお披露目以後、まだ帝国は空で目立った活動をしていないのだ。

作ったは良いが上手く使えてないとか、実は近距離を飛ぶのが精々なんじゃゃ？　みたいな評価が漏れ聞こえてくるのは、諜報戦《ちようほうせん》が上手く運んでいる証《あかし》。

そうなれば、もしかしたら一月や二月の短期間で奇襲のため押しかけた大部隊に対抗できる軍勢を用意してくるという発想は浮かぶまい。

こりゃあ酷いことになるぞ……辺境が異国人の血で河になるやもしれん。

身震いをしていると目の前にごろりと幾つも重量物が転がった。

不格好に丸い故、規則正しい転がり方をしないそれは首だ。

人間の首、見事な髭を生やし、悔しさを貼り付けたまま死んだ顔を私は知っている。追い払うことを優先して、落ち延びることを許した重騎兵隊の指揮官であり、数少ない生き残りの騎士。

えーと、名前は何だったかな……。何か名乗りは上げてたんだけど、忘れてしまった。

「落人《おちうど》、討ち取りましてよ。騎兵指揮官に生き残られると厄介でしょう？」

焚火《たきび》や篝火《かがりび》で煌々《こうこう》と照らされている中、まるで影から滲《にじ》み出すような隠行で大手柄首を引っさげながら帰ってきた一団に皆が驚いた。この野営は遊撃騎士団だけではなく、先の戦全体の野営なので、慣れていない面々が度肝を抜かれて目玉が落ちんばかりだ。

「お帰り、マルギット。すまないね、残飯処理なんてさせて」

「食い出がありませんでしたわ。騎兵なんて、自分の位置を喧伝《けんでん》しながら進んでいるようなものですもの。せめて馬くらい置いて落ち延びなければ、家の子達《たち》なら誰でも狩れましてよ」

こりゃ警戒線に配された立哨《りっしょう》達は、あとで大目玉を食らうだろうなと内心で追悼しておく。

彼女達が味方だったからこそ良かったものの、これが敵なら大事だからな。祝いの酒に毒を混ぜられて戦わずして軍団が壊滅したり、ストラスブール男爵が暗殺されたりすることにも繋がるから。

さりとて、我が細君……私の地獄の道連れになってくれた、マルギット・フォン・ヴォルフ騎士婦人と彼女がえり抜いた隠密《おんみつ》の精鋭達相手では、篝火と月明かりを頼りにする立哨相手に接近を見抜けなんて言うのは要求が高すぎるだろう。

愛しき妻が首元に飛びついてくるのを喜んで受け入れていると、彼女と同じ黒に近い紺色の隠密装束を着込んだ四人の斥候部隊も仲間に笑顔で迎えられていた。遊撃騎士団の人間なら、本気で姿を隠した彼女達を見つけられないことなど既に慣れっこなのだ。

はー、やれやれと言わんばかりに面覆いや外套《がいとう》を脱ぐ隠密には小型種族が多く、半数は矮人種《フローレシエンス》で構成されている。最前線で切った張ったするのが不得手なだけで、彼等は彼等で戦となれば身軽さと小ささによって無類の強さを発揮するのだ。

足の裏に毛が生えていないからといって侮ってはいかん。

「で、我が愛しの背の君は、どんなご恩で報いてくれるのかしら」

「君が望むのなら何ででも」

その中でも、飛び抜けて剣呑《けんのん》さからは程遠そうな愛らしさを持つ我が妻のおねだりとあらば、何だって応えるさ。親愛を示すために昔から変わらぬ二つ括《くく》りの髪を一つ手に取り、恭しく唇を落とすと女性の兵士や斥候から歓声が上がった。

まぁ、我が相方が大人しく騎士婦人の地位に収まって、殆ど帰る余裕などない家で無《ぶ》聊《りょう》を託《かこ》って、夫が帰るまでの慰めに刺繍《ししゅう》を刺して大人しくしているはずもなかろう。

率先して騎士団総勢八〇と九名――内、騎兵は私を含めて二五名――の目となるべく、精鋭を手ずから練成して地獄行に付き合ってくれていた。

間違い続きの人生の中で、彼女を選んだのが数少ない正解の一つと言えよう。ここまで根気よく付き合って、助けてくれる良縁なんてそうそうないぞ。

あとは、反乱さえ落ち着いてお役御免になれば、さっさと適当な養子をでっち上げてヴォルフ騎士家を形だけ残して隠居し、どっか別の地方に逃げられれば文句なしだ。

私もヴォルフ卿《きょう》なんて呼ばれると未《いま》だに落ち着かないように、彼女も騎士婦人なんて立場はさぞ据わりが悪かろう。どこか遠くで名前を変えて、また冒険者をやるのも楽しかろう。その時は、中年にして煤黒《すすぐろ》からやり直しという残念なことになるけれど。

憧れの冒険者生活を楽しんでいたのに、なんだってこんなことに。おお、陽導神よ、まだ寝ておられ……いや、時間帯的に本当に寝てるか。

「そうですわね、ご褒美を下さるのでしたら、長期休暇が欲しいところですわね」

勿論《もちろん》二人でと意味深に笑ってみせる妻に迷わず快諾してあげたかったが、残念ながらその決裁権だけは持っていないのだよ。

自由に動ける。代わりに動く必要がある時は動かねばならぬ。戦場の便利屋みたいな扱いをされている以上、どこか湖畔の別荘に二人でしけ込んで夜っぴいてとはいかぬのが悲しかった。

私もなぁ、取りてぇなぁ、休暇……半年とか贅沢《ぜいたく》は言わないから、一ヶ月くらい、血の臭いから離れて温泉地で療養させてくれんだろうか。部下はある程度休息を交代で取らせているけれど、前線指揮官は換えが利かないからどうしようもないのだ。

「この首を、あと百個も積み上げればお休みも貰《もら》えるのかしら」

「どうだろうね。千個でも足りないかも。相手は秋に働き手が減るのも覚悟して戦に乗り出したんだ。下手すると春までもつれ込むかなぁ」

ライン三重帝国の経済規模でも完全な常備軍は持てていない。基幹要員こそ常在戦場で鍛えさせているものの、やはり数の主体は徴集兵。必然的に農繁期となる春と秋はどちらも自然休戦期間となるのだが、土豪側は無理押しをしてきている。

彼等には彼等でお寒い事情があるのだろう。

たとえば、勝ちを積み重ねていかないと、支援してくれている外国が興味を失ってくるとか。

鹵獲品《ろかくひん》を纏《まと》めていた補給将校からは、多数国外の武器が遺骸から剝がれていると聞いている。裏で帝国が困れば困るだけ得をする誰かが反乱に油を注ぐ図式くらい誰だって思いつこう。

帝国だってやっているからな。格下国家、殆ど属国と呼べる衛星諸国家相手にはかなり汚い手を使うことだってあるし、敵の属国に反乱を企てさせて、敗色濃厚なら梯子《はしご》を外すなんてのは時候の挨拶みたいなものだ。

なら、当然の様に土豪も密《ひそ》かに仲間を作り、顔色くらいは覗《うかが》って戦争をする。彼等は後援者から、もう使えないなと飽きられぬよう戦果を見せる必要があった。

誰だって味がしなくなったガムは包み紙に包んで捨てるだろう?

「向こうさん、大分覚悟が決まってきたよ。次辺りには本当に捨て身で掛かってくるかもね」

「お前様、流石《さすが》に兵達の前で心胆穏やかでいられぬ予想を口にするのはどうかと思いましてよ？」

「逃げない相手ともなれば、むしろ追い討つ必要がなくて楽だろう。なぁ？」

残念ながら、賛意は一部からしか得られなかった。

そして、その一部は漏れなく我が配下のみ。自分達だけでも鏖殺《おうさつ》してやりますよと意気が高くて結構結構。

なんだ、弛《たる》んどるぞストラスブール男爵。ライン三重帝国は国民国家の土台ができあがりつつあるんだから、一兵卒に至るまで「帝国《ジーク》万歳《ライヒ》！」と叫んで戦うよう仕込まんかい。

こんな勝ち戦の後でまで大口が叩《たた》けないようでは、鍛え方が足りん。だから数で勝っているのに無様な戦をやることになるのだ。

しかし、こんな一介の冒険者上がりをお守《も》りに付けねばならぬ配下が多いとは、辺境伯も大変だ。彼のところに武勇溢《あふ》れる人材がいたならば、私の仕事も随分と楽になったんだけど。

なんというか、ロランス氏が「土豪相手だとなぁ……」と興が乗らなかったのか戦に加わってくれなかったのが何より惜しかった。

あの一団が暴れ廻《まわ》ってくれたなら、私達も随分楽ができただろうに。

「苦労を掛けてすまないね、マルギット」

「それは言わない約束でしてよ、お前様」

時代劇お決まりのようなやりとりをして妻と微笑《ほほえ》み合うことで、少しでも心を慰めておこう。

これから先、まだまだ〝辺境の盾〟として使い潰される未来が待っているのだから……。


【Tips】辺境の盾、エーリヒ・フォン・ヴォルフ帝国騎士。一〇〇に満たぬ手勢で辺境中を走り回り、悪党暴漢、そして不利に陥った都市や荘《しょう》、戦陣を助けて廻《まわ》る火消し役。遊撃騎士なる特異な立場を預かっており、特権の強さから同じマルスハイム辺境伯麾《き》下《か》の者達からは贔屓《ひいき》されているとして好かれていないが、窮地を救われた兵士や荘民から無上の尊敬を集め、数多《あまた》の英雄詩に詠《うた》われている。


また随分と物騒なイチャつき方をしてからに、とヴォルフ騎士夫妻のやりとりを少し離れた所で見ながら、ジークフリートは乾《ほ》した祝杯を地面に置いた。

元から色々やらかすし、同時にやらかされているヤツだったが、ここ数年は特に悲惨だ。負け戦でも味方を救うため敵陣に突っ込んで擾乱《じょうらん》するのは当たり前、殿軍は買って出て当然みたいな使い方をされている。

にも拘《かか》わらず、配下に軍役を退くことになる怪我《けが》を負う者はいても、戦死者を〝一人も出していない〟という戦果の赫奕たるは、さしもの吟遊詩人達でさえちょっと削って描くくらいだ。

酸鼻極まる敗色濃厚な戦場で、味方の敗軍を追い討とうとする敵勢のただ中に迷いもなく割って入る。何か悪い薬でも集団でキメてるんじゃなかろうな、と疑う戦意の保ち方は普通ではない。

状況さえ整えば十倍二十倍の敵でも追い散らすとして恐れられる遊撃騎士の本性を知るジークフリートからすると、軍記物の英雄として詠われるのはエーリヒにとって不本意であることは分かっていた。

しかし、自分も巻き込んでくれているので同情はしない。

普通、冒険者とは国家間の紛争に関わってはいかんのだ。形骸化しつつある条文なれど、神々が結んだ盟約は生きており、英雄は人間同士の争いじゃなくて、信仰を生む人間を害する化物と戦えと言う方針は変わらない。

つまり、今のジークフリートの立場はかなりギリギリなのだ。白と黒の淡いで躍っているようなもので、彼のことを悪く言う新人も多かった。

お咎《とが》めがないのは、彼がヴォルフ卿から〝野盗征伐〟のため雇われ、付いていった先でたまたま紛争があって、たまたま逃げられなくて、たまたま戦うしかなかったから……という、苦しい言い訳を組合長が呑《の》んでいるからに他ならない。

正直、妻のカーヤからはそこまで付き合ってやる必要はなかろうと言われているが、その妻当人がエーリヒから「マルスハイムの平穏のため、何卒《なにとぞ》……！　何卒……!!」と額を地面に擦りつけての懇願を受け入れたので、人のことは言えないとジークフリートは思う。

志半ばにしてナンナが果てたことで瓦解したバルドゥル氏族を、より綺麗《きれい》な組織に更新し、空いた勢力図に余計な悪党が入らぬよう再編成するべく心を潰しているのだから、カーヤはカーヤで大概だった。

幾ら若い頃に苛烈な冒険へ共に身を投じ、命を預け合った仲だからといって限度がある。しかし、ここで引けないいし、引かないのもジークフリートという男。

妻もいる、子供にも恵まれた。

それでも、あの闊達《かったつ》に笑って無茶と冒険を楽しんでいた金髪が、好きでもない戦争に倦《う》んで、乾いた笑いばかりを浮かべるのを見て〝忍びない〟と感じてしまう。

だから同情はしないいし、慰めもしない。

ただ、戦友として同じ戦地に立ってやるだけだ。

この反乱だって随分と長いが永遠無限に続く訳ではない。

いつか、あの余人は似合っていると褒め称《たた》えているが、窮屈な総身鎧《そうしんよろい》を脱いで、今も大事にしまっているであろう革鎧に着替えて冒険に出られる日々が戻ってくるかもしれない。

その時に一回くらいは付き合ってやろうと思うからこそ、ジークフリートは不本意な戦に助勢する。

あの金髪が冒険の末にではなく、戦野に斃《たお》れたと聞けば、自分がとても虚《むな》しい思いをするだろうと確信しているが故。

「情ってヤツァ、面倒でならねぇなぁ……」

「お頭ぁ」

酒も回ってきたし、自分の一党は見張りをやらなくてもいい取り決めになっているので、ボチボチ寝るかと思っていると配下の一人が声を掛けてきた。

つい最近、琥珀《こはく》に上がったばかりの育成中の新人。見上げるような巨軀《きょく》の牛躰人《アウズフムラ》ながら、生来の力に任せたゴリ押しの戦いではなく、武の理《ことわり》を弁《わきま》えた者なので重用している戦士の一人だ。

「どうした」

「あ、あのヴォルフ卿、なんかとんでもなく不穏な話をしてやせんか？　まさか、これ春まで続くとか……？」

「あん馬鹿の悪い予想だきゃ予言みたいに当たるからなぁ。それも覚悟しといた方が良いだろ」

ハイルブロン一家の家長から、せめて末の倅《せがれ》くらいは真っ当な冒険者に、として預かった若人――尤《もっと》も、ヒト種《メンシュ》には牛躰人《アウズフムラ》の老若は分かりづらいが――は父親に似たのか、厳《いか》めしい外見の割にかなり真っ当な感性を持っているようだった。

しかし、付き従う冒険者の頭領。彼自体は自分を〝ごく普通〟だと思っているが、周りからすれば〝幸運にして不運のジークフリート〟も価値観がぶっ壊れているのは揺るぎようがない事実。

普通の冒険者であったら、とっくに付き合ってられるかと逃げている。この遊撃騎士団が求められる戦場など、殆《ほとん》どが負け戦寸前か、良くて拮抗《きっこう》状態という戦況。真面《まとも》であれば、息を吐《つ》く間もない激戦に「俺達《たち》は傭兵《ようへい》じゃない」と三行《みくだりはん》半を突き付けている。

にも拘わらず、平然としている彼と、そして古株に当たる高難易度の冒険に慣れてしまった、いや、慣れることができてしまった者達の方がおかしいのだった。

「マジですかぁ!?　半年近くもぉ!?」

「なんだ、たかが季節を二つ跨《また》ぐくらいで喚《わめ》くなよ、童貞じゃあるめぇし」

「お、俺、まだ童貞です……敵は殺しても、女ぁ抱いたことねぇ……顔が怖ぇえつって、モテなくって……」

「あ？　マジで？　お前もう琥珀だろう。誰か花街引っ張ってってやってねぇのかよ」

しゃーねーなぁ、とジークフリートは後頭部をバリバリと掻《か》いた。自分にはカーヤがいるし商売女に興味を抱けなかったので、マルスハイムに残った彼の配下でそっちの遊びに詳しい者へ、新人へたまの褒美として遊び方の教育を任せていたが、折悪く誘いから漏れていたらしい。

かといって、これだけ反乱が激しくて趨勢《すうせい》が微妙ともなると、軍勢にくっついて回るのが常の女衒《ぜげん》屋も中々寄りつかぬ。金があってもない物は買えないので、なら後はマルスハイムに生きて帰る他はない。

それか、道中で補給に立ち寄った荘園で、このコワモテ相手にもビビらぬ豪胆な寡婦でも宛《あて》がって貰う他なかろう。

「じゃ、死ぬ気で生き残れ。なぁに、俺ぁ補給もナシで魔宮にほぼ一冬閉じ込められたことだってあるんだ。それと比べりゃ外での戦争なんて天国だぞオメェ」

「まーたディーの兄ぃの自慢が始まった」

「っせぇぞ！　ジークフリートと呼べぇ!!」

気心知れた配下からの揶揄《からか》いに怒声で返しても、返ってくるのは「へーい」という気の抜けた返事だけ。

エーリヒも理想とは遠いが、ジークフリートも自らが理想には至っていないなと実感する。

名は上がった。故郷にも凱旋《がいせん》したし、詩も歌われたが不朽には遠い。

実際、故郷に帰った時は変に名前を改めてしまったために、悪逆の騎士を成敗した話が伝わった時には「なんだアイツ、カーヤに捨てられたんか」と勘違いされていたせいで、格好好い英雄ジークフリートの印象は出端《でばな》からガタ落ちだ。

今は何とか本当に自分が英雄詩のジークフリートであり、カーヤからの慈悲でヒモをやっていた訳ではないと信用して貰えているが、それまでの扱いのせいでケチが付きすぎた。

故郷では完全に三枚目扱いで、たまに帰郷しても荘祭りというよりも揶揄いばかりが溢れてくる。

祖父の墓を立派にするだとか、自分を舐《な》め腐っていた親父《おやじ》と兄貴共の土地を地主から買い取って、自分の土地にしてやるという意趣返しこそ成功したが、扱いの軽さは未《いま》だに変わらぬ。実質的に小作農でなくなったというのに、土地を広げるでも馬鍬《うますき》を買うでもなく、飲んだくれているあの連中はもう知らんと呆《あき》れる他なかった。

それに嫁の実家からの扱いも良化はしていない。

無理もないとは分かっているが。大事な一粒種に煤《すす》を被《かぶ》らせた挙げ句、危地に何度も導いたのだ。お義母《かあ》さんと呼ぶことも許されていないし、最近は息子か娘、どっちかを跡継ぎとして寄越《よこ》せとせっつかれているのも落ち着かない。

半ば冒険者を引退した形になっているカーヤが一向に帰ろうとしないのが、余程お気に召さなかったのであろう。

さりとて嫁の許可もなく、双子達の身の振り方を勝手に決められない。如何《いか》にカーヤの母にとっては自分の孫で、ジークフリート自身の子供であってもだ。

第一、自分達がそのように決めつけられた将来が嫌で逃げ出した身であろうに、どうして子供に同じことができるのか。

だからジークフリートは娘が武具に興味を示そうが、息子が薬草の方を好もうが、したいようにやらせてやるつもりだった。親が子供より先に死ぬのはどうしようもないが、せめて自分がして貰えなかったことを子供達にしてやるのが彼の理想の一つだったから。

そろそろ孫を寄越せ攻勢を誤魔化して逃げるのも限界が近くなってきたので、むしろ故郷はより近寄りがたい場所になっていた。

男の子達が母親に寝る前に物語をせがむような格好好い英雄にはなりきれず、記念碑もまだ建ってない。理想の英雄とは程遠い姿なのは、エーリヒもジークフリートも同じだった。

「あー……冒険してぇなぁ」

「兄ぃ、今回の活躍は絶対詩になりますぜ！」

「俺ぁ、そういうの求めてねぇんだよ……軍記物じゃ駄目なんだよ……」

もう天幕に入って寝支度を整えるのも面倒臭くなってきたジークフリートは、地上の狂騒をまるで知らぬかのように冴《さ》え冴《ざ》えと輝く月を見上げて眠ることにした。

冒険者生活をやって長いのだ。焚火《たきび》の隣で外套《がいとう》に包《くる》まって眠るくらいで壊れるようなヤワな作りはしてない。精々、寝起きの柔軟が少し長く必要になる程度。

次の真っ当な冒険はいつになるだろうかと思いを馳《は》せながら、ジークフリートは静かに目を閉じた………………。

【Tips】かつて英雄級の冒険者が戦陣に加わると、雑兵が死に過ぎて碌《ろく》なことにならないと神々が示し合わせたため、冒険者の国家間紛争への関与は禁じられている。

約定の目を掻い潜《くぐ》るお題目か、それすら気にならぬ友誼《ゆうぎ》か。あるいは、敵方が余程にあくどいことをしていなければ、神々は冒険者が戦争に加担することを許さぬだろう。

Aims for the Strongest
Build Up Character
The TRPG Player Develop Himself
in Different World
Mr. Henderson
Preach the Gospel

CHARACTER

名前

ジークフリート、あるいはディルク

Siegfried oder Dirk

種族

Mensch

ポジション

前衛

特技

膂力・瞬発力　スケールⅥ

技能

- 長剣術
- 手槍術
- 肝っ玉

技能

- 幸運にして不運《ハードラック》
- 正統派の清々しさ《ベビーフェイス》

Aims for the Strongest
Build Up Character
The TRPG Player Develop Himself
in Different World
Mr. Henderson
Preach the Gospel

CHARACTER

名前

カーヤ

Kaya

種族

Mensch

ポジション

後衛・魔法使い

特技

魔力貯蔵量スケールⅧ

技能

- 魔法薬精製〈転変〉
- 魔法薬精製〈現出〉
- 看護術

特性

- 調薬氏の手
- 妖精の血

あとがき

まずは、季節の物を出し入れする度に思い出される祖母に。捨てるに捨てられない物が多く、手に取る度に記憶が湧き上がって止《や》みません。

そして、今回もまた壮大に〆切りを過ぎているのにも拘《かか》わらず、ブチ切れず根気よく付き合ってくれた担当氏。キャラデザ段階で面倒臭い注文を付けまくっているのに、予想を超える素晴らしさで応えてくれるランサネ様。漫画という体系に再編纂《へんさん》することで「読み終わったら疲れる」と定評のある拙著を美麗かつ読みやすく描いてくださった内田テモ様。

何より、飽きることなく八巻も手に取ってくれた、奇特な読者諸兄に感謝を。

今回も、皆様のおかげで無事、八巻を上梓《じょうし》することが……いや、無事？　無事とは……（〆切りのことを思い出しながら）まぁ、本が出てたら無事でいいでしょう。リザレクションしたらバッドステータスは次に持ち越されないものです。

え？　この場合は絆《ロイス》とか信頼が壊れかねない？　むしろ、駄目作家という侵食値が上がり過ぎているから、還《かえ》って来られない可能性がある？

……はい、気を付けます。マジで。特に次巻から展開が厄介ですし、今からどう調理したもんか悩んでおりますので。

何はともあれ、前回は尺がなかったので、海外文学かぶれの謝辞はカットしましたが、今回は七頁《ページ》くらい駄弁《だべ》っていいとの許可を得たので、思う存分ダラダラやって行きます。

それにしても八巻、総計で行けば九冊目です。こんなTRPGが好きなだけの、拗《こじ》らせたオタクみたいなのが、よくぞまぁここまで続けられた物だと驚くばかり。

あまつさえ、本書の発売と時期を同じくしてコミカライズ版一巻も発売されます。本当に世界は不思議な物です。

また、その不思議さに拍車が掛かり、二〇二二年末から二〇二三年においては、なんとTRPGのセッションを普通に沢山楽しめているという！

この作品自体が卓してぇ、キャラ紙量産してぇ、アホみたいな火力出したり妨害したりしてGMから舌打ちされてぇ……という欲望に従って生まれた作品だったので――思い返せば、Web版執筆間際に転職先が決まったっけか――感無量です。

しかも、オンラインセッションながらツールのおかげでポーンもダイスも置けて、実卓に近い感覚で楽しめる上、ある程度感覚的なので理解し易《やす》いと来たので、取材にもなって最高だなぁ現世ってヤツは。

まぁ、幸いにも巻頭のヘンダーソンスケール表のネタが補充されるようなことは、今のところ起こってませんし、起こす心算もありやしませんが、まだまだネタは尽きていないのでご安心下さい。時を超えて叩《たた》き付けたい恨《うら》み辛《つら》みのストックは、そりゃあもう……。

卓ができたから、といって地縛霊の如《ごと》く昇天したりもしませんので、ご安心あれ。むしろ、ルルブを積み上げ、セッションを重ねる度「あ、いいな、このネタ使お」と覚書のテキストデータの容量が増していくばかりなので。

ただ、私としては、こんな豪勢な面子《メンツ》の卓に顔を出して良いのか……？　と困惑するばかりなのですが。ええ、作家繋《つな》がりでお呼ばれした卓なので、そりゃあもう、面子を聞いた人によっては「←ころしてでもうばいとる」とＰＣ１を奪われかねない豪華さ……。

ええ、そうです、ＰＣ１です。古巣では大体３から５をフラフラしていて、それ以外は専ら何故《なぜ》か私の卓に惹《ひ》き付けられる変人相手にＧＭをしていたので、何年ぶりでしょうか。

……あ、いや、大学卒業したのが平成……うん、よし、やめ！　独り言をＫＰに拾われて、やる必要もないＳＡＮチェックを振らされたくありませんから！　ただし、このあとがきを読んで、同じような感覚に襲われた諸氏にはＳＡＮチェックをどうぞ。

ＰＣ１というのは難しいですね。物語を引っ張らないといけないけれど、あまり出しゃばりすぎても他のＰＣの出番を奪ってしまうので、ロールにせよ何にせよ大変気を遣います。さりとて目立たなすぎたら「何のためのＰＣ１だお前は」とシナリオを練ったＧＭから怒られるのが困り物。

実データ的な強さ。他ＰＣに抱く感情。何よりも事前打ち合わせの上での連携！

それができていなかったせいで、ＰＣ１という身分を良いことに長尺台詞《ぜりふ》を何行も重ね、同じく卓を囲むＰＣに激重感情を抱かせるに至ったり、一時くらいに終わる筈《はず》だった卓が三時過ぎまで——無論、午前の——引っ張ったりしてしまったのが、現時点での負のハイライトです……。

本当に、終電を逃すことのないオンラインセッションで良かった。古巣なら、もう明日一限あるから、銭湯行って寝よ、という暴挙に及ぶ者もまぁまぁいましたけどね。そのせいで、環境が良すぎると部室の妖精になるヤツが出るから、あまり住環境を整えるなと規則を作っていたのも懐かしいです。住《み》始《め》る

などと私のことはさておいて、今更ながらにエーリヒはPC1なのか？　という疑問が湧いてきました。本編のネタバレにならない程度に語りますと、後で読み返したらアイツは割と受け身体質なのですよ。それこそ、自分が思い描く理想の冒険から遠い卓であれば、今回はいいかな、と募集の際に手を挙げない程度には。

これは多分、前世の卓の傾向でしょう。大体、屯《たむろ》している冒険者の酒場の店主が、暇してんなら……と厄案件を持ち込むなんて展開に覚えがおありでは？　つまり、あらかじめハンドアウトを貰《もら》って行動することが前提にあったので、やることが決まってないと方針がふわふわしてしまう系冒険者だったのです。

なので、ここで巻き込まれ体質の仲間を一つまみ。固定面子で長期卓を回していると、たまにはコイツをPC1に据えて物語を回してやろう、なんてこともあります。第一話から最終話まで、徹頭徹尾最初のPC1がずっとメインでなければいけない道理もなし、たまに「次に大きなクエストやる小休止に、PC2の因縁片付けようか」などと箸休め的なセッションを催すのも、脇道に逸《そ》れるという点では面白い物です。

いえ、ここで興が乗りすぎるとえらいことになって、本当にヘンダーソンスケールが上がり過ぎる事態になり得るし――実際、何度もなったし――加減が大変なのですけどね。

その点において、今回から登場するPC1仲間たるジークフリートとカーヤは、良い感じの調整役です。未《いま》だ神官《プリースト》不在という、実卓ならカーヤかエーリヒ、どっちか構築《ビルド》考え直せよ、と一言言いたくなる有様ですが、事故率は大いに下がりました。

そして、念願の四人パーティーです。TRPGは大体三人から五人の編成が基本ですからね。むしろ、ようやっと〝らしく〟なってきた、という感じです。

逆に最初の一党が合流するまでに、どうして九冊も必要になったのやら。旅の仲間が集まるまでに時間を掛けすぎで、漫画原作として提出していたら普通に怒られそうです。

さて、本格的にパーティーが揃《そろ》ったらやること。そうですね、伝統的には〝野盗討伐〟か〝押し込み強盗《ハックスラ》〟の二つですね。「ヘンダーソン氏の福音を」のルルブだと小鬼が友好的なので、三種の神器たるゴブリン退治を加えられないのが残念ですが。

ちょっと道中表とか遭遇表でGMが使っていいサプリメントを間違えた感があるバランスになりましたが、概《おおむ》ねLv1らしい展開になったかと思っております。展開だけはな!!

下積み期間を終えれば、国を救ってみたり世界を救ってみたりもありますが、始めたばかりなので一地方くらいで、とプロットを組んだ時の私は軽く考えていたようです。この世界は、とある週刊世界の危機的に常時危険が襲いかかってくる世界ではないので。

しかし、主人公達《たち》の活躍が詩になって遠くに届くという情景はやってみたかったので、個人的にはかなり楽しい巻に仕上がったと思っています。GMとしては、エンディング作りで腕前が決まりますからね。どんなに美味《おい》しい料理でも、盛り付けに失敗したら写真を撮っても映えないのと同じで、オチが適当だとリプレイを仕立てても微妙になります。

ＰＣ達の目的、好む展開を考えて、公式シナリオでもＰＣ達の設定を汲《く》んだ、粋な場面を演出できれば皆喜んでくれるので、Ｗｅｂ版感想欄の盛り上がりは個人的にＧＭとして、よっしゃちゃんと刺さったな！　と小さくガッツポーズをしたくらいです。

次回は予定通りならＷｅｂ版で「流石《さすが》にちょっと長過ぎでは？」と突っ込まれた展開になる……と思っていたのですが、ちょっと悪い癖が出そうです。

はい、７巻で登場したナンナさんですよ。

ランサネ様のキャラデザが素晴らし過ぎました。ちょっとしたエネミー・コネクションというだけの立場から、私の中で株がストップ高です。本来シート1枚、千文字ちょいだったキャラ設定がドチャドチャ増えて、普通に彼女メインのシナリオを書きたくなって堪《たま》らないのです。

いやぁ、改めてキャラデザインを作っていただくことで、刺激される創作意欲の凄《すさ》まじさにビックリしますね。頭の中で動きやすくなるというか、新たにできた外観から「きっとこういう過去がある」と深掘りしたくなるというか。

何だか昔、某画像投稿サイトで盛んだったシェアワールド企画を思い出します。私は没交渉的な人間だったので、二次創作的に参加するということはなかったのですが、あれに熱中していた友人は、今正に私みたいな気分だったのだなと思う次第。

さて、ダラダラやっている内に尺も終わりかけ。あと語ることと言えば、念願のＤ10がついに特装版で作っていただけたことでしょうか。D10ですよ、D10。D6と並ぶTRPGの標準装備《マストアイテム》です。私は探索者や超越者《オーヴァード》歴が長いので、本当に感無量です。しかし、毎度毎度、よくぞこんなデザインするのも手間で使える工場も珍しい、物販企画部泣かせの物を通してくれるものだと担当氏に感謝すること頻《しき》りです。

かなり仕上がりが良いので、次回にも繋げられればと願ってやみません。

また次巻を書く栄誉に浴せたならば、遂《つい》に10冊目となります。三巻が一つのヤマ、と言われるライトノベルジャンルで、ここまで続けられたのは皆様のおかげに他なりません。むしろ、今まで偉そうにレコ紙持っておいで、経験点チケットにサインするから、なんて言えたものですね、私も。

これからも私にサインをする新しいレコ紙を配ってやろうかな、と皆様が思えるように鋭意努力いたしますので、エーリヒ達の冒険にお付き合いいただければ幸いです。

まだ彼《か》の疫病も完全に去ったとは言い切れぬ中、TRPGに興じる幸せに浸れた幸福を少しでも報いられればと願いつつ、そろそろ筆を擱《お》くとしましょう。

拙著による〈説得〉判定が上手《うま》く行ったなら、また次巻でお目にかかりたく存じます。

【Tips】作者はTwitter（ID：@schuld3157）にて〝ルルブの片隅〟や〝リプレイの外側〟と称して本編で書けなかった設定や小話を不定期に公開している。

ナンナ（昔のすがた）

作品のご感想、
ファンレターをお待ちしています

あて先
〒141-0031
東京都品川区西五反田 8-1-5 五反田光和ビル4階
オーバーラップ文庫編集部
「Schuld」先生係／「ランサネ」先生係

TRPGプレイヤーが異世界で
最強ビルドを目指す 8
～ヘンダーソン氏の福音を～

発　行　2023年4月25日　初版第一刷発行

著　者　Schuld
発行者　永田勝治
発行所　株式会社オーバーラップ
〒141-0031　東京都品川区西五反田 8-1-5
校正・DTP　株式会社鷗来堂
印刷・製本　大日本印刷株式会社

Printed in Japan　ISBN 978-4-8240-0467-3 C0193

第11回 オーバーラップ文庫大賞
原稿募集中!
イラスト：じゃいあん
【締め切り】
第1ターン 2023年6月末日
第2ターン 2023年12月末日
各ターンの締め切り後4ヶ月以内に佳作を発表。通期で佳作に選出された作品の中から、「大賞」、「金賞」、「銀賞」を選出します。
その物語は、
きっと誰かが
好きな物語。
【賞金】
大賞…300万円
(3巻刊行確約+コミカライズ確約)
金賞……100万円
(3巻刊行確約)
銀賞………30万円
(2巻刊行確約)
佳作………10万円
投稿はオンラインで! 結果も評価シートもサイトをチェック!
https://over-lap.co.jp/bunko/award/
〈オーバーラップ文庫大賞オンライン〉
※最新情報および応募詳細については上記サイトをご覧ください。
※紙での応募受付は行っておりません。